LA NOVELISTA DE BERLÍN

Planeta Internacional

V. S. ALEXANDER

LA NOVELISTA DE BERLÍN

Título original: *The Novelist From Berlin*

Traducido por: Yara Trevethan Gaxiola

Bajo el sello editorial PLANETA M.R.
Avenida Presidente Masarik núm. 111,
Piso 2, Polanco V Sección, Miguel Hidalgo
C.P. 11560, Ciudad de México
www.planetadelibros.com.mx

Primera edición impresa en México: febrero de 2025
ISBN: 978-607-39-2245-6

Impreso en los talleres de Litográfica Ingramex, S.A. de C.V.
Centeno núm. 162-1, colonia Granjas Esmeralda, Ciudad de México
Impreso y hecho en México – *Printed and made in Mexico*

Los techos que ves no están construidos para ti.
El pan que hueles no está horneado para ti.
Y el discurso que escuchas no se habla para ti.

IRMGARD KEUN, *Después de medianoche*

Prólogo

Esta es una historia de supervivencia, una historia sobre nunca rendirse a pesar de lo que se interponga en tu camino.

Al mirar en retrospectiva, me avergüenzo de muchas cosas. No fui ni una santa ni un demonio, como los regímenes en los cuales viví. Mis actos, incluso después de que el muro fracturó Berlín, fueron asunto de vida y muerte. Hice mi mejor esfuerzo, como se tiene que hacer para vivir en una Alemania fascista y luego en Berlín del Este. Debo pedir disculpas por muchos de mis actos, pero no por todos.

Me casé con un hombre llamado Rickard Länger. Él era un esposo y un padre, y se hizo nacionalsocialista después de que nos casamos.

Nuestra vida es parte de una historia que otros me suplicaron contar, pero que escribí años después para mí, sin esperanzas de que fuera publicada.

La gente me ha dicho que puedo ser tan resbaladiza como la mermelada en un pan tostado. Con ello quieren decir que me las arreglo para salir de malas situaciones con el pellejo relativamente intacto, pero a menudo mis emociones acaban con moretones. Las personas no siempre conocen la verdad detrás de la historia, y eso es lo que voy a contar. Me convertí en una celebridad por derecho propio cuando mis libros se publicaron antes de que los nazis gobernaran Alemania. A causa de mis novelas he enfrentado más que suficientes peligros en mi vida.

El mundo es un lugar mejor ahora que durante los setenta y un años que he vivido, pero la historia nos advierte que con frecuencia estamos condenados a repetir nuestros errores. He sobrevivido la Gran Depresión, Hitler, la segunda guerra mundial, el bloqueo de Berlín y el muro de Berlín. Muchas mañanas me pregunto cómo superé estos eventos catastróficos. No hay una respuesta sencilla a esa pregunta.

El dinero fluye como un río, algunas veces corre rebosante y caudaloso; otras, seco y estéril. La riqueza era mucho más importante para mí cuando era joven. Los periodistas quieren contar mi historia, las mujeres desean que me dé a conocer porque algunas admiran lo que hice, los editores aspiran a reeditar mis novelas y suplican por tener un autógrafo. La atención y la fama que busqué cuando era joven se ha transformado en un deseo de paz y seguridad. El dinero es bueno, pero quiero escribir por mí misma, sólo porque deseo validarme. La felicidad consiste en ser capaz de vivir la vida como uno elija.

Estoy satisfecha en mi pequeño pueblo lejos de Berlín, con mis dos perros y dos gatos que me acompañan. Me brindan compañía y le dan calidez a mi vida.

Lee lo que tengo que decir. Pon atención a mis palabras antes de que surja el próximo Hitler, antes de que estalle la siguiente guerra mundial. Lo único que todos queremos es amar, ser amados y vivir nuestra vida en paz.

Cuando era joven escribí sobre la «nueva mujer alemana». Esa mujer murió hace mucho y una moderna ha tomado su lugar. Si alguien encuentra mi historia, espero que los hombres y mujeres de hoy entiendan lo que la historia nos ha enseñado.

(Este fragmento se encontró en diciembre de 1983, dentro de un baúl en una granja desierta al oeste de Berlín, Alemania, junto con el manuscrito a continuación, redactado por lo menos diez años antes. El editor.)

LIBRO PRIMERO

Capítulo 1

Recordar la República de Weimar, octubre de 1929

Los nazis eran escoria, «*der Abschaum*», como mis amigos y yo acostumbrábamos llamarlos. Quienes estaban fuera de la esfera política nacionalsocialista lo sabían, pero pocos los confrontaron, y para 1929, Alemania estaba en graves problemas; sin embargo, cosas peores estaban por venir. El movimiento nacionalsocialista no brotó como un tulipán de primavera. Los nazis se tomaron su tiempo: distorsionaron la verdad, propagaron sus mentiras y usaron sus tácticas intimidatorias. Las advertencias estaban frente a nosotros, pero no pusimos atención. Después de todo, ¿quién era este *kriminell* del pasado, hambriento de poder, llamado Adolf Hitler? Al principio, muchos se burlaron de él y desestimaron sus amenazas como los desvaríos de un loco.

A los dieciocho años de edad yo era una «nueva mujer alemana». Me mantuve lo más lejos posible de las *Sturmabteilung*, las camisas pardas de las SA, porque los conceptos de libertad y autodeterminación habían abandonado su mente aturdida, aun cuando propugnaban dichos ideales en su propaganda fascista. En esa época, el mundo era muy similar a *1984*, la novela de George

Orwell. Unos años más tarde no se podía caminar por la calle sin toparse con una comitiva de ellos, altaneros y engreídos en su invencibilidad. Eran la evidencia viva de que nuestra libertad y nuestra vida nunca volverían a ser las mismas y en muchos casos, nos las podían arrebatar.

Durante los años de la Weimar, fumaba cigarros Manoli y bebía jerez, en particular cuando un hombre apuesto me invitaba en el Leopard Club. Era un establecimiento de categoría cerca de Alexanderplatz, alojado en el primer piso y el sótano de un gran edificio residencial de piedra. Dios sabe qué pensarían los inquilinos del alboroto bajo sus pies que transcurría hasta cualquier hora de la mañana, pero a mis compañeros aficionados al club y a mí no nos importaba. Pasábamos un buen rato viviendo, amando, sobreviviendo.

En ocasiones aparecía un pedazo de *Schweinefleisch* en un plato de porcelana frente a mí mientras seducía a un hombre en la barra o viceversa. El plato se volvía azul, rojo, verde o amarillo bajo las luces del club, dependiendo del estado de ánimo del sensual cantinero, Rudi.

Era un hombre al que le gustaban los pantalones ajustados y las camisas incluso más ceñidas, cuyo cuerpo musculoso, marcado, pero no excesivo, volvía locas a las mujeres. Pasaba muchas horas en el gimnasio. Rudi, con su cabello negro ondulado, ojos brillantes y voz ronca me halagaba, pero así era como él funcionaba. Yo pensaba que era sexi. Nunca se aprovechó de nuestra vaga atracción mutua, salvo por algunos besos cautivadores en un gabinete que se encontraba en un rincón del cabaret del sótano. Más tarde supe que no sólo le gustaban las chicas, sino también los chicos. A Rudi no le importaba el género siempre y cuando el sexo fuera bueno.

Mi amiga Lotti me acompañaba a menudo en la noche, después de que se escapaba de su empleo como mecanógrafa en una oficina. Siempre había un millón de chicas más dispuestas a tomar tu lugar si rompías las reglas, pedías mucho tiempo libre o, peor aún, solicitabas un aumento de sueldo. La mecanografía sólo me interesaba cuando escribía. Decidí que no quería saber nada de trabajos insignificantes. Deseaba ser una estrella como las mujeres glamorosas, cuyas fotografías adornaban las revistas de cine; lo supe incluso antes de pensar en escribir. A pesar de sus antecedentes luteranos, mi madre hojeaba las publicaciones que yo leía con detenimiento después de que se iba a acostar. Una parte profundamente lastimada en mi madre anhelaba liberarse de la monotonía de su vida diaria. Durante los años de la Weimar, muchas mujeres en Berlín tenían la misma fantasía insatisfecha.

Una noche en el club, tras muchos brandis, Lotti me apodó Niki.

—Debe ser con una «k», aunque parezca ruso —dijo—. Es extremadamente exótico y le queda a alguien con un rostro como el tuyo.

No tenía idea de qué estaba hablando, pero lo tomé como cumplido y encendí un Manoli.

—¿Quién es ese hombre que está allá? —preguntó ladeando la cabeza a la izquierda—. No deja de mirar hacia acá.

Estaba encantada de que Lotti me hubiera inventado un nuevo nombre en lugar de aferrarse al aburrido con el que había crecido, Marie Rittenhaus, por lo que apenas advertí al hombre de aspecto elegante sentado en un extremo de la barra que nos sonrió y luego se esfumó. Llevaba un traje negro costoso, zapatos de charol y un paquete de cigarros con filtro dorado.

Rudi recogió el vaso que el hombre había dejado en la barra.

—¿Qué estaba tomando? —le pregunté a Rudi cuando se acercó.

Se inclinó hacia mí y se desabrochó un botón de la camisa, exponiendo una franja de vello oscuro en su pecho.

—¿Te gusta? Te lo presentaré.

Lotti suspiró.

—¿Por qué siempre eres tú? Yo los ubico y tú te los quedas.

—Courvoisier —dijo Rudi, respondiendo a mi pregunta.

—Ah, bien. Es apuesto y parece sofisticado, no es la clase que acostumbra venir aquí. ¿Cómo se llama?

—Basta de insultos... Rickard Länger. —Rudi limpió la barra de ónix con un trapo húmedo—. Es un importante productor de cine en Berlín.

—Mmm... Länger —dijo Lotti arrugando la nariz—. Me pregunto si el apellido corresponde a la realidad.

—Sí, por lo que he escuchado —respondió Rudi con un tono de aburrimiento y continuó atendiendo la barra.

—Películas, películas.

—Niki la Grande —exclamó Lotti con entusiasmo—. Ese será tu nombre artístico... O Niki la Sexi.

—Niki la Tonta —dije mirando mi reloj—. Tengo que irme. ¿Vienes o te quedas?

—El caballero se fue; aquí no queda nada para mí —respondió Lotti—. Dos chicas por su cuenta otra vez.

—Mañana tengo una audición —expliqué, refiriéndome a un pequeño papel para un espectáculo de cabaret que encontré anunciado en un periódico.

Recogimos nuestros abrigos, decididas a enfrentar la noche fresca de mediados de octubre. Silbé para llamar a Rudi y él apareció de un salto.

—¿Ya se van? *C'est dommage.*

—La próxima vez que Rickard Länger venga, llama a mi edificio. Me gustaría conocerlo, profesionalmente hablando. ¿Está casado?

—No lo creo... Te llamaré entonces, Niki.

La noticia de mi nuevo nombre había viajado rápido. Le di un respetuoso beso en los labios, no tan despacio como él hubiera querido, pero lo suficiente.

Lotti y yo cruzamos la plaza y nos dirigimos a mi departamento cerca de la catedral de Berlín. Era casi medianoche, pero

Königstrasse estaba abarrotada de gente que había salido para dar un paseo nocturno. El aire estaba cargado de neblina y las gotitas quedaban atrapadas en los abrigos y cubrían nuestro rostro como el sudor de un húmedo día de verano. Las luces nocturnas centelleaban sobre la calle mojada. Nuestro aliento salía en nubes de vapor frente a nuestro rostro. El aire frío era agradable en mi piel tras el ambiente viciado del Leopard Club. Conforme caminábamos, Lotti hablaba de su miserable existencia como mecanógrafa y me exhortaba a perseguir mi trayectoria creativa.

—¿Y si esta audición no sale bien? —pregunté—. Sólo es un papel pequeño y no pagan mucho. No tengo más tablas que las que obtuve en las obras de teatro de la escuela, no es exactamente el tipo de experiencia que están buscando los directores. Esta profesión se me metió en la cabeza gracias a las revistas de cine de mi madre. Me estoy quedando sin dinero. Los empleos temporales de mecanógrafa se están agotando. Muy pronto tendría que regresar a vivir con ella. Ninguna mujer de mi edad quiere vivir con su madre.

—Entonces haz otra cosa. Escribe un libro. Me has dicho cientos de veces que te gustaría escribir una novela, cómo pasan las imágenes por tu cabeza. A mí me gustaría poder escribir un libro... o protagonizar una película.

—Es difícil ganar dinero estos días; una mujer también tiene que depender de su ingenio.

—O de lo que pueda —agregó Lotti.

Llegamos a mi pequeño departamento de dos habitaciones. Como no había espacio para recibir visitas, pocas veces invitaba a alguien. Por el privilegio de vivir aquí pagaba ocho marcos a la semana, muebles incluidos. Lotti había entrado muchas veces, pero era de las pocas personas que lo habían hecho. Si estaba con un caballero, iba a su casa para asegurarme de que no era casado. No tenía relaciones sexuales con hombres casados, ni siquiera con aquéllos que, como estrategia, se quitaban el anillo. Algunas chicas se acostaban con ellos por un abrigo o joyería, pero yo no podía hacerlo. Era una regla que no rompería. Quizá la educación luterana con la que mi madre me había atiborrado la cabeza me había deformado, a pesar de sus pequeñas obsesiones con el glamur. Después de todo, las chicas de fotogramas no necesariamente eran prostitutas. Yo no había ido a la iglesia desde que me salí de casa. Mi negativa a irme a la cama con un hombre reivindicado por el matrimonio estaba arraigada en el horrible conocimiento de que yo traicionaría a su esposa, a una mujer viva, que respiraba y tenía sentimientos como los míos. No me gustaría que me hicieran eso a mí.

Besé a Lotti en la mejilla y subí la escalera, pasando frente al teléfono comunitario que servía a todo el edificio. Esperaba que Rudi me llamara para darme noticias de Rickard. Cuando el teléfono sonaba, nunca se quedaba sin respuesta. Dos o tres inquilinos de los pisos de abajo se peleaban por contestarlo.

Abrí la puerta y apareció la escena de una novela en la que había estado pensando, *El último hombre*. Yo era la heroína.

Una luz espesa se filtraba por una ventana que daba al patio de abajo. Un único tilo estaría ahí de pie, sus ramas como dedos grises flexionados hacia el cielo.

Ella siempre esperaba el otoño, cuando el árbol se despojaba de sus hojas, café y oro sobre el suelo, porque eso significaba que el sol bajo del invierno, anidado en el cielo del sur, irrumpiría en su habitación algunas horas al día. En el verano se sentía envuelta en un capullo verde que la tranquilizaba cuando la lluvia golpeaba las hojas en estallidos plateados que, en el fondo, la hacían sentir deprimida, claustrofóbica y ansiosa en la humedad y el mundo fotosintético que la rodeaba.

Nada podía ocultar su vergüenza. Él vendría de visita y vería la cama que ella trató de hacer lo más cómoda posible: las viejas almohadas de plumas, el edredón verde de plumas de ganso doblado con cuidado a los pies del colchón y las sábanas un poco percudidas por el tiempo. Advertiría la vieja placa calefactora que ella pulió hasta que el metal brillara; el espejo vertical, con su marco dorado resquebrajado y blanco en varias partes, su tono azulado alrededor del cristal. Mantenía el pequeño baño tan limpio como le era posible con un mar de blanqueadores y detergentes. Toda esta preparación era la señal de que tenía poco dinero, y nada más que ofrecer que su cuerpo. ¿Cuánto duraría su atractivo? ¿Cuánto más obtendría de él, sin enamorarse, antes de que la abandonara?

Ahí estaba, en mi mente. La manera en la que yo y muchas otras mujeres debemos sobrevivir el mundo en el que nacimos. Azoté la puerta, arrojé mi abrigo sobre el edredón y cerré la ventana que había dejado abierta. Parpadeé al arrastrarme sobre la cama y me pregunté cuánto tiempo pasaría antes de que tuviera noticias de Rudi sobre Rickard Länger.

No obtuve el papel, pero una semana después, como a las 8 p. m., recibí una llamada del cantinero de voz ronca.

—Estará aquí otra hora. Quizá más si puedes convencerlo de que se quede.

Tomé mi abrigo, me precipité hasta la puerta e incluso salté dentro de un taxi, que era un lujo si consideraba mi estado financiero. Había hecho algunos trabajos de mecanografía, pero estaba muy apretada de dinero. Cuando llegué al Leopard Club, el portero, que me conocía, me hizo pasar. El frío penetrante del viento desapareció al entrar a la sofocante sala. De nuevo, el humo y los espejos inundaron mis sentidos. Una luz azul cálida se extendía sobre la barra y entre las mesas. Era como entrar a una alberca centelleante en el verano. El humo del cigarro suavizaba la luz aún más, volviéndola borrosa y semitransparente. La voz de una cantante en el cabaret de abajo subía flotando por la escalera.

Rickard estaba sentado a la derecha de la barra, en uno de los pequeños gabinetes que se alineaban contra la pared, lejos de las mesas. Era una silueta en azul y negro, el color se instalaba en velos tenues sobre su traje oscuro y la línea recta de una sombra cruzaba su rostro.

Los clientes habituales del club estaban sentados cerca; chicas vestidas como chicos, chicos con atuendos de chicas, unos pocos hombres de negocios que esperaban que el licor los relajara y un veterano de la guerra de 1918 con cara de pocos amigos que parecía fuera de lugar entre una multitud más joven, como si hubiera entrado por casualidad.

Saludé a Rudi con la mano y él señaló en dirección del gabinete donde estaba Rickard. No fue necesario, puesto que el hombre ya me había notado y se había levantado de su asiento como un caballero. Me tensé y alisé mi abrigo en un esfuerzo por tranquilizarme. ¿Qué había atizado mi ansiedad? No estaba segura. Había estado con algunos hombres, nada serio; la mayoría me permitía vivir en su casa de manera intermitente durante más o menos un mes, hasta que uno se cansaba del otro. Había algunas risas y lo más importante, buena comida y vino. Quizá mi piel se estremecía porque este hombre me parecía lleno de posibilidades, a diferencia de la mayoría. Era lo suficientemente apuesto como para hacer que mi corazón se agitara; sin embargo, no sabía si estaba casado. Incluso Lotti no lo tenía claro.

Rickard tomó mi mano y me llevó al gabinete, señalando la banca frente a la suya. Sus dedos estaban un poco fríos a pesar del calor en la sala. Supuse que sus ojos luminosos eran azules, pero era difícil saberlo bajo la luz del mismo color. Llevaba el cabello hacia la izquierda y hacia atrás, engominado sobre la coronilla, como marcaba la moda. El traje negro quizá era el mismo que llevaba cuando lo vi la primera vez, pero la camisa era diferente.

También era negra, el único punto de color era el estallido mudo del diamante de su pisacorbatas. Pensé que tendría treinta y pocos años. La diferencia de edad no era un problema para mí. Me gustaban los hombres estables.

Sobre la mesa había una gran botella de coñac y dos vasos, el suyo medio lleno. Me sirvió un trago y se recargó en el respaldo la banca, estudiando mi rostro y mi figura mientras me quitaba el abrigo.

—Me alegra que hayas podido venir —dijo en un alemán altogermánico; después de una pausa, agregó—: Niki.

Estaba tan poco acostumbrada a la formalidad y al apodo que le devolví el saludo tartamudeando.

—Perdón, tengo el hábito de tratar con socios comerciales —explicó con un lenguaje menos formal.

Le di un sorbo al coñac, que resbaló por mi garganta de manera suave y placentera. Dejé el vaso sobre la mesa y miré a la multitud que llenaba las mesas.

—Herr Länger, es placer conocerlo. Supongo que Rudi le contó del apodo que mi amiga Lotti me puso.

—Sí, me gusta. Me interesaba conocerte. —Abrió un paquete de aluminio de cigarros con filtro dorado y golpeó uno de sus bordes con el puño. Un cigarro salió de un salto y lo encendió—. Llámame Rickard. Quizá hagamos negocios juntos.

Me ofreció un cigarro que yo rechacé, no eran mi marca.

—¿Estás casado? —pregunté.

Enarcó las cejas un instante y recuperó la compostura con una sonrisa.

—No pierdes el tiempo; es un rasgo de personalidad cuestionable.

Las risas estridentes de una mesa de hombres de negocios borrachos desviaron su atención.

—Me gusta saber en qué me meto, sin importar el tipo de propuesta —respondí cuando volvió a mirarme.

—Por el momento, negocios —dijo respondiendo a mi pregunta—. Me gusta tu aspecto. Quizá Rudi te dijo que produzco películas.

Asentí.

—Estoy haciendo una ahora... sobre vampiros.

Reí.

—¿Ésa no se hizo ya? ¿*Nosferatu*?

Aspiró una bocanada con placer y dejó que el humo saliera por su nariz.

—Ese tipo de cine está muerto. Las tomas angulares y en fuga son obsoletas. Lo que busco es realismo. La película de Murnau no llega tan lejos. Muchas historias se han basado en el *Drácula* de Stoker, pero yo quiero contar el relato de sus novias, sus numerosos amores. Es un papel hablado, sólo unas líneas; tú podrías hacerlo.

—¿Debería sentirme halagada o insultada?

Bebí otro sorbo.

—Definitivamente es un cumplido. Voltea la cabeza hacia un lado.

Lo hice.

—Sí, un perfil espléndido. Una verdadera belleza.

Me pregunté si ésta era su manera de insinuarse. Me había mirado en el espejo justo antes de salir de la casa y no quedé muy complacida con lo que vi. Mi cabello estaba demasiado largo para la moda actual, tenía ojeras porque el dinero me preocupaba, y pensaba que mi nariz era demasiado grande y mi busto demasiado pequeño.

—Estoy segura de que me sobreestimas.

—No; cuando lo veo, lo sé. —Se inclinó hacia adelante y me observó bajo la luz azul—. Tienes un perfil clásico. No te cortes el cabello; el estilo a principios de siglo era aún más largo. Tenemos extensiones para aumentar la longitud. Y hagas lo que hagas, no borres ese lunar en tu mejilla izquierda; eso aumenta tu personalidad y... belleza.

A mí me parecía una mancha antiestética y muchas veces consideré quitármelo, pero decidí que el costo no valía la pena.

—Eres alta para una mujer. —Apagó la colilla del cigarro en el cenicero de cristal—. Pero no eres desgarbada; reflejas cierto estilo y gracia. Empezamos a grabar las escenas de las esposas mañana en la mañana. ¿Puedes estar ahí?

—¿Cuál es el salario?

—¿Cuánto pagas de renta?

—Ocho marcos a la semana.

—Te daré diez a la semana, siempre y cuando estés grabando..., pero no le digas a las otras chicas.

Le tendí la mano como la mujer de negocios en la que me había convertido.

—De acuerdo.

—Tu llamado es a las ocho, no llegues tarde o tendré que conseguir a otra chica. —Metió la mano al bolsillo de su traje—. Toma mi tarjeta, en caso de que necesites comunicarte conmigo.

—Ahí estaré.

Se puso de pie, tomó mi rostro entre sus manos y lo hizo girar despacio de un lado a otro.

—Maravilloso. —Inclinó la cabeza en dirección al coñac—. Quédate con la botella.

Cuando Rickard se marchó, Rudi llegó al gabinete, fingiendo que no estaba interesado en lo que había sucedido. Llevaba pantalones de vestir ajustados que hacían que al cruzar la sala las cabezas, de todos los sexos, voltearan en su dirección. Esta noche había completado su atuendo con una camisa blanca y un saco que se volvía azul o gris dependiendo de cómo le diera la luz.

—¿Quieres comer algo? —preguntó echando un vistazo a la botella de coñac, a dos tercios llena—. ¿*Sauerbrauten*? ¿Queso?

—No, creo que no. Mañana tengo llamado en la mañana.

Alcé la mirada y sonreí al ver su rostro agradable.

—Lo sabía —dijo sonriendo a su vez—. Estoy muy contento por ti. Lotti lo estará también.

—Voy a interpretar a una de las esposas de Drácula.

—Una vampira. Un reparto perfecto.

—Ah, esperemos. ¿Me acompañas para brindar?

Rudi estaba a punto de responder cuando un alboroto estalló cerca de la puerta del club. Todos miraron hacia la entrada. Respirando con dificultad, Rickard avanzó apresurado entre el laberinto de mesas hasta desplomarse en el gabinete, luego jaló a Rudi hacia él.

—Los gánsteres me dieron un puñetazo en el estómago y tu portero recibió un golpe en el ojo. No creo que esos bastardos entren.

—¿Walter está herido? —preguntó Rudi.

—Está bien. Gritó pidiendo ayuda a la policía. Ya están ahí afuera.

Rudi avanzó a zancadas hacia la puerta.

Me incliné sobre la mesa para tener una mejor idea de lo que le había pasado a Rickard. Estaba despeinado y al parecer le habían rasgado una de las solapas; tenía los ojos desorbitados y los labios apretados.

Me senté a su lado y le serví un trago. Tomó el vaso y lo apuró de un solo golpe.

—¿Qué pasó?

—Saben quién soy. —El vaso resbaló un poco en su mano—. Soy importante para ellos porque tengo dinero; creen que poseo mucho más de lo que en realidad tengo. —Sus labios dibujaron un gesto de sorna—. Me piden que les pague por protección, para mí y para el estudio, y no se detendrán ante nada hasta lograrlo. Durante años he podido evitarlos, como los insectos fastidiosos que son, pero ahora me siguen. Se me echaron encima cuando estaba a punto de subir al taxi.

Me costaba trabajo creer lo que Rickard me decía, pero la prueba estaba frente a mis ojos. Hacía años que existían las SA.

Había escuchado algunas historias sobre lo que habían hecho: a veces golpeaban a alguien o lo insultaban, pero jamás había presenciado nada como esto. A veces era difícil saber si las historias que escuchaba eran verdad o una exageración. Alemania estaba cambiando y yo, como muchas otras personas, ignoraba lo que sucedía porque no me había afectado a mí.

—¿Estás bien? ¿Necesitas ver a un médico?

—Estoy bien. Me defendí. Hasta yo mismo me sorprendí. Pero sí necesito otro trago.

La botella de coñac estaba ahora a la mitad.

Rudi regresó al gabinete; su rostro impasible como el de una estatua griega.

—Walter tiene una pequeña cortada bajo el ojo, pero está bien. Tengo que ir a advertirle al dueño que tenga cuidado con los camisas pardas. Más bien, los mierdas pardas.

—Saluda a Volker de mi parte —dijo Rickard.

Rudi se marchó en su busca, echando humo por las orejas.

—Bueno, saldré de nuevo —dijo Rickard—. Seguramente ya se fueron.

—Tomaremos un taxi juntos —propuse tomando mi abrigo y la botella de coñac.

En el peor de los casos podría usarla como arma para evitar otro ataque.

Llegamos a la puerta después de pasar frente a los ojos inquisitivos que nos miraban desde las mesas y salimos a la calle. El clima era más frío y me preparé para soportar el viento al tiempo que buscaba a las SA. No había nadie a la vista. Walter, luciendo un parche bajo el ojo izquierdo, le preguntó a Rickard si estaba herido. Mi nuevo empleador afirmó de nuevo que estaba bien y le dio al portero una propina de diez marcos por haber participado en el altercado.

Subimos al auto y le di mi dirección al conductor.

—Vives cerca de la catedral —dijo Rickard.

—Sí, en un departamento muy pequeño, con poco espacio para tener compañía.

—Qué lástima —repuso Rickard.

Unos minutos más tarde, el taxi se detuvo en mi calle.

—Mañana, prepárate para chupar sangre —bromeó Rickard.

El conductor nos lanzó una mirada indignada por el retrovisor.

Rickard me tomó del brazo cuando yo bajaba, me jaló para acercarme a él y me besó en la mejilla.

Me sonrojé y le di las buenas noches. El taxi se alejó. Al subir la escalera a mi departamento, miré sobre el hombro; era la primera vez que hacía algo parecido. No podía deshacerme de la sensación de que las SA podían seguirme. Rápidamente metí la llave en la cerradura y entré de inmediato a mi habitación.

Capítulo 2

Llegué al estudio como a las 7:30, después de un desayuno rápido y un cigarro. No tuve idea de qué hacer con mi cabello o maquillaje antes de salir del departamento, así que no hice nada. El estudio estaba como a media hora de distancia, pero a esas horas de la mañana, el apiñamiento de trabajadores en el tranvía provocó que me retrasara. Recibí empujones como si fuera la maza de un malabarista. Cuando llegué al lugar, me peiné y me pellizqué las mejillas para darles un poco de color.

Passport Pictures estaba ubicado en un campo junto al aeropuerto. Varios caminos principales corrían cerca y un ramal ferroviario serpenteaba en la parte posterior de la propiedad. Las vías oxidadas albergaban un crecimiento abundante de malas hierbas y parecía que no se habían usado en años. Detrás del arco de la entrada, los árboles adornaban con hojas amarillas y cafés en un semicírculo alrededor del edificio bajo de ladrillo. A ambos lados de esa estructura se unían dos enormes rectángulos verticales de acero y piedra que se elevaban como catedrales. Supuse que ésos eran los estudios, pues las ventanas estaban tapadas.

Un guardia llegó a mi encuentro en la entrada y me preguntó qué deseaba. Le respondí que venía a ver a Herr Länger, sobre mi papel de vampira en la película. De inmediato supo de qué hablaba y me guio hasta el estudio número uno, que estaba a la izquierda del edificio bajo.

Puesto que el reloj avanzaba, me apresuré a la locación, impresionada, emocionada y de algún modo abrumada por la dimensión del negocio que tenía frente a mí. No había tenido tiempo de llamar a Lotti para hablarle sobre el papel, pero estaba segura que compartiría mi entusiasmo y ansiedad. Mi mente bullía cuando llegué a la pequeña entrada junto a la gran abertura cubierta por una puerta de hangar.

Imaginé mi rostro en la portada de las revistas de cine, elegante, maquillada para verme más vieja de lo que era en realidad, ataviada con un vestido cubierto de lentejuelas plateadas que acentuaba mi escote y la blanca suavidad de mi piel. Cuando jalé el picaporte también consideré que había pasado por lo menos un año desde que trabajé en un escenario, en una obra de teatro escolar; mi imagen como estrella explotó como una burbuja en el viento.

Entré a otro mundo. El interior olía como un fresco día de invierno y las luces eran tenues. Avancé sin dejar de tocar la pared, que se sentía como muselina negra de algodón. En alto, frente a mí, un haz de luz amarilla perforaba la oscuridad. Seguí esa dirección a lo largo de las vueltas y recodos del pasillo.

Cuando giré en la última esquina, un panorama se abrió ante mis ojos, como si me hubieran transportado a las zonas agrestes de Rumania a finales del siglo pasado. Un castillo de piedra gris se elevaba sobre un risco escarpado. En el telón de fondo pintado, una luna rojo sangre se alzaba sobre la guarida del vampiro, una jugarreta para los actores porque las cámaras en blanco y negro sólo mostrarían un tono oscuro, no color.

Un hombre que vestía una túnica opaca, con el rostro cubierto de un polvo blanquecino, se inclinaba sobre la silueta de una mujer cuyo vestido vaporoso colgaba de su cuerpo como piel de serpiente. Conforme ambos actores trabajaban, una gran cámara se movía hacia ellos, avanzando con sigilo como una pantera al acecho.

—Corte —gritó un hombre desde la silla de tela del director—. Eso es lo que quiero a cuadro. —Los actores se irguieron de sus posiciones con languidez, aún absortos en su papel—. Treinta minutos para la siguiente toma —gritó el hombre por el megáfono.

El vampiro se recompuso y bajó corriendo por una serie de escalones de madera pintados para que parecieran de piedra, deteniéndose brevemente en su silla para tomar un cigarro. Lo encendió, con cuidado mantener la flama y su extremo ardiente lejos de su rostro empolvado.

Una mano en mi hombro me tomó desprevenida.

—Niki —dijo la voz suave.

Un hombre me besó la mejilla y sus dedos se entrelazaron en mi cabello un momento antes de que rozaran mi cuello. Me gustaba esa sensación. Volteé y vi a Rickard; parecía repuesto del altercado de la noche anterior, vestido con pantalones oscuros y un suéter a cuadros que cubría una camisa.

—Perdón por llegar tan tarde —dije—. El tranvía fue una catástrofe.

—La próxima vez toma un taxi. Yo lo pago. —Me tomó de la mano—. Déjame presentarte a Anders Pechstein, uno de nuestros mejores directores.

El nombre me parecía familiar y Rickard se tomó el tiempo de explicar.

—Ha dirigido más de veinte películas para nosotros y acaba de cumplir treinta años. Su padre es alemán y su madre es sueca judía. Está preocupado. La familia tiene relaciones y dinero. Todos caminamos sobre arenas movedizas con estos nazis por todas partes. Lo irónico es que sólo estamos tratando de hacer entretenimiento, nada más.

Anders estaba inclinado sobre un guion cuando nos acercamos. Rickard le dio un golpecito en el hombro y el director alzó la mirada. Era alto y esbelto, con el cabello rubio oscuro y el rostro pálido como sus vampiros, salvo por una mancha rojiza en cada mejilla. Los pantalones a la rodilla y el suéter de rayas verticales que coordinaba con los calcetines acentuaban su torso delgado.

—Ella es Niki —dijo Rickard como si odiara tener que molestar al director—. La mujer de la que te hablaba... una esposa perfecta para nuestro rey vampiro.

Anders giró, levantó el rostro, me examinó durante unos segundos y lanzó un gruñido.

—Ella estará bien. Llévenla a maquillaje.

No perdimos tiempo. Rickard me llevó a recorrer el set hasta un vestidor sórdido escondido en un rincón improvisado detrás del frente falso del castillo.

—Está de mal humor —dije.

—No, así es Anders. Sólo trabajo y nada más. Es lo que lo hace genial. Todos estamos acostumbrados.

Una mujer avinagrada, cuyas manos manchadas mostraban un arcoíris de color, estaba sentada frente a un espejo luminoso.

—Ella es Inga —dijo Rickard—. Ella hace todo: vestuario, maquillaje, ayuda a repasar los diálogos... Por cierto, vas a necesitar el guion.

—Sí.

—Te buscaré una copia.

—No te molestes —intervino Inga sin emoción—. Aquí tengo una. ¿Ella quién es?

—La reina vampira tres —respondió Rickard.

—He leído esta basura miserable por lo menos doce veces —dijo Inga lanzándome el guion—. Tienes tres líneas en una película muda. No te llevará mucho tiempo memorizarlas. —Se levantó de su asiento frente al espejo—. Siéntate. Tenemos quince minutos para hacerte fea, si es que nos lleva tanto.

Inga lanzó una risita y yo puse los ojos en blanco por su insulto. Rickard desapareció. Cuando abrí las páginas con las esquinas dobladas y les eché un vistazo, lo único que me mantuvo en la silla fueron los diez marcos que estaba ganando.

En quince minutos, Inga ya me había puesto una masa grasosa y cenicienta en la cara, dientes falsos y un vestido sensual muy parecido al que ya había visto. Quedé asombrada por la transformación: de mi aspecto cotidiano a una vampira de ojos negros y rostro pálido con colmillos que me miraba desde el espejo.

Si no me había equivocado al leer las líneas de la reina vampira tres, Inga estaba en lo correcto: «No seré rechazada», «Qué hermosa está la luna esta noche» y «Aliméntame con tu sangre». Dónde y cuándo había que decir esas líneas, seguía sin ser claro para mí.

Un joven asomó la cabeza por la cortina que separaba el vestidor del set.

—¿Niki?

Asentí, lista para dejar a Inga consigo misma.

—Te llaman en el set.

El rey vampiro esperaba cuando subí la escalera de la terraza, con el imponente castillo sobre nuestra cabeza. Habían colocado la cámara a un ángulo de cuarenta y cinco grados, con la lente hacia arriba, para que capturara no sólo nuestros cuerpos sino la áspera textura de la piedra falsa y la luna pintada. Las otras dos reinas vampiras, con sus colmillos y garras extendidas, estaban frente a mí, listas para atacar mientras yo suplicaba al rey que me salvara; este último apestaba a aguardiente y cigarros.

Anders pidió silencio. Cuando gritó «acción», la cámara zumbó.

El rey, como si llevara patines debajo de su disfraz, se deslizó hacia mí.

—¿Por qué debería hacerte mi reina? —preguntó entre dientes.

Lo encaré, transfiriendo toda mi capacidad histriónica a mi mirada y a las palabras que diría.

—¡No seré rechazada!

En algún lugar se azotó una puerta y Anders gritó:

—¡Corte!

Las luces parpadearon un momento y luego retomaron su intensidad para la toma.

—Basta —gritó un hombre.

El rey y yo descansamos de nuestra pose y, con una mano sobre los ojos, miramos más allá del director. En la oscuridad, vi a Rickard avanzar a zancadas hacia Anders.

Un camisa parda cubierto con un kepi caminaba con energía hacia los dos hombres. Era un hombre delgado como una comadreja, que me recordó a Joseph Goebbels.

—¿Quién dirige esta película?

Lo seguían dos hombres vestidos de manera similar, aunque sin la insignia de hojas de roble. Conformaban un grupo aterrador en sus uniformes, completados con pantalones de montar, correas de piel, cinturones ajustados, brazaletes nazis y, lo más perturbador, pistolas a los costados.

Anders se levantó de su silla y giró para encararlos.

—Soy yo. ¿Qué quieren?

—¿Esta es una película alemana respetable? —preguntó el líder.

—¿Quién es usted? —preguntó Rickard a su vez.

—Soy el Oberführer Spiegel —respondió el hombre—, y se referirá a mi como Oberführer.

—Sí, Oberführer —dijo Anders—. Esta es una buena película alemana filmada en buen suelo alemán.

Empezó a darse la vuelta como si Spiegel no importara.

—¿De qué se trata? —insistió Spiegel.

Anders dudó y Rickard habló en su lugar.

—Las esposas del rey vampiro.

—¿Vampiros? —preguntó el hombre con desdén, su bigote se curvó sobre su labio—. ¿A eso le llama bueno? Ya vimos la porquería decadente de *Nosferatu* y no quiero más de eso. Debería alabar las virtudes de la Madre Patria, los buenos hombres y mujeres alemanes que algún día gobernarán el mundo. El regocijo del trabajo duro, la productividad y la maternidad; eso es lo que debería filmar, no esta indecencia degenerada.

Anders se levantó de la silla y dio un paso hacia Spiegel. Los dos hombres tenían casi la misma estatura cuando quedaron cara a cara, ambos con la mirada fulgurante.

—Mi película no es ni decadente ni degenerada. Filmamos lo que la gente quiere ver.

El Oberführer levantó la mano y sus dos cómplices se colocaron a ambos lados del director.

—¿Quiere ver sangre? Se la enseñaremos.

Los dos camisas pardas jalaron a Anders por el pasillo. Escuchamos cómo se azotaba la puerta y nos miramos horrorizados. Rickard avanzó hacia la puerta, pero Spiegel le bloqueó el paso y sacó la pistola de su funda.

—A usted lo conozco —dijo el Oberführer—. Usted es Länger, el productor que se niega a apoyar nuestra causa, el que nos debe tributo.

—Tributo, una mierda. Chantaje. Usted y sus apestosos nazis. ¡Quítese de mi camino!

—Tengo muchas razones para dispararle y nadie, ni siquiera la inútil policía, cuestionaría mis motivos.

Levantó la pistola hasta la frente de Rickard.

Una de las otras reinas reprimió un grito y cuando empezaba a decir algo, Rickard alzó una mano para pedir silencio.

—Si estuviera en su lugar, no ignoraría a nuestro partido ni a nuestros líderes —continuó Spiegel—. Lo mejor para usted será encontrar el dinero que le pedimos. —Bajó su arma—. Ahora, iré a ver a mis hombres; tendrá mucha sangre para su película.

Enfundó la pistola y desapareció en la oscuridad.

Me apresuré al lado de Rickard; él temblaba, más de rabia que de miedo, supongo. Tomó mi mano un momento y luego corrió a la puerta para abrirla de par en par. Yo, y el resto del reparto, lo seguimos.

Anders yacía a la mitad del terreno. Los dos camisas pardas estaban de pie sobre él; sin embargo, lo en verdad terrible era la horripilante imagen del Oberführer en cuclillas cerca de su cuello, lamiendo la herida del director. Spiegel sacó la lengua, empapó su mano en la sangre, se levantó como una criatura de la noche y chupó el fluido carmesí en su dedo.

—Los vampiros son reales —dijo riendo—. No lo olvide o se derramará más.

Los tres hombres dieron media vuelta y se alejaron.

—Dios mío —dijo Rickard corriendo hacia Anders.

La sangre había formado un charco alrededor de la cabeza del director y convertía la tierra en un suelo resbaladizo y negro.

—¿Está vivo? —pregunté.

De rodillas, el rey vampiro puso una oreja sobre el rostro de Anders.

—Respira. Creo que sólo perdió el conocimiento.

—Voy a llamar a la policía —dijo Rickard—. Esperen con él. Vean si pueden hacer que recupere el sentido.

Esperamos hasta que llegó la ambulancia y se llevó a Anders. El rey vampiro y yo nos las arreglamos para cubrirle con un paño la herida en un costado de la cabeza de la que había escurrido la sangre que llegó hasta su cuello. El director estaba aturdido, pero pudo mascullar algunas palabras antes de que se lo llevaran. Spiegel tenía razón, la policía era inútil; sólo hicieron unas cuantas preguntas y describieron el ataque como un «incidente menor». Tuve la impresión de que no querían involucrarse con nada que tuviera que ver con las SA.

—Yo me encargaré hoy —dijo Rickard cuando regresamos al estudio.

El estado de ánimo era más que sombrío mientras seguimos con la filmación.

Unos años más tarde escribí *Confesiones de la esposa de un vampiro*, esperando que los nazis lo leyeran. Lo hicieron y lo odiaron. El libro rebosaba de alusiones a las SA y sus tácticas.

Vinieron por mí como lo hicieron por todos los demás. En un atuendo escarlata, viajaban en volutas de viento, sin jamás ver el sol porque su sola presencia lo bloqueaba. Eran más que vampiros; eran parásitos. Me convertí en parte de ellos porque me absorbieron. No podía hacer nada para detenerlos. Mi única salida a este horror era mediante mi propia muerte, pero yo ya estaba muerta en su presencia.

Mi esposo era el peor. No teníamos relaciones sexuales, no teníamos hijos. Propagábamos nuestra raza mediante la violencia y la locura. Para mi marido no había diferencia si era amable o benevolente. No había reglas; sólo días enterrados que se convertían en noches nubladas con muerte, pintadas de rojo, hinchadas de humo.

La dorada seducción de un trago o el suave resquebrajamiento de la piel contra nuestros dientes no nos satisfizo. La sangre nos impulsaba y entre más bebíamos, más sedientos estábamos. Nunca olvidé la noche que lo vi inclinado sobre el cuerpo del hermoso joven al que había asesinado. No lo había hecho por sexo, ni por codicia, ni por nada salvo la calidez y el vigor de la sangre fresca al brotar. Se arrodilló a un lado de él y sus colmillos perforaron la yugular, la vida de la juventud manaba en borbotones hasta que quedó tan blanco como el alabastro. Luego, con un rugido de lujuria, empapó sus dedos en la sangre y bebió como si estuviera poseído, hasta que ahuecó las manos alrededor de su cuello como si tomara agua del riachuelo de una montaña. Sus dientes, y todo en mi esposo, eran rojo brillante. A partir de ese momento, nadie pudo detenerlo.

Conforme filmamos durante ese día, con la luna carmesí sobre nosotros, sentí que nadie podría detener a los nazis. Esa sensación recorrió mi sangre como un río helado de los Alpes.

Nos encaminábamos al caos.

Pero a muchos alemanes no les importaba y adoraron al rey vampiro que comenzaba su ascenso entre ellos.

Capítulo 3

Anders permaneció en el hospital durante varias semanas, sufriendo dolores de cabeza y mareos por la lesión. Los médicos dijeron que había sufrido una contusión grave y prescribieron reposo absoluto hasta el final del año. Rickard me recogió en su Mercedes-Benz algunas veces para visitarlo al hospital y expresarle nuestros mejores deseos.

Rickard fue valiente y trató de continuar la película, pero muy pronto se vio agobiado por los detalles técnicos que su colega dominaba. Rickard era el dinero; Anders, el cineasta.

Así, tras dos dolorosas semanas, la producción se cerró y el resto de los vampiros y yo nos despedimos, sin saber si nos veríamos de nuevo. Yo obtuve mis treinta marcos y estaba feliz de tener dinero. El rey vampiro me dijo que iría a otros estudios, otros proyectos, y que no le hablara a Rickard de su decisión. Entendí; incluso un vampiro necesita efectivo.

Lotti y yo nos reuníamos algunas veces en el club después del trabajo y rezongábamos sobre nuestras respectivas vidas con el pobre Rudi, quien no tenía nada más que ofrecer que consuelo y licor. Sin embargo, Lotti estaba muy emocionada de escuchar sobre mi relación con Rickard que, por extraño que parezca, había adoptado un rumbo positivo tras la horrible golpiza que le dieron a Anders. Sus mejillas carnosas brillaban sonrosadas cuando le contaba sobre nuestro tiempo juntos, cuando en ocasiones íbamos a cenar o visitábamos a Anders.

Un día, de camino al hospital, le pregunté a Rickard qué pensaba hacer con los nazis.

Fue cortante:

—No tienes que preocuparte por eso. No es asunto tuyo.

—Pero sí me preocupo —respondí poniendo una mano sobre su pierna, el único miembro libre puesto que tenía ambas manos en el volante.

Volteó un segundo para sonreírme de una manera que ningún hombre había hecho antes. En ese momento, me enamoré de él, por lo menos un poco. Cuando llegamos al hospital, me besó antes de bajar del coche. La calidez hizo que me sintiera viva, no como una cazafortunas o una mujer que sólo busca la comodidad del dinero y el hogar de un hombre.

Por supuesto que ya había estado antes con otros hombres, para disgusto de mi madre. Nunca le di detalles, sólo le decía que salía, salvo algunos nombres desperdigados aquí y allá. Era una luterana practicante, igual que lo fue mi padre, y se había dedicado a criarme en un hogar cristiano. Mi madre rezaba con frecuencia durante el día: antes de las comidas, antes de ir a dormir y en la iglesia. Yo le seguía la corriente, pero nunca pude ver el beneficio. Nuestras oraciones no nos daban dinero ni prosperidad, y tampoco lo hacía el glamur de las revistas que incitaban las fantasías de mi madre más allá de nuestro pequeño hogar. La vida se arrastraba como una tortuga. Cualquier cambio en nuestras circunstancias era lento y gradual, en general cuesta abajo. Mi padre murió en la primera guerra mundial, así que nunca lo conocí. Yo creía que Dios se había llevado a mi padre y nos había abandonado, aunque mi madre se entusiasmaba con su muerte y lo llamaba «un ángel que había volado al Reino Celestial demasiado pronto». La vida se hizo aún más difícil para ella después de su muerte. Apenas podíamos vivir con la pequeña pensión y el poco dinero que podía ganar lavando ropa.

Siempre me gustaron las listas, pero había una que le ocultaba a mi madre: la de los hombres en mi vida. Empezó a los dieciséis con un beso, después fueron caricias y, un año después, manoseos en el callejón o, si el hombre tenía los medios, en el asiento trasero de un coche. Perdí la virginidad justo antes de cumplir dieciocho años, varias semanas antes de que mi madre me dijera que tenía que irme porque no podía soportar ver cómo arruinaba mi vida con «hombres sucios». No es importante cómo se llamaba aquel hombre, pero recuerdo que mi primera relación sexual fue dolorosa y desagradable. Al parecer, las madres saben cuándo sus hijas tienen relaciones. Quizá fue porque me sentí muy culpable, aunque sólo al principio, porque más tarde el sexo se convirtió en un asunto de supervivencia.

A partir de entonces me abrí camino de un hombre a otro, sin perder de vista el requisito de soltería. Buscaba una cena, un jerez, una cama caliente y un empleo como si fueran parte del acuerdo. Mi aspecto me permitió entrar a sus casas, pero no me mantuvo en ellas. El sexo mermaba y los hombres se aburrían de mi compañía; incluso a veces amenazaban con echarme a patadas si no empacaba. Rickard, al menos en la superficie, parecía distinto, pero yo no estaba segura de que no me echaría también a la calle. Esperaba que no lo hiciera porque me gustaba; a veces incluso lo amaba.

En mi juventud no pude distinguir la diferencia entre supervivencia y amor. Quería creer que cualquier relación era más que hormonas e impulsos sexuales. Rickard parecía tener los pies en la tierra y yo me sentía bien cuando estaba con él; sin embargo, mi desconfianza del mundo ensuciaba su halo, como lo había hecho con todos los hombres. Cuando visitábamos a Anders en el hospital, estudiaba a Rickard: su silueta resplandeciente bajo el sol que entraba por la ventana, su rostro relajado y sonriente, animando a Anders a que sanara, entreteniéndolo con bromas sin gracia que en ocasiones hacían sonreír al director. Pero en Rickard también advertía la preocupación por los otros, más de lo que había visto en otro hombre, y esa cualidad me alentaba y hacía morir de miedo al mismo tiempo.

Durante las pocas semanas que habíamos estado juntos, nos besamos y nos abrazamos, pero no hicimos el amor. Incluso mi vocabulario había convertido «sexo» a «hacer el amor». Rickard era demasiado caballeroso como para presionar y yo tenía miedo de lo que pasaría. Estaba perdiendo el control de mi singularidad, la conciencia de mí misma.

Luego llegó el día que todo cambió.

Empezó como cualquier otro. Me bañé en el cuarto de aseo al final del pasillo, regresé a mi departamento y me estaba cepillando el cabello frente al espejo azul cuando un hombre tocó mi puerta; lo supe por los golpes enérgicos y la tos de fumador. Un vecino agrio del primer piso, un veterano de la Gran Guerra que siempre usaba pantalones que no eran de su talla y zapatos desgastados, estaba de pie frente a mí, retorciéndose un extremo del bigote gris y mirando mi cuerpo envuelto en una bata con sus ojos recelosos y sombríos.

—Una llamada para usted —dijo—. Un hombre. ¿Quién más?

—Gracias. Ahora voy.

Cerré la puerta en la cara de ese viejo bastardo y maleducado. No quería verlo después de esa declaración hiriente sobre mi personalidad, así que esperé un momento antes de bajar la escalera. El auricular colgaba del teléfono pegado a la pared.

—¿Hola?

—¿Escuchaste las noticias?

Parecía que a Rickard le faltaba el aliento y que estaba muerto de miedo. Nunca lo había escuchado tan alterado.

—¿No?

—Dios, Niki, ¿siquiera sabes qué día es hoy?

—No. ¿Por qué tendría que saberlo?

Su tono me irritó. Mi voz salió como un gruñido.

—Miércoles, 30 de octubre de 1929. Hace ya un tiempo que estamos metidos en esta mierda, pero ayer tocó fondo en Estados Unidos. La Bolsa de Valores de Nueva York perdió miles de millones. Miles de personas ahora están en bancarrota y el maldito pánico está cundiendo en todo el mundo. —Respiró profundo—. Hoy se recuperó un poco, pero no creo que dure. Ya se ha perdido demasiado.

No supe qué decir. El mercado de valores nunca me había interesado. No tenía dinero en él, mucho menos nada para invertir. Francamente, estaba más preocupada por sobrevivir cada día, tratando de averiguar quién era y preguntándome adónde me llevaría el futuro. Sin embargo, las noticias de Rickard y su miedo evidente me afectaron.

—Es terrible —dije suavizando el tono—. ¿Hay algo que pueda hacer?

—A menos que puedas salvar los mercados mundiales, lo dudo. —Calló un momento y pensé que se había cortado la comunicación—. El estudio está acabado. Sin el capital de nuestros inversionistas, estamos hundidos. —Su voz se quebró—. Todo por lo que he trabajado ha desaparecido. Todos tendrán que buscar trabajo, yo incluido.

De nuevo, no sabía qué decir.

—Lo siento.

—Oh, para ti también será difícil. No será fácil encontrar trabajo ahora. Miles de alemanes ya están desempleados, será una avalancha.

—De mis trabajos como mecanógrafa tengo suficiente para comprarnos café —dije esperando alegrarlo, pero sólo obtuve un suspiro como respuesta.

Mi madre me aceptaría en su casa si no podía encontrar trabajo, pero esa era la opción menos deseable.

—¿Qué dirías de vivir juntos? —preguntó—. Podríamos combinar nuestros ingresos, ayudarnos mutuamente.

Su pregunta me tomó por sorpresa. A Rickard eso no le beneficiaría financieramente a menos que quisiera que lo ayudara con la renta, y yo probablemente no podría pagar ni la mitad de lo que él pagaba. Yo sabía que tenía un departamento elegante en el bulevar Unter den Linden; que recibía su nombre de los árboles que se alineaban en las pasarelas peatonales. ¿O era su forma de decir que estaba interesado en mí, incluso que quizás se preocupaba por mí? Era curioso que sonara más joven cuando hizo la pregunta, casi como un adolescente. ¿Estaba nervioso... o le emocionaba pensar en que viviéramos juntos?

—¿Hablas en serio? No podría pagar mi mitad de la renta que pagas.

—Podríamos compartir los gastos de alimentos... Nos preocuparemos más tarde del dinero. Y por supuesto que hablo en serio. La primera noche que te vi en el club quedé fascinado...

Tras el repentino cambio en su voz, no respondí de inmediato. Sopesé mis sentimientos mientras sostenía el auricular y miraba el sucio pasillo que iba hasta mi pequeña recámara. Mis lujos eran inexistentes. Mis días consistían en trabajos temporales con empleadores miserables que me hacían preguntarme cómo pagaría mi siguiente comida, luchando contra los amargos gruñidos de mi estómago cuando no tenía lo suficiente para comer. Rudi era lo bastante amable como para darme algo de comida cuando Lotti y yo íbamos al Leopard Club y, a menudo, Lotti pagaba las bebidas porque trabajaba tiempo completo. Mi pasado se había caracterizado por «vivir al día», y Rickard me ofrecía algo más: comodidad, seguridad. «Quedé fascinado», había dicho. Ningún hombre jamás me había dicho esas palabras.

Mi madre no lo hubiera aprobado, pero no me llevó mucho tiempo decidirme.

—Mañana es 31. Debo pagar la renta el primero de noviembre. Estaré ahí en dos días.

Respiró profundo, como si le hubieran quitado un peso de los hombros.

—Ven a las once de la mañana.

Colgué y volví corriendo al pequeño agujero que era mi departamento. No tenía mucho que empacar. Tenía ganas de celebrar y no podía esperar a contárselo a Lotti.

El distrito banquero en el centro de Berlín no estaba bañado en sangre, pero no dudaba que unos cuantos inversionistas ambiciosos se hubieran suicidado. Conforme caminaba por Unter den Linden, imaginé que algunos habían saltado de los techos de los enormes edificios de piedra que se alineaban en las calles y que los cientos de bancos y sus sucursales en el área habían sufrido grandes contratiempos. Sin duda, reinaba la tristeza en la Bolsa de Valores de Berlín en Hackescher Market. Se contaban historias de que algunos hombres se lanzaban de los rascacielos en la ciudad de Nueva York o sacaban pistolas del cajón de su escritorio y se volaban los sesos porque habían perdido dinero. ¿Cómo hubieran lidiado esas personas con los camisas pardas con los que nos cruzábamos todos los días? La vida es una serie de elecciones, una cuestión de prioridades.

Subí la escalera con mi maleta y llegué a la reja del edificio de Rickard. Dejé la maleta de piel sobre la piedra fría y consideré lo que estaba haciendo: mudándome con un hombre; uno que tenía dinero cuando lo conocí, pero que ahora quizá estaba en el mismo aprieto financiero que la mayoría de mis relaciones románticas anteriores. Sin embargo, por su bien, y de manera egoísta por el mío, esperaba que hubiera ahorrado algo de dinero de sus ganancias en los negocios.

La herrería adornada en filigrana que cubría la enorme puerta de vidrio me hizo detenerme. Desde que me salí de la casa, había vivido con varios hombres, de los cuales ninguno me ofreció algo mejor que el departamento del que yo acababa de salir. Había vivido una vida alimentada a base de huevo en pan tostado, que en ocasiones iba acompañado de una agradable mermelada pegajosa. Con una sola vez que apretara el timbre del departamento de Rickard, el asunto estaría zanjado. Siempre podía irme si las cosas se ponían feas, pero no quería pensar en eso. Algo al interior de mi cabeza me decía que yo deseaba que esto funcionara. Fuera de la casa de mi madre, sólo Lotti me había ofrecido que usara su departamento si estaba en problemas, y por problemas se refería a estar embarazada.

Miré la fachada de piedra y contuve el aliento.

Casi esperaba que me recibiera un mayordomo bien manicurado e impecablemente vestido, pero en su lugar, Rickard, vestido de manera informal con un suéter blanco y pantalones oscuros, bajó la escalera a saltos con una enorme sonrisa en su apuesto rostro. Su recepción entusiasta me levantó los ánimos. ¿Qué podría salir mal en un lugar como éste?

La puerta se abrió para mostrar un pasillo largo y reluciente, con azulejos negros y blancos, y una escalera de mármol color crema iluminada con la luz cálida de un candelabro eléctrico. Rickard me envolvió en sus brazos y me besó de forma adorable, no forzada ni excesivamente apasionada, sino de forma tranquila y firme, como si lo hiciera en serio.

—Pasa —dijo tomando mi maleta del rellano—. Estoy feliz de verte. Estos días han sido muy difíciles, pero las cosas están mejorando.

—Lo veo —respondí, segura de que yo era parte de ese entusiasmo.

Subimos tres pisos, pasando frente a puertas con paneles blancos rectangulares con contornos de hoja de oro. El pasillo era tan silencioso y tranquilo como ningún lugar donde hubiera estado antes. Usualmente, mis oídos se veían asaltados por el rugir de los motores de automóviles o carretas jaladas por caballos que pasaban frente a la ventana abierta de mi departamento, incluso los gritos y risas de niños que hacían eco en el patio interior. Aquí, en cambio, el silencio era inquietante.

—Aquí es, el 3D.

La puerta no estaba cerrada con llave y Rickard la abrió de par en par. La habitación frente a mis ojos me dejó sin aliento. Las paredes estaban cubiertas de enormes ventanales brillantes que daban a Unter den Linden. Mis ojos asimilaron la línea irregular de edificios que se extendía en el horizonte bajo las nubes. Caminé sobre un piso de madera café-rojiza con mármol negro incrustado. Una hilera de sofás color óxido se extendía bajo las ventanas y dos mesas de vidrio y cromo remataban la habitación. Unas cómodas sillas de piel a juego en forma de «V», descansaban a lado de dichas mesas. Alfombras de diseño geométrico cubrían el piso en ciertos lugares.

—Es magnífico —exclamé—. Nunca había visto algo así.

Vi la recámara a la izquierda: una sinfonía de blanco y plateado, alojada en una esquina del edificio.

Para colmar mi asombro, una voz llamó desde una habitación del lado derecho del departamento, oculta detrás de unas puertas francesas.

—¿Länger? Tenemos que acabar nuestro asunto.

—Un momento —gritó Rickard—. Niki, desempaca. Te dejé espacio en el armario. Te explicaré en unos minutos.

Hice lo que me pedía, incapaz de mirar hacia atrás o escuchar qué sucedía al otro lado de esas puertas. El enorme mueble de nogal al que se refirió Rickard descansaba contra una pared interior. Dos esquinas redondeadas salían de un panel central empotrado en el que había un espejo de cuerpo completo. El espacio a la derecha estaba lleno de los trajes y sacos de Rickard, el de en medio probablemente albergaba sus camisas y pantalones. Abrí el izquierdo, donde había espacio para colgar ropa y estantes mucho más que suficientes para mi exiguo guardarropa.

Después de desempacar, me senté en la cama y acaricié el sedoso edredón. Rickard se tardó mucho más que unos minutos. Pasó media hora, luego cuarenta y cinco minutos y hasta una hora. Me quité los zapatos y me recosté; casi me quedaba dormida cuando escuché voces fuera de la recámara.

Avancé despacio hacia la puerta y me asomé. Rickard hablaba en voz baja con el Oberführer, cuyos rufianes habían agredido tres semanas antes a Anders y presionado a Rickard para que les diera «tributo». Spiegel levantó el brazo a modo de saludo. Sin entusiasmo, mi compañero le devolvió el gesto. En unos segundos, el nazi se había ido.

Apreté el puño en el edredón.

—¿Qué hacía aquí ese bastardo?

Lanzó un suspiro y se sentó a mi lado en la cama.

—Pensé que para cuando tú llegaras ya se habría ido... Si algo tienen los nazis es que hablan sin parar del Führer y sus propuestas de reglas y normativas para el nuevo Reich. Actúan como si ya hubieran tomado el gobierno.

—Ni siquiera están en el poder, ¿por qué todos les rinden pleitesía como si fueran Dios?

—Quieren ser eso y más. Necesito un cigarro. ¿Ya leíste *Mein Kampf*?

—No, no me interesa.

Se levantó de la cama y caminó hasta el tocador que estaba en un rincón, entre dos ventanas. Encendió un cerillo y se sentó en la silla blanca de piel del tocador. Se inclinó hacia adelante y la luz golpeó su espalda y su cuerpo en una forma tal que parecía viejo, triste y cansado de vivir. Tras soltar una bocanada de humo, sostuvo el cigarro entre los dedos y habló.

—Son implacables... y no se irán. Tienen más de cien mil miembros... como el buen Herr Spiegel me informó hoy con júbilo. No son muchos comparados con la cantidad de personas que hay en Alemania, pero se han infiltrado en puestos altos, tribunales y oficinas burocráticas. Cuando combinas eso con el número creciente de tropas de choque con las que cuentan, tienen una fuerza poderosa. Intentarán usarla, a la larga, para terminar con la democracia alemana como puedan.

Levantó la cabeza y me miró, sus ojos estaban empañados, pero tranquilos.

—Su líder, ese Adolf Hitler, culpa a los judíos de los errores de Alemania, pero ¿quién sabe quién es él en realidad? —continuó—. Algunas personas lo escuchan; otros piensan que es una broma. Yo no creo que se vaya a ir. La gente está cegada por su nacionalismo y por cómo tergiversa la verdad. Goebbels difunde las mentiras del partido y los alemanes se las tragan como si fuera pastel de manzana. Tengo miedo de lo que viene y quiero protegerme... Protegernos, si puedo decir que hay un «nosotros». Me gustas, Niki, mucho.

Hizo girar entre sus dedos el filtro dorado de su cigarro y luego lo apagó en el cenicero de cristal que estaba sobre el tocador.

—Puedes decir que hay un «nosotros», pero no sé si sea cierto.

Caminó hasta la cama y se sentó.

—Quiero que sobrevivamos al caos que se avecina. Saben que perdí bastante dinero y aun así me siguen pidiendo que les pague. —Extendió los brazos a los costados como para abarcar todo—. Podría perder mi departamento. Tengo que lidiar con esta gente, me amenazaron.

Me pregunté por un momento si debería tomar mi bolso y bajar la escalera, pero estaba cansada de vivir con lo mínimo y Rickard parecía sincero. Miré la recámara y la magnífica sala afuera. En lugar de irme, giré hacia él.

—Dime cómo va a funcionar esto.

—¿Nosotros... o el dinero?

—Ambos.

—Los nazis tienen a miembros del partido en los bancos. Spiegel sabía cuánto dinero tenía antes de que Wall Street colapsara y sabe cuánto dinero tengo ahora. Me ofreció una salida si cooperaba, esa es la única manera de razonar con estas personas. Quizá tenga que vender mi coche o algunos de los muebles caros. —Se levantó—. Vamos a la otra habitación. Necesito un trago. ¿Tú?

Lo seguí después de sacar mis cigarros del abrigo.

—¿Tienes jerez?

Arrugó la nariz.

—Nada tan dulce. ¿Coñac está bien?

Asentí y me senté en una de las sillas que estaba frente a las grandes ventanas. Rickard se acercó al bar de ébano, vertió el licor en un pesado vaso de cristal y me lo dio. Le di un sorbo y pregunté:

—¿Qué hay de nosotros?

—Hay algo que debes saber.

No me gustó el sonido de su voz.

—Los nazis amenazaron a mi esposa e hijo si no les pago.

Sujeté el vaso con fuerza, mis dedos se pusieron color rosa por la presión.

—¿Estás casado?

Me hundí en el asiento, pensando que había infringido mi regla principal antes de haber empezado.

—Exesposa —dijo, desplomándose en uno de los sofás color óxido—. Me abandonó y se llevó a mi hijo con ella. Él tiene ahora seis años, pero no lo he visto en cinco. Fue un divorcio horrible. Ni siquiera sé dónde vive, pero los nazis lo saben. Como dije, tienen agentes en puestos altos.

Puse el vaso a medio terminar en la mesa que estaba junto.

—¿Por qué fue horrible?

Su cuerpo se tensó un momento y sus ojos se encontraron poco a poco con los míos.

—¿Quieres la verdad?

—Siempre.

—Tuve un amorío con una actriz. Se me salió de las manos, la mujer habló y mi esposa oyó los rumores... No fue indulgente. —Se recargó y extendió el brazo en el respaldo del sofá—. ¿Supongo que tú tuviste algunos romances?

Sentí que podía responder con la verdad.

—Sí. No soy una virgen.

Sonrió.

—Bien. Entonces ambos estamos echados a perder.

—Rickard, ¿estás seguro de que este arreglo va a funcionar? La vida ya es suficientemente difícil estos días.

Se levantó del sofá.

—Por favor, no te vayas. Dale tiempo. Quizá podemos ayudarnos mutuamente, ayudarnos a encontrar una manera de superar esta mala época. —Se paró frente a mí y tomó mi mano—. Quisiera que te quedaras. —Su sonrisa se hizo melancólica y derritió un poco mi corazón—. Seré honesto contigo: no me gusta vivir solo y tú eres la primera mujer que conozco en muchos años que me ha hecho sentir que podría hacer un hogar de esta casa. —Soltó mi mano y giró—. Bueno, es demasiado pronto para poner todo sobre la mesa.

No tenía ningún lugar a dónde ir. Tenía muy poco dinero. Había estado con hombres que tenían menos que ofrecer que Rickard. Quizá podría lograr esto, pero ¿cuáles eran las probabilidades? Aun así, ¿qué tanto era uno, dos o tres meses? Para entonces sabría si funcionaría.

—¿Ya desempacaste?

—Todavía no.

—Anda, esta es tu casa ahora.

Tomé mi vaso de la mesa y me dirigí a la recámara. ¿Qué era un mes o dos? ¿No merecía vivir como una reina durante un tiempo?

Puse mi maleta sobre la cama, abrí el armario y desempaqué. La habitación parecía ahora fría y más oscura, como si las nubes densas hubieran bloqueado el sol. Quizá iba a llover, y ni siquiera tenía un paraguas.

Capítulo 4

Nuestra primera noche solos tuvimos relaciones. Pudimos conocer el cuerpo del otro, explorar con manos y boca, instalarnos en la calidez y las curvas de nuestros cuerpos. Pensé que el sexo era como hacer un nido, empezar un hogar juntos. El juego de las luces de Berlín nos bañó durante la noche y los adornos de la opulenta recámara elevaron la experiencia a lo exótico. Quería complacer a Rickard, aunque mis motivos fueran egoístas. Como cualquier mujer soltera que vivió durante la República de Weimar, el espectro constante de la pobreza y el hambre acechaban sobre mi hombro.

Rickard fue amable y paciente al principio, nunca me presionaba para tener sexo ni me ponía en situaciones incómodas. Danzábamos uno alrededor del otro, a veces de forma lenta y amorosa, otras de manera nerviosa y salvaje, aún midiendo nuestro interés y la profundidad de nuestro afecto.

Disfrutaba familiarizándome con mi nuevo hogar: quedarme dormida en mi nueva cama; sentarme en el sofá, con Berlín en el horizonte a través de las ventanas, viendo cómo el amanecer se deslizaba por las ventanas como niebla plateada; el alivio de tener una salchicha y huevos para desayunar con Rickard; la risa sobre una botella de vino durante la cena. Por primera vez en mi vida, supe lo que era tener algo de confort y no sentir como si las manos de un acreedor me estrujaran la garganta.

El departamento estaba dividido por la gran sala. Un baño completo, con tina de porcelana, estaba adyacente a la recámara de Rickard. La habitación donde se reunió con Spiegel había sido convertida en un despacho, incluidos los libreros de roble de piso a techo llenos de volúmenes sobre cine y arte. Los constructores probablemente la habían diseñado para que fuera un comedor. La cocina era pequeña pero funcional, estaba conectada a la derecha del despacho, junto con un medio baño compacto.

La mayoría de los días nos quedábamos en casa para conocernos. El clima empezaba a enfriar; Berlín se oscurecía más conforme el otoño daba paso al invierno. Durante nuestras pláticas, Rickard era un cúmulo de emociones en conflicto que iban desde el optimismo sobre el futuro hasta predicciones de un apocalipsis por venir. A veces escuchábamos la radio y poníamos atención a las noticias. Un par de veces a la semana iba a Passport Pictures para asegurarse de que «el lugar seguía en pie». Antes de esas visitas, Rickard me daba unos veinticinco marcos y me decía que comprara lo que quisiera. «Compra un vestido bonito, algo para una fiesta», me decía y yo lo hacía, no sin antes ahorrar algo del dinero.

Pero también me preparaba para lo peor y me preguntaba cómo podría ganar un verdadero sueldo si la relación no funcionaba. Hasta donde yo sabía, el estudio estaba muerto y mi insignificante experiencia en actuación no me llevaría lejos en otra compañía cinematográfica. No dejaba de pensar en Lotti y en lo que acostumbraba decir cuando nos reuníamos en el Leopard Club: «Escribe una novela. Lo tienes en ti».

La vi ahí una tarde cuando Rickard no estaba. El lugar estaba extrañamente tranquilo, la iluminación era blanco pálido y había pocos clientes en la barra. Rudi no estaba ese día y una mujer que yo no conocía, de cabello negro corto, atendía a los pocos clientes.

Pedí un brandy, encendí un Manoli y esperé a Lotti en el mismo gabinete en el que conocí a Rickard.

Llegó quince minutos más tarde de lo que la esperaba, jadeando por el frenético esfuerzo por recuperar el tiempo, sus mejillas generalmente rosadas estaban encendidas por el viento cortante.

—Lo siento —dijo—, mi jefe es un bastardo, me hace trabajar horas extra sin pagarme. Si no necesitara tanto el empleo, si nadie necesitara tanto trabajar, me hubiera salido para venir aquí. —Con los ojos brillantes, se quitó el sombrero y el abrigo y los aventó en la banqueta del gabinete—. Pero muero de ganas de que me cuentes de ti. Rudi y yo hemos estado hablando de tu prolongada ausencia en el club. ¿Va todo bien?

Hizo un gesto obsceno, metiendo el índice dentro de un círculo que había formado con el pulgar y el índice de la mano izquierda.

—Basta —dije—. No soy una prostituta.

—Disfrutas a los hombres y estoy demasiado celosa porque tú tienes para escoger.

—Ha sido lindo, incluso el sexo.

Lotti abrió los ojos como platos.

—¿Qué? ¡Dime!

La mesera llegó con un aguardiente para mi amiga. Al parecer, todo lo que Lotti tenía que hacer era presentarse y el licor estaba servido.

—Tiene un departamento maravilloso, un despacho hermoso... y una recámara encantadora.

—Mmm...

Lotti esbozó una sonrisa enorme.

—Es cierto, pero tampoco me he dormido en mis laureles. No me he permitido hacerlo con Rickard, todas mis relaciones anteriores fueron muy fugaces.

—Deberías relajarte —dijo mi amiga bebiendo un trago.

Lotti se inclinó hacia adelante, anticipando un buen chisme. Sabía que Rudi sería el siguiente en escucharlo.

—No sé cuánto debería decirte —respondí—. ¿Puedes guardar el secreto?

Se llevó la mano al corazón.

—Lo prometo.

—Los rufianes nacionalsocialistas están chantajeando a Rickard —murmuré.

Lotti se relajó un poco, al parecer no le asombraba lo que dije.

—Lamento escucharlo... pero estos días eso es tan común como el viento. Están buscando dinero. Amenazar o golpear a alguien es su manera de obtenerlo.

—¿Sabías lo de Rickard? —pregunté algo perpleja.

Sus brazos carnosos se sacudieron contra la mesa.

—Rudi, ese hombre espléndido, tiene una boca mucho más grande que la mía. Rickard tiende a hablar cuando bebe demasiado y al día siguiente olvida lo que dijo. Además, era de esperarse después de lo que pasó aquí.

Le di un sorbo a mi brandy. Seguramente todos en el club sabían sobre el predicamento de Rickard.

—A veces él me parece un misterio. Ha sido pura amabilidad, pero debajo de todo ese glamur cinematográfico y su supuesta fortuna, creo que tiene miedo.

—Cualquier persona que esté atenta tiene miedo —repuso Lotti—. Dios mío, lo del portero de aquí o lo que me contaste sobre el director del estudio, les dieron una paliza porque desafiaron a esos animales. Salieron en defensa de lo correcto.

—¿Sabías que Rickard estuvo casado y que tiene un hijo? —pregunté.

—Tú me preguntaste si estaba casado, ¿recuerdas? No lo sabía. Ese secreto sí lo mantuvo guardado.

—Ese pequeño secreto me tomó por sorpresa. Si por alguna razón las cosas no funcionan entre Rickard y yo, tengo que averiguar qué voy a hacer.

—¿Cuántos trabajos de mecanografía has tenido?

—Algunos, de vez en cuando.

—Sólo puedo decirte una cosa...

—Ya sé: si no puedes actuar, escribe.

Lotti asintió.

—¿Sobre qué escribiría? —pregunté.

—Eso es fácil: sobre mí.

—No bromees.

Lotti pidió otro aguardiente.

—No hablo de mí, sino de las mujeres como tú y yo. De lo que estamos viviendo, cómo sobrevivimos pasando de un hombre a otro, de un día de paga al otro, que vivimos bajo el yugo de jefes y políticos que parecen trabajar para su propio beneficio y no para la gente.

Sus ojos brillaron en la luz y pensé que quizá su idea era buena.

—¿Quién lo leería?

—Yo —respondió— y todas mis amigas; es probable que todas las mujeres en Berlín que alguna vez hayan tenido que dormir con un hombre para sobrevivir y todas las esposas a quienes su marido abandonó por otra mujer.

Bebimos algunas copas más juntas y hablamos de la escritura, la vida y el futuro. El tiempo pasaba rápido y yo tenía que volver a casa con Rickard. Me emocionaba darle la noticia de mi gran decisión laboral, pero me preguntaba si su reacción sería favorable.

Cuando salí del club pensé en las largas noches de mi infancia, sola con mi madre y sin el beneficio de tener un padre. Aquellos días solitarios, donde mi falta de amigos de mi edad y mi propia torpeza me dejaban en compañía de libros. Las novelas se hicieron mis amigas y, con la ayuda de una maestra amable que me los proporcionaba, entré en otros mundos habitados por criaturas extrañas, hadas mágicas, gnomos malvados, caballeros, príncipes y princesas. Estos personajes se convirtieron en mis amigos, compañeros que eran mucho más interesantes que la vida dentro de mi casa o al otro lado de la ventana.

Antes de llegar al departamento de Unter den Linden, advertí a un hombre que me pareció familiar. Iba vestido con el uniforme completo de las *Sturmabteilung*, como los gorilas que habían golpeado a Anders en el estudio. El sol ya se había puesto, pero fue fácil identificarlo gracias a su manera de andar y a la curva de su espalda y sus hombros caídos. Yo lo había conocido como el rey vampiro en las escenas que rodamos juntos, pero Rickard lo había llamado Wolf cuando tuvo que demostrar su insatisfactoria capacidad de dirección antes de que enlataran la película.

Wolf avanzaba por la calle con paso tambaleante, casi como si hubiera bebido de más. Su andar era flojo y descuidado, a diferencia de los cientos de miembros acartonados de las SA que había visto en las calles de Berlín. Su rostro conservaba la misma palidez que tenía para su papel como malvado chupasangre. Empecé a preguntarme si sería una verdadera criatura de la noche. Se metió a la entrada de una tienda para escapar al viento y encender un cigarro.

—Hola, Wolf —dije apareciendo frente a sus ojos sorprendidos. Sin embargo, su semblante permaneció inexpresivo; era evidente que no tenía idea de quién era—. Soy yo, Niki, la reina vampira número tres.

Una luz tenue de reconocimiento brilló en sus ojos.

—Ah, Niki. —Metió su cigarrera en el bolsillo de su camisa café—. ¿Cómo estás? —Las palabras salieron a chorros de su boca.

—Estoy bien —respondí cautelosa, tratando de reprimir mi pregunta propositivamente cínica, pero no pude contenerme—. ¿Te uniste al Partido Nacionalsocialista?

Aspiró una calada, echó la cabeza hacia atrás y estalló en carcajadas. El alcohol lo había relajado. Con el índice me hizo una seña para que me acercara a la entrada de la tienda para evitar el viento.

—¿Estás loca? —preguntó cuando estuve cerca de él. Su aliento olía a azúcar mezclada con ácido estomacal—. Es lo último que haría. Soy un actor, un ar-tis-ta —agregó haciendo mucho énfasis en la primera sílaba para escupirla—. Esos cretinos no tienen idea de lo que es el arte y dudo que alguna vez la tengan.

Para estabilizarse, se recargó contra la vitrina que nos separaba de una vajilla roja y azul en exhibición.

—Entonces, ¿por qué el disfraz?

—Estoy haciendo una película.

Bajo mi abrigo, se me puso la carne de gallina.

—¿En serio? Dijiste que querías hacer otros proyectos, pero nunca imaginé...

—Un pez gordo en el partido está dirigiendo una película sobre una manifestación en Núremberg. Está obsesionado con las juventudes y Hitler. Si no supiera... —Tambaleó un poco y me miró; me di cuenta de que, incluso borracho, tenía la suficiente sensatez como para no acabar su frase, en caso de que los nazis pudieran tener conocimiento de ella—. Me pagan. Ha sido difícil trabajar desde que cerraron tantos estudios.

—¿En dónde están filmando? ¿Habría algún papel para mí?

Hice estas preguntas porque estaba tanteando el terreno, no porque quisiera participar en una película nazi.

—¿Te acuerdas de Rickard Länger?

Asentí, empezaba a sentirme incómoda.

—Deberías ir a Passport y preguntarle. Él se puso en contacto conmigo.

Intenté ocultar mi vergüenza, además de mi creciente furia contra un hombre que había omitido mencionar que su estudio rodaba una película para el partido.

Wolf sonrió y me di cuenta de que no deseaba continuar la conversación.

—Fue maravilloso verte de nuevo. Quizá iré al estudio... como sugieres.

Al marcharme, parecía confundido, probablemente se preguntaba si nuestro encuentro siquiera había sucedido. Por la mañana, la memoria de Wolf sería vaga en el mejor de los casos.

Rickard no estaba en casa cuando llegué; así que me fortalecí con una copa bien servida de coñac. Con cada minuto que pasaba, mis nervios se tensaban y la piel me picaba.

Cuando llegó, poco después de las ocho, ya me había bebido dos copas y me preguntaba cómo reconciliaría el trabajo de Rickard con mi repugnancia por los nazis y por todo lo que representaban.

Se quitó el sombrero y el abrigo y me saludó alegre.

—¿Te gustaría cenar fuera esta noche?

No dije nada. Estaba enfurruñada en una de las sillas de piel en forma de «V», mirando por la ventana con mi bebida en la mano.

Al analizar mi silencio helado, preguntó:

—Bien, ¿qué pasa?

Giré en su dirección, con un poco más de odio del que hubiera debido.

—Me encontré a alguien esta noche, alguien que los dos conocemos. Wolf.

Apretó los labios y se acomodó en uno de los sofás; su cuerpo quedó iluminado por la espalda bajo la luz gris y difusa de Berlín.

—Antes de que tú... —dijo después de un momento.

No iba a permitirle que me callara.

—¡No! Dime por qué estás haciendo una película nacionalsocialista y por qué no me dijiste nada.

Suspiró y su rostro se descompuso, triste y cansado.

—Porque no tuve opción. El día que llegaste aquí, Spiegel vino a verme sobre la película. «Produce esta película», me dijo, «y las amenazas en contra tuya, tu exesposa y tu hijo desaparecerán».

—¡Golpearon al portero del club y casi matan al pobre Anders! ¿Eso no es suficiente? Mi madre diría que deberíamos amarnos unos a otros, pero yo no puedo amarlos. Sólo ver a un rufián de las SA me enferma. No les gustan las mujeres como yo.

Mi rabia borboteó casi hasta la superficie. Su expresión mostraba su sufrimiento cuando continuó.

—¿Crees que las SA tendrían algún remordimiento por matar o lisiar a alguien que no les da lo que quieren? Si es así, eres ingenua. Hitler y sus matones no son una broma. —Su voz se agudizó; se levantó del sofá y avanzó hacia mí—. Lo hago para protegernos... Te estoy ofreciendo un hogar, seguridad... —Luego su voz se apagó en señal de derrota y apartó la mirada—. Lo siento. Estoy cansado de tener secretos y de lidiar con estos asesinos. No te engañes: son asesinos. Malditos cerdos.

Dejé mi vaso sobre la mesa mientras él regresaba con paso cansado al sofá. Parecía destrozado, derrotado no sólo por los nazis sino por la vida misma. Me acerqué a él.

—No tengas secretos.

Me miró con sus ojos azul acero, con los labios apretados en adusta determinación. El alto reloj de pie que estaba junto a la puerta marcó las ocho y media. Rickard respiró profundo y dijo:

—Pensé que me abandonarías si te decía la verdad. No hubiera podido soportarlo. Ya lo hizo antes otra mujer, una mujer que se llevó a mi hijo con ella, y el dolor es como una lanza que me perfora el cuerpo. No quiero volver a sentir eso de nuevo. Pensé que el dolor de su traición y abandono disminuiría, pero no es así.

Tomé sus manos entre las mías.

—Sólo dime la verdad.

Apartó las manos y miró hacia la Unter den Linden. Berlín estaba abajo: filas de gente, coches que aceleraban y el trote de los caballos que jalaban carruajes; todos definidos, todos alumbrados por la ciudad. Entre nosotros, el aire se enfrió.

—¿Qué sigue para nosotros? —preguntó Rickard.

Sentí mi propia derrota y permanecí a su lado.

—No estoy segura. Quiero creer lo que me dices, pero a mí también me han abandonado hombres. En eso somos parecidos. Tú tienes algo de dinero, yo muy poco. Por ahora, tal vez deberíamos confiar en el otro y ver qué sucede.

Rickard bajó la mirada.

—Si quieres irte, no voy a detenerte. No soy un monstruo. —Me miró con los ojos empañados—. Crees que lo tengo todo... He sido exitoso, pero me han quitado demasiado. No quiero que eso vuelva a pasar.

Me besó en la mejilla y dejó que sus labios permanecieran sobre mi piel.

Me erguí, alejándome de su afecto.

—Nunca te obligaré a hacer nada —continuó—. Por favor, entiende por qué tengo que trabajar con ellos.

—Está bien —repuse un poco más tranquila—. ¿Qué te parece otra copa antes de que salgamos a cenar? ¿Coñac?

Asintió.

Fui por las bebidas y vertí un poco más de alcohol en su vaso que en el mío. Yo ya había tenido suficiente.

—Voy a escribir una novela —dije al pasarle su vaso.

Me miró con los ojos un poco desorbitados.

—Eso es bueno. Quizá podríamos hacer una película de ella.

—Espera un momento —repliqué—. Tengo que escribirlo primero y tiene que ser bueno, un libro del que esté orgullosa. Quiero crear algo, hacer algo de mí al escribir un libro que la gente recordará.

—¿De qué trata?

—Lotti quiere que escriba sobre ella.

Rickard lanzó un gruñido.

—Ah, eso será interesante.

—No de ella, de nosotras, las jóvenes de Berlín que tienen que enfrentarse a... bueno, a todo.

—Tiene que haber algo de drama, algo de acción —continuó Rickard—. Toma mi palabra como productor. Una película necesita algo que atrape el interés de los espectadores; de lo contrario, los clientes que pagan se aburrirán. Se irán en tropel.

—¿Vampiros? ¿Manifestaciones nazis? Tengo idea de un tema. —Es posible que Rickard se sonrojara, aunque era difícil saberlo en la tenue luz—. Las mujeres de Berlín tienen mucho que ofrecer. Cada una tiene una historia.

Tomé su mano y lo acerqué a mí. Se hundió a mi lado y me besó el cuello.

—Vampiros —dijo.

—Vamos, disfrutemos la noche.

—Sí, hagámoslo.

Mientras nos poníamos el abrigo, agregué:

—¿Puedo usar la máquina de escribir de tu despacho? No puedo comprarme una.

Me miró y ladeó la cabeza.

—Por supuesto. Puedes usarla cuando quieras.

Esa noche soñé que empezaba a escribir e hice una lista en mi cabeza sobre cómo tratar mi personaje: Niki.

Niki podía tener a todos los hombres y tanto sexo como quisiera, siempre y cuando fuera a puertas cerradas o «fuera de cámara», fuera de vista. Ningún escrito, y sin duda ninguna mujer novelista, podía escribir sobre sexo en 1929. Mi heroína fumaría y bebería, y saltaría de un hombre a otro porque los necesitaba para sobrevivir. Había recibido y hecho favores para poder llevarse comida a la boca. Hablaría y bromearía con sus amigas; a veces ellas se meterían en problemas y ella iría en su ayuda. Podían ser excéntricas o incluso normales, como Lotti. Aparecerían y desaparecerían de la vida de Niki, como las personas acostumbran. Pero ¿qué sucedería con estos personajes? ¿Vivirían o morirían?

¿Cómo acabaría la historia? En mi sueño, escribí una nueva novela llamada:

La mujer de Berlín

Martin la lleva a la recámara, que huele a colonia de limón y piel. En el baño, una correa de afeitar cuelga de un toallero.

Niki no se resiste porque ha pasado mucho tiempo desde que estuvo con un hombre. Disfruta el placer que le brinda el sexo. Él se quita la camisa y la deja caer. Ella libera las correas de sus zapatos negros y los avienta al piso junto con su vestido naranja ajustado. El siguiente paso con Martin, el paso final, culminará en la cama.

Niki avanza hacia la cama, usando cada movimiento como una señal para la excitación erótica. Una tensión, un pulso en el torrente sanguíneo, se dispara en cada fibra de su cuerpo. Martin, el caballero siempre decidido, hace a un lado la sábana y ahueca la almohada. Se deja caer sobre la cama y, con una palmadita, la invita a que se reúna con él.

Apasionada, ella saborea su piel blanqueada por los largos meses de invierno, los músculos de su pecho y brazos que están tensos por las horas de trabajo en los patios ferroviario, la danza de sus ojos castaños, las manchas oscuras de vello que adornan su cuerpo. Aunque hace ya meses que ella lo conoce, aún puede percibir el olor masculino que emana de su cuerpo: apesta a sexo, a almizcle; no es desagradable, no es repulsivo.

Desnuda, se acurruca a su lado en las sábanas frescas, pero luego voltea la cabeza.

—¿Pasa algo? —pregunta él—. No tenemos que hacer esto.

—No —responde Niki—. Todo está bien, tanto que me asusta. No estoy segura de qué hacer con lo que siento por ti.

—Te amo —dice, como si respondiera a un halago, y acaricia su brazo.

Cediendo, gira en su dirección. Vulnerabilidad, eso es lo que siente, como si entregarse a él la lastimara de algún modo, le impidiera vivir su vida, la arrojara en una dirección que nunca esperó, que la reduce de ser una mujer a convertirse en una esclava maternal. Pero esas ideas eran descabelladas.

«Seré la misma que siempre he sido, ¿o no? Él me protege. No tengo dónde más ir. Dios mío, ¿qué está pasando? Al diablo todo».

Ella voltea, se descubre besando sus labios y pecho. La sábana cubre su felicidad. Algo animal en Niki se apodera de ella y cuando acaban y se miran a los ojos, cansados y vacíos, ella había cruzado una línea de pasión íntima que había prometido nunca franquear.

¿Qué es el amor?

El sueño era muy similar a su vida.

Capítulo 5

Rickard limpió su máquina de escribir la mañana siguiente y luego se marchó. En ese tiempo, yo reunía el valor de escribir las primeras páginas de la novela. No tenía una verdadera idea de qué camino seguir. Todo lo que sabía era que Niki necesitaba contar su historia.

La máquina brillaba, metal gris con un rodillo negro y una cinta que olía a tinta fresca. El olor inundaba el despacho y su presencia me llenaba de asombro. Rickard también hizo que enviaran al departamento un libro sobre taquimecanografía, pensando que podría mejorar mis habilidades secretariales más de lo ya sabía.

Trabajaba la mayor parte del día, golpeteando aquí y allá algunas palabras, haciendo tiempo para comer y tomar un café para luego volver al despacho a disfrutar mi profesión recién encontrada. Quizá escribir era la mejor manera de usar mi talento. Esperaba que me trajera éxito y me guiara hacia mi propósito en la vida.

A las cinco ya empezaba a oscurecer. Encendí la lámpara del despacho y miré mis resultados: una página. Sin embargo, podía ver a Niki frente a mí, oía su voz en mi cabeza mientras escuchaba su historia e incluso me decía qué debía escribir al día siguiente; parecía una locura, pero tomé notas en un pedazo de papel. Esos pasos contaban como una victoria.

Rickard y yo cenamos en casa: salchichas, papas y una botella de vino blanco. Durante las horas que pasamos comiendo y platicando, me inundó un sentimiento de orgullo, no exento de nervios que me hacía estremecer. Escribir era real. Creía que podía redactar *La mujer de Berlín* si establecía una meta diaria razonable.

—Estoy orgulloso de ti, Niki —dijo Rickard alzando su copa.

Ningún hombre me había dado antes tanta esperanza y validación.

—Gracias por dejarme usar tu máquina de escribir —dije—, y por protegerme.

No tuvo que decir «De nada» porque lo dijo con su mirada amable y amorosa.

Esa noche, mientras las luces vaporosas de Berlín se filtraban por las cortinas de la recámara, tuve problemas para conciliar el sueño.

Rickard estaba acostado a mi lado, una bruma azul y verde caía sobre su cuerpo como en una escena onírica. Observé la curva de su barbilla, el perfil izquierdo de su rostro giró un poco sobre la almohada, su cabello negro hacía contraste con las sábanas blancas.

Me acomodé a su lado. Se removió, gimiendo un poco en su sueño conforme mi mano desabrochaba los botones de su pijama. La seda era fresca al tacto, pero su pecho estaba caliente y ligeramente húmedo, como si tuviera fiebre.

Parpadeó hasta abrir los ojos y contuvo el aliento al verme encima de él. Me besó, me puso sobre la espalda e hicimos el amor hasta que el sol alejó la luz difusa de la noche y envió sus rayos relucientes sobre nosotros. Cuando terminamos, me di cuenta, conforme me quedaba dormida en sus brazos, que esta vez le había hecho el amor porque sabía que se preocupaba por mí. Quería ser amada. Sabía que él también.

En el desayuno, Rickard me hizo una pregunta inesperada.

—¿Te gustaría ponerte el vestido nuevo que compraste hace varias semanas?

—Claro —respondí sin dejar de comer el huevo del desayuno, moría de hambre tras la noche de pasión.

—Herr Spiegel va a dar una fiesta esta noche en su propiedad. Nos invitó a los dos... Lo mejor es que vaya. Tú puedes venir si quieres.

Había visto a ese hombre dos veces y no sentía ningún afecto por él, después de lo que sus secuaces le habían hecho a Anders y la manera en la que chantajeó a Rickard. Era escurridizo, con un aspecto similar al de Joseph Goebbels, con una frente amplia que se inclinaba hacia el cabello negro embadurnado, labios delgados presionados en una permanente ambigüedad, ojos que al tiempo eran pequeños e inquietantes. Quizá la única característica distintiva entre los dos nazis era la nariz. La de Spiegel era más afilada, más linear que la punta bulbosa de la de Goebbels.

Me tomé unos minutos para considerar esta invitación inesperada mientras terminaba mis huevos y bebía el café.

—Normalmente, no quisiera tener nada que ver con él o con sus compinches... pero, ¿no hay algo de cierto en eso de conocer a tus enemigos?

—Conoce a tu enemigo y conócete a ti mismo —dijo Rickard tomando su taza—. Palabras de Sun Tzu, un antiguo general chino que escribió un libro sobre batallas y guerra.

Lo miré enarcando una ceja y boquiabierta por el asombro.

—¿Cómo sabes eso?

Sonrió.

—El estudio casi realiza una película sobre él, un drama de guerra por supuesto, pero al final la producción resultó muy costosa. Tan sólo los disfraces y los extras destrozaron el presupuesto.

—Estoy impresionada.

—Si conoces al enemigo y te conoces a ti mismo, no debes temer el resultado de cien batallas —dijo Rickard con voz magistral; luego bajó la mirada y sus ojos se ensombrecieron.

—¿Eso es lo que piensas? ¿Tenemos cien batallas ante nosotros?

—Es posible, si los nazis se salen con la suya. Me interesa más conocer a mi enemigo.

—Entonces, supongo que es momento de hacerlo.

Se recargó en el respaldo de su silla.

—¿Cómo te gustaría que te presentara? ¿Cómo una encantadora joven actriz o como mi prometida?

—¿Es una propuesta?

—Todavía no.

Sonreí.

—Una encantadora joven actriz con gran potencial para ser una estrella. —Hice una pausa—. No, es incorrecto. Como una joven escritora talentosa con gran potencial.

—Entonces, serás una escritora.

Tomó mi mano y la besó. En ese momento todo parecía perfecto, pero la noche no había llegado aún.

Me probé el vestido frente al espejo del armario. Brillaba a la luz: una sola pieza, transparente en la parte superior hasta el busto de seda negra, cintura ajustada con un cinturón adornado con un alfiler de diamante y una falda negra vaporosa en la que destellaban pliegues plateados. Para cubrir la cabeza, un mantón con lentejuelas incrustadas a juego.

Rickard silbó cuando al fin salí del baño, completamente vestida y maquillada.

—Tengo otro regalo para ti —dijo sin darle importancia.

Sonriendo, giré en mi vestido; me gustaba mi aspecto y la manera en la que me sentía.

—¿En serio? ¿Qué es? Has sido más que generoso.

Se levantó de la cama y dio unas palmaditas sobre el bolsillo de superior del saco negro de su esmoquin.

—Está aquí.

Advertí la forma de una caja pequeña que se presionaba contra la tela, apenas distinguible a menos que se la buscara.

—¿Y?

—En la fiesta.

Asentí, pensando que muy pronto tendría un anillo en el dedo. No estaba segura cómo me sentía en ese preciso momento en cuanto a casarme con Rickard. Me miré de nuevo en el espejo, asimilando en un rápido vistazo el hermoso vestido, la serena sensación de seguridad, de tener algo tan opuesto a la falta de dinero que había sido tan predominante en mi vida y me pregunté por qué demonios renunciaría a todo esto. ¿Cómo podía estar cómoda con Rickard si no me sentía cómoda conmigo misma?

—¿Estás lista para enfrentarlos? —preguntó Rickard tomando mi mano.

—Sí, mi conducta será impecable —respondí tomando mi bolso.

—Eso es aburrido —dijo y rio.

Caminamos hacia la puerta, bajamos la escalera y salimos a la noche clara y fría. Me cubrí los hombros con el mantón cuando nos dirigíamos al estacionamiento. El Mercedes brillaba bajo el foco que estaba rodeado de tela metálica, el largo frente verde del convertible se distinguía por el ornamento reconocible del cofre. El frío nos disuadió de bajar la capota café y me acurruqué junto a Rickard mientras él conducía.

Atravesamos Berlín a toda velocidad y muy pronto llegamos a las afueras al norte de la ciudad. Un conjunto de edificios cedió el paso a pueblos aletargados, iluminados con lámparas amarillas, y luego la exuberante quietud de un bosque de pinos negros que se elevaban a ambos lados del camino. El motor del Mercedes ronroneaba en las rectas y las curvas. Rickard manipuló con torpeza el volante mientras buscaba la dirección en un pedazo de papel. Yo guie el automóvil cuando cambió de marcha, reduciendo la velocidad.

Ubicamos el desvío en un camino remoto lejos de la ciudad. El coche giró bruscamente en un sendero largo bordeado de árboles que parecía curvarse sin fin, pero que al final nos llevó hasta una magnífica mansión de piedra bañada con la luz de lámparas blancas que brillaban como faros en la oscuridad. Richard detuvo el coche y dos sirvientes vestidos con atuendos germánicos de la Edad Media se acercaron al Mercedes. Llevaban gambesones acolchados de cuello alto y guantes de piel que subían hasta los codos. Hubiera esperado ver una lanza o una espada a su costado.

Uno de ellos me abrió la puerta. Rickard le dio las llaves al otro, quien se llevó el automóvil perdiéndose en la noche. El sirviente a mi lado señaló la entrada de la mansión y Rickard y yo subimos la larga escalera.

Mi corazón palpitaba. Yo no sabía qué nos esperaba detrás de la imponente puerta de roble llena de gravados de ciervos y otras criaturas del bosque. Quizá utilizaban esta casa para cazar en la primavera y el otoño, pero estaba vacía durante las fuertes nevadas de invierno. Me estremecí; Rickard pensó que se debía al frío, porque si hubiera sido otro tipo de mujer, una nacionalsocialista, hubiera saboreado cada escalón que me conducía a la casa y a quienes estaban en su interior. Imaginé que Lotti habría estado celosa cuando le hablara de este lugar y de su fastuosa concurrencia, de no ser porque los nazis eran los anfitriones. La fiesta me ponía incómoda y recelosa por la gente que estaba detrás de esas puertas.

Cuando Rickard nos anunció, un tercer sirviente que estaba en lo alto de la escalera nos dijo que entráramos por el vestíbulo hasta el salón de baile al fondo de la casa.

El corredor a media luz estaba iluminado por un solo candelabro, quizá para causar impresión. Sobre las paredes se alineaban cabezas ornadas de venados y otro tipo de animales con cornamenta. Sus ojos tristes y vacíos nos miraban conforme avanzábamos hacia las luces brillantes que destellaban al fondo. Una nave de muerte nos rodeaba. Nuestros talones golpeaban el piso de mármol; las espesas paredes de piedra ocultaban habitaciones.

Dos puertas francesas conducían al salón de baile. En un rincón, un cuarteto de cuerdas tocaba valses vieneses. Las mesas alineadas contra la pared estaban colmadas de platillos sobre calientaplatos y alcohol en abundancia. En el centro del salón, una animada multitud de unas treinta personas se paseaba en cámara lenta, saludándose por momentos y moviéndose atropelladamente a la velocidad de un caracol. La mayoría de los hombres vestían ropa formal, pero algunos camisas pardas sobresalían, así como el distintivo, elegante y aterrador uniforme de las SS. Las damas enjoyadas portaban relucientes vestidos, centelleantes y blancos, como si esperaran al mismo Adolf Hitler. Yo me distinguía en mi vestido negro a la moda. Los hombres, adustos y agarrotados, parecían incómodos y preocupados, algunos con papadas, cuellos fornidos y narices achatadas como bulldogs, sin el ánimo de denigrar a otras especies.

Ataviado con su uniforme de las SS, Herr Spiegel nos vio y avanzó con paso tranquilo en nuestra dirección, en ese modo escurridizo tan suyo, dejando detrás a su esposa. Esta vez, el jefe de las SA era todo sonrisas, aunque yo había tenido el desafortunado placer de estar dos veces en su compañía.

—Bienvenidos a mi casa —dijo extendiendo la mano hacia Rickard.

Rápidamente cambió al saludo nazi. Mi compañero le lanzó a nuestro anfitrión una breve sonrisa y devolvió el gesto de manera pusilánime.

—Estoy muy contento de que haya venido a nuestra fiesta... ¿Y quién es esta encantadora dama? —preguntó Spiegel con ojos lujuriosos que devoraban las curvas debajo de mi vestido.

A partir de ese momento, supe que los nazis no sólo amaban el poder sino que también disfrutaban su dominio sexual sobre otras personas.

—Es una joven estrella en ascenso en el firmamento literario alemán —repuso Rickard con un halago exagerado. Con discreción, le di un ligero codazo—. En su obra firma como Niki.

—Niki. Encantador. —Spiegel hizo una pequeña reverencia, tomó mi mano y la besó. Mi estómago dio un vuelco cuando sus labios húmedos y pegajosos tocaron mi piel—. Como puede ver, aquí tenemos a un grupo muy acogedor. Por favor, sírvanse de comer y de beber, y convivan con los otros invitados. El Gruppenführer llegará pronto.

Rickard hizo una breve reverencia en respuesta y me llevó a la mesa de comida que estaba adornada con porcelana, candelabros de plata y mesas de trinchado.

—¿Quién va a venir? —le pregunté a Rickard cuando los solícitos sirvientes llenaron nuestros platos con asado de res, papas y salsas.

—El Gruppenführer, Hermann Göring, confidente de Hitler, pertenece a los altos círculos del partido. No lo conozco, pero he escuchado que es un arrogante, un fanfarrón y además un morfinómano. Fue de los primeros miembros de las SA, así que no me sorprendería verlo aquí.

—Qué alegría.

Nos alejamos de la mesa.

—Mira, Niki, sigue el juego. Esto es incómodo para ambos, pero recuerda con quién estamos tratando. No tienen que caernos bien, pero podemos utilizarlos a nuestro favor. Por el momento, ellos mantienen Passport Pictures a flote.

Tomé un bocado de la carne de res y luego murmuré en su oído:

—No me gustan y preferiría estar en cualquier lugar que no sea éste. Míralos. Son por completo inhumanos. No son alemanes. Son autómatas, salidos de *Metrópolis*, ahí parados como si fueran semidioses.

El glamur y la pompa en la sala eran sofocantes y me pregunté qué habría debajo de esos corazones y mentes frías. ¿En verdad estas mujeres tenían una vida más allá de su devoción a sus maridos o, más probablemente, su lealtad con el Partido Nazi? ¿Podrían considerar que personas como Lotti y yo, las mujeres alemanas de las que escribía, éramos sus iguales o sólo éramos polvo bajo sus pies? Sospechaba lo último.

—¿Te importa si actúo como si estuviera pasando un buen rato? —preguntó Rickard—. Podría ser ventajoso que hablara con algunos de ellos.

—No, platica todo lo que quieras. ¿Te importa si soy un poco más selectiva?

Rickard negó con la cabeza y dejó su comida sin terminar en la charola de servicio. Yo picoteé mi plato; había perdido el apetito. Escuché al cuarteto de cuerdas y observé cómo interactuaba la gente. La música calmaba mis nervios un poco, pero pronto fue necesario usar el baño. Un mesero tomó mi plato y le pregunté dónde estaba el tocador de damas.

Me dirigió a un lugar al otro lado de las puertas francesas. Una joven de atuendo elegante, en un vestido blanco de encaje con lentejuelas color salmón, salía justo cuando yo entraba. Se detuvo un instante para ajustarse el cinturón enjoyado y el pendiente de diamantes que colgaba de su cuello.

Me encargué de mis asuntos después de forcejear con mi vestido que, a pesar de su belleza, requería la manipulación física de una gimnasta para quitármelo y ponérmelo. Por fortuna, el baño estaba vacío; un lugar más bien escueto y aburrido comparado con el resto de la casa. Se podría decir que era utilitario, de no ser por un escritorio blanco rococó que descansaba contra una pared.

Tenía un espejo de escritorio, evidentemente para revisar o retocarse el maquillaje.

Pasé junto al escritorio y por el rabillo del ojo izquierdo advertí algo que centelleaba. Me detuve, volteé y me acerqué al objeto brillante. Un brazalete de diamantes engarzado en el centro con siete esmeraldas de buen tamaño reposaba frente al espejo. De inmediato pensé en la mujer que salió del baño segundos antes de que yo llegara, pero el brazalete no era su estilo. Ella era joven y a la moda, tan a la moda como podía serlo una joven nacionalsocialista sin arriesgarse a hacer el ridículo frente a la élite del partido. Esta pulsera era mucho más que una baratija y a gritos se veía que era «dinero viejo». Imaginé que una mujer mayor se lo había quitado por alguna razón y olvidó volver a ponérselo. Pero ¿quién podría «olvidar» un objeto artístico tan hermoso? ¿Quizá había bebido mucho? ¿Estaría cansada de él? Difícilmente. ¿Y si era una perversa conspiración para atrapar a un posible ladrón? ¿Saldría alguien de algún rincón y me acusaría de haberlo robado?

Lo levanté, sentí su generoso peso en la mano, la dura tersura de los diamantes y me deleité con las exquisitas esmeraldas verdes ojo de gato. Sin duda esperaba que una matrona nazi entrara a la habitación, afirmando que el brazalete era suyo y recriminándome por haber tenido la osadía de tocarlo. Pero el lugar permaneció en silencio.

Una idea audaz cruzó mi mente. A lo largo de los años, muchos hombres me habían regalado baratijas, muestras de su amor por el tiempo que fuera que durara, a cambio de sexo; para ser francos, era para que pudieran usar mi cuerpo que, a menudo, hubiera entregado voluntariamente. Pocas veces me sentí orgullosa o por completo feliz con mi situación. Vivir en la Alemania de Weimar era una lucha y para las mujeres, esa tarea era doblemente difícil. A veces me divertía con mis compañeros, incluso me sentía feliz entre sus brazos; pero con demasiada frecuencia me bastaba sólo con vivir, comer y ver el próximo día. La supervivencia era lo importante.

Envolví el hermoso brazalete en mis palmas ahuecadas y aquella promesa de dinero destelló frente a mis ojos. Estos diamantes, estas esmeraldas, podrían ser mi póliza de seguro, una fuente de efectivo, un boleto para salir de Alemania si era necesario. Y Rickard no tenía que saber nada de esto. Sería un secreto que debía guardar, sobre todo por mí, pero posiblemente por ambos. Me miré en el espejo y quedé satisfecha por no tener que retocarme. Salí con el brazalete en la mano derecha, totalmente preparada para entregarlo en caso de que alguna mujer llegara corriendo hasta mí. Pero nadie lo hizo.

Nunca antes había robado nada, menos algo de esta envergadura, y la culpa se arrastró en mi mente un momento. Luego, consideré a la persona a la que le estaba robando. Aparte del descuido, la mujer que perdió este brazalete probablemente no lo necesitaba. Por las tácticas nazis que había presenciado desde que conocí a Rickard, sentía que este robo era como una declaración de guerra, una reivindicación más de mi independencia frente a un partido político abominable.

Metí el brazalete en mi bolso para resguardarlo de los ojos nacionalsocialistas. Encontré a Rickard, quien se había separado de Spiegel y otros camisas pardas unos momentos antes, y brindamos con una copa de brandy.

En cuestión de minutos, Göring entró pavoneándose en el salón, rodeado de tres hombres que supuse eran sus guardaespaldas. El Gruppenführer llevaba el atuendo completo de las SA, ornamentado con el brazalete nazi y un alarde atrevido de Cruces de Hierro y medallas de guerra sujetas a su pecho corpulento. Rickard murmuró que en 1918 a Göring lo veneraron como un as de la aviación en la primera guerra mundial. Ahora ya no era ese personaje; estaba gordo y fofo, con piel blanca y el rostro marcado por una sonrisa tonta que le daba más el aspecto de un niño mimado que de líder de los matones.

La devota multitud se reunió a su alrededor como si adoraran a un ídolo, mientras que Rickard y yo nos quedamos atrás. Esta parte del entretenimiento continuó durante casi media hora, al tiempo que Göring se abría paso entre la gente, estrechando manos, saludando a los hombres y besando la mano de las damas aduladoras. Por último, se dirigió a nosotros. Spiegel presentó a Rickard como el propietario de un estudio cinematográfico dedicado a los «ideales del partido» y a mí como a «una mujer que idolatra la cultura y literatura germanas». El nazi de alto rango dejó escapar su sonrisa boba unos segundos y me miró con sus ojos gelatinosos, escudriñando el vestido negro que sobresalía en contraste de los de las otras mujeres en el salón. Durante este momento incómodo se dijeron pocas palabras.

Como por arte de magia, una plataforma apareció en el centro de la sala. Spiegel condujo a Göring hacia ella y el llamativo líder se subió para dar su tan esperado discurso.

Se aclaró la garganta y comenzó:

—Damas y caballeros, compañeros nacionalsocialistas... Herr Spiegel, mis felicitaciones por su casa llena de arte y belleza. Lamento que mi esposa no haya podido estar aquí esta noche; envía sus disculpas. —Extendió los brazos y la sonrisa se acentuó en su rostro, sus dientes brillaban en la luz. Tras distraerse unos segundos, continuó—. Sin embargo, le vendrían bien más cuadros, Herr Spiegel. ¿Algunos antiguos maestros, quizá? Veré qué puedo hacer.

Con una risita, Göring se inclinó en dirección de Spiegel, quien parecía complacido como un niño que recibe un regalo de cumpleaños.

—Qué maravillosa concurrencia tenemos aquí esta noche para honrar al Partido Nacionalsocialista que sigue creciendo cada día. —Alzó el puño, desafiante—. Pronto, el mundo conocerá nuestro poder; pero más que eso, los líderes de todos los países en el planeta creerán en nuestro poderío y en la voluntad del pueblo alemán que nunca será conquistado. Basta con mirar a nuestro Führer para saber dónde radica el futuro de Alemania. Él nos guiará. Él nos salvará de la pobreza, la corrupción moral y las mentiras que propagan nuestros enemigos. ¡Alemania será grande de nuevo! ¡Alemania sólo vivirá a través de nuestro Führer!

La multitud estalló en un coro de vítores, todos los presentes levantaron el brazo en el saludo nazi.

Göring los calló y continuó:

—Seré breve, pues quiero hablar con cada uno de ustedes personalmente, pero antes debo hacerles una seria advertencia a quienes están fuera de este salón. Crean en nosotros, juren su lealtad o serán destruidos. No habrá lugar para los corruptores, las prostitutas, los proxenetas, los prestamistas, los saqueadores, los hombres de la prensa o quienes engañan a Alemania y lo hacen llamar «patriotismo» o «una forma normal de vida». Ellos serán los primeros en irse, los primeros en sentir la espada del nacionalsocialismo contra su cuello. No habrá piedad para quienes se enfrenten a nosotros. El día llegará pronto, incipiente como el sol claro y brillante de la primavera. Ese día casi ha llegado, no lo duden.

Gritó su devoción por Hitler entre las sonoras ovaciones del salón y bajó de la plataforma. Spiegel tomó el lugar de Göring y pidió silencio a los asistentes.

—Tenemos otro fascinante anuncio esta noche. Herr Länger y Niki, acérquense por favor.

Oculté mi asombro; Rickard me tomó de la mano y me llevó a la plataforma. Subimos y nos paramos junto al adulador.

—Muchos de ustedes conocen los esfuerzos de Rickard de promover el partido con sus películas, pero esta noche tuve el placer que me presentara a su prometida, Niki. —Spiegel aplaudió y hombres y mujeres siguieron su ejemplo—. Otra familia alemana de sangre pura se incorporará a nuestras filas. Por favor, Herr Länger...

No me quedó más que voltear a ver a Rickard con una mirada inquieta y el rubor subió por mis mejillas; esperaba que las otras personas en la sala no advirtieran mi malestar.

Sacó la caja de su bolsillo, dijo unas cuantas palabras de amor y me preguntó si quería ser su esposa. Sonreí y miré a la multitud; los hombres, engreídos y confiados en el cumplimiento de sus deberes varoniles; las mujeres, con los ojos llorosos y rezumando ideas arias románticas. Abrió la tapa de terciopelo y me extendió un anillo de oro grabado con runas entrelazadas.

Bajo todas esas miradas, y abrumada por la presión del público, acepté, pero moría de ganas de estar con él en el coche e increparlo por su manipuladora actuación.

Yo misma utilicé mis dotes histriónicas: sonreí y acepté las felicitaciones, pero quería matar a Rickard.

Eso sucedería más tarde.

Capítulo 6

—¿Por qué? —pregunté cuando la temperatura en el convertible cayó como el aire de la noche helada.

Nos alejábamos a toda velocidad de la casa de Spiegel; casi no dijimos palabra hasta que acabé por romper la cortina glacial entre nosotros. Todo parecía negro, incluso las estrellas brillantes habían perdido su brillo, y mis nervios y músculos estaban tan tensos como las cuerdas de un piano.

—¿Por qué lo hiciste? —repetí la pregunta al no obtener respuesta.

Me daba cuenta de que Richard quería fumar, pero no le ofrecí ninguno de mis cigarros. Pisó el freno con fuerza, llevó el Mercedes a un lado del camino y el coche se detuvo sobre la tierra, cerca de una hilera de altos pinos.

Me miró con el rostro tenso, la mandíbula fija.

—Usa la cabeza, Niki. A veces me sorprendes, y no en el buen sentido. —Metió la mano al bolsillo de su saco para buscar el anillo que yo le había devuelto—. Si no lo quieres, aviéntalo en el bosque. Sólo es oro de catorce kilates.

Pensé en el brazalete de esmeraldas y diamantes que guardaba en mi bolso y me pregunté si serían joyas falsas. Tomé la caja y abrí la tapa. El anillo parecía insignificante, común y corriente bajo la luz tenue... pero era un anillo.

—No dije que no lo quería... o a ti. —Lo miré—. ¿Por qué el gran espectáculo, el gran montaje, como si estuviéramos filmando una película?

Lanzó una risita.

—Ese es el punto. Claro que fue un montaje. Otro nivel de protección en contra de estas bestias... para que no vayan tras de ti. Si piensan que nos vamos a casar, deducirán que tú estás de su lado. ¿Entiendes?

Cerré la caja y se la regresé a Rickard.

—Debiste decirme —comenté en tono más suave.

—¿Hubieras estado de acuerdo?

—Tal vez... tal vez no.

—Sí, y ese es el problema. —Apartó la mirada de mí, hacia la carretera—. El espectáculo salió perfecto: tú fuiste la novia sorprendida, impresionada por el anillo y centro de atención.

—Pude haberte rechazado.

—Pero no lo hiciste. Hubiera sido muy difícil hacerlo frente a todo ese escrutinio nazi. —Puso una mano sobre la mía—. Vámonos a casa.

En ese momento me di cuenta de que Rickard subestimaba demasiado mi capacidad para abrirme paso en el mundo. Había hecho todo lo posible para sobrevivir como una nueva mujer alemana, incluido mudarme con Rickard, pero no tenía intenciones de hacer reverencias a los nazis. Me eché con fuerza hacia atrás en el asiento, crucé los brazos y esperé que el convertible me llevara a casa.

Permanecimos en silencio sepulcral durante el camino de vuelta a Berlín. En casa, le di un beso brusco y me desplomé en la cama. En la mañana, Rickard se fue al estudio y me quedé sola para continuar mi libro, pero en lugar de eso perdí el tiempo desayunando y examiné el brazalete que saqué de mi bolso.

Cuando el sol atravesó las nubes, fui a la ventana y sostuve las esmeraldas y los diamantes contra la luz. Si eran piedras de mala calidad, sin duda no lo parecían. Los diamantes brillaban con la claridad y el color intenso de las gemas reales. Observar las facetas era como mirar los colores en un arcoíris. Las esmeraldas eran tan diáfanas y verdes como un claro de bosque cubierto de musgo. El color casi no variaba de una piedra a otra.

Me bañé y decidí visitar al joyero que no estaba muy lejos del departamento, en Unter den Linden. No tenía idea si el hombre era o no judío. Muchos de esos joyeros sufrían el acoso nazi. Herr Schlager, de Schlager y Co., era el más cercano. Era un hombre pequeño de cabello canoso y ojos azules muy juntos, uno de los cuales estaba cubierto por una lupa de joyero sujeta a su cabeza con una banda de alambre. Llevaba una camisa blanca y un chaleco gris abotonado; parecía que había estado en el negocio desde que se comenzaron a hacer relojes. Me pareció que mi presencia sencilla lo sorprendió un poco. No tenía el aspecto ni me sentía como una alemana adinerada ni una matrona de sociedad que desea hacer valuar un brazalete caro.

Tras intercambiar saludos, se quitó la lupa y desvió su atención del reloj de oro en el que estaba trabajando.

—¿En qué puedo ayudarla, Fräulein?

Abrió los ojos como platos cuando saqué el brazalete. Había observado lo suficiente la conducta humana como para reconocer la sorpresa, bordeando el asombro, cuando la veía. Había preparado una respuesta a una pregunta que ya veía venir y lo interrumpí antes de que siquiera pudiera pronunciar las palabras.

—Mi tía murió recientemente y mi madre y yo pensamos que es joyería de fantasía. Me preguntaba si usted podía darme una estimación de su valor.

Lo tomó con manos temblorosas. Su mirada cambió de asombro a codicia, como si en sus manos tuviera un objeto de gran interés histórico y artístico.

—Su tía debió ser una mujer muy rica, o tener un esposo que la adoraba.

—Oh, mi tío murió hace unos años —mentí—. Por supuesto, mi madre lo heredó.

Herr Schlager resopló.

—No es particularmente antiguo, quizá no más de diez años, pero puedo asegurarle que es real. Una magnífica obra de arte.

Se puso la lupa frente al ojo e hizo girar el brazalete con calma, examinando la banda de oro que sostenía todo. Como si respirara después de sumergirse en una alberca, tomó una gran bocanada y dijo:

—Es Cartier, hecho en París. Los diamantes son exquisitos; las esmeraldas, colombianas, de la mejor calidad.

No quería mostrar mi emoción, así que esperé un momento y calmé mi voz:

—Gracias, lo conservaremos en la familia.

Extendí la mano. Él se alejó un poco.

—¿No quiere saber cuánto vale?

—No cambiaría nada para mí —respondí, sacándolo de sus manos sudorosas.

—Tendría que quedármelo un día para examinarlo mejor, graduar el color, los quilates y otros factores —dijo quitándose la lupa.

—No, gracias. Hoy no —respondí metiendo mi valiosa carga en mi bolso.

—Le puedo ofrecer diez mil marcos por él, en este momento.

Se inclinó al frente, sus ojos azules destellaban de emoción.

Esa cantidad significaba que el joyero la vendería por lo menos en el doble, veinte mil marcos.

—Nunca tomaría una decisión sobre el brazalete de mi tía sin consultar a mi madre —respondí sosteniendo con fuerza mi bolso y me di la media vuelta para partir.

—Por favor, téngame en mente —gritó.

—Gracias —dije sobre mi hombro—. Lo haré.

Me marché estrujando mi bolso contra el pecho, convencida de que el brazalete que había robado de la casa de Spiegel sería la ventaja que necesitaba para sacarme, o sacarnos, de una mala situación.

La frialdad entre Rickard y yo se derritió la semana siguiente, cuando nos preparamos para Navidad y la bienvenida del Año Nuevo: 1930. Compramos juntos un arbolito y lo pusimos en una mesa frente a los enormes ventanales. El efecto era mágico: las esferas reflejantes y las velas decorativas iban a juego con las luces de Berlín. El frío, en esa época del año, nos lanzaba a uno en los brazos del otro y nos encontramos haciendo el amor más seguido.

Las vacaciones me recordaban con melancolía, como a menudo lo hace la naturaleza, los incidentes de mi infancia: nieve; trineos; vagos recuerdos de mi padre antes de que lo enviaran a la guerra, protegida del frío cuando escogimos nuestro árbol; el olor a madera del té que mi madre tomaba sólo en ocasiones especiales; destellos de luz y color; las mañanas de Navidad cubiertas de nubes que se convertían en gris blancuzco por la nieve y, como siempre, los libros junto a mi cama que me hacían compañía cuando las vacaciones alargaban la manera en la que percibía el tiempo.

Una noche después de que Rickard se fuera a dormir, me senté durante horas y miré las velas quemarse en el árbol hasta que sólo quedaron los cabos en los portavelas cuando se extinguieron, enviando su humo fino en la recámara. En esa época hacía inventarios; me preguntaba si lo que había hecho en Unter den Linden era real o sencillamente una agradable burbuja que estallaría bajo la presión: nunca tuve respuesta, pero sabía que la inmovilidad no duraría.

A pesar de la efervescencia silenciosa, la tetera se calentaba. Los nazis continuaban su marcha bajo la dirección de Hitler, a pesar de algunos contratiempos políticos de poca importancia.

Nadie, salvo los más cercanos al Führer, conocía su determinación para liderar el nuevo Reich. Los camisas pardas se veían por todas partes. Hitler coqueteaba con el ejército al tiempo que suscitaba la traición contra el gobierno. Las filas de asistencia pública, el terrible desempleo, no ayudaron a que el pueblo alemán se enamorara de la República de Weimar. Hitler proponía un nuevo modo de vida, una nueva prosperidad basada en promesas que implicaban la guerra. ¿A quién le importa pelear, la destrucción de países o la masacre de millones cuando tienes el estómago vacío? El hambre es una motivación persuasiva para fines políticos.

A principios del año, Rickard me habló de un rumor que me preocupó, aunque no me sorprendió. Una persona de alto rango del Reichsbank estaba coludido con los nazis y el dinero que saldría de ese organismo proporcionaría una poderosa fuente de ingresos para los nacionalsocialistas. Yo esperaba que con ese tipo de financiamiento Spiegel ejerciera menos presión en Rickard.

Aquel hombre presuntuoso nos visitó una tarde de enero, exclusivamente para mi beneficio. Rickard había pasado el día en el estudio cuando los dos hombres entraron juntos al departamento. Spiegel parecía más un hombre de negocios, vestido con un traje oscuro y zapatos brillantes, que un detestable rufián de las SA. Aun así, me puso la piel de gallina.

Dejé de trabajar en *La mujer de Berlín* y me reuní con ellos en la puerta del despacho. Spiegel se sentó en una de las sillas en forma de «V» en la gran sala mientras Rickard le preparaba algo de beber.

—¿Trabajando? —preguntó Spiegel cuando me acerqué al sofá.

—Sí —respondí lo más amable que pude.

—¿Una novela? —agregó con un ligero tono condescendiente.

—Sí.

No quería continuar la conversación.

—Cuénteme.

¿Cómo podía hablar con un nacionalsocialista de una novela sobre una mujer sin rumbo que lucha para ganarse el pan, sobrevivir de la forma que sea y luego se hace más fuerte y es capaz de hacer una nueva vida con o sin hombres? No era uno de los temas soñados de los nazis.

—Oh, creo que le parecería aburrido —respondí.

—No, ande.

—Sí, cuéntale al Oberführer sobre tu libro —intervino Rickard desde el fondo de la sala, junto al bar.

Me lanzó una mirada traviesa e inclinó la cabeza como diciendo «Inventa algo para darle gusto».

—Bueno, es una trama complicada, pero la resumiré en pocas frases. —Me senté en el sofá rojo y miré su rostro escurridizo—. Es sobre una mujer de Berlín que aparta a su hijo de su esposo débil, inútil y religioso y, luchando contra la sociedad que la evita, lo cría para que sea un soldado que pelea por el nuevo Reich alemán. Su hijo se convierte en un héroe de guerra y líder del pueblo.

Me preguntaba si Spiegel creía la absurda historia que acababa de lanzarle, pero uno nunca puede subestimar la capacidad de un nazi para la adulación. Sus ojos, al principio entrecerrados, se abrieron poco a poco conforme contaba esa mentira hasta que una sonrisa feliz prácticamente lo levantó de la silla.

—¡Qué historia tan maravillosa! ¡Debo contárselo a Göring, incluso comunicarle la noticia al Führer!

Rickard también abrió los ojos como platos, pero por una razón por completo distinta; el asombro y la preocupación ensombrecieron su rostro.

—Por favor, Herr Spiegel, me halaga, pero aún falta mucho para acabar la novela —dije en un intento por tranquilizar ambas reacciones—. Y, quien sabe, los libros siempre cambian, la trama evoluciona sobre la marcha. Cuando haya terminado, es posible que la historia sea por completo diferente.

Spiegel frunció el ceño y se inclinó en mi dirección, casi levantándose de la silla.

—No cambie la idea. Ha creado una gran obra de arte, no la destruya. —Juntó las palmas—. De hecho, cuando acabe el primer borrador, antes de publicarlo, permítame leerlo. Incluso podría enseñárselo a Hitler; no es que tenga tiempo para leer con lo ocupado que está, pero quizá haga una excepción en su caso, para una fiel nacionalsocialista.

Luego volteó hacia Rickard.

—Por favor, sus halagos me sonrojan —dije.

Rickard forzó una sonrisa, como un actor que interpreta su papel, pero yo no sabía si el Oberführer había advertido el matiz. Sin embargo, al igual que su capacidad para la vanidad y la adulación, nunca se podía subestimar la inteligencia de un fascista.

—Rickard, tráeme también una copa —dije esperando cambiar el tema.

Siguió un silencio extraño en el que Spiegel y yo nos sonreímos y Rickard terminó de preparar las bebidas, que trajo en una charola de plata.

—Por el Führer y por el Reich —dijo Spiegel levantando su copa.

Brindamos, pero yo lo hice sin entusiasmo. Estaba obsesionada con la horrible posibilidad de que mi manuscrito podía acabar en el escritorio de Hitler. No podía permitir que eso sucediera.

Spiegel le dio un sorbo a su bebida y se acomodó en el asiento.

—Vine hoy porque debo hablarles de un asunto grave.

Miré a Rickard, parecía tan desconcertado como yo sobre ese «asunto».

—Un desafortunado incidente ocurrió en mi reciente fiesta —continuó el Oberführer—. Una joya muy valiosa, que alguna vez fue propiedad de la baronesa Hofstetter, desapareció esa noche en el baño de damas: un brazalete de esmeraldas y diamantes de gran valor. Por desgracia, la mujer que llevaba esta joya está inconsolable por la pérdida. Se la habían prestado. Ella y su marido, aunque son buenos miembros del partido, no cuentan con los medios para devolver el brazalete. Dicha restitución les provocaría un daño financiero considerable.

Me incliné en su dirección.

—¿Prestado? ¿Quién presta un brazalete tan valioso y se lo confía a alguien tan descuidado?

Spiegel alzó las cejas.

—Sí que hace preguntas inquisitivas, Niki.

—Soy escritora. Es mi trabajo hacer preguntas y especular sobre la naturaleza humana.

Puso su copa sobre la mesa de vidrio a su lado.

—Las circunstancias del préstamo deben permanecer confidenciales, pero puedo decirle que el propietario prestó con gusto ese brazalete cuando las SA se lo solicitaron. Quien lo llevaba puesto sólo se lo quitó para lavarse las manos y, como estaba un poco achispada por la influencia de la champaña, no se dio cuenta de la pérdida hasta el día siguiente. Una búsqueda en todas las habitaciones que se usaron esa noche resultó infructuosa.

Me recargué en el respaldo y encendí un Manoli.

—¿Sospecha que yo tuve algo que ver?

Spiegel palideció, su rostro se volvió tan blanco como la silla.

—Oh, no. Sólo les informo de la pérdida. Tengo la intención de preguntarle a todas las mujeres, o al marido, que asistieron a la fiesta.

—Estoy seguro de que si Niki lo hubiera visto, se lo hubiera dicho —intervino Rickard.

—Sí fui al baño, pero no vi nada —dije—. Cuando entré, salía una mujer que llevaba un collar del que pendía un diamante, pero no tenía ningún brazalete en el brazo.

—El ladrón podría ser alguno de los sirvientes o del personal de limpieza, pero he interrogado a todos sin quedar satisfecho

—explicó Spiegel—. Pueden comprender que tengo algo de responsabilidad porque esto sucedió en mi casa.

Rickard y yo asentimos.

—¿Cuánto vale? —pregunté.

Spiegel suspiró.

—Depende del experto, entre cuarenta y cincuenta mil marcos.

Contuve el aliento al recordar al joyero que, en su codicia, me ofreció diez mil. Me tomó un momento responder.

—Espero que encuentren al culpable. No tengo información qué darle, pero si Rickard o yo sabemos algo se lo haremos saber.

—Por supuesto —dijo Rickard—. ¿Podemos ofrecerle de cenar?

—No, no. Tengo que irme. Voy a reunirme esta noche con algunos compañeros oficiales. —Apuró su bebida de un trago y se levantó—. Gracias por el coñac.

Rickard acompañó a Spiegel a la puerta. Cuando el Oberführer partió, mi compañero suspiró y se recargó contra el marco de la puerta.

—¿Niki? ¿Niki? —me llamó; por su entonación en la primera sílaba supe que sospechaba de mí.

—¿Qué? —pregunté dando una calada a mi cigarro y extendiendo los brazos sobre el respaldo del sofá.

—¿Viste el brazalete? Dime la verdad.

Fingí sorpresa y decepción.

—Rickard... no puedo creer que puedas pensar que me rebajaría al hurto... a robarle una joya a un nazi.

—Creo que sería algo que harías para darme una lección, un poco de venganza. Enséñame tu bolso.

Me sorprendió la fuerza de su solicitud y la decisión en su voz.

—Por supuesto que no —respondí.

Sin embargo, en cierto sentido me alegraba, porque su exigencia me permitía demostrar mi inocencia.

—Por favor... para tener la conciencia tranquila.

—Está bien, pero me decepcionas mucho —dije al tiempo que iba a buscar mi bolso a la recámara, asegurándome de que Rickard pudiera ver cada uno de mis movimientos hasta que se lo entregué—. Anda, busca bien.

Sus hombros se desplomaron.

—No puedo. No debí dudar de ti.

—No, debes estar satisfecho. —Le quité el bolso y vacié su contenido en el sofá: una cascada de lápiz labial, marcos imperiales, cosméticos, plumas y una libreta quedó dispersa sobre el cojín—. Ve... nada.

Pasó los dedos sobre los artículos y luego me miró con ojos tan tristes como los de un perro abandonado.

—Lo siento. No debí dudar de ti.

—No, no debiste.

Volví a meter todo al bolso y lo regresé a la recámara. Me aseguré de no echar un vistazo al armario porque había ocultado el brazalete detrás de uno de los paneles al fondo. Incluso si Rickard buscaba en mis cajones, no lo encontraría.

Capítulo 7

Se dice que el dinero no puede comprar la felicidad y quizá lo mismo podría decirse del placer. Antes de que me mudara con Rickard, pensaba que la mujer moderna debía permanecer impasible ante los altibajos de la vida, como un barco que se mece sobre el oleaje. El instinto de conservación, superar las dudas y la adversidad, era lo único que importaba, al menos en mi opinión. De algún modo, incluso con Rickard a mi lado, me sentía inquieta. Era difícil determinar la razón de esta melancolía: tal vez el constante ascenso de los nazis, mi inseguridad respecto a mi escritura o mis solitarias ansias de conocer el mundo que guiaban mis acciones antes de que conociera a Rickard; una o todas podían ser la causa.

Las esperanzas de una mujer incluían una serie interminable de fiestas, vestidos hermosos, compras y visitas al salón de belleza, donde probaría los tonos de lápiz labial más a la moda y se consentiría con las últimas cremas de belleza para tener un rostro firme y joven. Le servirían el desayuno en la cama, la comida en el patio, en el jardín o junto a la alberca. La doncella sacaría los atuendos de noche para los cocteles y cenas, y luego saldría al teatro, la ópera o a una fiesta grandiosa organizada por alguien famoso. Si no estaba en la portada de una revista de moda, al menos la retratarían en un vestido brillante junto a la anfitriona, ambas blandiendo boquillas de cigarro extraordinariamente largas. ¡Qué farsa!

La realidad era por completo distinta.

Las economías mundiales estaban destrozadas; las tasas de desempleo, tambaleantes. El hambre, la indigencia y la pobreza gobernaban Alemania y nosotros la llamábamos hogar. En todo sentido, Rickard y yo éramos afortunados. Gracias a él yo nunca pasaba hambre, y a pesar de los tiempos difíciles, el estudio salía adelante y siempre teníamos dinero suficiente para vivir. Por supuesto, yo obtenía de vez en cuando trabajos de mecanografía y seguía trabajando en mi novela, *La mujer de Berlín*.

Me avergüenza tener una vida fácil mientras a mi alrededor la gente está en problemas, incluso mis amigos. Martin hace todo lo posible para alegrarme, igual que mi amiga Anela, quien recientemente se mudó a Berlín de Colonia. Perdió su empleo y regresó, esperando encontrar trabajo. Hasta ahora no ha encontrado nada y vive con otras tres chicas en un departamento alquilado. Su vida es triste comparada con la mía.

Sin embargo, a pesar de mi buena relación con Martin me sentía incompleta. Me deslizaba por las pequeñas habitaciones, me sentaba en una silla y leía los tres libros que tenía a la mano. Su empleo es seguro, pero yo estoy teniendo dificultades para encontrar trabajo. Las horas pasan bajo el azote del sol o de la lluvia y, al final del día, no lograba nada digno de valor. Simplemente existía, como tantas mujeres en Berlín.

La duda me nubla, cubierta por melancolía. Martin modera mis cambios de humor, pero los días se arrastran, uno tras otro, desde la primera luz del alba hasta la medianoche más oscura, con muy poco para distinguirlos. Nuestras rutinas se han vuelto lugar común.

Lo arrastro a las galerías o al teatro, a los asientos baratos, claro. Me pongo mi mejor vestido y un poco de perfume, y volteo a ver los rasgos oscuros de Martin. Qué hombre apuesto y maravilloso, con pecho y brazos fuertes, y ojos castaños que brillan cuando me mira. Un buen hombre. Lo observo mientras se sienta a mi lado. Ha sido tan amable; no obstante, la pasión no se aviva. Dios sabe que no es por culpa de Martin, sino por la mía. ¿Qué he hecho con mi vida? ¿Qué quiero hacer de ella? No puedo responder esas preguntas a través de Martin, y ningún amigo, ninguna mujer, ningún hombre, ningún político puede ofrecer la solución. Me pregunto qué necesitaría para sentirme cómoda conmigo misma.

Martin, pobre querido, no sabe cómo me siento porque nuestra intimidad, de manera extraña, ha creado un abismo tan ancho y profundo como un cañón. Es curioso cómo, conforme pasa el tiempo, los secretos se disimulan para nunca ser revelados. Las ganas, los deseos y los sueños eróticos los guardo para mí en lugar de compartirlos con mi amante. La verdad es demasiado dolorosa para decirla. Me entristece, pero quizá todos los hombres y mujeres hacen lo mismo.

Trabajaba duro en el libro, aunque nunca quedaba completamente satisfecha. Siempre cuestionaba mi capacidad cuando la trama se naufragaba por aquí o por allá, mientras Niki, Martin y los otros personajes hacían cosas en la página fuera de mis expectativas. En el texto aparecían pensamientos que jamás imaginé escribir. Rickard siempre me animaba y nunca me interrumpía, incluso en los días en los que no tenía que ir a trabajar a Passport Pictures.

Conforme pasaron los meses, estaba tan absorta en mi escritura que fallé en darme cuenta que lo que nos ocurría a Rickard y a mí también le sucedía a Niki en *La mujer de Berlín*. El tiempo nos empujaba en la misma dirección, pero mis inseguridades nos alejaban como un río dividido por una montaña de piedras.

Cuando el miedo me asaltó un día a finales del verano, acudí a él.

—¿Cuándo vamos a casarnos? —pregunté.

Enterrado en lo profundo de mí, no pude entender que la pregunta era una defensa en contra de perder todo lo que habíamos construido juntos. ¿Cuántos hombres y mujeres han vivido lo mismo sin tener conciencia de sus pensamientos: parejas que tienen un bebé o compran una casa o se regalan mutuamente algo costoso con la esperanza de evitar que su relación muera? Es posible no reconocerlo en el momento, pero el inconsciente lo sabe.

Parecía un poco sorprendido, pero complacido.

—Cuando tú quieras. —Tomó mis manos en las suyas—. Llevamos juntos casi un año. ¿Qué tal el próximo sábado? Todavía tengo el anillo.

—Bien —respondí—. No quiero una boda grande. No quiero ni a Spiegel ni a las SA rondando por ahí, sólo una ceremonia civil y una pequeña cena después. Pensaba invitar a Lotti y a Rudi. Sólo ellos. Sabes lo que pienso de las listas. Sólo nosotros cuatro.

—Spiegel va a querer hacer un gran espectáculo, pero yo lo manejaré.

—Como siempre lo has hecho —dije con demasiado sarcasmo, al tiempo que ponía mis brazos alrededor de su cuello.

Retrocedió.

—No seas cruel, Niki. No es adecuado para una mujer que está a punto de casarse.

Abandoné mi abrazo y caminé hacia el despacho.

—Mira, quiero enseñarte algo.

Hacía calor y las ventanas estaban abiertas. El humo de los tubos de escape de los automóviles en la calle se elevaba y llenaba el departamento de ese olor. En ocasiones, la brisa contaminada entraba y hacía volar los papeles que había en el escritorio. Había asegurado mi trabajo con un pesado tomo de arte romano que saqué del librero. Señalé la pila de papeles.

—Aquí está... el primer borrador de *La mujer de Berlín*.

Una amplia sonrisa se dibujó en el rostro de Rickard. Levantó la novela y leyó la página de portada.

—Es maravilloso, Niki. Estoy muy orgulloso de ti. No puedo esperar a leerlo.

Me senté en la mesa del despacho.

—No estoy segura de querer que lo leas. ¿Y si no te gusta?

Su rostro se tensó.

—Estoy seguro de que me encantará.

Le quité el libro de las manos y lo volví a poner sobre el escritorio.

—Tal vez, pero ese es el punto. No puedes ser imparcial.

—No, te equivocas. ¿Cómo crees que he trabajado con Anders y todos los otros directores y actores en Passport? Muchos de ellos son mis amigos, pero era capaz de decirles cuándo algo era malo.

Fruncí el ceño y hojeé las páginas del manuscrito.

—Por supuesto que espero no sea malo... A Spiegel y a sus secuaces no les va a gustar *La mujer de Berlín*. La trama del libro no es nada parecida a lo que le inventé. Está tan alejada como la luna de aquí. Esto no puede acabar en el escritorio de Hitler, o en el de ningún nazi en todo caso, no con mi nombre en él.

—Me dijiste de qué trata: la nueva mujer moderna.

Se sentó en el borde del escritorio y me miró expectante.

—Sí, y eso es exactamente lo que resultó ser. Niki es independiente, no es servil; una pálida y doblegada imitación de una mujer. No quiere ser «leal» a un buen marido nazi, darle hijos para enviarlos a la guerra ni ningún otro de los disparates nacionalsocialistas.

Rickard tomó un lápiz del escritorio y lo hizo girar entre sus dedos.

—Nunca esperé que lo fuera. Me hubiera decepcionado si lo fuera... aunque lo que le contaste a Spiegel hubiera sido perfecto para una película de propaganda. Él pagaría mucho dinero por los derechos.

Suspiré.

—¿Comprarla? Los nazis la quemarían si pudieran.

—Entonces, ¿qué quieres hacer con ella?

Mis pulmones ansiaban un cigarro.

—Si este manuscrito llega a Spiegel o a Göring o a Hitler, estoy muerta. Si puedo encontrar una casa editorial, lo publicaré con mi verdadero nombre, Marie Rittenhaus, y esperaré que las SA no sean muy inteligentes como para averiguarlo. Su única pista sería el nombre de mi heroína, Niki, a menos que lo cambie. —Callé y lo miré—. La verdad es que estoy un poco asustada.

—¿Y emocionada al mismo tiempo? —preguntó Rickard—. Recuerda mi advertencia: tienen maneras de encontrar a la gente, amigos en puestos altos.

Asentí.

—Cambiaré los nombres si tengo que hacerlo. —Por el momento, sentía el sueño de que me publicaran al alcance de la mano—. Estoy emocionada. Es un sentimiento muy extraño. Supongo que es como cuando un explorador hace la cartografía de un nuevo territorio, cuando visita parte del planeta donde nadie ha estado jamás.

Se inclinó sobre el escritorio y me besó.

—Estoy orgulloso de ti. Hablo en serio, pero no creas que las SA no podrán averiguar quién eres. Son ingeniosos y astutos hasta lo inconcebible. Quizá lo mejor sea usar un pseudónimo y cambiar el nombre de la heroína, si no es mucho problema.

Suspiré.

—Trabajo y más trabajo. Escribir una novela no es fácil. Ni siquiera he empezado a corregirla.

Por primera vez en meses sentí que Rickard y yo hablábamos en verdad y llegábamos a un entendimiento. Ninguno de los dos había hablado mucho recientemente de nuestra vida laboral. Yo me limitaba a escribir y él mantenía su punto de vista distante del estudio y su trabajo. Aunque yo no quería que hubiera secretos entre nosotros, la emoción por mi libro alejaba mis pensamientos de las películas que producían en Passport Pictures.

Los nazis tuvieron algo de éxito en las elecciones de septiembre de 1930. Poco después, tres jóvenes oficiales de la Reichswehr fueron juzgados en Leipzig por alta traición, por promover la doctrina nazi entre los miembros del ejército. La verdadera estrella del juicio fue Adolf Hitler, quien fue convocado como testigo para la defensa. Hitler explicó su posición con claridad, declarando que a los nazis no les interesaba reemplazar al ejército, tachando de «locura» a dichos rumores. Agregó que cuando los nacionalsocialistas llegaran al poder crearían un gran Ejército del Pueblo Alemán, agregando que «formaremos el Estado como lo consideremos correcto». También habló de un Tribunal de Justicia Nazi para poder vengarse de todos los que se oponen a él. La mayoría de nosotros no supimos del juicio, de las palabras que ahí se dijeron y de su implicación para el futuro.

Nuestra boda a finales de octubre, casi un año completo después de que empezamos a vivir juntos, fue algo pequeño. Tal y como esperaba, la lista de invitados era corta. Sólo Lotti y Rudi asistieron esa tarde a la ceremonia en el juzgado. No invité a mi madre porque me hubiera hecho sentir incómoda. Ella no sabía que Rickard y yo no teníamos idea de lo que pensaría de él. Quizá subestimaba su capacidad para contenerse, pero creía que el día sería más agradable sin ella. Ya le informaría después y podría sacar sus propias conclusiones sobre sus méritos como marido.

No hubo objeciones para nuestra unión y nos casamos.

Después de la boda, los cuatro fuimos a cenar a un restaurante cerca de Alexanderplatz. Rudi era el único que tenía un compromiso esa noche, un turno nocturno en el Leopard Club. El clima era cálido para la época del año. Cómodamente cubiertos con abrigos y suéteres, nos sentamos en una mesa al exterior debajo de un parasol rojo que promocionaba una popular cerveza.

Rudi y Rickard se llevaban bien; los dos fumaban y bebían, recordando los buenos tiempos en el club. Al parecer, su historia era más antigua de lo que yo estaba enterada.

—¿Sabías que yo quería ser actor? —me preguntó Rudi después de compartir con mi esposo una buena carcajada.

—No —respondí.

—Con Rickard como testigo, he de confesar que mi talento no correspondía a mi ambición. Soy un pésimo actor. —Ambos rieron de nuevo. Rickard me guiñó un ojo—. Soy mucho mejor en la cama —agregó un poco fanfarrón.

Las mejillas de Rickard se encendieron, bajó la mirada y dejó caer la mano de su vaso de cerveza. Traté de recordar lo que Rudi había dicho en el club la primera vez que mencioné que quería que me presentara a mi esposo. Hizo un comentario sobre el apellido de Rickard, Länger; es decir, «más largo», y dijo algo como «por lo que he escuchado». Yo sin duda podía dar testimonio de ello, pero al parecer Rudi también. Había confesado sin implicarse directamente.

«Tantos secretos».

Lotti advirtió mi tensión y me dio una palmadita en el hombro.

—Entonces, ¿ya terminaste tu novela?

Su pregunta me sobresaltó y me devolvió a la mesa. La miré como si saliera de un sueño.

—Sí, sí... el borrador.

—Cuéntame de ella —dijo presionándome, desviando mi atención de los dos hombres. Su conversación se detuvo abruptamente, incluso Rudi parecía como si lo hubiera mordido un perro.

Volteé a ver a mi amiga, con una copa de champaña en la mano. Había peinado su cabello rubio para la boda, incluso lo trenzó en un medio círculo que corría de una oreja a la otra en la parte superior de su cabeza. Sus mejillas eran carnosas y rosadas, con una mancha encendida de rubor en cada una.

—La estoy corrigiendo —respondí—. Tengo que volver a pasar a máquina el manuscrito. Luego buscaré a un editor.

Miré al otro lado de la mesa. Rickard sonreía débilmente y le murmuraba algo a Rudi al oído.

—Conozco a un editor que podría ver tu libro —dijo Lotti; sus mejillas se hincharon con una sonrisa—. En Verlangen Press. Mi compañía ha hecho negocios con ellos.

—¿Publican ficción?

Asintió.

—Por supuesto. Te conseguiré su tarjeta de presentación.

—Gracias —respondí, imaginando a mi esposo en la cama con Rudi.

El resto de la cena fue tranquila y moderada. Cuando regresamos al departamento, me quité el vestido y me acosté en la cama en ropa interior; me acechaba un dolor de cabeza. Éste era real, no una excusa para evitar tener relaciones sexuales, sino resultado de demasiada champaña y del repentino cambio en la naturaleza de nuestra relación.

Rickard encendió la lámpara del buró, se instaló en la cama a mi lado y acarició mis brazos desnudos. El sol se había puesto y Berlín brillaba bajo la neblina de octubre. Los dedos de mi esposo se sentían fríos contra mi piel y me pregunté por qué. ¿Imaginaba la manera en la que él se sentía realmente por mí o anticipaba el futuro? Me estremecí y le di la espalda, pero lamenté haberlo hecho. ¿En verdad era tan tradicionalista que no podía ver más allá de la estricta definición de un hombre y una mujer? En una tarde y una noche llena de imágenes, otra apareció en mi mente: el austero crucifijo de madera de mi madre clavado en la pared de su recámara.

—Niki —dijo Rickard en voz baja; un profundo sentimiento de soledad permeaba su voz—. Mírame. No quiero que nuestra noche de bodas termine así. Te amo.

Estaba paralizada en la cama, incapaz de moverme. Sentía el colchón hundirse conforme su cuerpo se acurrucaba contra el mío. El armario estaba a un lado; el brazalete de esmeraldas y diamantes, casi al alcance de mi mano, en caso de que necesitara irme. «¡Deja de comportarte como una niña! ¡Enfrenta la verdad!».

Mi calzón de seda crujió contra la colcha cuando volteé hacia él. Me sorprendió ver lágrimas en sus ojos, una de ellas bajaba por su mejilla. Él se la enjugó antes de que cayera a la cama.

—Déjame preguntarte algo... —Su voz se quebró, como si estuviera a punto de hacer la pregunta más difícil del mundo—. ¿Alguna vez te has acostado con una mujer?

Suspiré, sabiendo hacia dónde iba. ¿Cuántas veces me había sentido ofendida en el Leopard Club por hombres que se vestían como mujeres o por mujeres que vestían como hombres? Nunca. Disfrutaba los momentos ahí; de hecho, gozaba la libertad, la capacidad de algunos de vivir su vida como quisieran, sin las cargas de la estricta tradición. Los verdaderos bichos raros en Alemania eran los camisas pardas que merodeaban las calles, no los clientes de un club que sólo deseaban ser ellos mismos y vivir en paz. La mujer alemana moderna no tendría objeciones, no encontraría ninguna indignación moral en el Leopard Club. Aplaudiría a los hombres y mujeres que tenían el valor de definirse como lo desearan.

—Una vez besé a una amiga de la escuela y nos ayudamos mutuamente a ponernos el brasier —dije—. Nunca... no hice...

Formular mis sentimientos sexuales era difícil. Me había acostado con hombres y admiraba los cuerpos y los rostros de las mujeres hermosas, pero aparte de una escena de celos por una chica de la escuela que era popular, nunca quise irme a la cama con una mujer.

—Dos veces con Rudi —dijo Rickard—. La primera fue un experimento. La segunda vez, una confirmación de que prefería y amaba a las mujeres; quiero decir que la primera vez fue una aberración, curiosidad, la expresión de sentimientos que tenían que salir. Es un hombre muy sexi.

—No sé por qué me sorprendió tanto. —Puse una mano sobre su hombro y sentí la lana suave de su traje—. ¿Será porque nunca lo sospeché? A veces es difícil ver al interior de los demás, casi tan difícil como ver al interior de uno mismo.

—Rudi era seguro —explicó Rickard—. Tuve oportunidades con otros hombres en la industria, pero nunca di el paso. No me interesaba. Y sabía que Rudi también se acostaba con mujeres. No tenía que preocuparme por compromisos o enamoramientos.

Respiré profundo.

—La vida es extraña, casi siempre maravillosa, a veces terrible, pero siento que el día de mi boda aprendí dos cosas. Eres más de lo que nunca imaginé... y no soy tan moderna como pensaba. Vivo a través de mis personajes. Niki, en *La mujer de Berlín*, es mucho más un espíritu libre que yo. Debo trabajar en eso.

—Eres perfecta así como eres —dijo Rickard, arreglándoselas para sonreír—. ¿Quieres hacer el amor? Soy todo tuyo.

Lo acerqué a mí.

—No. Quiero quedarme dormida en tus brazos.

—También podemos hacer eso —respondió, quitándose los zapatos.

Y nos quedamos dormidos abrazados. En algún momento en lo profundo de la noche, Rickard se quitó el traje e hicimos el amor; sentí que me pertenecía por completo. Y al igual que Niki, me pregunté si nuestra relación era algún gran sueño, junto con un inquietante sentimiento de que quizá no duraríamos.

Capítulo 8

Herr Artur Berger era publicista y editor en Verlangen Press, en Berlín-Tempelhof, no muy lejos de Passport Pictures. Lotti me había dado su tarjeta de presentación. Tras enviar una carta introductoria, Berger expresó interés en el manuscrito. Rickard lo entregó de camino al estudio a principios de noviembre. Me reuní con el editor la primera semana de diciembre de 1930.

Berger evocaba la vieja aristocracia alemana: acartonado, de aspecto severo, con monóculo y traje gris planchado; pero bajo esa armadura exterior advertí su amor por los libros y una velada preocupación por la humanidad. Verlangen había publicado a varios escritores alemanes, presentes y pasados, y me emocionaba que me invitara a formar parte de esa venerable institución.

Los detalles de nuestra reunión fueron tan aburridos como cualquier transacción comercial: fechas finales de entrega y publicación, mi irrisorio adelanto, publicidad y otros aspectos mundanos que Berger manejaba con habilidad. Sin embargo, todo era nuevo para mí y estaba entusiasmada de que una casa tan respetable publicara mi primera novela. Hice pocas exigencias al editor, sobre todo después de que Berger señaló que corría un riesgo con el libro y que decidió publicarlo porque «nunca había leído nada parecido». «Un libro sobre los problemas de mujeres reales», dijo.

Tras muchas consideraciones, acordamos que la novela se publicaría bajo un pseudónimo, en lugar de Niki o mi nombre real, Marie Rittenhaus, y que habría muy poca información biográfica en las solapas, además de unas cuantas líneas que describirían la primera novela de una escritora berlinesa. Las fotografías de los autores eran poco comunes, así que no tendría que preocuparme por eso. Los nazis tendrían que buscar mucho para encontrar a la escritora, si siquiera les importaba. También llegué a la conclusión de que Niki no debía ser el nombre de la heroína. Después de todo, las SA de Berlín me conocían por mi apodo. Así, después de un gran esfuerzo, corregí la obra a mano según lo permitió Berger y cambié el nombre de la heroína por «Charlotte». Mi única preocupación era que los nazis pudieran recurrir a las tácticas torpes de las SA con mi editor. Estaba decidida a acudir yo misma a Spiegel si llegaba a eso, y también debía advertir a mi madre que quizá habría una reacción negativa de los nacionalsocialistas cuando el libro se imprimiera.

Estaba programado que el libro se publicara en agosto de 1931, antes de la temporada de lectura de otoño e invierno.

A nivel político, Alemania estaba en constante cambio, pero pocos se interesaban en la política más allá de los titulares de los periódicos. Una sucesión de cancilleres asumió el cargo antes de que Hitler se hiciera con el poder. Paul von Hindenburg, el presidente del país, estaba perdiendo sus capacidades físicas y mentales, y su control de la República. La mayoría de las personas estaban demasiado preocupadas con empleos y promesas, como para pensar en las intrigas de los políticos tras bambalinas. Eso no detuvo a los nazis para que consolidaran el poder, deteriorando la República sin cesar en su intento por crear un estado fascista.

Empecé a trabajar en un segundo libro, una historia con moraleja llamada *Confesiones de la esposa de un vampiro*. Había escrito algunas escenas para ella, incluida una inspirada en la golpiza que recibió Anders. A regañadientes, Berger me dio su aprobación para que continuara con el trabajo, pero me exhortó a que asumiera un tono más ligero con una novela que quizá podía ser calificada de espantosa. Le aseguré que sería un «romance con un poco de sangre» y que sería lo más «irónica posible». Por supuesto, los nacionalsocialistas serían el blanco de mi ironía.

Los meses pasaron y Rickard y yo nos volcamos la mayor parte del tiempo en el trabajo, lo que ejerció una presión involuntaria en nuestra relación. Disfrutábamos la compañía del otro cuando podíamos, junto con nuestros escarceos sexuales. A fin de cuentas, sentía que ambos estábamos definidos por los mundos separados de nuestras profesiones. Su trabajo lo afectaba mucho más que a mí. Volvía a casa vencido después de un día en el estudio, con el espíritu y el cuerpo vacilante. Traté de hacer que se abriera y hablara de sus problemas, pero los hacía a un lado y sólo decía que Spiegel y los otros querían que hiciera más, que aumentara la magnitud de la doctrina nacionalsocialista.

—¿No puedes negarte? —pregunté sin saber qué significaban en realidad los alcances de la doctrina nazi.

Negó con la cabeza.

—¿Tienes que hacer esa pregunta? Ya conoces la respuesta.

—Si *La mujer de Berlín* tiene éxito, podemos vivir sin ellos —dije.

Frunció el ceño en mi dirección, como si desafiara su masculinidad, su capacidad para ser proveedor. La idea de que pudiéramos vivir de los ingresos de una mujer era algo que jamás había considerado. Me pregunté cómo estaría su exesposa y si ella recibía parte de sus ingresos. Nunca pregunté porque él sólo habló de ella y de su hijo una vez y no quería recordarle un tema doloroso que él evitaba.

—Ojalá fuera tan simple —replicó con la mirada baja mientras se acercaba al bar.

—¿Quieres hablar de eso? Recuerda, nada de secretos.

Dio media vuelta, sus ojos destellaban.

—No es un secreto. Controlan el dinero y las películas. No hay nada de qué hablar.

La conversación sobre su trabajo terminó ahí.

Un día de primavera, en una tarde de sol cálido y aire fresco de abril de 1931, alguien tocó a la puerta del departamento 3D. No esperaba invitados y Rickard, como siempre, estaba fuera ese día. Me levanté del escritorio y miré hacia la puerta como si pudiera ver a través de ella. Los golpes cesaron un momento, pero luego se hicieron más fuertes, más persistentes.

Miré la máquina de escribir y me pregunté si debería abandonar mi trabajo por el día.

—¿Quién es? —pregunté.

—Anders... Anders Pechstein —respondió tímido.

Me tomó un momento deshacerme de mi sorpresa y recordar el rostro de Anders Pechstein. La última vez que vi al director de cine fue en un hospital de Berlín, donde se recuperaba de la paliza que le dieron Spiegel y sus secuaces. Recordé cuando nos conocimos en la filmación, lo concentrado que estaba y también su cuerpo largo y esbelto. Trabajo y nada más, había dicho Rickard.

Cuando abrí la puerta, un hombre diferente entró. Era Anders Pechstein, pero el cabello rubio opaco estaba salpicado de canas; su rostro había cambiado de color, de un tono carne saludable a uno amarillento enfermizo; sus ojos, tan huecos y oscuros como cuevas; un traje que le quedaba grande caía sobre su cuerpo como un periódico doblado. No supe qué decir. Entró como si ya hubiera estado antes en el departamento y se sentó en uno de los sofás rojos alineados contra la pared.

—Es un día hermoso —dijo—. Me alegra que estés aquí.

Las palabras sonaban casi alegres, como si visitara a una amiga, pero no tenían sentido al ver el despojo de hombre que tenía frente a mí.

—¿Puedo ofrecerte algo? ¿Agua? ¿Una copa?

—Una copa estaría bien. Lo que tengas.

Entrelazó los dedos y los reposó en su regazo.

Caminé al bar y serví medio vaso de nuestro mejor coñac. Al parecer, mi invitado lo necesitaba. Le di el vaso y me senté en el sillón que daba a la línea del horizonte de Berlín bajo el sol. ¡Qué impresión! ¿Cómo alguien podía caer en desgracia hasta llegar a ser el hombre que estaba sentado frente a mí? La respuesta era sencilla: era el Berlín de la década de 1930.

Durante un momento no dijo nada y lo estudié mientras miraba al interior de su vaso. Después de unos minutos, se echó hacia atrás y exhaló, relajado, como si las preocupaciones del mundo lo superaran.

—¿Está Rickard?

—No.

—¿Llegará pronto?

—¿Qué pasa, Anders?

—No importa dónde esté Rickard... puedo contarte mis problemas. —Le dio unas palmaditas al saco de su traje como si buscara un cigarro, pero no había nada. Le ofrecí un Manoli, que aceptó con una sonrisa. Se lo encendí y continuó—: La verdad es que no debería molestarte con mis problemas, pero no sabía dónde más ir. Estos días nadie tiene dinero.

Sus ojos enrojecieron y tomó el vaso, reprimiendo un manto nubloso de lágrimas. Toda la autoconfianza de la que fui testigo cuando vi a ese hombre por primera vez había desaparecido.

—¿Necesitas dinero? Para nosotros también es difícil.

Hizo una mueca y tomó el coñac de un golpe.

—Mi madre tiene dinero, pero no está disponible. Es judía y tiene miedo de que, incluso en Suecia, necesitará todo lo que tiene para vivir, quizá para salir del país si los nazis llegan al poder. Mi padre está aquí por su negocio, pero lo están amenazando porque tiene una esposa judía. Piensa volver a Suecia, donde es más seguro.

—¿Y qué hay de ti?

Volteó hacia mí con la mirada perdida.

—Hace más de un año que no trabajo. Mi esposa y yo estamos bien porque mi padre nos manda dinero, pero eso no puede durar para siempre. Los nazis están más que dispuestos a vetarme. Conocen mi trabajo, conocen mi política comunista y llevan un registro de las personas a las que golpean. Spiegel es un monstruo. —Miró un segundo por la ventana y luego volvió su atención hacia mí—. Te das cuenta, Niki, de que cuando lleguen al poder, y lo harán, todo cambiará. Hitler es demasiado inteligente y las masas demasiado ciegas para ver lo que tienen frente a los ojos. En seis meses, Alemania será aplastada bajo el dominio del dictador.

—Es muy deprimente, pero no sé qué podemos hacer, además de votar.

—Cuando Hitler llegue al poder, votar no importará... pero esa no es la razón por la que estoy aquí.

Miré su rostro cetrino y me pregunté si así se vería el pueblo alemán en dos o tres años. No me atreví a pensar más allá de ese tiempo.

—Vine a suplicarle a Rickard que deje de hacer películas —dijo con una determinación renovada en la voz.

Encendí un cigarro y le ofrecí otro a Anders. ¿Cómo podía decirle que el nefasto acuerdo con las SA era la única manera de tener comida en nuestra mesa?

—Sé que es horrible, pero Rickard, Passport Pictures, no tiene otra forma de sobrevivir.

No quise decirle a Anders sobre nuestro negocio personal, cómo usábamos nuestro pacto con los nazis como seguridad personal, que temíamos por nuestra vida; la manera en la que Spiegel había amenazado a Rickard; cómo estaría en la posición de Anders, igual de destrozado, si el dinero no entrara.

Conforme estos pensamientos pasaban por mi cabeza, un malestar creciente, como un acceso de náuseas, invadió mi estómago.

Anders tenía razón: tanto Rickard como yo sabíamos que lo que sucedía en Passport Pictures estaba mal, pero las únicas opciones eran seguirles la corriente a estos monstruos o perdernos en el olvido y morir.

Los ojos de Anders destellaron y su rostro se tensó.

—¿Sobrevivir? Sus películas van a cobrar la vida de miles.

—¿De qué estás hablando? Están haciendo películas sobre manifestaciones, creo que también hizo unas sobre campamentos y la salud de los jóvenes alemanes.

—¿Puedo tomar otra copa antes de irme? —preguntó.

Tomé la botella, regresé al sofá y vertí una porción generosa en su vaso.

—Spiegel y Rickard están haciendo películas sobre judíos.

—¿Judíos?

Las palabras de Anders me sorprendieron, pero no sabía adónde quería llegar.

—Sí, suscitan el odio, denigran a los judíos, los llaman belicistas, criaturas horribles y deshonestas que vienen a quitarte el empleo y el dinero, y que incluso se comen a tus hijos. Según los nacionalsocialistas, los judíos son la causa de todos los problemas del mundo. De este odio a la destrucción sólo hay un paso.

Casi lanzo una carcajada.

—Debes estar equivocado. Rickard no sería parte de eso.

Dije las palabras, pero la duda me invadió como una sombra. No había estado en el estudio desde que enlataron la película de vampiros, así que no tenía una verdadera idea de lo que estaba pasando. Las náuseas subieron por mi pecho.

—Me topé con Wolf. Estaba bastante contento de trabajar de nuevo. Me dijo que tenía un papel como un monstruoso viejo judío, un libertino que golpea con palos a niños alemanes, los secuestra y pide rescate por ellos. Los pobres padres le dan a ese demonio todo lo que poseen para recuperar a sus hijos antes de que se los pueda comer. El judío mira con lujuria y besa los costales de oro antes de que lo descubran los buenos nacionalsocialistas que toman el asunto en sus manos y lapidan al anciano hasta matarlo. Otro judío muerto. *Fini.*

No supe qué decir. Tuve ganas de vomitar. Rickard nunca mencionó que el estudio ahora producía en masa películas de propagando en contra de los judíos.

—Se llama *El judío malvado*. Es la primera de muchas que piensan producir. Wolf tendrá empleo tanto tiempo como quiera. Vine a suplicarle a Rickard que se detenga, que salve la vida de los judíos... y posiblemente la suya. El odio se convertirá en una trampa terrible que lo matará.

No quería creerle y contuve el aliento un momento, mientras pensaba qué hacer.

Anders terminó su bebida, me dio el vaso y se levantó del sofá.

—Quizá tú puedas salvarlo... convencerlo de que deje de hacer esas películas horribles. También es una advertencia por su bien. —Miró hacia la puerta pero se detuvo junto a mi silla y bajó la mirada hacia mí—. Es difícil tener dignidad en Alemania en esta época, y temo que sólo empeorará. Acabar con estas películas sólo sería un paso en contra del fascismo. Créeme, conozco el poder que tienen.

Tomé su mano cuando empezó a alejarse.

—Lo siento, Anders, y espero que todos sobrevivamos a esto... Hablaré con Rickard.

—Buena suerte.

Su mano fría liberó la mía y se fue. Tan pronto como la puerta se cerró, supe qué hacer.

Una hora después, estaba en el tranvía rumbo a Passport Pictures. Quería saber si Anders estaba diciendo la verdad. No dudaba de él, pero pensé que quizá se había confundido en cuanto a las intenciones de la película; tal vez *El judío malvado* era un cuento de hadas, algo como de los hermanos Grimm.

En el camino, entre la multitud que me daba empujones, empecé a convencerme cada vez más de que Rickard había caído bajo el hechizo de los nazis. Observé los trajes color verde militar, los vestidos descoloridos y los rostros agotados de la gente, devastados por la incertidumbre económica y que buscaban cualquier signo de esperanza que los apartara de un mundo tedioso. La alegría de la primavera no podía hacer nada para levantar los ánimos del pueblo alemán. Sin embargo, había un hombre, Hitler, que esperaba paciente su salida al escenario y que prometió mucho a aquellos que lo siguieran.

El personal de seguridad del estudio había sido reemplazado por las SA. Después de decirle a un par de hombres con camisas pardas y botas, cuyos rostros eran casi carmesí bajo la luz, que yo era la esposa de Rickard, me dejaron pasar. Caminé al estudio donde se había filmado la película de vampiros, suponiendo que la producción sería ahí en lugar de en el edificio a la derecha, que parecía vacío y desafectado.

Avancé por el pasillo oscuro y muy pronto me encontré frente al set. El castillo de Drácula se había convertido en una mansión, aunque el aspecto escalofriante se había preservado. La luna rojo sangre seguía colgando en el telón de fondo y en el risco había algunos árboles desnudos. La escena gris monocromática aportaba a la atmósfera lúgubre de la película.

Un hombre estaba en medio del escenario, recibiendo instrucciones de un oficial uniformado de las SA. El actor estaba caracterizado con una larga nariz ganchuda, el pelo desaliñado, una larga barba negra y manos que parecían garras. El hombre podía ser Wolf, pero era imposible saberlo con tanto maquillaje. Varios niños rubios indiferentes, vestidos con el *lederhosen* tradicional alemán y delantales, posiblemente los hijos e hijas de los hombres furibundos de las SA, estaban sentados cerca esperando instrucciones. El «judío» estaba rodeado de bolsas llenas de su botín, de ellas sobresalían barras de madera pintadas de dorado. Tras bastidores, nazis en atuendo completo esperaban listos para salvar a los niños de su captor.

Supuse que la siguiente escena sería ésa: un ataque brutal al judío para rescatar a los niños.

—Niki, ¿qué haces aquí?

No me había dado cuenta de que Rickard se había acercado a mí por la espalda.

Di media vuelta para enfrentar a mi esposo cuando el director gritó «acción». Los actores tomaron su lugar y el caos empezó.

En medio de los gritos y los golpes contra el judío, miré de manera intermitente entre Rickard y la acción que se desarrollaba en el set.

—¿Apoyas esta violencia? —pregunté, alzando la voz por encima del escándalo.

Algunos de los hombres de las SA que estaban cerca miraron en mi dirección.

—Shhh —dijo Rickard—. Vamos afuera. No podemos hablar aquí.

Pasó el brazo alrededor de mi cintura y me guio por el pasillo oscuro hasta la puerta. Cuando salimos a la luz brillante, el sol me cegó temporalmente.

—¿Qué está pasando? —le grité—. Sabía que hacías películas de las manifestaciones del partido, no estos horrores.

—Lo siento —respondió—. Estaba seguro de que te molestarías...

Miré por encima del hombro de Rickard y me quedé sin aliento. Los hombres de las SA que estaban en la reja de entrada se dirigían a toda prisa hacia nosotros, empuñando sus armas.

—Herr Länger... ¿Está todo bien, Herr Länger? —gritaron.

Rickard asintió y los envió de regreso a sus puestos con un gesto de la mano.

—No te entiendo —dije—. Anders Pechstein vino al departamento esta tarde. Me lo contó todo. Tenía que verlo con mis propios ojos.

—Ah, Pechstein: el exdirector que se convirtió en un limosnero porque se niega a reconocer la verdad sobre lo que está pasando en Alemania. Te das cuenta de que todo está en su cabeza. Ahora ya lo sabes... ya conoces el sucio secreto que te he estado ocultando.

—Sin secretos, ¿recuerdas?

—Algo que he aprendido es que los secretos son parte de la vida. El comportamiento normal entre un hombre y una mujer, y salvo los que ocultan los nacionalsocialistas, saldrán a la luz.

—Veo eso con claridad.

El brazalete de esmeraldas y diamantes oculto detrás del armario cruzó por mi mente y sentí vergüenza, pero sólo un momento.

Rickard se dejó caer contra la puerta del estudio. Bajo el sol primaveral, vi a un hombre irreconocible, a pesar de nuestras noches en el departamento. La piel alrededor de sus ojos se había oscurecido; el resto de su rostro, pálido tras meses de trabajo sumergido en el estudio cavernoso. Parecía tan triste y derrotado como los pasajeros del tranvía.

—Ya hemos hablado de esto: comer o ser comido. No dejaré que los nazis nos devoren. Si eso significa seguir la corriente a sus fantasías sobre cómo van a resolver los dilemas de Alemania, yo no tengo problema con eso. Siempre y cuando vivamos... siempre y cuando estemos seguros... hagamos dinero... y mi exesposa e hijo estén seguros. En mi caso, los nacionalsocialistas están cumpliendo sus promesas.

Respondí con un silencio sepulcral.

—No creerías todo el dinero que tienen —continuó—. Todo se está acomodando para ellos. Hitler sabe que no puede hacerlo solo y le está prometiendo a los fabricantes y productores que tendrán contratos y trabajadores para cumplir esas obligaciones. Los banqueros también se están alineando.

—¿Qué pasó con aquello de «malditos nazis»? —dije—. ¿Qué pasó con «tengo miedo de lo que se avecina»?

Se tocó la mejilla como si se enjugara una lágrima.

—Antes me daban miedo, pero no... no puedo, siempre y cuando esté del lado ganador. No se irán. —Hizo una pausa antes de continuar con una voz tan firme con una barra de hierro—. Nunca permitiré que lo que nos pasó a mí y a mi hijo vuelva a suceder. Jamás volverán a quitarme nada. Si hay un Dios en el cielo, lo juro.

—¿Y si nos fuéramos de Alemania? Podríamos ir a otro lugar, hacer una nueva vida.

Rickard sacudió la cabeza.

—No, no puedo. Ya he perdido mucho. No renunciaré a mi negocio, a la vida que hemos hecho juntos. Aquí es adonde pertenecemos.

—He visto suficiente. No tengo valor para presenciar lo que está pasando en ese estudio. Deberías sentirte avergonzado.

Empecé a irme, pero él me tomó del brazo y habló en voz baja.

—Entiende cuáles serían las consecuencias si ahora me echo para atrás. Sería una situación grave... para ambos. ¿Qué quieres que haga? ¿Que queme el estudio?

—Si es necesario.

Liberé mi brazo y salí furiosa por la reja, bajo la mirada atenta de las SA. El calor ascendió por mi nuca conforme me dirigía a Unter den Linden. Lágrimas ardientes amenazaban con brotar de mis ojos. Sólo ahogando los sollozos pude conservar el control de mis emociones.

Pensé en empacar, tomar el brazalete y esconderlo, comprar un boleto de tren e irme a algún lado, cualquier parte lejos de Rickard y sus amigos nazis. Pensé en llamar a Lotti, suplicarle que me aceptara en su casa hasta que pudiera comprender lo que había pasado. Quizá podía mudarme con Rudi; eso haría enojar a Rickard. No sólo estaba furiosa, sino que mis pensamientos se transformaban en venganza. Me sequé las mejillas con un pañuelo y organicé mis ideas.

Mientras subía la escalera al departamento, la calma me inundó, como si viniera de la profundidad de mi alma. No podía apresurarme ni ser vengativa. No tenía ninguna fuente de ingresos, además del brazalete. Era posible que las SA hubieran emitido un aviso a los joyeros locales para que estuvieran vigilantes. Me arrestarían. Y no podía esperar las regalías de la venta de los libros, si acaso el libro se vendía.

Pero había una razón más para mi cautela, y ni siquiera le había hablado a Rickard de ella; mucho menos a Lotti o a Rudi: estaba embarazada.

Capítulo 9

Para agosto de 1931, cuando estaba programada la salida de *La mujer de Berlín*, mi vientre era más grande y yo estaba casi lista para el parto. En la primavera y el verano, tras mi visita al estudio, llegué a la conclusión de que era más seguro quedarme con Rickard y tener al bebé, al cual esperaba en algún momento a mediados de noviembre, que intentar hacerlo sola. Al menos con mi esposo seguía teniendo una casa y los medios para pagar la atención médica, aunque la sociedad de Rickard con Spiegel y las SA me pesaban sobre la conciencia. No podía deshacerme de la sensación de que continuar con mi propia carrera nos metería en problemas.

Hablé varias veces por teléfono con Lotti y en una de nuestras primeras conversaciones le comenté que estaba embarazada, pero no le dije del mal momento que estábamos pasando Rickard y yo. Cuando le conté del bebé, su actitud hacia mí cambió sutilmente. No la culpaba. Ella era una mujer soltera buscando marido, una chica trabajadora acostumbrada a vivir sola, haciendo lo que quería, como pasar largas veladas en el club, seguidas de algún visitante masculino ocasional a su departamento. Ya antes me había ofrecido su casa, pero esta vez el tema nunca salió a colación. Creo que estaba un poco celosa porque iba a tener un bebé.

La maternidad no era algo previsible para ella. Además, me perdía como compañera despreocupada: había reducido el consumo de tabaco y también de alcohol.

¿Estaba feliz de tener un bebé? Mi alegría o tristeza dependía de mi estado de ánimo. Hubiera sido mucho más dichosa si el mundo fuera un mejor lugar, si no descendiera hacia la locura gracias a los nazis. Nunca me consideré como una persona abiertamente política; sin embargo, mis convicciones se expresaban en mis libros y en la vida de mis personajes. El pasado me había moldeado, a pesar de cualquier objeción que pudiera tener en el presente. Quizá nunca me recuperé de la muerte prematura de mi padre. Tal vez el trasfondo de mi educación cristiana bullía bajo mi piel, otro factor que me había llevado a mi lugar en el mundo. Hubiera sido más feliz si Rickard fuera independiente y no se hubiera convertido en un peón nazi. Después de mi visita al estudio, en raras ocasiones hablábamos de su trabajo. Sabía que cualquier conversación sobre el nacionalsocialismo resultaría en pleitos y rencores. La nueva mujer alemana vivía con la esperanza de sobrevivir y cada día era más claro que su futuro sería igual de difícil. Todos en Berlín preguntaban: «¿Qué harías? ¿Qué se puede hacer?».

El día que *La mujer de Berlín* se publicó, Artur Berger, el editor, me invitó a comer a su oficina en Verlangen Press. Me encontré en la atmósfera tranquila de su santuario: un refugio de mobiliario de roble, sillas de piel, alfombras orientales, vidrio y cromo, con grandes ventanas que daban a edificios industriales, silenciados detrás de las frondosas copas de los árboles.

Después de felicitarme por mi evidente embarazo, me dio las buenas noticias.

—Los pedidos iniciales del libro van bien —dijo, ofreciéndome un vaso de agua para acompañar la ensalada y el pescado frío escalfado. Un mesero vestido de filipina blanca atendía la mesa, servía la comida y las bebidas—. Los minoristas están emocionados, así como los críticos que recibieron el libro. Espero buenas críticas en la semana.

Después de cada bocado, me recargaba en el respaldo de la cómoda silla de piel. Mi vientre prominente apenas me permitía tocar el mantel blanco.

—Son noticias excelentes.

—Quienes lo han leído dicen que es una voz diferente, una que no se ha escuchado antes. Lo supe desde la primera vez que lo leí. Las mujeres de Berlín van a tener una reacción favo-rable; por eso quise publicarlo.

Se ajustó el monóculo y movió su tenedor con delicadeza sobre su plato.

—Tengo una petición inusual, Herr Berger —dije—. Espero que no se ofenda.

Alzó la cabeza y me miró furtivamente.

—Siempre y cuando no sea ilegal...

—No, no lo creo. Me gustaría que, una vez que recupere la inversión inicial, me pague las regalías en efectivo. Puede tomar de ahí los impuestos, si eso facilita su contabilidad. —Sonreí—. Suponiendo que el libro se venda.

—Eso es un poco inusual —respondió—. En general no les pagamos así a nuestros autores.

Alzó las cejas como si le debiera una explicación de mi solicitud.

—Es lo que deseo... por razones personales.

—Por supuesto —dijo asintiendo—. Sé cómo hacer negocios. La industria editorial es un negocio.

—Me gustaría recoger el dinero personalmente cuando los pagos estén listos.

De manera discreta, le había hecho saber mi necesidad de contar con efectivo; la idea de irme de Unter den Linden nunca se alejaba de mi mente. Me alivió que Berger accediera. El resto de la comida fue agradable. El editor me contó qué librerías habían pedido el mayor número de ejemplares y cómo la compañía sobrevivía con un «margen de ganancia tan bajo». Terminó entreteniéndome con éxitos anteriores y aventuras de los autores de Verlangen.

En septiembre, cuando pasaba frente a las librerías, me maravillaba ver mi novela exhibida en los escaparates. Berger me llamó para explicarme que el tiraje inicial de 2500 ejemplares se había agotado y que habría una reimpresión de la misma cantidad. Estaba encantada con las noticias, pero mi éxito también se había convertido en una amenaza. Rickard me informó que Spiegel había visto el libro y le pidió a su esposa que lo leyera. Como buena nazi, ella se sintió escandalizada con la conducta de Charlotte, mi heroína. Periódicos de Berlín, Núremberg, Colonia y Múnich saturaban a Verlangen con solicitudes para entrevistar a la autora. Accedí a esas entrevistas, de manera anónima, por teléfono, desde la oficina del editor.

La fama acompañó a mi sueño hecho realidad. El renombre nos ponía a mí y a Rickard en peligro. Esperaba que las autoridades nazis, aún no consolidadas en el gobierno, se mantuvieran a raya hasta que nuestro hijo naciera.

Laura Länger nació antes de lo esperado en un hospital de Berlín, una mañana del lunes 16 de noviembre de 1931. Mientras yo daba a luz, sin complicaciones, en una habitación privada, Rickard caminaba de un extremo a otro de la sala de espera, según me contaron las enfermeras. Vio a nuestra hija unas horas después y luego regresó al departamento, pero por su actitud y la manera en la que sostuvo a Laura en sus brazos, supe que amaba en verdad a la niña. Quizá sentía la pérdida de su hijo o estaba encantado con el milagro del nacimiento. Casi podría jurar que derramó una lágrima.

Lotti vino de visita. Más tarde, mi madre, Frieda, se presentó. Era la primera vez que la veía en más de dos años. Laura era su primera nieta y yo creía que lo menos que le debía era la cortesía de que viera a la recién nacida. Le había hecho llegar el mensaje: dónde estaría y el día esperado del parto. Frieda llegó a la habitación vestida con un abrigo café sobre un vestido azul sencillo; parecía un poco desconcertada, como si el proceso de dar a luz fuera algo que cualquier mujer con cerebro debiera evitar. Su cuerpo seguía siendo rollizo, sus mejillas sonrosadas y el cabello con luces caoba, así como esa sutil sonrisa de condescendencia que a menudo tenía en el rostro. Traté de ser amable, pero recordaba cuánto trabajo me había costado dejar mi lugar de origen.

—Bien, por fin sucedió —dijo sin emoción.

Se sentó en la silla plegable que estaba frente a la cama, sin quitarse el abrigo y con los dedos entrelazados sobre el regazo.

—¿Sucedió?

—Sabes a lo que me refiero —se quejó un poco por mi pregunta—. El bebé... Por lo menos te casaste.

Ahuequé la almohada bajo mi cabeza. Estaba bien, pero Rickard insistió que me quedara un par de días en el hospital para asegurarnos de que Laura y yo no tuviéramos ningún problema.

—No necesito un sermón, madre. Ya no tengo quince años.

Sus labios dibujaron una fina sonrisa.

—Me alegra que por fin hayas sentado cabeza. —Era la segunda vez que usaba «por fin» en una oración, como si mi vida hubiera llegado a un alto con el matrimonio. Esas eran buenas noticias, en lo que a ella concernía—. Me gustaría conocer a tu esposo... algún día.

Asentí, pensando que quizá sería bueno para ella ver qué había hecho de mi vida, cómo había sobrevivido. Frieda podría palidecer frente al «lujo» del departamento 3D en Unter den Linden; los muebles, los adornos producto de la profesión de Rickard como productor, la ostentosa exhibición de una vida que ella jamás tendría o podría tener. Quizá hasta estaría celosa. Tal vez le recordaría la casa de esas glamorosas estrellas de cine sobre las que leía en sus revistas. Pero ¿cuándo hacerlo? ¿Cuándo sería el momento adecuado?

Mientras estábamos ahí sentadas sin nada qué decir, entró una enfermera en uniforme blanco almidonado. Se habían llevado a Laura para bañarla y un médico hizo una breve visita para decirme que estaba sana. La enfermera, joven y hermosa, con cabello negro lustroso que sobresalía por debajo de su cofia, cargaba a Laura contra su pecho sobre el delantal que cubría su vestido. Le pedí a la joven que le diera a Laura a mi mamá para que la tomara en sus brazos. Los ojos de mi madre brillaron y luego se apagaron, pero tomo a la bebé, a pesar de que me pareció que más tarde objetaría. Habían pasado muchos años desde que había tenido a un bebé en brazos.

La enfermera se marchó y vi cómo mi madre se mecía incómoda con Laura, la bebé se movía de un lado a otro, pateando ocasionalmente la cobija que la cubría en una suerte de rebelión. Al final, Laura se tranquilizó y mi madre pasó un dedo sobre el fino cabello oscuro de la bebé.

—Es hermosa, ¿verdad? —pregunté; en verdad no me importaba que mi madre estuviera de acuerdo.

Asintió sin decir palabra.

—¿Cómo está tu casa? —pregunté—. ¿Estás cómoda?

Asintió de nuevo.

—Iré a visitarte, con Laura, por supuesto. ¿Te gustaría?

Frieda se levantó de la silla y me llevó a la bebé para colocarla con cuidado en mis brazos.

—Claro. Siempre estoy en casa. Si no estoy, fui al mercado. Está en el mismo lugar de siempre. —Regresó a su asiento y adoptó la misma posición: abrigo puesto, manos entrelazadas. Me miró perpleja, como si hubiera dicho algo extraño.

—¿Por qué me visitarías ahora, después de todos estos años?

No quería decirle la verdad: que temía tener que abandonar a Rickard, que mi creciente disgusto no me permitiría vivir con un hombre que se había enredado con los nazis, que quizá tendría que vivir con ella. Había visto el trabajo de los nacionalsocialistas y estaba harta. También tenía miedo de que mi identidad como la autora de *La mujer de Berlín* estuviera comprometida, posiblemente por el mismo Rickard. Todos nosotros, mi hija incluida, podríamos salir dañados. La amenaza nazi me tenía cada vez más paranoica.

—Ahora que soy mayor y tengo una hija... y un marido, me gustaría verte más seguido. ¿Tal vez a ti te gustaría visitarnos en la ciudad?

—Tal vez —respondió sin entusiasmo.

Se puso de pie, había sido tenido suficiente por un día. Mientras se preparaba para marcharse, dije:

—Hay algo más... Escribí una novela y está teniendo éxito. Se llama *La mujer de Berlín.*

El título no le decía nada. Mi madre no era una gran lectora, salvo de sus revistas. Yo era quien escribía poemas y cuentos, quien sacaba libros de la biblioteca para llenar los oscuros días de otoño e invierno; la niña que pensaba que las publicaciones de glamur eran un ejercicio superficial en la lectura como entretenimiento, aceptable sólo por la ocasional palabra nueva o alguna imagen interesante.

—Quería que lo supieras porque a Hitler y a los nacionalsocialistas no les gusta.

Eso llamó su atención. Volteó hacia mi cama y bajó la mirada hacia mí.

—¿Por qué escribirías un libro así? ¿Estás loca? —Entrecerró los ojos, esas pelotas grises—. Has visto lo que pueden hacer. Seguro sabes lo que pueden hacer. Podrían venir por mí.

—Nadie sabe quién soy, nadie salvo Rickard. Quería que lo supieras en caso de que alguien te hiciera preguntas. No tienes que admitir nada.

—¿Para qué escribirlo?

—Porque tengo la necesidad, más que de actuar. Escribo sobre la vida, lo que significa ser una mujer alemana moderna.

—Bah —exclamó casi escupiendo la interjección—. Al diablo con la mujer alemana moderna. Esa es la manera de pensar que te mete en problemas.

—Lamento que no lo apruebes, pero por primera vez en mi vida estoy ganando dinero. Podría vivir sola si quisiera.

Frunció el ceño y se dirigió hacia la puerta, pero se detuvo antes de abrirla.

—Eres mi hija y por mucho que no te entienda, Dios dice que debo amarte. —Me miró fijamente—. Has cometido errores porque crees que el mundo es para ti. No puedes tener todo lo que deseas, esa es una señal de locura.

Salió con dificultad y me dejó sola con Laura. Suspiré y me pregunté si mi madre tendría razón. Había tomado unas decisiones terribles. ¿Por qué escribir sobre la nueva mujer alemana? Porque esa era la vida que había vivido. ¿Por qué resistirse ante los nacionalsocialistas? Porque eso era lo correcto.

Acurruqué a Laura contra mi pecho y por un momento olvidé los problemas del mundo. Miré ese rostro inocente y disfruté su amor.

Cuando Rickard me recogió tras mi estancia en el hospital, me sorprendió ver cuánto había cambiado. Iba vestido con pantalones negros y un suéter blanco. Las ojeras hinchadas bajo sus ojos habían desaparecido. La actitud rígida provocada por el estrés que había mostrado en los meses previos había sido reemplazada por un ademán ligero y agradable que casi había borrado la creciente tensión en nuestra relación.

En casa, tomó a Laura de mis brazos y me llevó a un rincón de la gran sala, junto a nuestra recámara. Ahí, con la cama a la vista, pero lo suficientemente alejada como para darnos privacidad durante la noche, había una cuna nueva y una mecedora de madera.

—Es para nuestra hija... y para ti. —Puso a la bebé bocarriba en la cuna y la cubrió hasta el pecho con una hermosa cobija de seda roja. La arrulló, le quitó el gorro y le acarició la cabeza—. Dios mío, es maravillosa.

De nuevo, mi corazón se inclinaba en dirección de Rickard. Sus contradicciones me seguían confundiendo: ¿cómo podía ser un padre tan amoroso y al mismo tiempo apoyar el horrible régimen que amenazaba causar la destrucción? ¿Acaso yo era la única persona en Alemania que presentía el desastre?

—¿De dónde sacaste todo esto y cómo sabías qué comprar? —pregunté.

—Fui de compras, con un poco de ayuda de la señora Spiegel —respondió. Sentí que el estómago se me caía al piso, pero no dejé de sonreír—. La llamé y ella me dijo todo aquello que no podía faltar: pañales de tela, una sonaja y algún tipo de móvil con pájaros que cuelgue sobre la cuna para que se entretenga. —Sacó la sonaja de debajo de la cobija y la puso junto al pequeño puño cerrado de Laura—. La cocina está llena de fórmula para bebé si la necesitas.

Miró mis pechos.

—Estaré bien durante un tiempo —respondí—. Ya está lactando.

—¿Quieres beber algo? —preguntó—. Te lo mereces.

Negué con la cabeza. Él caminó hacia el bar.

—¿No? Sigues sin beber.

—No tengo ganas de eso ahora. Pensar en el jerez me provoca náuseas.

—Lotti no lo creería —dijo Rickard.

—Supongo que Rudi tampoco.

Dejó de mezclar su bebida y volteó a verme.

—Olvidemos el pasado.

Acerqué la mecedora a la cuna para probarla y miré a Laura, quien se removió contenta un momento y luego hizo una mueca como si tuviera un cólico.

Él llegó a mi lado con un coctel que no reconocí.

—¿Algo nuevo?

—Whisky con soda. —Le dio un sorbo a la bebida—. Si conoces a las personas adecuadas... —Se sentó en el piso frente a mí, con las piernas cruzadas. Su rostro se ensombreció un poco antes de continuar—. En serio, Niki, sé que últimamente la situación ha sido tensa, pero Laura nos da la oportunidad de volver a empezar. Seré un buen esposo y padre.

Sentí lástima por él al verlo ahí sentado, con la mirada inocente. Era víctima del mundo moderno que se precipitaba hacia Hitler. Conforme la idea cruzó por mi mente, recordé lo que había visto en el estudio: Wolf disfrazado como un horrible judío a punto de ser golpeado. Recordé todo el odio y la furia de la que Anders había sido víctima, incluso al portero del Leopard Club. El constante desfilar de los matones de las SA se había limitado a Berlín, si acaso, se había hinchado como una sanguijuela llena de sangre.

—Mi madre fue a verme —dije, evitando su comentario sobre la paternidad.

—¿En serio? Pensé que no se llevaban bien.

—En general no, pero quería que conociera a su nieta. La voy a visitar más seguido; tratar de arreglar nuestra relación. Incluso podría venir aquí. —Quería presentarle la idea de que Laura y yo podíamos estar fuera de casa con más frecuencia—. Cuando no esté escribiendo.

Rickard asintió y, como al azar, agregó:

—Leí tu libro. —Señaló hacia el despacho—. Hay un ejemplar sobre el escritorio.

—No tenías que comprarlo. Verlangen puede dármelos.

Puso el vaso en el suelo, se echó hacia atrás y se recargó sobre los codos.

—No lo compré. Artur Berger vino.

Ladeé la cabeza, un poco asombrada de que mi editor y publicista viniera a mi departamento.

Rickard advirtió mi mirada.

—Sí, estuvo aquí. Él mismo dejó los ejemplares... Me dijo lo bien que le iba al libro. Las ventas lo han sorprendido incluso a él.

—Me alegro.

No sabía qué decir.

—Nunca me dejaste leerlo, Niki. Es un libro peligroso. La esposa de Spiegel estaba furiosa. Él también.

—Ellos no...

—No, no sospechan. Fuiste inteligente al cambiar el nombre del personaje a Charlotte y publicarlo bajo un pseudónimo. Tendrán que buscar mucho para saber quién lo escribió, a menos que vayan tras Verlangen, pero Berger no parece ser el tipo de hombre que se amedrenta fácilmente.

Exhalé y miré a mi hija, quien se había quedado felizmente dormida en su cuna.

—Le dije a Berger que no debía volver más aquí —dijo Rickard—. Podría delatarnos. —Se levantó del piso, se inclinó sobre Laura y le dio un beso en la frente—. ¿Estás cansada?

—Tengo que darle de comer, luego me iré a la cama.

Observó cómo amamantaba a Laura en la mecedora antes de acostarla en su cuna. Supe que me esperaba una larga noche. Rickard debió sentirlo también, porque se acostó a mi lado en la cama; la calidez de nuestro cuerpo me hacía sentir cómoda y somnolienta, hasta cierto punto.

Los nazis se filtraban en mis sueños. Laura y yo podíamos estar a salvo con Rickard durante un tiempo, pero esa seguridad nos costaría. No podía condonar lo que estaba pasando en mi país. La política estaba destrozando a Alemania y ese sentimiento era tan profundo que no podía deshacerme de él. El espectro acechaba en las sombras cuando Rickard besaba a nuestra hija. Caí en un sueño intranquilo de camisas pardas: las SA me acechaban como si fuera un ciervo al que estaban a punto de disparar.

Como para hacer eco a mis pesadillas, Laura lloraba cada dos horas y yo corría a tranquilizarla.

Capítulo 10

Rickard, la buena esposa de Herr Spiegel y quién sabe quiénes más en el partido nazi leyeron las siguientes palabras casi al final de *La mujer de Berlín.*

> *Empaco mis dos maletas de piel porque debo abandonar a Martin. Todo es turbio, vacío y confuso. Una mujer puede cuidarse sola y, cuando es necesario, incluso pedir ayuda, pero el mundo la desprecia. La compasión sólo es para los hombres. Los hombres guardan la compasión para ellos mismos. Son empáticos, hermanos de sangre, un grupo controlador que ve el mundo sólo a través de sus ojos.*
>
> *Extrañaré el departamento con los detalles que yo le agregué: las cortinas color marfil, las persianas negras que bloqueaban la luz, las sillas rojas desde donde observábamos el crepúsculo. Ahora que ha logrado llegar a un entendimiento con las personas de las que dudaba, se siente satisfecho.*
>
> *Yo no. El largo viaje de descubrimiento apenas empieza.*
>
> *Lo último de valor que no me atrevo a ofrecerle me lo llevo conmigo: nuestro hijo nonato.*

Levanté las maletas que estaban sobre las sábanas de seda de nuestra cama, eché un último vistazo a las habitaciones que fueron mi hogar durante más tiempo del que imaginé y caminé hacia la puerta.

Al cerrarla, un murmullo suave hizo eco en el pasillo.

Adiós, Martin.

Me preguntaba qué había pensado Rickard acerca de aquellas palabras, si acaso les había prestado atención. La gente tiende a verse a sí misma reflejada en las novelas, muy a pesar de las objeciones del autor; quizás Rickard era demasiado cercano a la fuente como para darse cuenta, o quizás estaba tan inmerso en el mundo de las películas y la ficción que pensó que aquellas palabras no podían ser reales. La novela era acerca de nuestra vida juntos y parecía que cada palabra, cada escena, predecía el desenlace de nuestra relación, terminando en una ruptura que no deseaba, pero que ya había sido decretada por el autor.

No me mudé de inmediato, y el resto de 1931 y principios de 1932, Rickard y yo no sufrimos consecuencias por la publicación del libro. Berger y yo nos vimos varias veces en su oficina para hablar de la trama de mi segunda novela, *Confesiones de la esposa de un vampiro*. Por el bien de los lectores de Verlangen, me convenció de escribir un libro de romance con muy poco derramamiento de sangre y de alguna manera dirigir el libro hacia la vampira alemana moderna. Así que hice las revisiones pertinentes y procuré que mi demonio chupasangre fuera menos sanguinario y más héroe. Deseché mi primer borrador y *Confesiones* se convirtió en una novela contemporánea de vampiros que se desarrollaba en Berlín, con muchas relaciones sexuales y poca brutalidad. No estaba contenta sobre la dirección editorial que tenía ahora el libro, pero opté por el dinero en lugar del arte, a su vez que los nazis seguían avanzando hacia sus fines políticos.

Mi deseo de abandonar a Rickard oscilaba aunque «nos lleváramos bien». Tenía que admitir una parte de mí lo amaba, al tiempo que otra no podía soportar su relación con los nazis. La razón principal por la que no me había ido descansaba en la cuna fuera de mi recámara. Laura cada día estaba más fuerte, pero yo quería estar segura de que mi bebé podía viajar, ir de una casa a otra si fuera necesario, sin que eso la perjudicara.

Confesiones de la esposa de un vampiro se publicó en otoño de 1932. Para mi sorpresa, y gran alegría de mi editor, el libro tuvo un éxito mayor que *La mujer de Berlín*. Herr Berger me dijo que el libro no se vendió bien la primera semana debido al horror implícito, pero una vez que mis lectores supieron que mi vampiro era un héroe, enamorado de su esposa, y que se dedicaba a salvarla a ella y su amor cada puesta de sol, la novela se vendió como pan caliente. El libro fue el más vendido en la historia de Verlangen. Yo creía que las cifras tenían más que ver con la época en la que vivíamos que con mi dominio del arte: las mujeres buscaban un escape romántico.

Las ventas me sorprendieron y, de acuerdo con nuestro arreglo previo, recogía mis regalías en el momento oportuno. Escondía el dinero, en billetes grandes, dentro de un sobre cerrado pegado en la parte trasera del armario. Richard me preguntaba si me pagaban, pero yo le respondía que las ganancias apenas cubrían los gastos y que no había muchas regalías. No sé si me creyó, pero nunca me preguntó si tenía ahorros escondidos. Un día vi a un grupo de mujeres sentadas afuera de la entrada de una librería; platicaban sobre mi novela. La exhibían con generosidad en la vitrina, rodeada de un maniquí de aspecto alemán con un atuendo de noche y los colmillos expuestos. Yo era la orgullosa autora ese día, aunque jamás me di a conocer.

Entonces, el mediodía del 30 de enero de 1933, lo inimaginable sucedió y el mundo pagó muy caro por ello durante más de doce largos años y durante muchas décadas más después de terminada la guerra: Hitler se convirtió en el canciller de Alemania.

¿Estábamos preparados para lo que vendría? Muchos de mis compañeros alemanes veían a Hitler como un salvador, un hombre preparado para devolverle a nuestro país su antigua grandeza. La mayoría sólo quería ser próspero y feliz de cara a la incertidumbre económica. Sin embargo, una poderosa ola se propagó entre la gente, un movimiento que empezó en pequeñas ondulaciones que llevaron a olas de histeria y culminaron en la guerra. Yo sólo podía hablar por mí, pero veía los rostros sonrientes de los alemanes bulliciosos que asistían de pie a lo largo de las rutas de los desfiles de Hitler. Quizá tenían la guerra en la mente, pero algo mucho más siniestro motivaba sus emociones: la noción de invencibilidad, el sentimiento de que el Estado no tenía fallas y cumpliría sus grandiosas obligaciones, destrozando a cualquier persona, institución o país que se interpusiera en su camino. El pueblo alemán aceptaba esta «invencibilidad» como un hecho.

Pero había quienes creían que Alemania se dirigía a la destrucción, yo incluida. Quienes rechazábamos a Hitler bien podíamos vivir en las alcantarillas. Enterrábamos nuestros pensamientos y emociones, los relegábamos a los subterráneos, y el sentimiento de paranoia aumentó de manera proporcional conforme los nazis consolidaban su poder. Para nosotros, el horror, el odio y el miedo se convirtieron rápidamente en un modo de vida.

A los nazis no les llevó mucho tiempo revelar su verdadero ser.

Rudi, con los oídos abiertos en el Leopard Club, fue el primero en escuchar los rumores. Llamó a Lotti, quien luego me llamó a mí.

—Esta noche, en la Opernplatz —dijo jadeando cuando respondí el teléfono del despacho.

Lo que fuera que tuviera que decirme le pesaba.

—¿Qué? Cálmate.

—Estoy bien —repuso—. Tú eres quien me preocupa. —Hizo una pausa para recuperar el aliento—. Rudi escuchó a unos estudiantes universitarios en el club. Están planeando una quema de libros esta noche. Goebbels va a hablar e incendiarán muchos libros en la plaza. Ya atacaron la biblioteca del Instituto de Investigación Sexual Dr. Hirschfeld. —Lotti hizo otra pausa y se sintió el peligro en la línea que nos conectaba, luego continuó con voz fría—. Creo que tu libro estará entre ellos.

La idea era tan absurda que casi estallo en carcajadas.

—¿Mis libros? ¿La mujer alemana de la que escribí es una amenaza para los nazis?

Quería tranquilizarme a mí misma pensando que no estaba en problemas, que no era una amenaza para los nacionalsocialistas, pero hacía años que sospechaba lo peor. El frío helado que penetró mi cuerpo esa tarde del miércoles 10 de mayo de 1933 confirmó mis sospechas.

Miré a Laura, ahora una pequeña fuerte de dos años de edad que tomaba la siesta en su cama, y supe que la purga había comenzado. Pero a pesar del miedo, la inquietud o la intimidación, sentía que necesitaba ser valiente para ella.

—Rickard no tardará en llegar a casa —dije—. Él cuidará a Laura. Ven a las ocho y caminaremos a la Opernplatz. Le diré que vamos a tomar un café. Quiero estar ahí cuando se haga la historia.

Lotti estuvo de acuerdo, pero tan pronto como colgué el teléfono me pregunté si había tomado la decisión correcta. No podría decirle a Rickard; otro secreto entre nosotros. Y no estaba segura de que mis ojos y mi estómago fueran lo suficientemente fuertes como para soportar ver que quemaran en la plaza cualquier libro, no sólo el mío.

Rickard no puso objeciones cuando llegó a casa del estudio; de hecho, creo que le gustó la idea de pasar una noche solo con Laura. Le dije que Lotti y yo iríamos a tomar un café y que quizá llegaría más tarde de lo acostumbrado porque no nos habíamos visto en varios meses.

La noche de primavera estaba engañosamente tranquila cuando salimos del departamento y nos dirigimos a Opernplatz. Al acercarnos, sentí las chispas en el aire antes de que siquiera hubieran encendido alguna hoguera.

—Estoy nerviosa —le dije a Lotti—. ¿En qué nos estamos metiendo?

—Le dije a Rudi que tal vez vendríamos —respondió—. Me dijo que tuviéramos cuidado porque estos son miembros de la Asociación de Estudiantes Alemanes Nacionalsocialistas. Son tan furibundos como los de las SA.

Me miró mientras avanzábamos, su rostro rubicundo brillaba como el sol bajo las farolas. Lotti también estaba inquieta, pero a mí me impulsaba una fuerza mayor que yo misma. Quería ver esta parodia con mis propios ojos. Quería ver el poder que generaba sobre las personas este nuevo régimen; gente que, en otras circunstancias, podía ser considerada normal.

Nos paramos a tomar un café antes de dirigirnos a Opernplatz y, poco tiempo después, seguimos nuestro camino. Conforme nos acercamos a la plaza, mi estado de ánimo se ensombreció tanto como la noche. No recuerdo si el cielo estaba despejado o nublado. Todo lo que sé es que el aire y mis pensamientos se hicieron tan fríos y desolados como el negro horizonte.

Cuando llegamos, la multitud ahí reunida era enorme. La plaza, dominada por el domo de la Catedral de Santa Eduvigis y los enormes edificios a su alrededor, rebosaba de actividad. Hasta donde alcanzaba mi mirada, miles esperaban la llegada del ministro de Propaganda, Joseph Goebbels. La mayoría de los participantes eran jóvenes, llenos de ese aire optimista y sin preocupaciones en el rostro; muchos llevaban el brazalete nazi y se pavoneaban en la Opernplatz como si fueran los dueños. Esta noche, lo eran.

Algunos, como Lotti y yo, deambulábamos, asimilando lo que sería uno de los primeros espectáculos del nuevo poder de Hitler. De no ser por la parafernalia nazi, esta reunión podía ser una congregación de universitarios pasando un buen rato; sin embargo, en un examen más minucioso, quedaba expuesto el verdadero propósito. Entre los jóvenes, hombres y mujeres vestidos en uniformes y abrigos, había oficiales de las SA con quepí, correas de piel, corbata y botas negras. Era evidente que ellos estaban a cargo mientras el resto de nosotros, transeúntes, estábamos interesados o sorprendidos.

El cántico estalló: la canción de Horst Wessel, otra *lieder* que sonaba como si hubiera surgido de la tumba de Wagner, juramentos que declaraban la perfección de la raza alemana y prometían la muerte a los traidores del estado. Todo esto había sido orquestado por la asociación de estudiantes para entretener a las masas. Este evento planeado era más que una quema de libros: era uno de los primeros de una larga serie de espectáculos nazis.

En cierto momento, conforme pasaba la noche, tomé a Lotti por el brazo.

—No creo poder seguir adelante con esto —murmuré a su oído conforme nos abríamos paso entre la multitud.

—No podemos volver atrás —dijo—. Reconozco algunos rostros del club Leopold. No sería bueno defraudar... ¿me entiendes?

Observé a los fervientes nacionalsocialistas a mi alrededor y acepté de mala gana.

Al final, llegamos al borde de un círculo de personas que rodeaban una pila de libros que habían aventado sobre las piedras. Sentí un nudo en la garganta al ver los volúmenes desparramados. En ese momento no sabía qué libros había ahí; más tarde me enteré que Ernest Hemingway, Helen Keller, Jack London, Freud y Einstein estaban entre los escritores que ardieron esa noche, junto con tomos de los grandes alemanes Heinrich y Thomas Mann. Otros novelistas destacados, aunque menos famosos, fueron destinados a las llamas, yo incluida.

Después de una profusa introducción, Goebbels, apretado en su abrigo café cruzado, llegó y tomó su lugar detrás de un atril decorado con una esvástica enorme. El ministro de propaganda, invitado por los estudiantes, dio un discurso mecánico, enfatizado con palabras acentuadas y subidas y bajadas del brazo de manera teatral. Sin embargo, no era su estilo lo que me interesaba; ponía atención a sus palabras.

—La era del intelectualismo extremo judío ha terminado —dijo—. El hombre alemán del futuro no sólo será un hombre de libros, sino un hombre de carácter. Con este fin es que queremos educarlos. Como jóvenes, tener ya el valor de enfrentar la mirada furiosa y despiadada, superar el miedo a la muerte y recuperar el respeto por la misma: esa es la tarea de la nueva generación. Y por ello están haciendo bien en esta hora de medianoche al arrojar a las llamas el malvado espíritu del pasado... De estos escombros surgirá triunfante el fénix de un nuevo espíritu.

A la vez que terminaba su palabrería, observé su cara de rata y en su lugar, vi una calavera: un ser vivo, esquelético, sonriendo, llamando a esos jóvenes estudiantes a su muerte intelectual y física. Aquellos que lo siguieran verían su mente retorcida por el poder de sus palabras y, muy probablemente, morirían.

Apreté la mano de Lotti cuando Goebbels se alejó del atril, haciendo una seña para que la quema empezara. Miré mi reloj: era medianoche. Nos alejamos un poco del borde de ese círculo para ocultarnos del ritual que estaba a punto de llevarse a cabo.

Un grupo de estudiantes varones, vestidos con pantalones hasta la rodilla y camisas blancas, empezaron su marcha circular alrededor de la pira. Llevaban banderas nazis y sus cantos se elevaban en el aire cuando lanzaron la primera antorcha; otras antorchas siguieron en espirales llameantes. Los libros estallaron en llamas, ascendiendo en flamas amarillas hacia el cielo y esparciendo calor entre la multitud. Los camisas pardas, vigilados por nazis completamente uniformados, se adelantaron con los brazos llenos de libros confiscados y los lanzaron con alegría sobre los que ya estaban ardiendo. Los estudiantes siguieron sus cantos y corros alrededor del fuego.

—¿Qué dicen? —me preguntó Lotti conforme lanzaban los libros.

Sacudí la cabeza y traté de escuchar.

—Son juramentos de algún tipo. —Puse más atención antes de responder—. Están diciendo el porqué queman los libros del autor y declaran su lealtad a Hitler y al Estado.

Un joven me rozó al pasar. Por el rabillo del ojo, vi en sus manos las portadas de *La mujer de Berlín* y *Confesiones de la esposa de un vampiro*. Se dirigía hacia la hoguera. Lo tomé por el hombro y lo jalé, yo no era mucho más vieja que él.

—¿Por qué vas a quemar esos libros? —pregunté, a pesar de las miradas de sorpresa de los estudiantes que presionaban a nuestro alrededor.

La pregunta lo tomó a él y a los demás por sorpresa. Volteó, su rostro estaba oscurecido por las sombras, pero advertí el desdén en la curva de sus labios; sus dientes blancos reflejaban la luz parpadeante.

—¿Te atreves a hacerme esa pregunta? Sólo mira las portadas. ¡Son inmorales!

Traté de calmarlo.

—Pero la autora es muy popular.

Levantó los libros hasta mis ojos, casi empujándolos contra mi cara.

—Por dos buenas razones: contra la decadencia y la corrupción moral, y contra la destructora sobrevaloración de la actividad sexual. Eso es lo que declararé cuando los arroje al fuego.

—No hay sexo explícito en esos libros —repliqué.

—¿Los leíste? Quizá es a ti a quien hay que arrojar al fuego.

Lotti me jaló del brazo.

—Vámonos.

—Sí —le respondí al hombre—. Anda, cumple con tu deber. Todos te ven.

Sus ojos brillaron como las llamas y se marchó. Desde la periferia del círculo, gritó sus juramentos y aventó mis libros a la pira arremolinada, que ahora se elevaba al menos seis metros en el aire.

Me alejé de los estudiantes, con Lotti a mi espalda, y no hablé hasta que estuvimos bastante lejos de la multitud.

—No sé si sentir miedo y tristeza, o felicidad por estar en compañía de esos autores subversivos —dije de camino al departamento.

Las luces de Berlín que tanto disfrutaba me parecían ahogadas, mudas. La ansiedad que me había atormentado cuando nos dirigíamos a la plaza se transformó en una profunda tristeza.

Lotti pasó el brazo sobre mis hombros.

—Todo estará bien.

Me detuve y observé los coches estacionados a lo largo del bulevar.

—No. Todo se está yendo al demonio, incluida mi carrera como escritora. Eso terminó esta noche. Me van a buscar. Tengo que estar un paso adelante de ellos.

—¿Qué quieres decir? —preguntó Lotti.

Avanzamos un poco más antes de que le respondiera.

—Los voy a demandar.

—¿Demandar a los nacionalsocialistas? —El rostro de Lotti se sonrojó más que antes—. Es ridículo. No tienes ninguna posibilidad de ganar.

—Quizá no... pero al menos los habré enfrentado. Aunque eso significa más que sólo pasar un tiempo en tribunales, quiere decir que tengo que revelar mi identidad y abandonar gran parte de mi vida.

Lotti suspiró, pero no dijo nada.

Pronto llegamos al departamento de Unter den Linden, a los escalones de piedra que llevaban a la enorme puerta de vidrio cubierta con herrería ornamentada, el lugar más hermoso en el que jamás había vivido. Miré las ventanas. Todo estaba oscuro, quieto, muy alejado de las multitudes y sus cánticos en Opernplatz.

El futuro bajo el régimen de Hitler me enfermaba a la vez que recordaba el optimismo que había sentido cuando subí por primera vez esa escalera. Mi relación con Rickard me había preocupado, como siempre había sido con cualquier otro hombre, pero tuve la esperanza de que funcionara. De no ser así, conocía el camino a la puerta. Ahora, nuestra vida juntos era mucho más complicada. No había una salida fácil.

—Trata de no preocuparte mucho —dijo Lotti tras darme un beso en la mejilla—. Te llamaré en un par de días. Tengo que irme, mañana trabajo.

Le di las buenas noches, subí la escalera y caminé por los pasillos hasta el 3D, que seguía tan tranquilo como el día en que había llegado.

Abrí la puerta tratando de no hacer ruido y despertar a Laura. Me acerqué a la cuna que estaba junto a la puerta de la recámara y observé su cuerpo dormido bañado por la suave luz de la ciudad. Estaba acostada sobre la espalda, con las cobijas hasta el cuello y el pulgar derecho apoyado contra su boca. La visión más angelical que hubiera podido imaginar.

No muy lejos, Rickard dormía en nuestra cama, relajado, ajeno a lo que yo acababa de ver y vivir. En su sueño, su respiración suave me tranquilizó un poco, pero ese sentimiento no duró mucho.

Alemania había cambiado desde que Hitler asumió el poder unos meses antes. En las últimas horas, había sido testigo de primera mano de las consecuencia de un aterrador renacimiento en nuestro país.

La quema de libros había confirmado lo que había temido durante tanto tiempo. Había llegado el momento de tomar a Laura y abandonar a Rickard, por el bien de ambas. A partir de esta noche en adelante, todos estábamos en peligro y, más que nada, quería proteger a nuestra hija. Rickard no podía hacerlo en tanto le rindiera pleitesía a los nazis.

Capítulo 10

Mis padres vivían en una casa pequeña en Rosen Strasse, en Rixdorf, que formaba parte del distrito Neukölln en Berlín. Según mi madre, mi padre se cansó de pagar renta y convenció al dueño de que le vendiera la modesta vivienda en 1910. Yo nací un año después. No puedo evitar pensar que por primera vez en nuestra vida mis padres sintieron algún tipo de tranquilidad y confianza. La fortuna quizá estuvo a su favor. Es probable que ésa fuera la razón por la que yo nací.

Pero la Gran Guerra estalló y todo cambió para mi familia, incluida la muerte de mi padre en las trincheras de Francia.

Los caballeros templarios habían fundado Rixdorf ochocientos años antes. El aeropuerto de Templehof y Passport Pictures encontraron su hogar en las cercanías siglos después. Rixdorf siempre había sido un refugio para los trabajadores y el hogar de una gran comunidad bohemia, que no era parte de nuestro linaje. Durante su historia, Neukölln había entrado y salido de la ciudad siempre creciente de Berlín, pero al final se incorporó a ella de manera definitiva. La influencia nazi en Rixdorf era débil. El Partido Comunista tenía muchos seguidores, cuya presencia culminó en los disturbios del Mayo Sangriento de 1929, entre la policía de Berlín y los manifestantes comunistas. Para entonces, yo ya me había mudado de la casa donde crecí. Mi madre permaneció segura durante los disturbios, a pesar de las acciones de la policía que, en ocasiones, disparaba contra las casas.

Nunca me gustó el vecindario, sobre todo después de que mi padre murió y mi madre se convirtió en una mujer estricta que consideró necesario asumir el papel de ambos padres. Siempre soñaba con irme cuando miraba el adoquín anticuado de Rosen Strasse desde la ventana de mi recámara. Quería ver más, vivir en la ciudad. Rixdorf no dejaba de ser agradable, con sus grandes edificios y sus atractivas iglesias, pero nuestro hogar era como muchos otros, apretado y pequeño, un edificio de piedra encalada con molduras azul claro alrededor de las ventanas, coronado con un techo rojo de dos aguas.

La casa tenía dos «ojos», como yo los veía, que daban a Rosen Strasse. Había árboles verdes en la primavera, amarillos en el otoño y porciones de pasto que igualmente cambiaban de color dependiendo de la estación. Tras la muerte de mi padre, sobre todo, recordaba las revistas que mi madre leía sobre las estrellas de Hollywood, sus mujeres glamurosas y galanes de película. Se podría pensar que era incongruente que una luterana devota se abandonara a esos caprichos, pero creo que hablaba más de mi madre que de las revistas. Frieda era una experta para esconder sus sentimientos debajo su ropa sencilla y un rostro lavado sin maquillaje. Era prisionera de su propia piel y no tenía manera de escapar a sus circunstancias, deseaba más y despotricaba cada vez que sus propios sueños y deseos se veían frustrados.

De joven tuve la elección entre absorber su pesimismo y caer en el mismo agujero que ella había cavado o reaccionar como cualquier chica moderna y abrirme mi propio camino. Sin embargo, había consecuencias que afrontar por elegir esta última opción. El precio de la libertad no era barato.

Llegué a pensar en el departamento 3D como algo separado de mí. Mientras estaba de pie, en el despacho de Rickard, esa mañana de lunes del 15 de mayo de 1933, mirando la máquina de escribir sobre su escritorio, observando a Laura lanzar grititos y jugar con su muñeca a mis pies, recordé lo que más amaba y odiaba de mi infancia en Rixdorf.

Todos los recuerdos que me alegraban: el olor a pan horneado; las lecturas junto a la chimenea; el cambio de una estufa de leña a una de carbón, que calentaba tanto la casa que podía sentir que el sudor perlaba mi piel; los oblicuos rayos dorados que entraban por mi ventana durante el verano conforme el sol se movía hacia el norte; mis temblores bajo las cobijas en el invierno, cuando la nieve silenciaba el mundo, salvo por las campanas de un trineo jalado por caballos que rompían ese silencio helado; un sinfín de lecturas y más lecturas; escribir mis poemas e historias. Mis libros me hacían compañía.

Todos los recuerdos que me entristecían: la soledad y el miedo de mi madre, los momentos en los que la sorprendía llorando frente a la estufa por ningún motivo; el silencio que me daba la bienvenida cuando tocaba su hombro y besaba su mejilla, haciendo mi mejor esfuerzo para consolarla; mi propia lucha y aislamiento, y el sentimiento de que estaba sola en el mundo, salvo por mis libros.

Laura se sujetó de mi zapato y me sobresalté, había olvidado a mi hija por un momento. No quería que creciera como yo crecí. Quería darle todo el amor que pudiera, todas las oportunidades que Berlín pudiera ofrecerle, aunque el mundo era ahora una locura. Pensar en separarla de su padre, un hombre que la amaba, me cerraba la garganta y me estrujaba el corazón en el pecho.

Sin embargo, había tomado la decisión: Laura y yo teníamos que irnos, no sólo por nuestro bien, sino también por el de Rickard. Él estaría más seguro si yo salía del departamento, y yo también. Y me llevaría a mi hija conmigo. Si los nazis descubrían quién había escrito *La mujer de Berlín*, Rickard podría aducir que no tenía idea de que «su esposa» lo había abandonado, una mujer a la fuga por sus propias acciones decadentes.

Pero antes de que pudiera empacar nuestras cosas, el timbre de la entrada sonó con una insistencia que anunciaba malas noticias. Miré por la ventana del despacho y, desde arriba, distinguí la silueta de alguien conocido, o al menos eso pensé. Levanté a Laura, bajé las escaleras y encontré a Artur Berger de pie detrás de la puerta de vidrio; su figura estaba disectada por la filigrana de la herrería. Rickard le había advertido que no viniera, pero sospechaba que había regresado a pesar del probable riesgo que él y yo corriéramos.

Cuando abrí la puerta, vi con claridad el daño que habían hecho. Debajo del monóculo brillante de Berger, el ojo y todo el rostro estaban amoratados.

—Niki, ¿puedo pasar? —preguntó el hombre en su acostumbrado tono refinado. Llevaba un abrigo negro ligero sobre el traje gris y estaba firmemente plantado en sus zapatos boleados sobre los escalones de piedra. El bastón que siempre lo acompañaba descansaba a su lado—. Será sólo un momento.

El chofer estaba de pie junto a la puerta del copiloto del sedan negro que estaba detrás de los coches estacionados a lo largo de Unter den Linden.

—Por supuesto —dije—. Ella es mi hija Laura. —No se conocían—. ¿Qué pasó? ¿Tuviste un accidente?

—Podría llamarse accidente si la política se considera como tal —respondió mientras subía las escaleras—. Deberíamos hablar en privado en lugar de en el pasillo.

Una vez adentro, le di a Laura sus juguetes y la dejé junto a su cama para que jugara. Se metió la muñeca a la boca y jugueteó con el móvil de pájaros que Rickard había colgado a un lado. Me senté en uno de los sofás que daban a la calle mientras Berger permanecía de pie, mirando por las ventanas hacia los techos y los edificios de Berlín.

—Tu marido me dijo que no volviera —explicó—, pero dadas las circunstancias, me pareció que valía la pena el riesgo de traerte estas noticias desagradables.

Asentí, esperando que continuara.

—La versión corta de la historia es que el viernes las SA hicieron una redada en Verlangan y me golpearon. —Volteó y me escrutó con su rostro sofisticado. Incluso bajo el brillo de las luces y los moretones que marcaban su rostro, el hombre rezumaba confianza y determinación—. Son animales, pero no saben de lo que soy capaz, un hombre que peleó en la Gran Guerra y vivió para escribir al respecto. Amo Alemania con todos sus defectos, pero estas bestias no tienen más admiración que por una insaciable falta de respeto por la vida y la libertad.

Con el bastón dio unos golpecitos sobre la duela.

—Lo siento —dije—. Siempre hemos sabido que eran matones y delincuentes.

—Sí, un hombre llamado Spiegel me fue a visitar. ¿Quizá lo conoces?

Asentí, incómoda.

—Hay más, siempre hay más.

Giró hacia la ventana y volvió a mirar hacia afuera. Lo dejé descansar un momento.

—Dios, cuánto amo esta ciudad —dijo por fin—. Me temo que muy pronto estará en ruinas. —Su voz se quebró; metió la mano al bolsillo, sacó un pañuelo y con cuidado se limpió la mejilla—. Te querían a ti... querían encontrar a la mujer que escribió los dos libros que te hicieron un éxito literario. Hurgaron en los archivos, esperando encontrar tu nombre, tu dirección, cualquier cosa sobre ti. Al parecer, tus libros ofendieron a la esposa de Herr Spiegel; los llamó antialemanes, heréticos y prácticamente pornográficos. Por supuesto, le pregunte a Herr Spiegel si él los había leído. Sacudió la cabeza; sabía que no lo había hecho.

—Por favor, siéntate un momento. ¿Puedo ofrecerte algo?

—Me temo que no. Prefiero permanecer de pie y enfrentar esta atrocidad.

—¿Averiguaron algo sobre mí? —pregunté.

Volvió a mirarme, ajustando su monóculo con una mueca.

—No, no llegaron tan lejos. Spiegel llegó con dos hombres, pero cuatro de mis impresores más corpulentos los escoltaron a la salida del edificio después de que se me fueron encima por tratar de detener su investigación no solicitada. «Escoltar», eso es un eufemismo. Tenía miedo de que nos dispararan a todos, pero al parecer no tenían el asesinato en mente. —Levantó el bastón, envolvió en sus manos la empuñadora de oro y lo plantó frente a él como si fuera un pilar—. Afortunadamente, cuando se fueron tuve el buen juicio de sacar todos los archivos de los autores y colocarlos en la caja fuerte de la compañía, a la que sólo yo tengo acceso ahora.

—Oh, gracias a Dios. Qué pesadilla.

—Verlangan no salió ilesa —continuó—. Más tarde ese día, un par de nazis duros se presentaron con mi secretaria. No dijeron nada, sólo dejaron sobre su escritorio un sobre dirigido a mí y se fueron... Ahora tengo prohibido publicar tu libro, entre muchos otros, por órdenes del ministro de propaganda... y aprobado por el Führer, por supuesto. Incluido en el sobre había una lista de libros sugeridos y aprobados que podía publicar, todos de inclinación nacionalsocialista. —Respiró profundo—. De acuerdo con Goebbels, si continúo infringiendo las órdenes del gobierno, habrá consecuencias. La orden no especificaba cuáles serían esas consecuencias, pero supongo que extremas. Si pueden incendiar el Reichstag, como imagino que hicieron, pueden incendiar mi casa editorial. Quiero conservar mi negocio, tengo que seguir sus instrucciones.

Me quedé muda. Sabía lo que la orden de Goebbels significaba para mí y para la prensa. Miré a Laura, quien estaba a punto de quedarse dormida en el piso, y pensé en nuestro futuro juntas.

—Estuve en la quema de libros del miércoles en la noche. Sólo como observadora. Arrojaron mis libros a la hoguera.

—Alemania ha llegado a esto. Nadie creía que Hitler ejercería tanta autoridad o que sus seguidores fueran tan furibundos.

—Hace muchos años que Rickard y yo sabemos que no hay que subestimarlos. Sobrevivimos porque nos inclinamos como esclavos ante ellos... pero ya no lo haré.

—¿Qué hay de tu esposo?

—No sé... Ha sobrevivido porque hace todo lo que le piden. Los voy a demandar por pérdida de ingresos.

Necesitaba un cigarro y me levanté del sofá.

—¿Demandar a los nacionalsocialistas? Es una locura. Jamás podrías ir a un tribunal, sería un suicidio.

—Contrataré a un abogado.

Berger me observó cuando encendí el Manoli.

—Podría llevarte a bancarrota. Los tribunales de Hitler podrían darle largas a tu caso hasta que te quedes sin fondos, tiempo o energía. Nunca perderán.

—Entonces, ¿qué debo hacer? —pregunté regresando al sofá.

—Deja que mis abogados se enfrenten a ellos. No tendrás que ir al tribunal. Mi demanda será en nombre de todos mis autores que han sido censurados. Esta lucha no es sólo tuya. Por el momento, aún tenemos derechos; pero temo que no durará. Por eso necesitamos ir a juicio ahora.

Sabía que lo más probable era que Verlangan también perdiera, pero lo que Berger me decía tenía sentido. Quizá podría observar el juicio a distancia. Tampoco tenía idea de lo que Rickard haría una vez que me marchara con Laura. Podía entregarme a Spiegel de inmediato y así limitar gravemente mis opciones. Todo se cernía sobre mí y mi hija porque había escrito dos novelas exitosas y desafiado a la mujer ideal nacionalsocialista.

—Tengo algo que decirte, pero debes mantenerlo confidencial —dije, apagando mi cigarro—. Es demasiado temprano para tomar un trago, pero creo que necesito uno.

Caminé hasta el bar y tomé uno de los vasos de cristal. Muy pronto, incluso la sensación de esa cristalería sería sólo un recuerdo.

—Voy a dejar a Rickard.

Berger me miró con los labios apretados; su expresión era más sombría que cuando había llegado.

—¿Te parece sensato?

—Es la única opción que tengo. —Dejé el vaso sobre la mesa—. Siempre me pregunté si nuestra relación terminaría así, pero no quería creerlo. Rickard ha caído en el encanto de los nazis... y mi carrera está arruinada. Cuando sepan que yo soy la autora, que creé mi arte, abriéndome paso en el mundo, también irán tras él. Lo único positivo de todo este asunto es que les es útil. Les brinda el servicio que necesitan. Quizá podrá salir del fango con los zapatos limpios.

—Pues buena suerte, querida. Te comprendo y entiendo por completo tu razonamiento. Mi altercado con ellos fue suficiente, pero estoy preparado para más. ¿A dónde irás?

—Esto debes mantenerlo en secreto. Tal vez a casa de mi madre en Rosen Strasse, en Rixdorf. Todos la conocen, así que no tendrás problema en encontrarme. Eso debería preocuparme, pero no tengo muchas opciones, a menos que un amigo me hospede.

Miró hacia la puerta, pero se detuvo como si hubiera recordado algo importante.

—Por supuesto, tus ventas terminaron cuando prohibieron tus libros. Estoy seguro de llegará un poco de dinero a Verlangan, las últimas regalías, pero no cuentes con ellas. Si tenemos algún pago adicional, me comunicaré con tu madre. Espero que hayas ahorrado algo de tus ganancias.

Asentí, pensando en el sobre y el brazalete que seguían escondidos detrás del armario. Eran mi seguridad.

—Busca la demanda en los periódicos por salir. Estoy seguro de que el juicio de una casa editorial en contra del ministro de propaganda será la primera plana. En cualquier caso, los periódicos del Partido Nazi lo destrozarán; prepárate para lo peor.

Cerró la puerta. Corrí a la ventana y lo vi subirse a su coche. Admiraba al anciano; pensé en lo valiente que fue al enfrentarse a los nazis. Hubiera querido tener el mismo valor, pero esa idea de valentía desapareció frente a mi hija, quien se había quedado dormida con su muñeca en brazos. Cuando el coche de Berger se alejó, recordé que tenía un asunto muy importante que debía atender: una nota para mi esposo.

Querido Rickard:
No puedo decir que el último año y medio haya sido divertido o fácil. Tampoco puedo decir que fue un horrible desastre. Te amé a mi manera y sé que tú me amaste, pero ha llegado el momento de separarnos, por nuestro bien.

Mis libros fueron prohibidos, puestos en la lista negra por los nacionalsocialistas y supongo que no tardarán mucho en saber quién los escribió. Cuando eso suceda, estarás en tanto peligro como yo, pero creo que serás capaz de convencerlos más fácilmente que yo. Es mejor que esté lejos para que mi opinión sobre su política no te perjudique.

Quiero que sepas que te he amado, pero amo más a Laura que nada en el mundo. Haría cualquier cosa para mantenerla segura y fuera de peligro.

Sólo me llevo nuestra ropa y algunos juguetes para Laura. Cuando entres esta noche al departamento, todo lo que quede estará como siempre ha estado. Dejo la máquina de escribir porque no deseo escribir ahora que mi vida está de cabeza. Quizá más tarde te pida usarla de nuevo. Cuando lo haga, espero encontrarte bien. Me deshice de mis libros que estaban en tu despacho, junto con papeles y notas. Los nazis serán meticulosos.

Mis mejores deseos.

Niki

Firmé la nota y la dejé sobre el teclado de la máquina de escribir, donde sabía que la encontraría. Era mejor hacérselo saber con palabras que con un pleito violento enfrente de Laura. Imaginé el asombro, la furia y las lágrimas que habría esta noche; esperaba que Rickard acordara en su corazón dejarnos tranquilas al menos durante un tiempo. Estaba segura de que después de que leyera la carta, no dejaría de pensar en cómo recuperar a su hija. Había jurado nunca padecer una pérdida como esa otra vez.

Durante el resto de la mañana, empaqué todo lo básico que pudiera caber en mi maleta y mi bolso. Escondí el brazalete y el efectivo en un bolsillo secreto que había cosido en el forro de mi abrigo; lo llevaría puesto mientras cargaba a Laura y mi equipaje hasta Rixdorf.

Ni siquiera sabía si mi madre nos aceptaría en su casa a Laura y a mí.

Capítulo 11

Eché el cerrojo al departamento y deslicé la llave bajo la puerta.

Me llevé el bolso al hombro, cargué a Laura en el brazo derecho y la maleta en la mano izquierda. El viaje a Rixdorf no sería fácil. Rickard, Spiegel y las SA podrían encontrar a Lotti y a Rudi sin problema. Les costaría más trabajo encontrar a mi madre porque nunca hablé de ella con Rickard y él nunca la conoció. Sólo podía pasar algunos días con ella antes de que vinieran por mí. Esperaba que mi esposo, por el bien de su hija, respetara mi solicitud de que no nos buscara.

Cuando llegamos a Rosen Strasse, Laura escupía y lloraba, estaba exhausta. La caminata y todos los viajes en tranvía habían puesto mis nervios de punta. La puerta de la casa de mi madre estaba cerrada, pero sin cerrojo, como siempre salvo por las noches. Crucé el umbral, dejé mi bolso y la maleta junto al sofá, saqué leche de la hielera para Laura y la calmé en mi antigua recámara. La casa estaba casi idéntica a cuando me fui hace cuatro años. La funda almidonada de mi almohada que nadie había usado desde que me fui, olía a jabón y cloro. A pesar de no tener visitas, estaba segura de que mi madre lavaba las sábanas cada semana, como hacía cuando vivía con ella. Las sábanas estaban extendidas con cuidado bajo la colcha. Bajé las persianas y le canté a Laura hasta que se quedó dormida en un sueño intranquilo.

Cerré la puerta y caminé por el largo pasillo hasta la gran habitación en el centro de la casa; luego me desplomé en el sofá que mi madre había usado durante años. La tela café estaba manchada; estoy segura de que eso la enfurecía. La tela estaba marcada por haberla restregado para limpiarla. Dos cojines bordados descansaban sobre el sofá, era lo único diferente que reconocí en la habitación. Tenían conejos, zorros y otras criaturas que jugueteaban en el bosque. El artista tenía la influencia romántica de la Selva Negra.

En una mesita auxiliar había un montón de revistas de cine. La mesa de centro era igual de común, con marcas de agua y hendiduras por el uso. Me asombró lo lujoso que era el departamento de Rickard comparado con la casa de mi madre. Se percibía aún el olor de col hervida y salchicha en la habitación. Mi nariz no era ajena a esos olores. Aquí no había alcohol, cristalería lujosa en el bar, muebles caros ni vistas amplias. La casa de mi madre era sencilla y, en cierto sentido, claustrofóbica.

No vine a casa de mi madre sólo para obtener servicios de guardería. Cuando la casa se construyó, empotraron un clóset en la pared frente a la cocina, muy cerca de la puerta de entrada. De niña a menudo me refugiaba en ese lugar, oculta detrás de las tablas de planchar, los trapeadores y las escobas que se guardaban ahí. Después de esconderme de mi madre varias veces, descubrió mi escondite. Antes de que mi padre partiera a la guerra, construyó un fondo falso en el clóset para que ella pudiera esconder los pocos bienes de valor que tenían. Sin quererlo, lo hizo lo suficientemente grande como para que cupiera un niño, aunque el espacio era demasiado apretado para un adulto. Me pregunté si Laura y yo podríamos caber en ese clóset; ella sí podría hacerlo, incluso si yo no pudiera. El problema sería mantenerla callada.

Me quedé dormida en el sofá y mi madre me despertó en la tarde. Me incorporé de un salto y la miré con los ojos desorbitados, preguntándome si me regañaría por haber puesto un pie en su casa. Sostuvo mi mirada, inquisitiva. Miré mi reloj. Aún era temprano, dudaba que Rickard hubiera hecho su «descubrimiento».

—Veo que viniste a visitarme —dijo al tiempo que dejaba las bolsas de las compras en la cocina.

Se quitó el suéter que llevaba puesto y lo colgó en el respaldo de una silla. De pronto me sentí apenada y llena de humildad en su presencia. Llevaba un vestido de casa azul claro y zapatos negros. Su cabello castaño estaba sujeto hacia atrás en un chongo y su rostro sin adornos cosméticos, el rubor natural de sus mejillas era el único color. Sus piernas parecían un poco hinchadas en los tobillos; una araña de várices bajo la piel. Me convertí de nuevo en una niña; me transporté a los días en los que no podía hacer nada bien y ella imponía su control férreo. Se ocupó un minuto de sus compras: colocó un corte de carne en la hielera y sacó un racimo de zanahorias por las hojas. No tenía idea de que Laura dormía en mi antigua recámara.

—Vine a pedirte un favor —dije incierta, mis manos temblaban un poco.

—¿Sí?

Sus ojos eran inexpresivos.

—No tengo dónde quedarme... Esperaba aprovechar tu amabilidad hasta saber qué hacer.

Salió de la cocina se sentó en la silla frente a mí.

—¿Dejaste a tu marido?

—Sí... Es una historia complicada, te la contaré. Pero antes necesito saber si está bien que me quede aquí. Laura está en la recámara del frente.

—Tu antigua recámara.

Su ojo derecho temblaba y lo advertí, era una señal de que ella también estaba nerviosa.

—Cuéntame ahora —dijo.

No tenía ganas de relatar la historia de mi matrimonio con Rickard, pero mi madre me tenía en desventaja. Así, le conté todo, incluidos mis últimos días en el departamento, la quema de libros y la visita de Herr Berger, mi editor. Por momentos parecía fascinada; otros, se indignaba por lo que le decía. Le advertí que Rickard, y posiblemente las SA y los nacionalsocialistas, me estaban buscando y que el nombre Rosen Strasse podría salir en esa búsqueda. No dijo nada mientras yo hablaba. Moría por un cigarro, pero sabía que jamás me dejaría fumar en su casa.

El tiempo se arrastró. Miré mi reloj y la exhorté a que dijera algo, cualquier cosa, porque quería que su ira y su actitud despectiva saliera ahora y no más tarde.

Por último, señaló el montón de revistas de cine en la mesa auxiliar.

—Querías ser una de esas mujeres, vivir una vida glamurosa, que todo el mundo conociera tu rostro, hacer películas, beber champaña, nunca tener que preocuparte por dinero. ¿Tienes dinero?

Mi abrigo con el dinero y el brazalete estaba en el sofá, a mi lado. Asentí.

—Tú también has soñado con eso; de lo contrario no leerías esas revistas.

—Nunca debiste hacer enojar a los nacionalsocialistas... nunca debiste casarte con un hombre asociado con ellos.

La recriminación aumentaba.

—Te lo dije... fue un proceso gradual. Rickard me dijo que lo hizo por supervivencia y le creí, porque para mí fue lo mismo. Mi vida ha sido un juego de «ir con la corriente».

—Fuiste una tonta al escucharlo. Ahora tienes miedo. Aprendiste una lección.

Quería atacarla. Fue ella quien me obligó a salirme de la casa por su control férreo y sofocante. Mi madre no tenía idea de lo difícil que era para una mujer con poco dinero y sin ningún apoyo sobrevivir en Berlín. Sin embargo, mientras yo vivía entre lujos con Rickard, ella conservó su pequeña casa, viviendo con poco, lavando ropa o cocinando para otros, ganando dinero aquí y allá. Ambas nos habíamos abierto camino a nuestro modo, y por esa razón tenía que respetarla, aunque no admirara su fortaleza.

—Madre, no quiero pelear —dije—. Aprendí una lección. Quizá cometí un error con Rickard, viví una vida moderna; pero como miles de mujeres en Berlín, sobreviví, aunque la decisión no haya sido la mejor.

Se recargó contra el respaldo de la silla y sus ojos grises me escrutaron.

—Eres mi hija, trajiste a mi nieta al mundo. Dios me ordena perdonarte y amarte a pesar de tus errores. Has vuelto, como el Hijo Pródigo, y no te rechazaré. Pero ahora estás bajo mi techo y debes obedecer mis reglas. Aquí no fumarás ni beberás, rezarás y me honrarás como Dios manda.

—Por supuesto —respondí con un nudo en el estómago, una respuesta natural a sus exigencias.

—No me interesa la política —continuó—. De ser por mí, no existiría la política, ningún hombre haciéndose con el poder, pero no se puede pelear contra los hombres poderosos. Eso lo he aprendido con los años. Todos los grandes prusianos y alemanes que quisieron conquistar no obtuvieron nada y sólo derramaron sangre. Tu padre pagó con su vida la locura de esos hombres en la Gran Guerra. En Neukölln todavía hay comunistas, incluso después de lo que pasó en mayo de 1929. Yo los ignoro, no quiero ser parte de su política más de lo que quiero ser parte de los nazis. Sin embargo, es imposible ignorar lo que ha pasado en Alemania. —Hizo una pausa—. Puedes instalarte en tu antigua recámara, la dejé igual, luego puedes ayudarme con la cena. Con dos bocas más que alimentar, hay mucho que hacer.

—Te lo agradezco —dije escondiendo mi decepción por lo mucho que yo había caído en un solo día.

Por un momento breve fui muy popular en Berlín, aunque anónima. Me embarqué en la relación más larga de mi vida, abriéndome paso entre sus aguas a menudo fangosas, como lo hace la gente cuando es joven e insegura.

¿Cuánto tiempo podría quedarme aquí? Estaba casi segura de que Rickard no tiraría la puerta a medianoche. Era más sofisticado y calculador que eso. Sin embargo, era posible que se presentara uno o dos días después, cuando decidiera que Laura significaba para él más que nada en su vida. Quizá interpretaría mi carta al pie de la letra y nos dejaría tranquilas, pero en mi corazón lo dudaba. Mientras tanto, Laura y yo trataríamos de dormir bien esta noche.

La mañana siguiente le dije a mi madre que necesitábamos un plan en caso de que Rickard se presentara. Sabía que ella nunca más vería a su nieta a menos que protegiéramos a Laura. A mi madre se le derritió el corazón a las pocas horas de conocerla. En poco tiempo, Frieda empezó a amar a Laura como me había amado a mí de niña, a su manera estricta y disciplinada. Frieda le enseñó a Laura la manera correcta de comer el puré de zanahoria, la forma de tomar la cuchara sin derramar su contenido, la manera de rezar antes de empezar a comer. No se lo impedí porque no tenía derecho a hacerlo en su propia casa. No me llevó mucho tiempo ver que para Laura era más importante sobrevivir a la Alemania nazi que para cualquiera de nosotras dos.

Como una prueba, Laura y yo nos metimos en el clóset cerca de la cocina, pero no cupimos. Mi hija estalló en llanto cuando intenté, a manera de juego, esconderla sola en ese pequeño espacio. Aquel ejercicio era demasiado cruel y me di por vencida. La única otra manera de escapar era por la puerta trasera, cruzando el jardín del vecino para llegar a un lugar seguro.

Durante dos días, no hubo señal de Rickard ni de nadie más que no perteneciera a la Rosen Strasse. Sin embargo, en la tarde del tercer día, mi madre abrió la puerta trasera de par en par, cargando a Laura como si fuera un costal de harina. Yo fumaba a escondidas en el patio de atrás porque no podía fumar en la casa. Por fortuna, había guardado todas mis pertenencias en el compartimiento secreto del clóset para evitar que las descubrieran.

Por la mirada de mi madre, supe que el peligro acechaba. Tomé a Laura, quien debió pensar que estábamos jugando porque empezó a reír y lanzar las manos al aire. El día era espléndido; el sol caía dorado sobre los arbustos en flor y las plantas de primavera. Mi madre cerró la puerta de un golpe mientras yo cruzaba el jardín. Los tallos de los tulipanes, sin sus flores coloridas, se estremecían al viento; las lilas moradas exhalaban su fuerte perfume en el aire. La espina de una rosa me raspó la pierna derecha y al bajar la mirada vi un hilo de sangre justo sobre la rodilla.

Giré al oeste y pronto estuve lo bastante lejos de la casa, aunque podía ver la Rosen Strasse sin miedo. Reconocí el Mercedes verde de Rickard estacionado frente a la banqueta. No estaba segura de si iba solo. Me sobresaltó un breve sentimiento de pánico al pensar que la muñeca de Laura se había quedado en la recámara del frente. Esperaba que mi madre se hubiera acordado de esconder el juguete.

Laura podía caminar con pasos pequeños siempre y cuando la ayudara, así que tomé su mano caliente y regordeta y la guie hasta el pequeño parque que estaba cerca del centro, donde encontré una banca rodeada por arbustos. Si estiraba el cuello podía ver sobre la cerca en caso de que alguien se acercara. Nos sentamos durante una hora, observando los gorriones que saltaban sobre las piedras y picoteaban el suelo. Al final, Laura se puso de mal humor y empezó a retorcerse y a gritar, así que la cargué y regresé por el mismo camino.

El Mercedes había desaparecido. Caminé detrás de la casa, evitando las espinas, y pronto llegué a la puerta trasera que estaba abierta. Laura estaba impaciente por entrar, pero yo me sentía ansiosa. Mi madre no estaba por ningún lado, y la llamé en voz muy baja. Se asomó por detrás de la barra de la cocina, como un fantasma, con la muñeca de Laura en la mano.

—Ah, gracias a Dios estás aquí —dije—. Pensé que te habían llevado.

Frieda frunció el ceño.

—¿Ellos? Nunca hubieran podido hacerlo. Todo Rixdorf me hubiera escuchado gritar. Entra, ya se fue.

—Entonces, era Rickard... ¿Nadie más?

Le dio la muñeca a Laura y nos sentamos en el sofá.

—Sí. Veo por qué te casaste con él. Apuesto, un caballero si quiere serlo, un coche hermoso... Debió tener un departamento magnífico.

Suspiré, irritada con ella.

—Mamá, ¿qué dijo? No me interesa tu opinión sobre Rickard o sus posesiones. Colabora con los nazis.

Presionó sus palmas contra su vestido verde estampado y se cubrió las piernas.

—Puede ser persuasivo, bastante. Me ofreció mucho dinero si lograba hacer que Laura y tú regresaran con él... si te veía. Incluso se enjugó una lágrima.

Sus palabras me asombraron, pero su espalda recta y su determinación de acero mostraban que se necesitaría más que dinero para traicionar a su nieta.

—Le dije que no te había visto —explicó, despreocupada—. Le pregunté cómo me había encontrado. Respondió que es fácil encontrar a cualquiera cuando tienes amigos en el partido. Pero dijo que le preocupaba tu salud y la de Laura... eso dijo. Me suplicó que lo ayudara. Quiere que regreses, dice que si lo haces olvidará todo.

Abracé a Laura.

—No puedo regresar nunca... y no le creo.

Me miró, sus ojos color pizarra estaban tranquilos y resueltos.

—Me pregunté qué dirías tú... si tendrías las agallas para rechazarlo. Yo tampoco le creo. No le creo a ningún hombre que tenga demasiado dinero y poder. Esos hombres me arrebataron a mi esposo. En tanto existan, habrá guerras, pero no les permitiré que se lleven a mi nieta. Lo vi caminar hacia la casa... apenas tuve tiempo de darte a Laura y meter su muñeca en la hielera.

Reí al pensar en mi madre que se apresuraba a rescatar la muñeca.

—¿Echó un vistazo por la casa?

—No. Le dije que buscara a su gusto. Al parecer, el ofrecimiento lo dejó satisfecho.

—Regresará —dije.

—Él o las SA.

Mi madre cerró los ojos y se echó hacia atrás, descansando la cabeza en uno de los cojines bordados que estaban sobre el sofá.

Un pánico repentino me invadió y me levanté de un salto con Laura.

—¿Qué debo hacer? No puedo quedarme aquí, a ti también te estoy poniendo en peligro. Soy una paria.

—Ni siquiera estoy segura de qué significa eso. Cálmate. Rezaremos y obtendremos respuestas.

Arrullé a Laura, a quien había asustado con mi súbito movimiento.

—Las oraciones no ayudarán. Me iré a un departamento —dije mientras caminaba por la habitación—. Uno que esté cerca para que puedas ver a Laura. No puedo vivir con Lotti ni con Rudi.

—¿Quiénes son?

—Mis amigos.

—No confíes en nadie. —Tomó un periódico de Berlín que le había dado un vecino—. Pensé que tenías que ver esto.

Señaló un pequeño artículo en la parte inferior derecha de la primera plana. El titular decía: «Verlangan Press demanda a los nacionalsocialistas».

Lo tomé con una mano y leí el artículo. El juicio iniciaría el siguiente lunes en el tribunal de Berlín. Eso me daba pocos días para encontrar un departamento. Acaricié el cabello de Laura y me pregunté cómo podía ser una espectadora en el tribunal sin delatarme. Quizá lo más sensato sería no pararme por ahí.

Capítulo 12

Permítanme definir la palabra «paranoico»: no puedes dormir porque tienes miedo de que los matones de las SA tocarán a tu puerta; despiertas empapada en sudor junto a tu hija y la aplastas contra tu pecho con tanta fuerza que casi se queda sin aliento; no puedes comer porque el estómago se revuelve por la ansiedad; cada movimiento inesperado es una amenaza, incluso los que puedes advertir con el rabillo del ojo: la rama que se dobla bajo el viento o la sombra al otro lado de la calle que esconde un asesino. El miedo es tanto que desearías tener ojos en la nuca. La vida se vuelve una serie de destellos vívidos conforme luchas por conservar la cordura. Cada sonido se vuelve un disparo que acelera el ritmo de tu corazón.

Tomen eso en cuenta, multipliquen la paranoia y sabrán cómo me sentía. No podía pensar con claridad. Mis brazos y piernas actuaban como si estuvieran inmersos en concreto. Mi madre me ayudó en los terribles días después de la visita de Rickard. ¿Mi miedo empeoraría? No veía el final de éste.

Antes del juicio, Frieda y yo conspirábamos como espías. Decidimos que rentar un departamento sería muy arriesgado. Podría adoptar otra identidad, cambiarme el nombre, pero necesitaría falsificar papeles. No tenía ni el tiempo ni la experiencia para hacerlo. No podía usar mi nombre ni el de mi madre sin exponerme. Era muy fácil rastrear documentos. A Rickard no le fue difícil encontrar a mi madre en un par de días y los nazis tampoco tendrían ningún problema, menos ahora que sabían que debían concentrarse en Rixdorf y Nuekölln.

Hablamos del juicio. El tribunal estaría atestado de nazis y no me atrevía a presentarme ahí. Era poco común que enjuiciaran a una mujer, mucho menos que asistiera como observadora en el tribunal. Aunque me disfrazara o enviara a un amigo como Rudi o Lotti, las SA me estarían buscando a mí o a cualquier persona relacionada con los libros prohibidos de Verlangen; cualquier cosa fuera de lo común, advertirían a cualquier persona que pareciera sospechosa o que tuviera miedo. No tenía sentido ponerme a mí o a mis amigos en peligro sólo para presenciar el juicio.

En la tarde del sábado, dos días antes de que empezara el juicio, presa del pánico, llamé a Lotti de una cabina telefónica. Aunque mi madre tenía teléfono, no me atrevía a usarlo. Para entonces, mi paranoia era tan profunda que incluso imaginaba que el teléfono de mi amiga podía estar intervenido. No le dije a Lotti que iba a abandonar a Rickard, sólo que teníamos problemas. Herr Berger era el único que conocía mi secreto.

Sollocé en el teléfono; mi madre se había quedado en casa para cuidar a Laura.

—No sé qué hacer —balbuceé, pensando que mi vida estaba acabada ahora que los nazis me buscaban—. Parece que nada funciona. Cada posible solución lleva a un callejón sin salida.

—Es simple —dijo Lotti—. Múdate conmigo. Podemos dormir en mi cama y Laura puede dormir en el sofá. Aquí tengo amigos que te esconderán si las SA vienen a buscarte. —Lanzó una risita—. Los nazis no son bien recibidos en mi edificio.

Me enjugué las lágrimas con un pañuelo y me soné.

—Pero te interrogarán... sobre mí. Y no quiero causarte molestias... ¿Qué hay de tus novios?

—Rickard ya vino. Le dije que no tenía noticias tuyas. Ni siquiera sabía que lo habías dejado.

—Oh, Dios.

Lotti suspiró.

—Me dijo que Spiegel y las SA no sabían que te habías ido. Dijo que estaba muy preocupado por ti... y por Laura. Le dije que te daría el mensaje si te comunicabas conmigo y que luego lo llamaría. Fue una treta, pero no creo que regrese, a menos que se desespere. Todavía no llega a eso. Y no te preocupes por mis novios, yo iré a su casa. Puedes quedarte aquí mientras estoy en el trabajo. Cuando regrese a casa, tú puedes salir oculta en la oscuridad y yo cuidaré a Laura. Será un buen entrenamiento para mi futura maternidad, porque eso es lo que quiere el Reich: madres felices. —Lanzó otra risita—. O podemos encontrar a una niñera para que tú y yo salgamos juntas.

—¿Estás segura? No quiero ponerte en peligro. Dividiremos la renta y la comida. Me ayudaría mucho.

—Si recuerdas, fui yo quien te señaló a Rickard en el Leopard Club. Por lo tanto, lo conozco desde hace mucho más tiempo que tú. No nos quiere muertas y sin duda no quiere lastimar a Laura.

—¿Mañana es muy pronto? —pregunté.

—Claro. Ven a la hora de la comida.

De alguna manera, el peso que me abrumaba se aligeró.

—Eres tan buena amiga... no podría pedir una mejor.

Con el plan en marcha, regresé a casa de mi madre y le conté el acuerdo que había hecho. Evitó verme a los ojos cuando hablé, mirando con amor a su nieta. Le dolía ver a Laura partir. No le dije que me visitara en el departamento de Lotti, porque no confiaba ni en Rickard ni en las SA.

El domingo en la mañana le di cincuenta marcos a mi madre y salí de su casa, no sin antes asegurarme de que fuera prudente hacerlo. Satisfecha con que Rosen Strasse estuviera libre, la dejé, otra vez, a su vida solitaria. Besó a Laura muchas veces y se limpió una lágrima.

—No será la última vez que veas a tu nieta —le aseguré.

El departamento de Lotti estaba como a una hora de distancia, un poco al este de mi antigua habitación entre la catedral de Berlín y Alexanderplatz. El edificio era una construcción similar, como de la misma altura, pero sin el patio central. El departamento de Lotti, en el segundo piso, daba a la calle y era tan ruidoso como el de Rickard cuando las ventanas estaban abiertas.

Pasamos una tarde amena hablando y jugando con Laura, y Lotti preparó una comida agradable. Exhaustas, nos fuimos temprano a la cama porque mi amiga tenía que trabajar a la mañana siguiente. Me pareció extraño acostarme a su lado, pues nunca había pasado antes, pero también era tranquilizador. Caí en un sueño profundo, como no lo había hecho en semanas.

El lunes en la mañana, después de que Lotti se fuera, llamé a Verlangan y dejé un recado con la secretaria de Herr Berger: él o su abogado podían comunicarse conmigo al teléfono del edificio si era necesario. Le dije que esta información era confidencial, y que quien llamara debía dar el número del departamento, no mi nombre.

El día se estiraba y no tenía nada que hacer, salvo entretener a Laura, quien, en ocasiones, estaba tan molesta y aburrida como yo. Lotti tenía algunas revistas esparcidas por aquí y por allá, y las leí todas en un par de horas. Escuché música en la radio y preparé la comida. Laura y yo dormíamos una siesta a media tarde cuando un golpe a la puerta me despertó.

Un joven estaba en el pasillo. Preguntó por Lotti, dijo que había una llamada para ese departamento. Tenía un aspecto similar al de los jóvenes estudiantes que asistieron a la quema de libros.

Sin embargo, su sonrisa era más suave; su expresión, más amable. Mientras hablaba, se hacía a un lado el cabello negro que tenía sobre la frente.

—El teléfono está junto a la escalera —dijo y se fue.

Volteé a ver a Laura. Estaba dormida en la cama y pensé que sería seguro dejarla unos minutos para tomar la llamada. Cerré la puerta, pero no con llave. Reconocí la voz de Herr Berger cuando tomé el teléfono.

—Perdimos —dijo en una especie de gruñido melancólico—. El juicio fue corto... una farsa.

Sonaba cansado, el entusiasmo acostumbrado en su voz había cedido a la derrota.

—Cuéntame —dije.

—Hiciste bien en no venir. Hubiera sido peligroso. —Se escuchó una interferencia en la línea y durante un momento pensé que había colgado, pero luego continuó—. Veámonos en Die kleine Rose a las siete. Estaré en una de las mesas al interior.

La comunicación se cortó. Sospeché que Berger estaba nervioso por alguien a quien había visto.

Le expliqué a Lotti lo que había pasado y aceptó cuidar a Laura mientras yo me reunía con Berger en el Die kleine Rose, cerca de Alexanderplatz. El establecimiento era un *biergarten* típico con mesas en el interior y el exterior, un techo con paraguas de colores que cubrían las mesas de la terraza y un acordeonista que tocaba canciones alemanas aprobadas por el Reich. Unas cuantas parejas jóvenes estaban sentadas entre hombres y mujeres mayores que conformaban la mayor parte de la clientela. El Die kleine Rose llevaba muchos años en esta esquina, aunque yo nunca había entrado. Tenía la reputación de atender a gente de la alta sociedad y cobraba unos cuantos marcos más por cerveza y licores «finos». La terraza triangular, más ancha cerca de la calle que de la entrada, tenía unas veinte mesas y estaba rodeada en tres costados por arbustos altos y plantas en floración. Las amplias ventanas estaban abiertas por el buen clima y separaban el interior del exterior.

Encontré a Herr Berger sentado en una mesa pequeña al fondo del restaurante, con un vaso de jerez frente a él. Sus manos cubrían la empuñadura de su bastón. Se puso de pie cuando me acerqué y me ofreció una sonrisa apretada. Los moretones del rostro, producto de la incursión de las SA, ahora eran morado claro.

—El día no ha sido agradable —dijo cuando me senté.

Saqué un cigarro de mi bolso y lo encendí. Una mesera se acercó y le pedí un brandy.

—Antes de que empecemos esta conversación —dijo—, debes saber que el dueño del Die kleine Rose se acomoda a los vaivenes políticos. Me recuerda a tu esposo, Rickard. Quiere que su negocio sobreviva y hará casi cualquier cosa, quizá incluso matar a alguien, para asegurarse de que así sea. Lo conozco desde hace años, es un buen hombre en el fondo, no le gustan los nazis, pero se inclina ante ellos.

La música del acordeón, una melodía militar, entraba desde el jardín delantero. Miré sobre mi hombro justo a tiempo para ver a dos camisas pardas que se sentaron en una de las últimas mesas desocupadas de la terraza. Los dos hombres miraron a su alrededor y me pusieron muy nerviosa.

Berger se dio cuenta de lo que había visto.

—Es tan seguro reunirnos aquí como en cualquier lugar en Berlín. Hace años que vengo aquí, conozco el edificio mucho mejor que esos jóvenes.

—Siento que no puedo hacer nada sin que alguien me esté observando —dije—. Cada día es peor, porque escribí dos libros que ellos odian.

Le dio un sorbo a su jerez y frunció el ceño.

—No sólo tú, Niki. Están aquí para destruir cualquier cosa que no aprueben: literatura, arte, música... gente.

Nuestra conversación se detuvo y luego pregunté:

—¿Cuál fue el veredicto?

—En tres horas, Verlangan fue declarado culpable de publicar material dañino, incendiario y sedicioso. Por supuesto, estos cargos son crímenes contra el Reich. Un hombre a quien al parecer Hitler prefiere adjudicar dichos casos, Roland Freisler, el director ministerial del Ministerio de Justicia Prusiano, fue elegido para este juicio. —Sacudió la cabeza—. Es un hombre desagradable, calvo y con ojos de párpados pesados. Bien podría ser un conductor de tren, pero es un ferviente nazi que escupe la misma sarta de grandilocuencias que nuestro líder. Le encanta gritar vestido con su toga roja.

—Recordaré no hacerlo enojar —dije mirando de nuevo a los hombres de las SA detrás de mí. Parecían disfrutar su cerveza.

Berger sonrió.

—Ya lo hiciste... y también Verlangan. La compañía recibió una multa de cinco mil marcos por cada ofensa, y los libros fueron prohibidos de por vida. Debo pagar algo así como cincuenta mil marcos más los gastos del juicio. Freisler fue inflexible en que el acusado pagara todos los gastos de la corte.

Me quedé boquiabierta ante la cifra.

—¿Cuentas con ese dinero?

Puso una mano sobre la mía y me dio unas palmaditas, como si fuera mi viejo padre.

—No te preocupes. La suma no es una cuenta de restaurante, pero la compañía tiene suficiente para cubrir las multas. Dolerá. El tema más complicado será hacer ganancias en el futuro. —Se ajustó el monóculo—. Quizá sea tiempo de que me jubile.

—Odiaría eso.

—Yo también, pero no tengo confianza en el futuro de Alemania. El tribunal estaba lleno de miembros de las SA y oficiales nazis de rangos que ni siquiera sabía que existían. Estaban hipnotizados con cada palabra que decía Freisler. Hitler ha creado un monstruo con su Partido Nacionalsocialista.

Calló y sus ojos recorrieron con rapidez la sala hasta la barra de roble frente a nosotros y luego al exterior.

—Vete —susurró—, y no vuelvas a la mesa. Tomó su bastón con la mano derecha y lo alzó como si blandiera una espada—. La puerta al final del pasillo da a un callejón con una reja al lado. Cruza la reja al restaurante de junto y luego sal a la calle.

Tomé su mano y murmuré un rápido adiós. Miré hacia atrás cuando me acerqué a la puerta. Dos camisas pardas más se habían sentado junto a los dos que ya estaban ahí. Los cuatro miraban al interior del Die kleine Rose como si hubieran advertido algo interesante.

Una vez afuera, corrí por el pasillo. Abrí la reja y me encontré en la terraza abarrotada de otro restaurante, un par de edificios al este del Die kleine Rose. Me abrí camino entre las mesas y crucé el restaurante hasta que me encontré afuera. Crucé la calle.

Desde donde estaba, miré al Die kleine Rose. Berger estaba rodeado por los hombres de las SA. Los hombres lo arengaban con los puños levantados y agitaban los brazos con violencia. Los clientes miraban la escena al interior, pero no hacían nada para ayudar. Algunos hombres robustos en la terraza, vestidos con trajes de negocios, parecían disfrutar la agresión contra mi editor. Sentí el rostro caliente y mi cuerpo temblaba, pero no podía hacer nada para ayudar al pobre Herr Berger. Pensé en Laura, esperaba que estuviera segura en el departamento de Lotti.

Una multitud se reunió en la banqueta frente al *biergarten*. Me incorporé al círculo y observé cómo los hombres levantaban a Berger de su asiento y lo empujaban por el estrecho pasillo hasta la terraza. Luego lo metieron a un sedán negro que se estacionó frente a la banqueta. Todos ellos subieron al coche y, unos segundos después, el motor rugió y el vehículo desapareció en el tránsito de la tarde.

Temerosa de que me siguieran, tomé un taxi a casa de Lotti. Nada parecía fuera de lugar cuando llegué. Subí con dificultad la escalera al departamento. Las ventanas estaban abiertas y el ruido descarnado de los coches y los tranvías llenaba la habitación. Lotti estaba sentada en el sofá junto a Laura, leyéndole un cuento de los hermanos Grimm, un libro que casi todos los alemanes tenían. Sin importar su contenido, los leí cuando era niña. Los cuentos, a menudo brutales fábulas que se supone debían instruir, enseñar lo bueno de lo malo, alimentaron mi joven imaginación. Después de algún cuento particularmente horripilante me costaba trabajo dormir y la historia formaba las pesadillas en mi mente. No me gustó ver el libro en las manos de Lotti, porque Laura podía padecer las mismas pesadillas; sin embargo, no era el momento para un sermón sobre cuentos de hadas. Me ocupé con el entorno habitual hasta que mi amiga acabó la historia; luego, le conté lo que había pasado en el Die kleine Rose.

Temblando, con los brazos con la carne de gallina, me desplomé en el sofá lista para estallar en lágrimas. Nos interrumpieron unos golpes bastante violentos en la puerta. Por instinto, tomé a mi hija, corrí al baño y cerré la puerta.

—Lotti... teléfono para ti —se quejó una voz ronca de hombre—. Diles a tus caballeros que no deben hablar a esta hora. Son casi las nueve, casi mi hora de dormir.

—Gracias —dijo Lotti—. Se los diré.

La puerta del departamento se cerró.

Lotti regresó unos minutos después, yo estaba sentada en el escusado con Laura en los brazos.

—Puedes salir —dijo tras tocar la puerta.

Salí con Laura en brazos.

—Dios mío, Niki, estás pálida como un muerto.

Su tez estaba igual de demacrada.

—Tú no te ves mejor. Lo que vi esta tarde no fue nada comparado con la quema de libros.

Laura se removió inquieta, quería que la colocara en el sofá con sus juguetes.

—No sé cómo decir esto —dijo Lotti.

—Herr Berger... ¡Mataron a Herr Berger!

—¡Ni lo pienses! ¡No! Berger le dio instrucciones a un hombre de Verlangan de que llamara a este departamento. Las SA pidieron el pago inmediato de la multa. Berger obedeció, de lo contrario las cosas hubieran sido mucho peor. Pero lo amenazaron en el coche...

Lotti parecía incapaz de continuar.

—Por favor, dime.

—Amenazaron con matar a los autores de los libros prohibidos.

Me desplomé en el sofá con Laura en los brazos, tenía ganas de llorar pero las lágrimas no brotaban y mi voz parecía estar atrapada en la garganta. No quería creerle a Lotti, pero sabía que decía la verdad. Las náuseas debilitaron mi cuerpo y resbalé hasta el piso, incapaz de moverme.

—Me quieren muerta —logré murmurar. Laura, mi madre, Lotti, e incluso Rudi estaban en gran peligro por mis libros—. Oh, Dios mío, Lotti, ¿qué voy a hacer?

Gritó como un animal herido y sacudió la cabeza.

—No sé.

Capítulo 13

Los siguientes días permanecí encerrada en el departamento de Lotti. Cada día esperaba malas noticias que, por fortuna, no llegaron. Laura era lo único positivo en mi vida miserable. Me mantenía ocupada, de lo contrario me habría vuelto loca de aburrimiento. No podía escribir, no podía salir a caminar en el día y no podía socializar con nadie. Incluso temía hacer una llamada telefónica desde el edificio. Bien podría estar en un convento, haciendo votos de castidad y silencio. Eso era en el aspecto físico.

A nivel emocional, las pesadillas de violencia y secuestros me atormentaban, Lotti me sacudía para despertarme en las noches, y el aislamiento me tenía al borde de la depresión. Sólo el clima me alegraba: el verano hacía que el pasto estuviera verde y los árboles, frondosos. La brisa, sedosa y cálida, acariciaba mi piel y el cielo irradiaba un azul sereno la mayoría de los días. El aire agradable que entraba por la ventana me animaba.

Lotti aguantaba, pero sabía que entre más tiempo me quedara, más difícil sería para ella. Nuestro acuerdo debía terminar.

Una tarde, Lotti regresó a casa del trabajo hecha un desastre. Tenía los ojos rojos e hinchados y su cabello, generalmente trenzado sin un solo mechón suelto, caía sobre su nuca en rizos rebeldes. La examiné, preocupada.

—Atacaron a Rudi esta tarde —dijo enjugándose los ojos—. Llamó a mi oficina. Está en casa y necesita ayuda.

—¿Qué sucedió?

—No sé. No quiso explicarme por teléfono.

Aún había luz, puesto que los días eran largos. Por supuesto, Lotti y yo acudimos al llamado de Rudi. No teníamos tiempo de encontrar a alguien que se quedara con Laura, así que tomé a mi hija y su muñeca, y nos pusimos en camino.

Paré un taxi para que nos llevara al departamento de Rudi, en Friedrichshain. El trayecto sería más rápido y seguro que a pie. El coche nos llevó al este, el sol calentaba nuestra espalda por el parabrisas trasero. El edificio de departamentos de Rudi era de piedra blanca que se elevaba cinco pisos sobre la calle en un vecindario lleno de estructuras similares. La fachada estaba salpicada de balcones pequeños y en su centro se elevaba una torrecilla hacia el cielo.

Pagué la tarifa y salimos del taxi.

—¿Has estado aquí antes? —le pregunté a Lotti.

—Algunas veces —respondió un poco tímida.

La puerta se abrió y entramos. El pasillo olía a agua hervida y fideos; no era desagradable, pero un poco sofocante en el calor.

—Está en el último piso —explicó Lotti—. Quizá por eso necesita ayuda.

Subimos la escalera. Cuando llegamos al rellano, ambas sudábamos y jadeábamos.

Lotti tocó la puerta roja de metal y una voz débil, casi un murmullo, respondió.

—Adelante, está abierto.

Mi amiga abrió la puerta al pequeño departamento de una sola recámara, muy parecido al que yo tenía antes de mudarme con Rickard. Sentí escalofríos al ver a Rudi y traté de tapar los ojos de

Laura para que no lo viera, pero ella apartó mi mano, al parecer más interesada en el hombre recostado en la cama sobre su espalda, que asustada o asqueada por la escena.

Había unas muletas al pie de la cama deshecha. La pierna derecha de Rudi estaba envuelta en vendas, al igual que su mejilla derecha. Tenía los ojos amoratados y la nariz ensangrentada y torcida. Cuando entramos al cuarto, su lúgubre expresión se amargó al vernos a Laura y a mí.

—¿Qué hace aquí? —le preguntó a Lotti, señalando en mi dirección—. Te pedí que no la trajeras.

Lotti se acercó a la cama.

—Rudi... Niki vino a ayudar; además, no recuerdo que me hayas dicho eso. Estaba tan confundida cuando llamaste.

—Bueno, ahora ya es muy tarde, ¿no?

Movió la cabeza hacia la ventana y gimió.

No sabía qué había hecho para merecer ese trato, pero me sentía muy mal por Rudi.

—¿Alguien puede cerrar la cortina? —preguntó.

Pasé junto a su cama hasta una puerta de vidrio que se abría a un pequeño balcón que daba a la calle. Una pesada cortina de terciopelo rojo colgaba sobre ella. La cerré y la habitación quedó en la oscuridad.

—Ahora la luz —dijo Rudi.

Lotti encendió el interruptor y una lampara de buró se prendió.

—¿Quién hizo esto? —preguntó de pie junto a él.

—¿Quién crees?

Ni Lotti ni yo respondimos.

—Volker me trajo a casa.

Recordaba el nombre: el propietario del Leopard Club.

—Iba a empezar mi turno cuando trataron de meterme a un coche. Eran Spiegel y dos de sus hombres. Creo que eran los mismos que golpearon a Rickard y a Walter, nuestro portero, aquella noche hace ya mucho tiempo.

La piel se me erizó al escuchar el nombre de Spiegel. Me moví al pie de la cama desde donde podía ver con claridad el rostro de Rudi.

—¿Qué querían? ¿Por qué te golpearon?

—No... no sé.

Sabía que mentía. La única razón por la que lo agredieron fue para llegar a mí. La pregunta que zumbaba en mi cabeza era: «¿Habría hablado?».

—Necesito comida. Suficiente para un par de días.

Hizo una mueca de dolor al mover la cabeza hacia Lotti.

—Yo iré —dijo—. ¿Qué te gustaría?

—Algo que pueda preparar con poco esfuerzo... leche, unos fideos. Los olí en el pasillo. La tienda está al final de la cuadra. En el cajón hay dinero.

Señaló el buró junto a la cama. Su brazo cayó sobre el colchón. Le dolía levantarlo.

Lotti tomó el dinero y se fue, dejándonos a Laura y a mí solas con Rudi.

—Es tu hija —dijo—. No nos conocíamos.

Miré su rostro enrojecido y lastimado, y vi el miedo que aún brillaba en sus ojos.

—¿Por qué harían esto las SA? Spiegel tiene a Rickard bajo su control, no golpearon a Volker o a Walter. Fuiste tú el elegido.

Asintió despacio, metódico, el pequeño movimiento le dolía.

—Oh, Dios, siento como si me nuca estuviera ardiendo —dijo exhalando—. Amenazaron con romperme las piernas, uno de ellos me cortó la cara con una navaja, con la profundidad suficiente para que sangrara, pero querían más sangre. Lo sabía por sus voces, por el fuego en sus ojos.

—Me quieren a mí, ¿verdad?

Cerró los ojos cuando las lágrimas amenazaron con brotar.

—Sí; se los tuve que decir. Amenazaron con cortarme la garganta y sabía que lo harían. Soy fuerte, Niki, pero no lo suficiente para acabar con tres. Traté de pelear, pero fueron brutales.

—Lotti te dijo que estaba viviendo con ella.

No fue una pregunta, sino la afirmación de un hecho. Debí saber que esos dos amigos nunca podrían ocultarse un secreto tan profundo. No estaba enojada con Lotti porque sabía lo cercanos que eran, cómo confiaban uno en el otro para divertirse y hacerse compañía. Estaba molesta conmigo misma por no haberlo tomado en cuenta. Las SA pudieron golpear a Lotti, pero se hubiera visto mal darle una paliza a una mujer, aunque estoy segura de que no lo hubieran lamentado. Ahora sabía que tenía que irme de su departamento. No tenía duda de que Rickard había cedido y le había contado a Spiegel de Laura. El oficial de las SA y sus matones podrían decidir buscar ellos mismos a Laura como un favor para mi esposo. Después de todo, hasta donde yo sabía, él seguía apoyando su causa.

Asintió de nuevo. Laura se removió en mis brazos y agitó sus dedos regordetes hacia la cabeza vendada de Rudi.

—Discúlpame —dijo.

—Salvaste tu vida; sabemos lo que puede hacer esta gente.

Nos miramos durante un momento, esperando que Lotti regresara. Yo quería un cigarro. Por mi expresión, Rudi debió advertir mi necesidad de tabaco.

—Ponla junto a mí... Siempre y cuando no pateé, estaré bien. Sal al balcón a fumar.

Laura no le tenía miedo al hombre y estuvo más que dispuesta a sentarse en la cama junto a él.

El sol se ponía cuando salí al balcón y pensé en mi destino. El cielo se había vuelto morado en el horizonte y unas nubes rosadas lo sobrevolaban. La brisa era hermosa y en otro momento hubiera sido una sensación maravillosa contra mi piel. Ahora, el aire sedoso se burlaba de mí, invitándome a disfrutar una vida hecha pedazos. Suspiré y miré sobre el balcón. Vi a Lotti, que regresaba de la tienda con dos bultos en los brazos.

Era evidente que no podía quedarme más tiempo en su departamento. Quizá pasaríamos una última noche juntas; luego, en la mañana, recogería mis cosas y seguiría adelante. Pero, ¿a dónde iría? Esa era la pregunta que debía responder. Quizá Lotti tuviera un amigo. Ya había gastado cien marcos de los quinientos que había ahorrado desde que abandoné a Rickard.

Apagué el cigarro en el barandal del balcón y entré. Laura estaba acurrucada contra el brazo izquierdo de Rudi. Ambos estaban adormilados.

Lotti entró con la comida y Rudi despertó.

—Mete los perecederos a la hielera —dijo.

Observé el gabinete de porcelana blanca que estaba en un rincón; era incluso más pequeño que el de mi madre.

—Te traje hielo —dijo Lotti sacando un el precioso líquido congelado envuelto en papel de carnicería. Un hilillo de agua goteaba de los bordes.

Rudi no dijo nada mientras Lotti desempacaba las provisiones. Yo levanté a Laura; sabía que era momento de irnos. Lotti se removió en su lugar, consciente del silencio en la habitación.

—Vendré a ver cómo estás mañana, después del trabajo —dijo rompiendo la calma.

—Gracias. Me siento mejor.

Extendió el brazo izquierdo para que yo tomara su mano. Eso hice.

Lotti me miró y luego apartó la vista.

Nos despedimos y nos dirigimos a la escalera.

—Rudi me lo dijo —comenté mientras bajábamos—. Me quieren a mí... Me están buscando a mí. Las SA le sacaron la información a golpes.

Con los ojos muy abiertos y tristes, Lotti escrutó mi rostro en busca de mi enojo.

—Lo siento. Nunca pensé que esto pudiera pasar. Todos somos amigos.

—Tengo que mudarme. Quizá una noche más y luego Laura y yo nos iremos.

Se detuvo al pie de la escalera y permanecimos en el pasillo caliente mientras los detalles mundanos de la vida nos rodeaban: el olor a fideos y res en el aire, el murmullo de las voces al final del corredor, el sonido de un vals que pasaban por la radio.

—Es mi culpa —dijo Lotti y empezó a llorar.

Laura extendió la mano para tocarla, no le gustaba el sonido del dolor. Con mi brazo libre, abracé a Lotti.

—Ya no hay nada qué hacer ahora. Si no hubieran obtenido lo que querían de Rudi, hubieran ido tras de ti.

Sollozando, Lotti sacó un pañuelo de su bolsa y se sonó.

—Vámonos a casa —dije.

Tomamos un taxi. Cuando llegamos a su departamento, Lotti ya había logrado reponerse. El sol se había puesto y la luz del día agonizaba en el oeste. La brisa era más fría y el aire, denso y húmedo, se nos pegaba al cuerpo.

Miré alrededor cuando el coche se marchó. Los arbustos verdes que rodeaban el edificio se opacaron bajo la luz. Nada se movía.

Caminé hacia la puerta con Laura en mis brazos.

Fue en ese momento que lo vi.

Spiegel estaba de pie en el pasillo, vestido con su uniforme color café, mirándome fijamente con su pistola en mano. Segundos después, los dos compañeros que habían golpeado a Rudy salieron de un salto de la vegetación detrás de la cual se ocultaban. Me tomaron por los brazos. Me aferré a Laura mientras ella gritaba de miedo. Sus gritos me hicieron estremecer.

Lotti se quedó parada, inmóvil, detrás de mí. Grité y pateé a los hombres que me sujetaban. De pronto, mi amiga se abalanzó sobre ellos, lanzando puñetazos en su espalda. Uno de ellos se hizo a un lado y con su brazo fuerte le dio una bofetada que la arrojó al empedrado. Al otro lado de la calle, unos cuantos transeúntes miraron, pero no hicieron más que mirar boquiabiertos en presencia de los camisas pardas.

Grité pidiendo ayuda, pero nadie acudió.

Spiegel salió despacio del pasillo, blandiendo la pistola.

—No te resistas, Niki, o puedes recibir un balazo. Sabes cómo tratamos a los enemigos del Reich.

—No lastimen a mi niña —dije con una mezcla de rabia y terror que recorría mi cuerpo.

De no haber sido por los dos hombres que me sujetaban a mis costados mientras yo apretaba a Laura en mis brazos, hubiera peleado con más fuerza.

—No lo tengo contemplado —repuso, acercándose despacio a mí, como un conquistador que evalúa su victoria—. Quiero a tu hija, nada más. —Se detuvo y se acercó tanto a mi rostro que pude oler la colonia de limón en su piel. Sus ojos entrecerrados taladraron los míos y habló como si el diablo lo hubiera poseído—: Podría llevármela, ponerte una bala en la cabeza y el Führer me daría una medalla. Sabemos quién eres, sabemos lo que has escrito... y sabemos cómo secuestraste a una niña a su legítimo padre, un fiel simpatizante del Reich. Sólo por esos delitos deberías renunciar a ella voluntariamente.

—Todo esto lo hace Rickard —dije buscando confirmación de lo que ya sospechaba.

Pasó el cañón de la pistola sobre una de mis mejillas. Laura se encogió de miedo en mis brazos.

—Tu esposo es amigo del partido. Regresarle a su hija es una recompensa por su servicio. Lamento que te hayas alejado tanto de él.

Metió la pistola en su cartuchera.

—Déjenla tranquila —dijo Lotti—. No ha hecho nada malo.

—Cállala —ordenó Spiegel.

Uno de los hombres me soltó, se dirigió a Lotti y le dio un puñetazo en la cara. El otro me sostuvo con fuerza por la cintura mientras yo observaba. No podía hacer nada con Laura en brazos. Lotti cayó al suelo como una piedra.

—Ahora podemos hablar libremente —continuó Spiegel, como si nada hubiera pasado—. Déjame decirte lo que Rickard ha ofrecido por el retorno de su hija, con nuestro consentimiento, por supuesto.

Contuve el aliento y Laura empezó a llorar.

—Él le dará un hogar y comodidades que tú no puedes darle, pero nunca más volverás a verla. No trates de recuperarla o de buscarla. Él tiene sus razones para querer tener a su hija. —Hizo una pausa—. Tus libros están muertos. Nunca volverás a escribir, porque el Reich vivirá mucho más tiempo que tú. Y si escribes una sola de tus palabras obscenas y traidoras, te mataremos a ti y a tus amigos. Si obedeces todo estará bien. Es así de simple. —Sonrió—. Ahora, dámela o te la quitaremos por la fuerza.

Dos faros de coche iluminaron mi cuerpo. Giré la cabeza y vi que un coche negro se estacionaba frente a la banqueta. Otro hombre de las SA lo conducía.

—Por favor, no se la lleven.

Mi cuerpo temblaba al decir esas palabras.

—Eso no es posible.

Extendió los brazos hacia Laura.

La abracé lo más fuerte que pude, pero al final tuve que ceder porque me torcieron los dedos. No quería arriesgarme a lastimar a mi hija.

Los gritos de Laura me partieron el alma, penetraron en mi corazón. Se fue en segundos, se la llevaron rápidamente en el coche oscuro. No pude hacer nada más que quedarme ahí parada y mirar.

Me tambaleé hasta Lotti, quien seguía tirada sobre las piedras. Le toqué la mejilla, levanté su cabeza y traté de incorporarla. Tras insistir un poco, parpadeó, abrió los ojos y me miró.

—¿Qué demonios? —preguntó—. ¿Dónde estoy?

—Frente a tu departamento —respondí—, pero temo que tienes un tremendo chichón en la parte de atrás de la cabeza.

Se levantó despacio, apoyándose en los codos.

—Recuerdo que ese hombre vino hacia mí... ¿dónde está Laura?

Apenas pude pronunciar las palabras.

—Se la llevaron con Rickard. Me la arrancaron de los brazos.

—Oh, Dios —dijo, abrazándome mientras permanecíamos acurrucadas en el suelo.

Me levanté y limpié la tierra de mi vestido.

—La voy a recuperar.

—Esta locura no termina —dijo Lotti, sobándose la parte occipital—. Encontraremos una solución.

—No hay nada que solucionar —dije.

Sin embargo, pensé: «Los odio y recuperaré a mi hija. Recuperaré a Laura».

Nos quitamos el polvo de la ropa y subimos la escalera.

Capítulo 14

Me quedé con Lotti unos días más hasta que ya no pude soportarlo. Sin Laura, ya nada parecía importar. Mi furia contra Richard, Spiegel y sus matones hervía a fuego lento hasta que pensé que me volvía loca. Tenía muy poco que hacer, salvo llorar y golpear las almohadas en la cama de Lotti.

Al menos estaba convencida de que si yo cumplía mi palabra, Spiegel se atendría su promesa en cuanto a mí y mis amigos. Gran parte de mi rabia se dirigía a Rickard. Traté de encontrarlo, con la mayor discreción posible, a pesar de la advertencia.

Durante el tiempo que estuvimos separados, Rickard se había mudado a un nuevo departamento. Por supuesto, no me lo dijo y yo tenía pocas esperanzas de saber dónde vivía. Los nazis habían ocultado o bloqueado sus registros personales a los ciudadanos comunes como yo. Incluso le pedí ayuda a Lotti, pero no tuvo suerte.

La mañana después de que se llevaron a Laura, caminé hasta el departamento de Rickard en Unter den Linden. El edificio que alguna vez fue mi hogar y que me parecía tan grandioso, ahora me parecía siniestro. La herrería con filigranas que protegía la puerta bien hubiera podido ser una telaraña, una trampa que me seducía con su invitación a «entrar», que me atrapaba en su red letal.

Me senté durante horas al otro lado de la calle, estudiando el edificio, analizando cómo la luz del sol rebotaba en las ventanas, esperando que las persianas se levantaran, que los travesaños se abrieran. Imaginé que incendiaba el edificio para obtener la verdad, pero nada de eso sucedió. En su lugar, me senté en una banca, salía y entraba del sol y la lluvia, merodeaba en los umbrales, siempre con la esperanza de ver a Rickard. Escondía mi rostro detrás de lentes oscuros y llevaba una pañoleta de seda. Mi única preocupación era que los antiguos vecinos de Rickard pudieran informar a la policía que una mujer sospechosa merodeaba en el bulevar.

Debí sospechar que Rickard tendría la inteligencia suficiente para ocultar sus intenciones, con el consejo de sus amigos de las SA, al tiempo que urdía el plan para recuperar a Laura. Después de unos días de observar y no ver nada, al fin advertí un camión de mudanzas y a nuevos inquilinos. Era una encantadora pareja de jóvenes alemanes: una bella rubia con un rostro perfecto que llevaba un hermoso vestido rojo, colgada del brazo de su esposo fuerte y atlético, vestido con un traje café con una esvástica perfectamente colocada en la manga izquierda.

Estaba coqueteando con el peligro; sin embargo, crucé la calle y me acerqué a la mujer, una jugada audaz y arriesgada.

—Antes vivía aquí —dije esperando que se abriera conmigo—. Los vecinos son gente muy agradable —añadí—, aunque en realidad conocí a pocos, y mis relaciones se limitaban a un «buenos días» u «hola» al cruzarnos.

La mujer frunció los labios y me miró como si no fuera asunto mío siquiera dirigirme a ella. Quizá tenía razón. Su esposo pareció estar más interesado.

—¿Qué departamento? —preguntó.

—El 3D —respondí.

No dijo más, pero por su expresión de curiosidad me di cuenta de que mis suposiciones eran acertadas: su falta de respuesta, sumada a las cajas marcadas con el número del departamento en tinta negra, confirmaron mis sospechas.

Se marcharon apresurados, ansiosos por supervisar a los trabajadores de la mudanza, y yo avancé calle abajo, dejando el departamento y mi antigua vida detrás de mí, escondiendo mi furia bajo la pañoleta.

Esa noche le dije a Lotti que iba a buscar mi propio departamento, porque ahora ya no importaba dónde viviera o quiénes eran mis amigos, si Spiegel cumplía su palabra. Unos días más tarde me mudé a un edificio modesto cerca de Alexanderplatz y el Leopard Club. Sin editor ni motivación política, no me interesaba escribir una nueva novela. Me postulé para algunos trabajos de mecanografía, pero no encontré nada. Hablé con Rudi, quien habló con Volker, el dueño del Leopard Club. Al día siguiente acepté un empleo como mesera. El sueldo era bajo, así como las propinas que esperaba obtener de un turno del mediodía a las siete, pero me alegró tener ese ofrecimiento.

Me pregunté si Rickard entraría por la puerta alguna noche. En verdad esperaba que lo hiciera; podría reprocharle lo de Laura sin salirme de los límites de la amenaza de Spiegel. Esa pequeña esperanza era una de las razones por las que acepté el empleo. Nunca nos divorciamos porque temía que eso hiciera enojar a los nazis.

Él nunca vino hasta al año siguiente, en junio de 1934.

En el verano de 1933, había tratado de recuperarme de la conmoción de haber perdido a Laura. El otoño y el invierno fueron meses borrosos, largos y deprimentes, acurrucada en la cama para protegerme del frío, deseando que volviera la primavera. Mi rabia contra Rickard y los nazis se había transformado en consternación y depresión en mi pequeño departamento. Algunos días me era imposible salir de la cama. El mundo pasaba a mi alrededor y yo me hundía en el piso, sufriendo.

Lotti, Rudi y yo retomamos nuestra amistad. Ellos eran los únicos que evitaban que cayera en el abismo. Rudi y yo compartíamos horas de trabajo algunos días. Nunca hablábamos de política ni de los eventos que llevaron al secuestro de Laura. Durante meses, Rudi caminó con una pequeña cojera. La cortada en su rostro desapareció hasta convertirse en una delgada cicatriz. Una vez le pregunté si había vuelto a ver a Rickard. Cerró los ojos, agitó la cabeza y dijo: «Gracias a Dios, no. Eso me hubiera puesto furioso».

Rickard regresó al club el sábado 23 de junio de 1934. Rudi no había llegado aún para su turno de la noche, así que estaba sola con otro cantinero cuando él entró.

Mi esposo estaba ahora más gordo, como si la buena comida y bebida reservada para los nazis le hubiera abierto el apetito. Seguía siendo apuesto, a pesar de sus cachetes un poco caídos. Como siempre, llevaba un traje negro nuevo, de corte cruzado a la moda. Se sentó en el gabinete en el que nos conocimos por primera vez.

Lo miré durante unos minutos, en silencio, retándolo a que él me hablara primero. Me miró durante un tiempo y luego bajó la cabeza para encender un cigarro. El humo rodeó su cabeza y cuando se disipó, yo ya había llegado a su mesa. Controlé mis palabras sin dejar de temblar de rabia al interior. Sólo mi preocupación por mi hija me impedía explotar frente a Rickard.

—¿Sí?

Fue todo lo que pude decir.

Suspiró y con la mano señaló la banca frente a él.

—Siéntate, por favor

Su tono era tímido, casi avergonzado.

No había mucha gente en el club, así que me deslicé sobre la banca. Mi cerebro estaba revuelto por todo lo que quería decir.

—Sabías que trabajaba aquí, ¿verdad? —pregunté al fin.

—Por supuesto. Hace meses que lo sé... Lo difícil fue venir.

—¿Cómo está Laura? Si me entero de que la han tratado mal...

—Nuestra hija está bien —respondió dando una calada al cigarro—. Está en buena salud y está creciendo rápido. Tiene dos buenas niñeras que la cuidan cuando yo estoy trabajando.

—¿Niñeras? —La palabra salió ácida, amarga—. Te debe ir muy bien.

Asintió y agregó:

—Sabes por qué.

—Sí, lo sé.

Aparté la mirada; durante un momento no quise verlo.

Rudi había entrado. Bañado en luz rosa, se paró detrás de la barra y conversó con otro empleado sin perderme de vista.

Rickard se aclaró la garganta.

—Mira... vine con una propuesta, un ofrecimiento de paz y una oportunidad de que veas a tu hija. —Bajó la mirada a los cigarros y el cenicero de vidrio que estaban sobre la mesa—. Laura extraña a su mamá.

Estallé en llanto al escuchar su nombre. Me pasé por las mejillas un trapo del bar y lo sostuve frente a mi rostro, tratando de ocultar mi pena.

Rickard extendió el brazo sobre la mesa, pero lo pensó dos veces y lo quitó.

—Nos han perjudicado a los dos —continuó cuando me recompuse—. Te equivocaste al alejar a Laura de mí y yo me equivoqué al quitártela a ti. —Apagó el cigarro y cerró los puños—. Pero te lo advertí, Niki... He sufrido muchas pérdidas y no iba a permitir que volviera a suceder.

—Las SA golpearon a Rudi y a Lotti, y me arrancaron a Laura de los brazos... ¿y se supone que debo perdonar y olvidar?

Hablé en un tono de voz más alto del que hubiera debido y aventé el trapo sobre la mesa.

—No, supongo que nunca podrás o que, en todo caso, tengas que hacerlo alguna vez. Todo lo que puedo decir es que lamento lo que pasó y que nunca volverá a pasar. Lo prometo.

—¿Cómo puedes hacer una promesa así? —pregunté inclinándome hacia él—. Alemania no está mejor que hace unos años, ¡está peor! Las SA son más fuertes que nunca. Hitler nos controla como si fuéramos perros con correa.

Mis palabras lo alarmaron y se llevó el índice a los labios.

—No hables tan fuerte. Nunca sabes quién puede estar escuchando.

Tenía razón. Puse las palmas sobre la mesa y respiré el aire que olía a humo de cigarro empapado de alcohol. Los olores del Leopard Club a los que estaba tan acostumbrada me parecían de alguna manera tranquilizadores.

—Tú y yo terminamos —le dije—. No he pedido el divorcio porque tengo mucho miedo de lo que me harán los nazis. Vivo sola. Mi carrera como escritora está arruinada. Me destruyeron, y tú cargas con la responsabilidad porque los apoyas.

—No los apoyo, me rindo ante ellos. Quizá no soy el hombre que debería ser, pero estoy intentando hacer las cosas bien. Tenemos que vivir con ellos, queramos o no. —Se recargó, enderezando la espalda contra el respaldo—. Escúchame. Spiegel va a dar una fiesta el próximo sábado en la noche en su casa de campo. Sabe que he sido muy infeliz... que tú has sido infeliz...

—Basta. Es un monstruo. Todos son monstruos; responden a su naturaleza. Sí, tenemos que vivir con ellos, pero no tiene por qué gustarme. ¿Qué está pasando?

Encendió otro cigarro. El otro cantinero dejó dos vasos de agua sobre la mesa mientras Rickard se inclinaba hacia mí.

—Spiegel está bajo presión de muchas facciones dentro del partido. Está planeando esta reunión para mostrar solidaridad con las SS y la Gestapo, para beneficio de Himmler y Heydrich. Pensé que sería una buena oportunidad para que vieras a Laura en un entorno seguro.

No tenía idea de quiénes eran Himmler y Heydrich, y no me importaba, todo lo que me importaba era ver a mi hija.

—Es seguro para ti, pero ¿para mí? ¿Cómo sé que esta no es una trampa?

—Te garantizo que no lo es.

—No confío en ti. —Me levanté del gabinete—. Tengo que regresar a trabajar.

—Entonces, no verás a tu hija. —Suspiró y bajé la mirada hacia la mesa—. Me estoy ahogando, Niki. Necesito un salvavidas. Me están sofocando y, antes de que me critiques, sé que es mi culpa. No pude soportar la idea de perder todo, incluida a mi hija, como ya me sucedió. Estoy destrozado por la culpa.

Un gemido apagado escapó de su boca y descansó la cabeza sobre sus puños.

Lo enfrenté, considerando lo que quería decir. No confiaba en Rickard ni en ninguno de ellos, pero Spiegel había cumplido su palabra el año que había estado separada de Laura: las SA no me habían perseguido. Pensé de nuevo en mi hija y contuve las lágrimas.

—Rudi me llevará a casa de Spiegel. Te veré afuera con Laura antes de entrar, si siquiera entro. La abrazaré y hablaré con ella, y la veré el tiempo que dure la fiesta.

Rickard se levantó de su asiento.

—De acuerdo, quizá podría hablar con Spiegel para que escribas.

—No me preocupa escribir. No podría escribir su propaganda. Sólo quiero ver a mi hija.

Sacó un pedazo de papel del saco de su traje y me lo dio.

—La dirección de la casa de campo de Spiegel... en caso de que lo hayas olvidado. Todo lo que debes saber está escrito aquí. Es bueno verte, Niki.

Rickard tomó sus cigarros y se alejó hacia la puerta sin siquiera despedirse de Rudi. Avancé a trompicones hasta la barra; no estaba segura de lo que había pasado en los minutos que estuvimos juntos.

—Estás pálida, incluso bajo esta luz rosa —dijo Rudi—. ¿Quieres tomar algo?

Negué con la cabeza, tenía los nervios a flor de piel. Sólo debía aguantar una hora más para irme a casa.

—¿Qué pasó? —preguntó.

Respondí con otra pregunta:

—¿Sabes disparar una pistola?

Arqueó las cejas.

—No... pero conozco a alguien que sí sabe.

Capítulo 15

El joven se llamaba Hermann. Apenas parecía tener la edad suficiente para manejar, mucho menos de disparar una pistola. No lo conocía porque, de acuerdo con Rudi, Hermann era un alemán de «exteriores», del tipo al que le gustaba remar en canoa, escalar montañas, esquiar y hacer senderismo en bosques espesos donde acampa solo en las noches. Se conocían desde la escuela y habían permanecido en contacto, a pesar de que sus intereses eran diferentes. Rudi decía que su amigo no fumaba, sólo bebía vino en ocasiones especiales; una enorme diferencia de los clientes del Leopard Club.

Era el tipo de joven que las SA hubiera reclutado en sus filas si Hermann hubiera estado interesado. Era más bajo que la mayoría de los hombres, pero rubio, apuesto, con piel suave y pecosa, y una sonrisa alegre. Debido a su práctica de esquí y otras actividades físicas, tenía un cuerpo esbelto y musculoso. Cuando lo conocí, parecía estar en un estado continuo de felicidad; ignoraba todo lo que no le concernía directamente. Rudi me había dicho que a Hermann no le interesaban los nazis y que se las había arreglado para evitar enfrentamientos con ellos.

Le expliqué a Rudi que quería a alguien que me protegiera, no alguien que se enfrentara a tiros con las SA o que asesinara a nadie. Hermann tenía el coche y el arma, así que por veinticinco marcos lo contraté para que me llevara a casa de Spiegel y de regreso la noche del 30 de junio de 1934. Rudi tenía turno en el club.

No cruzó por mi mente ninguna fantasía de secuestrar o de alguna manera recuperar a Laura. Sabía que esta reunión organizada era una prueba, aunque me seguía preocupando que Spiegel y sus secuaces pudieran tratar de secuestrarme en represalia por mis crímenes literarios en contra del Reich.

Me vestí con modestia para la fiesta de esa noche. El maravilloso vestido negro que llevé a la primera reunión con Spiegel lo había dejado en el armario en casa de Rickard, sabiendo que no pasaría mucho tiempo en fiestas de gala, especialmente aquellas organizadas por los nacionalsocialistas.

Hermann me recogió en mi departamento a las seis para un trayecto de cuarenta minutos fuera de la ciudad. Muy pocos jóvenes berlineses tenían coche; me pregunté si el sedán Wanderer negro en forma de caja era suyo o de su familia. Su cabello rubio brillaba bajo el sol de la tarde cuando me abrió la puerta del copiloto. Su aspecto era impecable: llevaba un saco y pantalones negros. Otro artículo cuadrado estaba en el asiento trasero: una pistola negra de cañón largo y un enorme cargador rectangular.

Me instalé en el asiento a su lado y le di la dirección.

—Tuviste suerte de encontrarme —dijo cuando arrancamos—. En esta época del año, usualmente hago senderismo en los Alpes bávaros los fines de semana. Estoy en la ciudad porque estoy ayudando a mi hermano a mudarse a su nuevo departamento.

—¿Este es tu coche? —pregunté.

—De mi padre —respondió—. No puedo comprarme un coche. En realidad no quiero tener uno.

—¿Y la pistola que está atrás?

—Ah, eso. —Me sonrió mientras nos abríamos camino entre tranvías, otros automóviles y algunos carruajes jalados por caballos—. También de mi padre. Una Mauser C96, se la dieron en la

Gran Guerra. Diez disparos. No soy malo para tirar, pero soy aún mejor con arco y flecha.

—¿Eres cazador? —pregunté, un poco aliviada de que Hermann fuera capaz de salir a balazos de una situación difícil, si fuera necesario.

No es que buscara violencia esa noche. Mi estómago ya era un nudo de sólo pensar en mi hija. ¿Y si no me reconocía? ¿Y si no quería tener nada que ver conmigo? ¿Cuál sería su aspecto? Las preguntas daban vueltas en mi mente conforme Hermann conducía hacia el norte.

—Entonces, ¿los nazis andan tras de ti? —preguntó con tono astuto—. Rudi me lo contó. Fue horrible la golpiza que le dieron. No me gusta cuando golpean a mis amigos.

Asentí y le conté las partes pertinentes de mi historia, y lo que yo creía que podría pasar esta noche. Le recordé que quería un guardaespaldas, no un asesino.

—Se supone que me encontraré con Rickard y con mi hija enfrente de la casa, a las siete —expliqué—. Me siento más segura contigo aquí. Si decido acompañar a Rickard y entrar con él, quédate en el coche. No dejes que los asistentes lo estacionen en algún lado.

Asintió.

—¿Estás nervioso? —pregunté.

—¿Debería estarlo? Son una banda peligrosa.

—Estaremos bien. Sólo tengo que conservar la calma.

Conforme nos acercábamos a la casa de campo de Spiegel, el terreno, el camino sinuoso, el bosque denso, me pareció vagamente familiar. Hermann manejó por el sendero que llevaba a la casa, desde donde ya la podía ver. Manejó el Wanderer por la glorieta y regresó a la entrada.

—Espera —dijo frenando el coche. Volteó y tomó la Mauser del asiento trasero y la colocó en el delantero—. ¿Estás lista?

Asentí.

Atravesamos el largo camino bordeado de árboles que parecía girar sin fin, pero que nos llevó a la magnífica mansión de piedra que descansaba bajo las sombras del crepúsculo. Las lámparas blancas, que habían iluminado la casa durante mi visita previa, estaban apagadas. El mayordomo que había estacionado el coche de Rickard tampoco estaba. Tenía la garganta y el pecho apretados por el sentimiento de que me habían tendido a una trampa.

Le pedí a Hermann que estacionara el coche a una distancia segura de la residencia. En la creciente oscuridad, vi un Mercedes sedán negro cerca de la casa, había sido confiscado por el Partido Nazi y una esvástica adornaba la puerta del copiloto.

—Espera aquí —le dije a Hermann—. Iré sola.

—Ten cuidado —respondió, extendiendo la mano debajo del asiento para sacar la Mauser.

—Mantén el coche encendido —agregué.

Abrí la puerta y caminé hacia la entrada con lentitud, examinando todo a mi alrededor. La casa estaba en silencio, no brillaba ninguna luz en las ventanas oscuras. Las enormes puertas de roble grabadas con criaturas del bosque estaban cerradas.

Un chofer, vestido de uniforme negro y gorra, salió del Mercedes y abrió la puerta trasera. Apareció una niña pequeña que tomaba a Rickard de la mano. Llevaba una falda negra, una blusa blanca con un parche triangular en la manga izquierda y una corbata negra al cuello: el atuendo de una niña de las Juventudes Hitlerianas. Ya tenía casi tres años y ya caminaba, con sus mejillas coloradas que brillaban en la semioscuridad.

Mi primer instinto fue correr hacia ella, pero seguía sospechando que era una trampa.

Rickard, también cauteloso, llevó a nuestra hija de la mano por el sendero. Los ojos de Laura brillaron un poco conforme nos acercamos. ¿Me habría reconocido o sólo era su interés en alguien que despertaba su curiosidad?

Se detuvieron y caminé hacia mi hija.

—Laura, ella es tu madre —dijo Rickard—, ¿la recuerdas?

—Hola, ma-má —dijo con vocecita afectada.

Las niñeras le habían enseñado bien.

Extendí los brazos hacia ella y Rickard me permitió abrazarla. Laura se estaba convirtiendo en una niña y había dejado de ser una bebé. Estaba más pesada, sus miembros eran más robustos que como los recordaba. Me abrazó, pero no de una manera que indicara que me había extrañado. Su afecto era más amable, como si le hubieran dicho que la visitaba una tía abuela. Cuando me di cuenta de lo que había pasado desde que Spiegel se la llevara, se me saltaron las lágrimas.

—Lo siento —le dije a Rickard—. No puedo evitarlo.

—Entiendo —respondió.

—¿Me trajiste un regalo? —preguntó Laura, acercando su mejilla suave contra la mía.

—Laura, no seas grosera —la reprendió Rickard—. ¿No ves que tu madre está alterada? Hizo un viaje especial para venir a verte.

—Papá siempre me trae regalos cuando vuelve a casa —insistió.

—Eso es porque trabajo mucho y tú te los mereces por ser tan buena niña —explicó Rickard.

La abracé fuerte contra mi pecho.

—Prometo que la próxima vez que te vea, te traeré un regalo, quizá un chocolate.

—Todavía tengo mi muñeca —dijo.

El recuerdo de ese juguete me provocó lágrimas mudas.

Rickard miró sobre mi hombro hacia el Wanderer.

—¿Quién está en el coche?

—Un amigo de Rudi. Le pedí que me acompañara... como protección.

—¿Está armado?

Rickard me conocía y adivinó mi plan improvisado para protegerme. La capa de invisibilidad en la que me había envuelto cayó como una hoja en otoño.

—Sí.

—Mi chofer también, un nazi leal con una puntería letal. Esperemos que no llegue a eso. —Hizo una pausa como si considerara qué hacer después—. Por favor, entra y habla con Spiegel. No hay ninguna fiesta, en eso te engañé: temía que no vinieras si supieras que sólo estaríamos Spiegel y yo.

—Vine a ver a mi hija. ¿Por qué entrar para ver a un carnicero?

—Porque le pedí un favor, está dispuesto a ofrecerte la oportunidad de volver a escribir, de ganar dinero.

—¿Laura viene con nosotros?

Asintió.

—Un minuto.

Le pasé a Laura a Rickard y regresé corriendo al coche. Hermann estaba sentado detrás del volante y me miró con interés cuando me acerqué. Bajó la ventana, las sombras de la noche caían sobre su rostro.

—Voy a entrar. Spiegel quiere hablar conmigo. Si las cosas se ponen mal, vete. —Sabía que entendía lo que quería decir—. Sálvate. El chofer está armado. Rickard dice que tiene buena puntería.

Hermann frunció el ceño y se inclinó hacia mí.

—Ya veo. —Apagó el motor—. ¿Cuánto te tardarás?

—No más de una hora, supongo.

—Aquí estaré.

Alcancé a Rickard, quien se dirigía con Laura hacia la escalera. La subimos; Rickard tomaba la mano izquierda de Laura y yo la derecha, para levantarla en cada escalón. Ella lanzaba risitas cada vez que saltaba en el aire.

Un sirviente abrió la puerta y nos escoltó hasta un despacho al fondo del largo pasillo. Spiegel estaba sentado detrás de un escritorio que dominaba la habitación, mientras que su esposa estaba sentada en una silla a su lado. La señora Spiegel, en pocas palabras, era una matrona del tipo germánico por excelencia. Recordaba haberla visto en la fiesta, pero nuestra interacción fue breve porque ella era la anfitriona y tenía que recorrer el salón para saludar a cada uno de los invitados con entusiasmo. Su rostro era grave, angular, con el cabello sujeto hacia atrás en una trenza. Llevaba un vestido negro y zapatos caros de tacón de piel; parecía controlar el lugar tanto como el Oberführer. Él vestía el uniforme de las SA y sostenía una copa de brandy en la mano derecha. La habitación estaba repleta de muebles de roble, robustos revestimientos de madera y dos libreros llenos de volúmenes costosos. Una chimenea de mármol azul estaba empotrada en una de las paredes. Un gran libro de contabilidad estaba abierto sobre el escritorio.

El sirviente se marchó y Spiegel nos pidió que nos sentáramos en las dos sillas de respaldo alto frente a su escritorio. Yo cargué a Laura. Se acomodó en mi regazo y la señora Spiegel esbozó una leve sonrisa.

Su esposo también sonrió, su actitud se hizo más afable, un rasgo que le había visto en más de una ocasión. Sin embargo, como una serpiente ponzoñosa, podía atacar en cualquier momento.

—¿Les puedo ofrecer algo de beber?

Yo lo rechacé. Rickard aceptó un brandy que el líder de las SA sirvió.

—Me alegra que hayas decidido visitarnos, Niki —dijo Spiegel con un ligero sarcasmo en la voz—. Últimamente Rickard ha estado un poco confundido... el trabajo ocupa mucho de su tiempo. Por supuesto, es de valor para el Reich y para nuestros planes para la SA, algunos de los cuales ni siquiera conoce.

Se recargó en el respaldo de la silla y lanzó una risita.

—Como le dije a Rickard, vine a ver a mi hija.

—Sí, esa noche en casa de tu amiga... ¿Lotti, se llama?, fue desafortunada. —Su esposa se removió en la silla—. Sin embargo, a partir de esa noche, has cumplido tu parte del trato y nosotros también.

—La mayoría de mis encuentros con usted han sido desafortunados.

Rickard me fulminó con la mirada, al igual que la señora Spiegel. El Oberführer lo tomó con calma.

—Necesitamos ayuda, Niki —dijo—. Por eso te pedí que vinieras esta noche. Pensé que tu hermosa hija sería un incentivo.

Mi sospecha era correcta: era una trampa.

—¿Qué quiere?

—Algo que alguien con tu talento puede brindar —dijo—: palabras.

Mis pensamientos adelantaron los de Spiegel, pero esperé a que explicara.

—Escribes de manera muy elocuente, como dirían algunos, sobre la nueva mujer alemana —continuó—. Por desgracia, esa mujer no es el ideal que apoya el Reich. —Se levantó de la silla y se paró detrás de su esposa, colocando las manos sobre los hombros de ella como su amo y señor—. Puedes escribir guiones que Rickard producirá, que luego podemos filmar en Passport Pictures, sobre las mujeres que impulsarán al Reich. Incluso hemos exhortado a la nueva directora, Leni Reifenstahl, para que use su talento para trabajar con nosotros. ¡Piensa en lo emocionante que sería trabajar con mujeres tan talentosas!

Apretó los hombros de su esposa con la fuerza suficiente para hacerla hacer una mueca.

Sentí una urgencia repentina de un trago y un cigarro. Sabía poco de Riefenstahl y, por supuesto, no la conocía personalmente. Lo que Spiegel quería que considerara era el mismo negocio en el que Rickard había estado durante varios años: propaganda. Me pregunté si debería aceptar, sólo para estar cerca de mi hija y quizá recuperarla. Las náuseas que me revolvían el estómago me decían lo contrario. Sólo podía demorarme un momento.

—Tengo que pensarlo.

Cuando las palabras salieron de mi boca eché una mirada a Rickard, quien parecía sospechar que tenía otros motivos en mente. ¿En verdad creía que escribiría guiones de películas para el Partido Nazi? ¿En verdad me quería de regreso en su vida para que pudiéramos criar juntos a nuestra hija?

Spiegel besó a su esposa en la mejilla y se acercó al escritorio.

—No tardes mucho en decidirte. El tiempo es corto.

—¿Puedo hablar con mi esposo en privado? —pregunté.

El Oberführer asintió y apretó un botón debajo de su escritorio. El sirviente que había abierto la puerta llegó unos momentos después.

—Lleva a los Länger a la biblioteca para que puedan hablar en privado —ordenó.

El hombre nos guio a una habitación que estaba al otro lado de un pasillo lleno de las cabezas acornadas de los trofeos de caza de Spiegel, nos cedió el paso y luego cerró la puerta. La opulenta biblioteca estaba tapizada de libreros de media altura en tres paredes, que también tenían volúmenes costosos encuadernados en piel dorada, roja y negra. Unas esculturas de bronce de ciervos y perros de caza decoraban las superficies de nogal, con pinturas de paisajes montañosos en marcos dorados colgando sobre ellas. Sin soltar a Laura, me senté en el sofá que estaba enfrente de otra enorme chimenea de mármol que abarcaba una pared completa. Laura saltó de mi regazo para explorar, embelesada por el entorno. La dejé hacerlo, mientras Rickard la observaba como padre complaciente.

—¿De qué se trata esto en realidad? —le pregunté—. ¿Tienes un cigarro?

Sacó un paquete, no de mi marca, pero lo acepté agradecida.

—No sé qué decir, Niki. Quizá fui lo suficientemente ingenuo como para pensar que podrías cambiar de parecer y que podíamos intentarlo de nuevo.

Caminó por la habitación en busca de un cenicero, que encontró finalmente sobre la repisa de la chimenea.

—¿Después de lo que me hiciste a mí y a nuestros amigos?

—Yo podría decir lo mismo... ¿después de lo que me hiciste a mí? ¿Llevarte a mi hija cuando sabías que perderlas a ustedes dos me destrozaría?

Me dio el cenicero y se sentó en el sofá.

—Tenía miedo, Rickard. Miedo de lo que los nazis pudieran hacerme... a mí, a nosotros, cuando supieran que yo había escrito *La mujer de Berlín*. Estaba protegiendo a mi hija porque sabía que tú nunca renunciarías a tu negocio. ¿Crees que fue fácil? Lo único fácil fue escupirle a la cara a esa gente despreciable.

Se inclinó hacia mí.

—Quería tanto tenerlas a las dos conmigo, pero sabía que no regresarías mientras tuvieras a Laura. Lo planeé con Spiegel, el acuerdo: tú me dejas en paz, yo te dejo en paz. Pero esperaba que pudiéramos solucionarlo.

Le di una calada al cigarro, me levanté del sofá y caminé a la chimenea. El olor húmedo y amaderado del humo bajaba por el tiro de la chimenea hacia la habitación, forzado por la brisa estival.

—Sabes que nunca escribiré para ellos, ¿para qué preguntar siquiera? Nunca promoveré de sus viles puntos de vista...

Me interrumpió un terrible aporreo en la puerta de entrada que hizo eco por el pasillo. Arrojé el cigarro a la chimenea. Rickard levantó a Laura, quien pasaba las manos sobre las hileras de libros.

—¿Qué demonios es eso? —preguntó Rickard.

Fuimos a la puerta y la abrimos, el sirviente encendía las lámparas en el pasillo oscuro. Dejó de hacerlo y se dirigió a la puerta.

La entreabrió y una fuerza detrás de ella lo empujó. Tres hombres, oficiales de alto rango de las SS vestidos de negro, entraron a grandes zancadas.

—¿Dónde están Herr Spiegel y su esposa? —preguntó el líder.

Los hombres que lo acompañaban estaban serios, vestidos de manera tan amenazadora como el primero: botas negras, pantalones de montar y gorras con el águila nazi y la calavera.

Tomado por sorpresa, el viejo sirviente se pegó contra la pared. Los hombres se apresuraron en nuestra dirección.

—¿Quiénes son ustedes? —preguntó el líder encarándonos.

—Soy Rickard Länger, ella es mi esposa, Marie, y nuestra hija Laura. Trabajo para el Reich haciendo películas para el Führer en Passport Pictures. Sólo estamos de visita.

Rickard había aprendido bien sus lecciones: separarse de cualquier cosa que tuviera que ver con Spiegel. Me paré a su lado, mientras el comandante, o cualquiera que fuera su rango, ladeaba la cabeza hacia uno de sus hombres, quien consultaba una lista escrita a máquina.

—No —dijo el hombre sin rodeos después de un momento.

—¿Dónde están? —volvió a preguntar el hombre de las SS.

El sirviente, que había recuperado el equilibrio, señaló el despacho. Tan pronto lo hizo, Spiegel abrió la puerta, con su mujer detrás de él. Empuñaba un arma, pero tan pronto como vio a los oficiales la bajó.

Los hombres de las SS entraron en acción: lo desarmaron y sacaron al Oberführer de la habitación junto con su esposa. Spiegel objetó a gritos:

—Quítenme las manos de encima... Suelten a mi esposa... ¿Qué demonios hacen?

Los arrastraron por el pasillo. La señora Spiegel perdió uno de sus zapatos sobre la pasarela de piedra. Responsable, el sirviente lo recogió.

Cuando llegaron a la puerta, uno de los hombres volteó y nos gritó:

—Afuera.

Nos apresuramos a la puerta, Rickard sostenía a Laura y yo temía que nos dispararan a todos en cualquier momento. Los hombres giraron a la derecha, arrastrando a los prisioneros. El sirviente los seguía, expresando también sus quejas.

Había caído la noche, pero los faros de un tercer coche iluminaban la mansión de piedra blanca. Los hombres rodearon a Spiegel, a su esposa y al sirviente en el claro entre los setos esculpidos. El líder sacó una pistola y disparó una rápida sucesión de tiros en la cabeza, la esposa, luego el sirviente primero y finalmente Spiegel. Se desplomaron como muñecas de trapo bajo la luz, desmoronándose en una pila en las sombras. Los hombres de las SS enfundaron sus pistolas y llevaron a sus hombres de vuelta al coche que los esperaba. Los vehículos de Rickard y de Hermann permanecían en la oscuridad.

Nos escondimos detrás de un roble y observamos cómo el coche bajaba por el sendero. Ambos jadeábamos de miedo. Rickard le tapó los ojos a Laura con una mano cuando dispararon.

—Tú no estabas en la lista —dije tratando de recuperar el aliento. Mi cuerpo temblaba contra la corteza del árbol—. Tú nos salvaste porque no estabas marcado para morir y porque supiste qué decir.

—Tómala —dijo, dándome a Laura. Lo vi correr al coche en el que había venido. Regreso pronto, jadeando—. Está... muerto. Le dispararon en la frente... era de las SA.

—¿Las SS están matando a las SA? ¿Por qué?

Se recargó con ambas manos contra el árbol.

—No entiendo —dijo casi en un sollozo.

En el pasto detrás de nosotros, escuché el chapoteo de unos pasos. Volteamos y ahí estaba el rostro adusto de Hermann, que se dirigía a nosotros con su pistola en mano. Conforme se acercaba, bajó la Mauser a un costado.

—No quería ver eso. Me agaché cuando pasaron junto a mí. Tu chofer trató de defenderse y le dispararon. Corrí al bosque cuando ellos entraron en la casa.

Volteó a ver los cuerpos apilados en las sombras.

—Tenemos que irnos —exclamó Rickard—. ¡Ahora!

—No puedo creer que los nazis se estén matando entre ellos —dijo Hermann.

—Llévame a Unter den Linden —dijo Rickard—. Tomaré un taxi a casa.

Volvimos a Berlín sin poner un pie más en la casa de campo de Spiegel, dejando la puerta abierta para personas y animales por igual. Casi no hablamos en el coche. Mi cuerpo y mi mente estaban adormecidos mientras trataba de entender lo que había presenciado.

El Wanderer avanzaba a brincos, Hermann lo llevaba al límite. Mis pensamientos estaban tan desordenados como el trayecto. Hubiera sido fácil llevarme a Laura y quitársela a Rickard a punta de pistola, pero ¿qué hubiera logrado? ¿Otra venganza en mi contra? ¿Otra razón para derramar sangre? No podía matarlo frente a su hija, ni quería hacerlo. Todo en mí deseaba tenerla, pero la voz muda en mi interior me decía: «Déjala ir. ¡Estará más segura con él que contigo!». Él nos había salvado a las dos con sólo ser él mismo en este régimen nazi. ¿Qué tipos de lujo podría ofrecerle yo, comparado con los que Rickard podía darle? Estaba derrotada.

Cuando llegamos a Unter den Linden, a la sombra de la Puerta de Brandeburgo, vi cómo Rickard y Laura bajaban del coche y tomaban un taxi. No sabía a dónde iba o si alguna vez volvería a ver a mi hija. Antes de que la puerta se cerrara, me besó en la mejilla y yo me aferré a Laura, llorando, hasta que no pudieron esperar más. Me prometió que se comunicaría conmigo y me dejaría ver a mi hija. No le creí.

Regresé al Wanderer con Hermann. Se limpió la frente con un pañuelo y lanzó un silbido.

—¿Qué pasó esta noche? Esto apesta a Hitler.

—¿Por qué lo crees? —respondí, sin dejar de preguntarme por qué mataron a Spiegel.

—Tiene miedo.

Hermann tenía razón. Hitler tenía miedo de perder el poder.

LIBRO SEGUNDO

Capítulo 16

Recordar la guerra y sus secuelas

Durante días traté de evitar que la ejecución de Spiegel, su esposa y el sirviente me atormentaran. Por más que lo intentara, mi mente seguía recordando esa noche y la imagen de ellos cayendo en la oscuridad; su sangre caliente y roja que salpicaba la piedra blanca; el silencio mortal después de los disparos. Sin embargo, el recuerdo que más me estremecía era el del hombre de las SS que disparaba con rapidez, con puntería precisa, aceptando con tranquilidad la masacre frente a él. Después encendió un cigarro y llevó a sus hombres al coche que los esperaba. Nunca olvidaría cómo caminaron por la pendiente del jardín hasta el pavimento.

Porque había sido testigo de los asesinatos, mi vida se convirtió en un juego de engaños. Me vestía de manera sencilla, incluso en el club, para no despertar interés en mi persona o como mujer. Estaba profundamente consciente de mis alrededores, siempre miraba a mis espaldas o hacia adelante en las entradas o los callejones, o en otros lugares en los que los nazis pudieran ocultarse. Sólo bajo la protección de Walter, Volker y Rudi en el club, o escondida en mi departamento detrás de una puerta cerrada, me sentía de alguna manera segura. Las SA no habían muerto: algunos seguían atreviéndose a ir al club, pero era posible sentir que su poder había disminuido. La jerarquía de las SA había sido asesinada durante la noche de los cuchillos largos. Incluso Ernest Röhm, un amigo de muchos años de Hitler, confidente y cabeza de las SA, fue sacado a rastras de su habitación de hotel, enviado a prisión y ejecutado más tarde. Se negó a cometer suicidio. Sacaron a otros líderes de las SA de sus habitaciones; algunos estaban con compañeros masculinos en su cama y fueron ejecutados afuera del hotel.

Hitler había descargado su rabia, condenado a los traidores, la traición y la bajeza moral de las SA. Los asesinatos afirmaban su poder y liderazgo. Las personas cercanas al Führer, incluidos Himmler y Göring, le habían advertido que las SA habían crecido mucho y amasado demasiado poder.

Después de los asesinatos, pensé que luchar por Laura para quitársela a Rickard era una tarea imposible. El poder del Reich era demasiado.

Sólo podía existir, sobrevivir, muy parecido a cuando salí de casa de mi madre para mudarme a Berlín para ser la nueva mujer alemana.

Conocí a Emil Belmon a finales de la primavera de 1935 en el Leopard Club. Entro solo una noche; parecía un poco perdido porque nunca había estado ahí antes. Vestía pantalones negros, saco negro y pañuelo de algodón al cuello; parecía más el cliente de una cafetería bohemia que alguien que se sintiera cómodo en el club. Me pregunté por qué habría entrado.

Se sentó en uno de los gabinetes y de inmediato sacó un libro y empezó a leer. Cuando me acerqué, levantó la vista un instante y pidió un vaso de vodka ruso y cerillos.

Pasó toda la tarde solo, leyendo en la luz tenue, ajustándose de vez en cuando los lentes de montura metálica y observando en ocasiones a la escasa concurrencia. ¿Por qué vino al Leopard Club? Siempre que consumiera, ni yo ni el gerente nos quejaríamos.

Me era difícil explicarle a Rudi y a Lotti por qué me sentía atraída hacia él. Tenía cierto aire de grandeza, un intelecto creativo al que no podía compararme ni me atrevía a cuestionar. Mi estado de ánimo también se sentía atraído por el humor sombrío que proyectaba. Suponía que era un intelectual callado que hervía de furia al interior. Mi fantasía de Emil se amplió a una personalidad románticamente salvaje, un rasgo subyugado por las realidades de la Alemania nazi. Desde el principio lo consideré un comunista, pero no estaba segura.

Su rostro, pálido pero agradable, expresaba una propensión para el estudio. Tenía el cabello negro enmarañado, repleto de rizos. A veces lo agitaba como la melena de un león y hacía un brusco contraste con su rostro lívido. Era exactamente lo contrario a Hermann, el amigo de Rudi.

Durante varios meses, nos vimos en repetidas ocasiones, dentro y fuera del club. Hablábamos de arte, filosofía, teatro y política. Me confesó que pasaba de un pequeño trabajo a otro, que no tenía mucho dinero, pero que hacía poco había encontrado un empleo como compositor tipográfico en una imprenta. Más tarde, cuando ya confiaba en él, le dije lo que había escrito. Esbozó una sonrisa que en realidad era de asombro por quien yo era, algo que podría verse en el rostro de un ferviente seguidor. Dijo que algunos de sus amigos habían leído mis libros. Por recomendación de ellos, él también lo había hecho. Lo imaginé acostado en su cama, leyendo mis libros mientras algunos ejemplares de Kant, Schopenhauer, Freud y Marx descansaban junto a él.

—Nunca había leído nada como *La mujer de Berlín* —me dijo una noche que estábamos sentados debajo de los árboles en el Tiergarten—. Me abriste los ojos.

Nadie, Rickard incluido, se había expresado de esa manera sobre mí, salvo Herr Berger, mi editor. En la lánguida tarde cerré los ojos durante un momento y Emil me besó la mejilla. La carnosa suavidad de sus labios me hizo estremecer y respondí presionando los míos contra los suyos.

Esa noche dormimos juntos por primera vez y, al hacer el amor, mi alma navegó en un océano de éxtasis desenfrenado. Todos los otros hombres antes de Emil palidecían en comparación y empecé a enamorarme. Sus dedos frescos me acariciaron; no me atraparon o quemaron con su calor. Sus labios atizaron la pasión en cada parte de mi cuerpo. Me derretí en él y su cuerpo me correspondió.

La noche del 17 de septiembre de 1935 se presentó en mi departamento. Habíamos hecho planes provisionales para vernos, pero no los confirmamos. Cuando abrí la puerta, me di cuenta de que algo no estaba bien. Llevaba su atuendo acostumbrado, pero detrás de sus lentes de armazón metálico, sus ojos castaños habían perdido el brillo habitual. Lo invité a entrar y le pregunté qué pasaba.

—Tengo algo importante que decirte —dijo en el tono más sombrío que nunca le había escuchado.

Se sentó en la cama junto a mí, se quitó los lentes y los limpió con un pañuelo como si esa acción retrasara las malas noticias.

Junté las palmas, temblando un poco sobre la colcha, temerosa de que nuestra incipiente relación terminara. Un sinnúmero de preguntas cruzaba mi mente. Quizá yo no era lo suficientemente bonita o inteligente, aunque me gustaba pensar que defendía bien mi postura en nuestras pláticas filosóficas. Él había mencionado a algunas novias, pero nunca dijo que estaba enamorado de alguien más. ¿Qué había venido a decirme?

Volteó a verme hasta que tuve el valor de enfrentarlo.

—Soy judío —dijo.

En su confesión no había alegría ni orgullo. Contuve el aliento un segundo mientras miraba sus ojos tristes. Sus palabras me avergonzaron porque en ellas encontré una respuesta doble: que no importaba que fuera judío, que estaba enamorada de él, que supe la verdad en el momento en que se desnudó frente a mí y, por otro lado, que nuestra relación estaba destinada al fracaso en Alemania. Los nazis habían vuelto a atacar, esta vez con una daga en mi corazón.

—Lo sabía. ¿Por qué confiesas?

Esperaba que aclarara sus pensamientos.

—Ayer, en Núremberg, en la manifestación del partido, el Reichstag aprobó algunos decretos —explicó—. Leí las leyes en el taller. —Movió las manos como si arrugara una hoja de papel—. Desde que Hitler llegó al poder, nuestros derechos han mermado a tal grado que casi no nos queda ninguno. ¡Y ahora esto! Ya nos habían dicho que no podíamos tener cargos públicos o puestos en el servicio civil; no podemos trabajar en la industria de la radio o la prensa. Los nazis nos han impedido hacer dinero en casas de bolsa o corredurías... —Agitó la cabeza antes de continuar—. Ahora, además de la sangre que nos han sacado, han hecho que sea ilegal que me case contigo o tener relaciones sexuales con una alemana. Ya no soy un ciudadano. —Tomó mi mano—. Para mí es ilegal enarbolar la bandera alemana, la esvástica. De cualquier modo, jamás mostraría esa cosa abominable. ¡Al demonio con ellos! ¡Llevaré la estrella dorada, la hoz y el martillo por encima de su maldito Reich!

Se frotó las sienes, se puso de pie y caminó por el pequeño corredor entre la cocina y la ventana.

—Eres comunista, ¿verdad?

Volteó hacia mí.

—Por supuesto. Debí decírtelo.

—¿Por qué no lo hiciste?

—¿Después de lo que has pasado? Hubiera pensado que ya habías tenido suficiente de política. ¿Tienes un cigarro?

Saqué un paquete del cajón del buró y le di un cigarro. Lo encendió, abrió la ventana de guillotina para dejar entrar la fresca brisa nocturna y echó las cenizas afuera.

—Al parecer ésta es una noche de verdades —dijo después de dar varias caladas a su cigarro.

Se acercó a mí y se sentó en el borde de la cama.

—Odio a los nazis y ellos me odian a mí —continuó—. Los odio a todas horas. Algunas noches, después del trabajo, me quedo a imprimir panfletos que exponen sus mentiras. Le digo al jefe que quiero quedarme a limpiar el taller, y eso hago. No me paga esas horas. Imprimo folletos y me aseguro de no dejar los tipos o algún panfleto que alguien pudiera encontrar. Luego limpio y cierro.

—Te admiro. Adoptaste una postura en su contra. Rickard nunca pudo hacerlo. Yo traté... y fallé.

Apagó el cigarro en el cenicero del buró.

—Lo hiciste, escribiste tus libros, quisiste salvar a tu hija y trataste de convencer a tu marido. ¿Cómo puedes ganar contra una fuerza de la naturaleza? —Me acercó a él, su aliento cálido acarició mi cuello—. La respuesta está en nosotros. Una persona a la vez contra los nazis hasta crear un colectivo que pueda destruirlo.

Agité la cabeza.

—Ojalá fuera tan fácil, una persona a la vez. —Mi voz se cortó y pasó un momento antes de que pudiera continuar—. No sé si alguna vez volveré a ver a mi hija. Ésa es la peor tragedia. —Las lágrimas que brotaron de mis ojos nublaron mi vista—. Y sé que ella está más segura con su padre que conmigo. ¡Ese es el crimen de Hitler! Estoy paralizada, pero no me voy a divorciar de Rickard. No le daré esa satisfacción. Laura seguirá siendo parte de mí, ya sea que los nazis me dejen o no volver a verla.

Me desmoroné sobre su hombro y Emil me consoló mientras yo lloraba. Nunca le había dicho a nadie, ni siquiera a Lotti, que quizá nunca más volvería a ver a mi hija. El desahogo catártico me dejó exhausta, pero de algún modo más tranquila.

—¿Cómo puedo ayudar? —preguntó Emil, escrutándome con sus ojos castaños.

—¿Te puedes quedar esta noche? ¿Podemos luchar juntos?

Hizo girar mi cabeza y me besó. Esa noche hicimos el amor y sentí que estábamos solos en Alemania, solos en una isla resguardada por amor.

Durante el mes siguiente exploramos el camino que deseábamos tomar. Me quedaba en casa de Emil cuando podía y mi creatividad volvió poco a poco. Me dejaba usar su máquina de escribir en el día, cuando él estaba en el trabajo, y comencé una novela llamada *Einsamkeit, soledad*. Las palabras llegaban lentamente y los asuntos cotidianos de nuestra vida a menudo entorpecían el paso. Íbamos y veníamos de su departamento al mío; advertíamos las restricciones cada vez más intensas de los nazis contra los judíos, así como la creciente brutalidad contra quienes ignoraban las reglas del Reich.

Una noche Emil me pidió que me tomara una foto. Colgó una sábana sobre la ventana y colocó luces para que mi rostro quedara enmarcado de una forma particular. Luego me pidió que hiciera lo mismo para él. Pensé que la luz era exagerada y fea, y le pregunté para qué eran las fotografías, pero no me explicó. Una semana después, me dio un pasaporte falso y papeles de identificación falsificados, producto de su trabajo en la imprenta. El otoño había llegado a Berlín y me estremecí un poco por la brisa fresca que entraba por la ventana, aunque también por la idea de que era una «nueva» persona con base en esta supuesta identidad.

—Un seguro —dijo Emil con una leve sonrisa.

—En caso de que necesitemos salir de Alemania —respondí.

—Tendremos que irnos. De eso no tengo duda.

Sus palabras me dejaron un tanto sorprendida. No porque no pudiera ver lo que iba a pasar, hacía años que lo sabía, sino por la certeza de Emil de que no había otra escapatoria. En algún momento tendríamos que dejar el país.

Por supuesto, Laura y mi madre también contribuían a mi malestar. Sabía que mi madre nunca dejaría su casa, mucho menos viajaría a otro país con Emil, un hombre al que no conocía y en el que probablemente no confiaba. No había tenido noticias de Rickard. Era como si hubiera muerto. Sopesé la idea de ir a Passport Pictures, rogarle que me dejara ver a Laura, pero lo pensé mejor. Las SA habían sido eliminadas sólo para ser reemplazadas por la Gestapo y las SS, dos agencias despiadadas y astutas a la orden de los nazis. Estaba segura de que uno o ambos grupos contaban con servicios de investigación y protección alrededor del estudio.

La misma noche en la que Emil me enseñó los pasaportes le revelé un último secreto. Si Rickard y yo bailábamos uno alrededor del otro, Emil y yo nos habíamos fundido en un solo cuerpo, una sola unidad que trabajaba en contra de los nazis.

Saqué mi abrigo del clóset y lo puse sobre la cama. La sencilla lana gris se había desgastado con los años y estaba pasado de moda, pero era el abrigo más caliente que tenía y aún guardaba el tesoro que había tomado del baño de damas en la casa de campo de Spiegel.

El abrigo era caliente y mullido entre mis manos; el forro de seda, fresco al tacto. Sin dañar la tela, descosí con cuidado el hilo que ocultaba el bolsillo. Mientras realizaba mi tarea, Emil observaba fascinado. Cuando quedó abierto, metí la mano y saqué el brazalete; los diamantes relucientes y las suntuosas esmeraldas brillaron a la luz.

Emil lanzó un silbido y sacudió la cabeza.

—¿De dónde demonios sacaste eso?

Le conté la historia; sabía que entre los dos teníamos sólo como cien marcos.

—¿Cincuenta mil marcos? —preguntó sentándose en la cama—. Nunca había visto algo tan hermoso, salvo en un museo.

—No puedo venderlo aquí. Las SA sabían que estaba perdido; Spiegel me preguntó por él una tarde que fue al departamento de Rickard. Yo negué haberlo visto. Estoy segura de que alertaron a todas las joyerías de Berlín. —Hice una pausa y me felicité por lo que quizá era lo único que había hecho correcto en cuanto a los nazis—. Creo que Rickard sospechaba, pero nunca se lo dije.

—Entonces tendrás que venderlo, empeñarlo, en otra parte.

—¿Dónde?

—Tengo un tío que vive en una comunidad judía en Ámsterdam. Puedes venderlo ahí. Te mantendrá, nos mantendrá a flote durante un buen tiempo.

—Ámsterdam...

Nunca había ido. De hecho, jamás había salido de Alemania. Sonaba tan lejos, tan desconocido, con gente que no conocía que hablaba un idioma similar al alemán, pero tan diferente.

—Deberíamos irnos antes de que nos corran de Berlín, antes de que no podamos irnos —dijo Emil, sosteniendo el brazalete en sus manos—. No falta mucho para que los nazis hagan difícil que los judíos salgan de Alemania. Debemos hacer planes. Tendrás que aprender un poco de neerlandés.

Conseguí algunos libros del idioma. Planeamos nuestro futuro, pensando que todavía faltarían años para tomar esa decisión, pero algo sucedió que nos obligó a decidirnos más temprano que tarde.

Ese evento nos salvó la vida.

Yo estaba ahí, en Ludwig Printers en el centro de Berlín. Había ido a comer con Emil antes de empezar mi turno en el Leopard Club.

Ludwig Printers era una tienda pequeña, apretada entre edificios más grandes en una calle abarrotada de comercios y de algunos establecimientos de imprenta similares. Uno sólo tenía que mirar por las grandes ventanas para ver las máquinas de composición tipográfica y las imprentas alineadas contra la pared. Un letrero con caligrafía negra medieval, con una vieja imprenta de cuatro patas y prensa de tornillo, colgaba sobre la puerta. Había ido a la tienda algunas veces, sólo para ir a saludar a Emil. Amaba el olor del lugar, el aroma penetrante de la tinta, el olor a papel mezclado con el proceso de impresión. Parecía que siempre hacía calor en el lugar, incluso los días frescos del otoño.

El dueño, Ludwig, era un alemán huraño que, a juzgar por su vientre, tenía debilidad por la cerveza y las salchichas. Como Emil, llevaba lentes con montura metálica, pero a diferencia de él, Ludwig era casi calvo, salvo por algunos mechones de cabello castaño que bajaban a ambos lados de su cabeza. Cuando visitaba la tienda, el dueño dejaba de hacer lo que estaba haciendo, se limpiaba las manos sobre el delantal azul oscuro y asentía, un reconocimiento resentido de que había entrado en su territorio. Nunca decía una palabra, sólo miraba nuestro intercambio con algún interés.

Hoy esperaba el mismo tratamiento; en su lugar, de la puerta salieron disparadas palabras virulentas hasta la calle. Por un momento me pregunté si debía entrar, pero escuché la voz de Emil por encima del escándalo. Mi interés era más que curiosidad: temí por su seguridad.

—¿Me vas a correr como a un vulgar ladrón? —gritó Emil cuando empezó el disturbio.

—¡Eres un ladrón! ¡Y un judío! —Ludwig azotó el puño contra el mostrador.

—No he robado nada —protestó Emil, pero sabía que estaba mintiendo.

Ludwig se inclinó hacia adelante con los ojos entrecerrados y furiosos.

—Sé lo que has estado haciendo. He visto los restos de tu trabajo. Un pedazo de papel que olvidaste sacar de la basura me contó toda la historia. «¡Sublevación de los judíos!», «¡Derrocar a los opresores!». ¿Cómo le llamas a eso? ¿Qué crees que pasaría si las SS lo rastrearan hasta mi imprenta? Tienes suerte de que no haya llamado a la Gestapo.

Emil se quitó el delantal y lo aventó sobre el mostrador.

—Eres igual que el resto de los nazis. Piensas que eres demasiado bueno, que estás por encima de todo.

—Eso es cierto —dijo Ludwig recargándose sobre el mostrador—. Y ustedes, los judíos, ya saben ahora quiénes son los verdaderos amos del mundo. —Gruñendo como un bulldog, azotó las palmas sobre el mostrador en un último acto de desafío—. Vete y llévate a tu prostituta contigo.

Emil alzó el puño y lo echó hacia atrás, pero me apresuré a su lado y lo detuve.

—No —dije—. Vámonos, como dice el dueño.

Emil resopló y lo hice girar hacia la puerta.

—Estás en el bando equivocado, Ludwig. Este edificio se incendiará hasta convertirse en cenizas.

—Sal de aquí, judío, y no vuelvas. No te daré tu último sueldo, eso pagará lo que has robado.

Mientras sacaba a Emil, Ludwig salió disparado de detrás del mostrador en nuestra dirección, como un boxeador. Azotó la puerta detrás de nosotros.

—Escoria nazi —dijo Emil.

—Cállate —dije poniendo un dedo sobre sus labios—. Nos van a arrestar.

Temblaba mientras bajábamos la calle, con el sol caliente sobre nuestras cabezas. A pesar del pleito, era un día hermoso, como si Dios hubiera favorecido a Hitler y a Alemania sobre todos los demás.

—Camina conmigo hasta el trabajo —dije, dirigiéndome hacia Alexanderplatz, tratando de que nos mezcláramos con la gente.

La amenaza de Ludwig me preocupaba, pero sentía que era más fanfarronería que acción. ¿Qué pasaría si la Gestapo descubriera que un judío había impreso panfletos en su taller durante meses? Casi podía escuchar sus preguntas, ver sus ojos inquisitivos, sus manos examinando cada rincón del lugar en busca de evidencias... evidencias que acabarían en el arresto de Ludwig. Estábamos a salvo de sus amenazas.

Cuando llegamos al club, nos paramos a la sombra de una marquesina que se elevaba como una flecha hacia el cielo azul. Walter, el portero, aún no estaba de guardia porque era muy temprano. De hecho, había un poco de actividad en la calle, unos pocos transeúntes nada más.

—Ahora estoy desempleado de nuevo y no tengo a nadie que me recomiende. Ni siquiera puedo pagar la renta.

Emil se encorvó contra la piedra que enmarcaba la puerta. Su voz estaba marcada por la derrota y la desesperación.

—Múdate conmigo —dije, luego lo besé en la mejilla—. Podemos hacer que funcione hasta que nos vayamos.

—No tengo mucho... unas cuantas bolsas con ropa y mi máquina de escribir. Tengo que deshacerme de algunos panfletos.

Encendí un cigarro y le ofrecí uno. Lo tomó, pero miró fijamente la banqueta a nuestros pies, con la mente en otra parte.

—Niki, tengo un mal presentimiento, un pésimo presentimiento. No sé cómo más decirlo. Tenemos que irnos de Berlín más temprano que tarde.

Era el otoño de 1935. El invierno se acercaba. Lo pensé un momento y luego sugerí que nos fuéramos en primavera del próximo año, lo que me permitiría pasar tiempo con mi madre y quizá hasta con Laura antes de la despedida.

Emil estuvo de acuerdo, pero me di cuenta de que quería irse de Alemania ahora. No confiaba en las SS ni en la Gestapo. De hecho, habíamos empezado a no confiar en nadie. Ludwig era el ejemplo perfecto del alemán que nos delataría por traición y violaciones a las Leyes de Núremberg. De ser así, la cárcel nos aguardaba.

Nuestro siguiente obstáculo sería irnos a Ámsterdam, cruzar la frontera alemana hacia la libertad.

No sería fácil.

Capítulo 17

Durante el invierno, Emil y yo planeamos nuestro escape de Alemania.

Más que nada, quería ver a Laura y despedirme de mi madre antes de abandonar el pequeño departamento que se había convertido en nuestro hogar.

En la primavera de 1936, tomé el tranvía a Passport Pictures y caminé por la calle sucia y desierta que daba al estudio. Los árboles, aún desnudos del invierno, estiraban sus ramas grises hacia el cielo. Aquí y allá salían brotes de pasto verde entre las grietas de los adoquines. El edificio del estudio había sido desatendido, casi hasta la negligencia. Se había convertido en un monumento abandonado en un campo llano fuera del centro de Berlín. A pesar de eso, había una estructura adicional impresionante. La fachada estaba cubierta por dos largos pendones rojo brillante verticales nazis con la esvástica negra en un círculo blanco; la tela ondeaba al viento. Era claro que Rickard había bebido la infusión fatal que el partido le ofreció.

Lo más preocupante eran las hileras de sedanes negros y camiones militares estacionados en el camino que llevaba al estudio. Habían construido una reja alta alrededor de la propiedad, junto con una verja reforzada. Dos centinelas armados montaban guardia junto a las columnas de piedra.

Mi corazón cayó al piso. La probabilidad de poder hablar con Rickard era minúscula y mi esperanza de ver a Laura se esfumó como neblina al viento.

Mi desilusión pronto se convirtió en una furia que hirvió en mi pecho. Los soldados me habían visto, sus brazos subieron despacio hasta alcanzar los rifles que colgaban del hombro. Me alejé de ellos. Me di cuenta de que mientras Hitler estuviera en el poder, nunca vería a Laura. Sería un suicidio enfrentar a estos hombres; caminar hasta ellos y pedirles ver a Rickard. Me pedirían mi nombre y papeles de identificación. No estaba preparada para usar las credenciales falsificadas que Emil me había dado. Sin duda, Marie Rittenhaus, Niki y mi pseudónimo estarían en la lista de los enemigos del Reich. Me arrestarían. No podía arriesgarme.

Quería matarlos a todos. Tras la muerte de mi padre, mi madre rezó por mí y trató de enseñarme las lecciones de la Biblia. Ella no era pastora luterana, pero yo sabía que matar era malo. Los asesinatos que Hitler y su partido hambriento de poder perpetraban todos los días eran un pecado. Me sentía culpable, avergonzada de albergar dichos pensamientos en contra de los hombres que estaban en la reja, los nazis que habían hecho mi vida un infierno. Mi odio en ese momento incluso se extendía a Rickard, que los había aceptado para salvarse el pellejo. Estos sentimientos me revolvían el estómago.

Eché un último vistazo a Passport Pictures y volví sobre mis pasos hasta la parada del tranvía, esperando que los soldados pensaran que me había perdido. El enojo no me abandonó en el camino de vuelta al departamento. No quería volver a ver el estudio, a no ser que quedara hecho cenizas.

El día siguiente visité a mi madre en Rixdorf. No había cambiado mucho desde que estuve ahí con Laura, excepto que los tulipanes rojos y amarillos ahora estaban en flor en el jardín trasero. Llevaba el vestido de casa que le había visto cientos de veces, con los mismos zapatos negros sencillos que le gustaban.

Le conté sobre el asesinato de Spiegel y esa terrible noche en que dejé ir a Laura. Ella tenía que escuchar la verdad, así que le describí esa noche mientras estábamos sentadas en el sofá. Sus ojos se llenaron de lágrimas y los frotó con un pañuelo.

—Te dije que los nazis no eran buenos —dijo—. Los hombres arruinan el mundo.

Asentí para tranquilizarla, sabía que algunos hombres no eran buenos.

—Quiero ver a mi nieta antes de morir —dijo.

—Claro que la verás —respondí, tomando su mano. Los dos cojines bordados con escenas del bosque descansaban en el sofá, en los mismos lugares en los que los vi la última vez.

—Cuando Hitler pierda el poder, ambas podremos ver a Laura.

—Hitler perderá el poder cuando esté muerto. —Soltó mi mano y volteó hacia la puerta trasera que estaba abierta, mirando las flores del jardín—. Me gustaría que tuviéramos la esperanza de vida de un tulipán —agregó, refiriéndose a la corta duración de su floración.

Tenía miedo de lo que debía decir. Respiré y me eché al fondo del sofá. En su casa, seguía siendo la hija de mi madre. Nos sentamos durante varios minutos antes de hablar.

—Conocí a un hombre, mamá... y nos vamos a ir. Vamos a salir de Berlín.

Su rostro permaneció impávido, sus ojos grises no parpadearon.

—¿Otro nazi?

—Nada de eso. Estoy enamorada de él.

Me escudriñó como una maestra que analiza a un alumno.

—¿No estabas enamorada de Rickard?

La pregunta me dolió y fue palpable.

—No hay razón para tocar ese tema. Es agotador.

—Respóndeme.

Llevé las manos a mi bolso y busqué un cigarro que no podría fumar.

—Creí que lo estaba. El amor era diferente con Rickard. Era más joven entonces... no sabía bien quién era yo. Pero no he olvidado a Laura. Amo a mi hija. La recuperaré. Lo prometo.

—¿Qué hace este hombre?

—Era un impresor. Ahora, está planeando cómo irnos.

Ladeó la cabeza.

—¿Por qué tienes que irte?

Ella ya sabía la respuesta.

—Porque Emil es judío.

Arrugó la nariz, una clara señal de su disgusto. Mantuvo la mirada en los tulipanes de primavera mientras habló.

—Un judío... Es mejor que un nazi... y supongo que igual que un católico..., pero no tan bueno como un luterano.

Lancé una risita.

—No, mamá, supongo que no. —Volví a tomar su mano—. Por favor, escúchame. Tengo una pregunta importante qué hacerte. ¿Quieres venir con nosotros? Nos mudamos a Ámsterdam.

Su rostro se ensombreció y la luz en sus ojos se apagó un poco.

—¿Ámsterdam? ¿Por qué ahí? Está muy lejos.

—La ciudad tiene una gran población judía. Emil tiene un tío ahí. Ninguno de los dos nos sentimos seguros en Alemania. Me gustaría que vinieras, en caso de que las cosas empeoren aquí.

Miró mis manos que tomaban las suyas y luego al piso, la sólida infraestructura que había tenido bajo sus pies durante tantos años.

—No puedo dejar a tu padre. Su tumba... los pocos amigos que tengo cerca. Él pagó esta casa. Aquí naciste. Nunca podría irme. Me sacarán de aquí en mi ataúd.

—Le dije a Emil que nunca te irías. Espero no haberte sorprendido mucho

—Por supuesto que sí, pero ¿qué otra opción tienes? ¿Estás embarazada?

Su expresión se endureció, como si esperara lo peor.

—No. No pensamos tener hijos... Los tiempos son...

—Lo sé. Los tiempos en que vivimos. ¿Quién lo hubiera imaginado?

Me soltó las manos y se levantó del sofá.

—Estoy preparando té. ¿Quieres?

—Sí.

Paseamos por el jardín con las tazas en mano, incluso miramos sobre la barda hacia las flores de los vecinos. Hablamos, aunque de nada importante, y por primera vez en mi vida, sentí que me acercaba a mi madre como una igual, no como una niña con algo qué esconder. Cuando nos separamos, me dio un beso en la mejilla y me deseó buena suerte. Le dije que la llamaría antes de abordar el tren a Ámsterdam.

Al alejarme, miré hacia atrás a mi antigua casa. Me invadió una extraña combinación de tristeza y alegría que amenazó con abrumarme de emociones. Sentía que había perdido algo, pero también que había ganado algo a su vez: mi libertad, quizá.

El miércoles 1 de abril de 1936 Emil y yo dejamos el departamento. Yo llevaba mi maleta y Emil la suya y la máquina de escribir. Revisamos con cuidado nuestras posesiones, pero al final nos llevamos sólo lo necesario. Teníamos alrededor de cincuenta marcos entre los dos, lo suficiente para comprar boletos de segunda clase de Berlín a Ámsterdam y que aun así nos sobrara bastante. El brazalete de diamantes y esmeraldas también viajaba con nosotros, escondido en el bolsillo secreto de mi abrigo. Su futuro dependería de nuestras circunstancias; si encontrábamos trabajo en Ámsterdam y cuánto tendríamos que pagar de renta. No estaba preocupada por Emil. Me inquietaba más lo que yo podría conseguir como empleo.

Esa tarde tomamos un tranvía de Alexanderplatz a la estación central de ferrocarriles. Ya había llamado a mi mamá. La despedida fue difícil en la limitada conversación en la que ninguna de las dos mostró mucha emoción. Luego llamé a Lotti y le dije que me iría un tiempo. Ella seguía en el trabajo y no tuvo tiempo para hablar.

Emil y yo compramos los boletos y nos sentamos en el andén, mirando a los viajeros deambular en el sol del ocaso y las sombras oblicuas. Observé a los otros pasajeros que esperaban trenes y me sentí como una refugiada. Y lo era, aunque estoy segura de que los demás no lo sospechaban. Emil me dijo en un murmullo que se sentía igual. No dejaba atrás a sus padres o familia cercana: ya estaban muertos y descansaban en un cementerio judío de Berlín.

Observé a los hombres, mujeres y niños en el andén. ¿Tomarían también el tren nocturno a Ámsterdam, un viaje de casi doce horas? Los hombres de negocios en trajes arrugados y zapatos empolvados leían sus periódicos y pensaban en dinero. ¿De dónde vendría el siguiente marco? Una mujer con un vestido sencillo y una pañoleta mantenía a sus tres hijos cerca de ella, uno era un chico de unos ocho años que no podía quedarse sentado. Tenía un pequeño bate de madera que usaba como mazo para golpear una pelota a unos metros sobre el andén. La iba a buscar y regresaba al lado de su madre en un ciclo interminable de entretenimiento a solas. Los dos *Bahnpolizei* que estaban ahí sólo estaban preocupados en platicar, mirando de cuando en cuando a los pasajeros en el andén. Me pregunté si alguna de estas personas eran judías. ¿Huían de las Leyes de Núremberg? De ser así, lo escondían bien. Esperaba que nosotros hiciéramos lo mismo.

El tren llegó. Caminamos hasta el letrero que indicaba la segunda clase y nos paramos detrás de varios otros pasajeros. Abordamos y buscamos el compartimento de fumadores, encontramos asientos uno frente al otro junto a la ventana. Una pareja alemana, que parecían un hombre y mujer ordinarios, se sentaron a nuestro lado. Saludaron y pronto se entretuvieron con sus periódicos. Emil y yo nos miramos y asentimos; habíamos prometido relacionarnos con otras personas lo menos posible. Como viajábamos de noche, podíamos fingir que dormíamos, aunque nos fuera imposible hacerlo. Además, Emil me había regalado un libro de frases básicas de neerlandés para que lo estudiara durante el viaje.

Tras un poco de espera, el tren salió de la estación. La ciudad pasaba por la ventana y el sol de la incipiente primavera estaba a punto de ponerse. Las nubes brillaban con rayas rosas y azules conforme avanzábamos al oeste. Pronto, cruzamos los pueblos de los alrededores hasta el campo. El inspector tocó la puerta y entró para revisar nuestros boletos. Emil había puesto nuestro equipaje en el portaequipajes superior, pero dejó la máquina de escribir en el suelo porque ocupaba el espacio de otro pasajero. Yo conservé mi abrigo y su valioso cargamento doblado sobre mi regazo.

—¿Puedo poner su abrigo arriba? —preguntó el inspector después de ver mi boleto.

Su gesto me sorprendió un poco. ¿Y si sentía el brazalete a través del forro? Lo había envuelto lo mejor posible, pero había una posibilidad de que lo descubriera. En lugar de inventar una excusa obvia, como que hacía frío en el compartimento, aunque hiciera calor, doblé el abrigo otra vez y se lo di. Se inclinó sobre mí y lo puso encima de mi maleta. Se lo agradecí en el momento en el que dos policías aparecieron en el corredor.

El inspector confirmó la hora de llegada a Ámsterdam, a las seis de la mañana siguiente. Así, nos instalamos para la larga noche. Emil y yo empezamos a quedarnos dormidos en el trayecto, el tren nos mecía con su constante «clac» y su suave traqueteo sobre los rieles. Nuestros compañeros de viaje hicieron lo mismo. Desperté sobresaltada en varias paradas, incluidas Hanover y Dortmund. Pude ver muy poco en la oscuridad, sólo las luces de ciudades a nuestro paso, el contorno oscuro de una catedral y los andenes de las estaciones.

Me pregunté si a bordo había otras personas que huían de Alemania. Parecía que pocos bajaban del tren, pero era difícil ver en la densa oscuridad. ¿Qué tan difícil sería escapar de Alemania en el futuro? Si Hitler continuaba acumulando seguidores, cultivando la devoción servil que yo había visto que se propagaba por Berlín como un virus, podría llegar el momento, en particular para los judíos, en el que sería imposible. Esa idea me congelaba la sangre y me hacía estremecer. Me consideré afortunada al estudiar el rostro dormido de Emil, un hombre que había hecho posible que escapáramos con relativa facilidad. Comparado conmigo, parecía relajado. Tenía los brazos cruzados sobre su regazo y las piernas sobre la máquina de escribir.

Alrededor de las cuatro y media de la mañana llegamos a la frontera con Países Bajos. Una ráfaga de actividad estalló en el tren. Primero, el silbato de la locomotora nos despertó cuando resonó para detenerse. La ventana se había quedado un poco abierta durante la noche para tener aire fresco. Observé las luces brillantes que iluminaban la vasta explanada sin árboles y el pequeño andén que se extendía a lo largo de la estación. La policía alemana había abandonado sus puestos en el tren y estaban de pie bajo los haces brillantes del andén. En su lugar, oficiales neerlandeses abordaron y de inmediato empezaron a revisar los boletos y el equipaje.

De nuevo, el corazón me subió a la garganta, pensando en el valioso brazalete oculto en mi abrigo. Los jóvenes oficiales escrutaban a cada pasajero conforme recorrían, meticulosos, los compartimentos. Nos pidieron a todos que bajáramos las maletas del portaequipajes y las colocáramos en el asiento para su inspección. Tomé mi abrigo, lo puse en el asiento y coloqué la maleta encima. Uno de los oficiales la abrió, hurgó en ella, asintió en aprobación y se marchó. Nunca había vivido nada parecido en mi vida; nuestros compañeros de viaje lo tomaron con calma.

—Son peores que los alemanes —dijo ella y sonrió; se refería a los neerlandeses—. Siempre es así cuando cruzamos la frontera. Y nos conocen, hacemos este viaje con mucha frecuencia.

—Este es mi primer viaje a Ámsterdam —comenté, para ofrecer algo de información personal.

La mujer se encogió de hombros y volteó, esperando poder dormir una hora más antes de que llegáramos. Ahora, yo estaba bien despierta, mis nervios estaban tensos por cruzar la frontera. El tren se dirigía al noroeste y, por la ventana, observé los primeros rayos del amanecer que trepaban por los campos verdes. Pronto estaríamos en nuestro destino. Una nueva vida nos esperaba.

Llegamos a la estación central de ferrocarriles como a las seis y cuarto de la mañana. Yo estaba adolorida por el trayecto y feliz de haber salido del vagón. Reunimos nuestro equipaje, atravesamos la estación y salimos a la calle. El aire olía diferente en Ámsterdam: el agua de los estuarios, el olor turbio de los canales que nos rodeaban. El terreno era plano. Incluso en Berlín, uno sentía que más allá de la vista limitada, el país se elevaba y descendía con sus colinas. Aquí, el terreno era tan suave como una hoja de papel, construido en tierra recuperada del mar.

No estábamos lejos de Jodenbuurt, el barrio judío, así que decidimos caminar. Los edificios de Ámsterdam también eran diferentes a los de Berlín. El espacio era más pequeño, más apretado, más compacto que en mi ciudad natal: casas de piedra de diversos colores y techos de teja se erigían frente a los canales, sobre cuya agua se reflejaban tonos y sombras. La mayoría eran de cuatro pisos, con techos de dos aguas que se elevaban al cielo. Nubes grises colgaban sobre la ciudad y una lluvia temprana reflejaba como espejos las luces sobre las calles estrechas.

Hacía muchos años que Emil había venido a Ámsterdam con sus padres para visitar a su tío, Levi Belman. Emil le había enviado un telegrama diciéndole cuándo llegaríamos. Al parecer, nos había reservado habitaciones en la parte superior de una casa en Zwanenburgwal, al oeste del mercado. Levi había trabajado en la industria de los diamantes durante veinte años, pero también tenía relaciones con la industria editorial, un recurso que podría beneficiar a Emil.

Me sentía feliz de haber salido de Alemania, pero triste al mismo tiempo por lo que había perdido. Me pregunté si Laura me extrañaría, si siquiera me recordaría la próxima vez que la viera, en caso de estar ausente muchos años. Mi relación con Rickard parecía un recuerdo distante, tan delgado y vaporoso como el humo.

Atravesamos las calles atestadas, cruzando los puentes sobre los canales y pasando al lado de personas preparadas para hacer negocios un jueves en la mañana. Emil conocía la dirección. Eso y sus recuerdos de infancia nos llevaron hasta la puerta de casa de su tío. El edificio era como los demás, una construcción de piedra blanca con ventanas rectangulares a ambos lados de los pequeños balcones centrales. Emil miró los timbres que estaban en una tabla de madera junto a la puerta robusta recubierta. El nombre L. Belman aparecía junto a un botón en primera fila. Tocó y esperamos.

Levi Belman abrió la puerta, vestido con un pantalón negro y camisa blanca. Tenía la coronilla cubierta por una kipá. El hombre pequeño de músculos flexibles me saludó con sus alegres ojos castaños y una gran sonrisa, al tiempo que abrazaba a Emil. Levi lo besó en ambas mejillas y lo sofocó en un abrazo.

—Pasen, pasen —dijo Levi en alemán, abriendo la puerta de par en par tras deshacerse del abrazo.

Emil se quitó los zapatos, luego se besó los dedos y tocó la mezuzá. Yo también me quité los zapatos, pero dejé la mezuzá tranquila. Levi cerró la puerta y quedamos en un pasillo estrecho que tenía una escalera del lado izquierdo.

—Nosotros estamos en el tercer piso —dijo Levi—. Si Dios nos bendice, subirán una sola vez estos escalones con su equipaje.

Mientras subía la escalera, giró para ofrecernos otra gran sonrisa. El hombre me agradó, estaba segura de que era bienvenida en esta casa.

Otra mezuzá nos esperaba en el rellano, pero esta vez Emil no la besó. Levi abrió la puerta del departamento, que daba a una habitación central con un largo sofá frente al balcón. Una pared en la que estaba empotrada una chimenea cruzaba al centro. A la izquierda de la pared se encontraba una pequeña cocina y un comedor; más allá, una cama empotrada al armario y un baño conformaban el resto del lugar.

Dejamos nuestro equipaje junto a la puerta. Levi le dio otro abrazo a Emil.

—No soy tan practicante como tú, tío Levi —dijo Emil sonrojándose al hablar.

—No esperaría que lo fueras —respondió Levi—. No importa. Yo no he sido muy devoto desde que Ruth murió. No dejo de preguntarme por qué Dios se llevaría a mi esposa, pero permite que Hitler viva. —Se quitó la kipá—. La tenía puesta porque estaba rezando. Siéntense, siéntense; han pasado muchos años desde que te vi por última vez.

Nos sentamos en el sofá y él tomó una silla que estaba junto al balcón. El departamento estaba lleno de luz, a pesar del día nublado.

—¿Cómo estuvo su viaje? —preguntó Levi.

Emil se inclinó hacia adelante, hacia su tío, cómodo en este entorno. Había encontrado su segundo hogar y también sería el mío. La decoración del departamento era sobria, pero me daba una idea del estilo de vida de Levi Belman. Había corrido las cortinas azules a un lado para dejar entrar la luz del balcón. Más allá de la ventana, un canal se extendía como pizarra bajo el cielo turbio. Barcos, que casi parecían casas flotantes, navegaban las aguas tranquilas camino al cercano río Amstel. Unas cuantas pinturas de estilo neerlandés, flores y paisajes, colgaban de las paredes blancas. Una tabla pesada de madera oscura estaba recargada contra la pared, el repositorio de unas cuantas fotografías y objetos de su religión.

La conversación entre los dos hombres continuó cuando pasamos a la cocina, donde Emil nos preparó el desayuno. Levi se movía con rapidez y entusiasmo, y por la luz en su mirada, me di cuenta de que quería saber qué estaba pasando en Alemania. Emil estaba feliz de contarle a su tío sobre sus problemas, incluida la pelea que casi acabó a golpes con Ludwig, su antiguo jefe en la imprenta. Emil mordió un pan tostado y me miró, animándome a que contara mi historia.

—Soy luterana —le dije a Levi.

El hombre no hizo ningún gesto. Luego le platiqué sobre mi relación con Rickard, los libros que había escrito, el nacimiento de mi hija, las muertes en la casa de campo de Spiegel y cómo intenté salvar a Laura, aunque mi esposo se la llevó.

Levi estaba sentado frente a mí, con lágrimas en los ojos.

—Cuando mi Ruth murió hace dos años, pensé que la vida no podía ser peor... pero me equivoqué. Veo que no soy el único que ha sufrido. —Señaló la pequeña cama a la izquierda de la cocina, que había sido empotrada en un espacio del tamaño de un clóset—. Ahora duermo aquí porque no puedo soportar estar allá arriba, donde dormíamos. Ahí es donde ustedes dormirán ahora, en paz. —Extendió la mano sobre la mesa y tomó la mía—. Hace años hubieras sido bienvenida en esta casa, pero no habrías podido dormir con mi sobrino. Los tiempos han cambiado. Lo que está pasando en Alemania ha cambiado mi manera de pensar sobre muchas cosas. —Suspiró—. Aquí eres bienvenida, Marie, si puedo llamarte así.

Asentí y me sentí afortunada de estar viva. Entramos a Países Bajos con identidades falsas, como refugiados, pero eso no le importaba a Levi. A él sólo le interesaba que tuviéramos un hogar cómodo.

—No hay mucho en el ático —continuó Levi, mirando la estrecha escalera de madera de la cocina, lo suficientemente ancha como para que subiera una sola persona—. Dos camas individuales, un baúl, cuatro paredes desnudas y una ventana que da al canal. Pero la habitación es tranquila... Ruth dormirá serena sabiendo que estás aquí, Emil, con alguien a quien amas.

—Gracias, tío —dijo Emil.

—Gracias, señor Belman —agradecí.

Levi alzó la mano.

—Nada de señor Belman en esta casa. Llámame Levi, los dos. —Se levantó de la mesa—. Me encargaré de los platos mientras ustedes descansan.

Ofrecí ayudarlo, pero Levi se negó. Recogimos nuestro equipaje y Emil subió por el estrecho pasaje a nuestra recámara. Le di mi maleta porque me era imposible cargarla y subir al mismo tiempo.

La habitación era justo como Levi la había descrito: escueta, pero tranquila. Abrí la ventana y el aire cálido y húmedo llenó la recámara; sentí una suerte de serenidad que me había eludido durante muchos años, como si fuera a desplomarme sobre la cama porque mis huesos se habían hecho gelatina. Hundí la cabeza en mis manos y suspiré de alivio. Emil y yo estábamos en casa. Las preocupaciones sobre empleos y ganarnos la vida podían esperar a mañana. Me recosté y disfruté la paz que encontraba en esta pequeña habitación. Emil se acostó a mi lado, igual de agotado y aliviado por lo que habíamos encontrado.

Unos minutos más tarde, Levi asomó la cabeza por el hueco de la escalera.

—Sobrino, debes saber que me reúno regularmente con hombres y mujeres aquí. Tenemos una reunión esta noche. Deberían asistir. Después escuchar sus historias, creo que ambos estarán interesados.

Emil levantó la cabeza y miró a su tío.

—¿De qué se trata?

La voz de Levi se tornó grave.

—Nos estamos preparando para la guerra. El mundo tiene miedo de Hitler y no harán nada hasta que cruce un límite que aún no se ha establecido. Cuando él empiece la guerra, todo Europa estará en peligro. Debemos prepararnos. Es inevitable.

Emil suspiró.

—Está bien, tío. Asistiremos... pero ¿podemos dormir unas horas antes de que estalle la guerra?

Levi sonrió.

—Por supuesto, duerman.

Cerró la estrecha puerta de nuestra recámara.

Juntamos las dos camas, pasé un brazo sobre el cuerpo de Emil y lo miré.

—No podemos escapar, ¿verdad? —preguntó.

Me tomé un momento para responder.

—No podemos escapar de Hitler. Tu tío tiene razón. Tenemos que prepararnos para la guerra. Lo que hace a los judíos en Alemania lo hará aquí.

Emil puso el índice sobre mis labios.

—Por lo pronto, descansemos. Ya tendremos tiempo para planear más tarde.

Nos besamos. Él se quitó los lentes, los puso en el suelo junto a la cabecera de la cama y cerró los ojos.

Observé cómo se quedaba dormido y escuché el agua que chapoteaba suavemente contra la pared del canal.

Capítulo 18

Vivimos en una relativa paz durante más de tres años, logrando evitar los horrores de Alemania hasta que empezó la guerra el 1 de septiembre de 1939.

Emil consiguió un empleo en una imprenta en Jodenbuurt y yo uno como empleada en la fábrica de pulido de diamantes donde Levi trabajaba. Nuestros días eran felices, llenos de trabajo e incluso diversión conforme la ciudad se convertía en nuestro hogar. Aprendí neerlandés. Caminábamos por Ámsterdam; conocimos la historia de Waterlooplein, en cuyo mercado hacíamos nuestras compras, y paseábamos por plazas bordeadas de árboles y los bulevares del De Plantage.

Sin embargo, una corriente oscura se arremolinaba bajo las vidas ordinarias que intentábamos vivir. A través de Levi y los otros supimos que en octubre de 1938 aprobaron leyes que invalidaban todos los pasaportes judíos en Alemania. Había que entregarlos al gobierno para que estamparan una enorme letra «J» en los documentos de los judíos alemanes. Además, se emitieron tarjetas de identidad que separaban a la población judía de los «verdaderos» alemanes. En noviembre del mismo año, los nazis fomentaron disturbios organizados en su contra. Se conoció como la Kristallnacht. Muchos judíos fueron arrestados, y tiendas y sinagogas fueron destruidas.

Las reuniones que Levi mencionó cuando llegamos a Ámsterdam se llevaban a cabo cada mes; eran de un carácter más social, hasta las malas noticias de 1938. Después, las juntas se realizaban cada semana, los miércoles en la noche, y a ellas asistían hombres y mujeres que planeaban qué harían los judíos de Ámsterdam si el país era invadido. Las conversaciones y relaciones eran formales, como en una reunión de negocios; cada persona tenía asignada una tarea diferente relacionada con la posible invasión, incluidas actividades de reconocimiento, adquisición de armas y búsqueda de escondites.

Batallaba un poco con el neerlandés, pero me las arreglaba. Si había que traducir algo, Emil me lo decía en alemán.

Cuatro personas sobresalían en estas reuniones: dos mujeres y dos hombres. Las mujeres eran Toos y Karin. Ambas eran hermosas, cada una a su manera. Toos tenía cabello castaño largo que caía hasta sus hombros, su cuerpo era curvilíneo, esbelto, y tenía un porte majestuoso, con la cabeza erguida sobre el cuello delgado y los hombros relajados, aunque imponentes, en su postura perfecta. Estaba orgullosa de su aspecto. Usaba vestidos rojos de diferentes tonos que acentuaban su cuerpo y combinaban con el lápiz de labios que se ponía. Usualmente, se sentaba en un extremo del sofá de Levi, con las piernas cruzadas, disfrutando un cigarro cuyo humo salía en rizos de su boca. También tenía una debilidad por el whisky, que bebía en vaso corto durante la reunión.

Karin, por su parte, tenía el cabello más claro que Toos y su cuerpo era un poco más rollizo. No fumaba ni bebía alcohol, pero el fuego bajo sus ojos mostraba que no era una santa. Casi se podía escuchar a su mente zumbar mientras ella y Toos ocupaban los extremos opuestos del sofá. Karin era bella, con nariz respingada y mejillas rosadas. De todos los hombres y mujeres que asistían a las reuniones, me parecía que ella era la más inteligente, así como la más calculadora y peligrosa. No era una mujer a la que se debía tomar a la ligera.

Los dos hombres eran Derk y Ruud. Derk era el académico, un hombre serio que hablaba pocas veces, pero al igual que Karin, tenía una mente brillante. Sus ojos y boca cambiaban conforme se hacían los planes y yo sospechaba que quizá también era el asesino del grupo, un hombre que no tendría ningún problema en matar a un nazi. Como Emil, llevaba lentes que se quitaba por lo menos una vez durante la reunión para limpiarlos con su pañuelo.

Ruud era un soldado neerlandés, un hombre rubio y corpulento de hombros anchos y grandes brazos. Era el estratega, siempre analizando cada acción que el grupo proponía y nos decía por qué un plan en particular no funcionaría y qué deberíamos hacer para corregir nuestros errores.

Finalmente, presidiendo sobre todos estaba el tío de Emil, Levi, un hombre sensato que mantenía unido al grupo. No había bendiciones ni plegarias, aunque todos los miembros del club nocturno de los miércoles eran judíos, excepto Ruud. Entró al grupo porque se sentía atraído por Toos. La religión se dejaba de lado durante la noche para poder concentrarnos en los males del mundo.

Al terminar 1938 y empezar 1939, Emil y yo nos dimos cuenta de lo afortunados que habíamos sido de huir de Alemania. Hitler había reforzado las restricciones a los judíos.

Cuando los nazis invadieron Polonia, supimos qué le esperaba a Países Bajos. Algunos creían que Hitler había llevado al mundo demasiado lejos, que había rebasado los límites y sería castigado. Emil y yo sabíamos la verdad. Nadie podría detener la máquina de guerra del Reich.

Las organizaciones comunistas, los grupos de resistencia judía y las personas que ofrecían alojamiento a los enemigos del Reich proliferaban conforme la amenaza nazi aumentaba, pero había poca comunicación y coordinación entre ellos. El ejército neerlandés estaba muy por debajo de la Wehrmacht en cuanto a hombres y material. Ruud opinaba que era un «ejército de niños» comparado con las estrategias *blitzkrieg* que empleaban los nazis. La mala economía y los recortes presupuestales habían obstaculizado los esfuerzos del ejército neerlandés de reconstruir una fuerza poderosa tras la Gran Guerra.

Los neerlandeses siempre consideraron que el agua, la inundación de sus tierras bajas, era una protección contra la invasión: hombres y tanques quedarían estancados en el fango. Cuando la guerra empezó, se establecieron tres líneas defensivas que se extendían de norte a sur, con la esperanza de poner un alto al probable ataque de este a oeste.

La invasión ocurrió el 10 de mayo de 1940. Emil y yo despertamos a lo que pensamos era el sonido de aviones en el cielo. Bajamos las escaleras para consultar a Levi y todos corrimos a las ventanas, pero no vimos nada en el aire. Sin embargo, por los informes de la radio, supimos que la ocupación había comenzado. No había nada que hacer y, como Ruud nos había advertido, la neutralidad de Países Bajos durante la Gran Guerra no significaría nada para Hitler.

El día siguiente, en nuestros respectivos lugares de trabajo, Emil y yo fuimos testigos de las cuatro bombas que cayeron en el centro de Ámsterdam. Más de cuarenta personas murieron, pero nos consideramos afortunados cuando, tres días después, la ciudad se rindió, ya que había sufrido poco comparada con La Haya y Rotterdam. Los alemanes habían logrado sus objetivos militares mientras la familia real neerlandesa y el gobierno huían a Inglaterra.

Lo peor estaba por llegar.

Todos estábamos paralizados en la siguiente reunión del club nocturno de los miércoles, como lo llamábamos. Levi cerró las cortinas, prendió dos velas en el aparador y encendió una lámpara que lanzaba una débil luz amarilla en salón. Toos llenó su vaso con más whisky que el acostumbrado. Karin se sentó volteando hacia la cocina de Levi, descansando la barbilla en los dedos de su brazo alzado. Derk, vestido de negro, estaba más solemne que de costumbre y Ruud, quien acostumbraba rezumar fuerza, parecía derrotado y exhausto, con ojeras por la falta de sueño debido a la escasa interacción con las fuerzas alemanas al norte de Ámsterdam.

Levi trató de brindar entusiasmo al grupo, pero incluso su tono era serio.

—Bueno, amigos, lo que temíamos ha sucedido.

Sus palabras fueron recibidas con silencio hasta que Ruud habló, levantando la mirada del suelo.

—No éramos rivales para ellos. Bombardearon Rotterdam hasta el cansancio, no queda nada de la ciudad. Un oficial me dijo que Göring quería Países Bajos... Necesitaba los campos aéreos; tenía miedo de que Inglaterra los ocupara. —Suspiró—. Derrota total. Nuestras líneas de defensa fueron inútiles. Pero se los advertí...

Bajó la cabeza.

Recordé cuando me presentaron a Göring en la casa de Spiegel y me estremecí. Incluso entonces había pensado que el hombre era un monstruo.

Toos levantó su vaso en un brindis melancólico.

—Por nosotros.

Le dio un buen trago al whisky y su lápiz de labios rojo manchó el cristal.

—¿Qué hacemos? —preguntó uno de los otros.

—Entender nuestras tareas —dijo Levi—. Ponerlas en acción. ¿Tenemos lugares donde podamos alojar a otros, donde podamos escondernos?

Muchos del grupo asintieron.

—Bien —continuó Levi—. Tenemos armas que se pueden usar si es necesario.

Enderezándose contra el sofá, Karin interrumpió un leve coro de afirmaciones.

—Los quiero muertos.

El aire tembló y el silencio se apoderó de la habitación. Una oleada de asombro, como electricidad estática, viajó de una persona a otra.

Sentado en una silla frente a Karin, Levi la miró con interés, como si estuviera a punto de sermonear a un niño.

—No olvidemos el pasado, a pesar del futuro desolador. Nosotros, en esta sala, acordamos no honrar el mal, no violar las leyes de Dios. No podemos ir en su contra sin una buena razón.

Karin se inclinó hacia adelante, señalando a Levi con un dedo, con los ojos brillando de furia.

—No te equivoques, Levi: los nazis nos darán muchas razones para violar las leyes de Dios. Mata o te matarán. Yo jalaré el gatillo con gusto.

—No nos preocupemos por eso ahora —intervino Derk, empujando sus lentes sobre la nariz—. Debemos actuar.

Después de hablar de cómo lidiaríamos con la ocupación nazi —el racionamiento, las medidas restrictivas como las que se aprobaron en Alemania, el registro de judíos y las amenazas a los empleos—, la reunión terminó. Levi nos pidió a Emil y a mí que nos informáramos sobre la falsificación de documentos de identificación, algo para lo que pensaba que Emil estaría mejor preparado por su trabajo en la impresora. Él aceptó.

Mientras todos se despedían, Toos me llamó aparte. Se paró junto al aparador, con la cadera contra la madera. Se tambaleaba un poco por el whisky.

—¿Cuántos años tienes? —preguntó en su mejor alemán.

Me pregunté a qué quería llegar.

—Cumpliré veintinueve a finales de este mes.

Acarició mi mejilla.

—Lo suficientemente joven para obtener un hombre.

—Estoy muy feliz ahora —respondí un poco a la defensiva.

Entreabrió los labios con una sonrisa cómplice.

—Ah, no es eso. Seducir a los hombres, aún eres joven para seducir a un hombre.

—¿Qué quieres decir?

—Pregúntale a Karin en la siguiente reunión. Habla en serio cuando dice que los quiere muertos —respondió dándome unas palmaditas en el hombro y luego se marchó.

Pronto, sólo Levi, Emil y yo quedamos en el departamento.

—Me voy a la cama —dijo Levi—. Si Dios quiere, mañana será mejor. Buenas noches.

Mientras subíamos la escalera estrecha a nuestra recámara, Emil preguntó:

—¿Qué quería Toos?

Cerré la puerta y empecé a desvestirme. Una brisa que entró del canal agitó las cortinas.

—No estoy segura y no creo que quieras saberlo.

—Si tiene que ver contigo, quiero saberlo.

Me senté en la cama y me quité los zapatos.

—Creo que quiere que mate a nazis.

Emil suspiró y sacudió la cabeza.

Yo apagué la luz.

Levi me llevó con un joyero que conocía de su trabajo en la industria del diamante. Sentí que era hora de deshacerme del brazalete que tenía desde hacía tantos años. Después de la ocupación, el florín equivalía a 1.5 marcos alemanes, por lo que Emil y yo decidimos venderlo antes de que los nazis corrieran el rumor en Ámsterdam sobre la joya robada.

Abrí con cuidado el bolsillo secreto, sabiendo que podría necesitarlo para esconder documentos u otras cosas de valor. Metí el brazalete a mi bolso y caminé a la joyería durante mi hora de comida. La tienda estaba cerca del centro de la ciudad donde cayeron las bombas.

Ámsterdam estaba bajo el control alemán. La ansiedad sobre la invasión había sido reemplazada por un estoico entendimiento de lo que significaba la ocupación para los neerlandeses. Por ahora, los negocios funcionaban como antes. Los soldados de la Wehrmacht a menudo parecían amables, incluso se formaban en la fila de la chocolatería para comprar. Caminaban por las calles sin prisas, como si pasearan, con armas a los costados, disfrutando el clima primaveral, admirando las flores o platicando con alguna madre y sus hijos. Algunos colaboraban, incluso le daban la bienvenida a los nazis, pero la mayoría de los hombres, mujeres y niños los miraban con miedo, sabiendo que las armas que llevaban los soldados podían dirigirse contra ellos en cualquier momento. Había visto sus rostros cuando las tropas alemanas desfilaron en la ciudad.

En la pequeña joyería que ofrecía reparación de relojes, el escaparate estaba cruzado con tablas de madera. Detrás de él, relojes, brazaletes, collares, imperdibles y broches se exhibían en bases de terciopelo negro. El sol de la tarde golpeaba la vitrina, haciendo que el color de las joyas se encendiera. La fortuna que tenía enfrente me sorprendió, me recordaba los días en los que los neerlandeses controlaban gran parte del comercio mundial.

Al interior, dos hombres estaban detrás del mostrador. El mayor estaba sentado en un banco al fondo, trabajando en un reloj. Cuando entré, me miró brevemente y volvió al trabajo, sus manos enguantadas realizaban los movimientos precisos de un joyero.

Caminé hacia el que estaba más cerca, un joven de cara ovalada y nariz delgada que sonrió cuando cerré la puerta.

—¿Puedo ayudarla? —preguntó en su idioma nativo.

—Vengo a vender un brazalete —respondí, pensando con cuidado mis frases en neerlandés.

El joven me miró incrédulo, sus ojos azules miraron mi mano cuando la metí al bolso.

—Todos quieren vender. ¿Puedo ver lo que tiene que ofrecer?

Se lo di y advertí cómo sus ojos se desorbitaban al ver lo que le ponía en la mano. Tartamudeó un poco y luego dijo:

—Mi padre querrá ver esto.

Lo llamó. El viejo se levantó de su asiento y caminó hacia nosotros.

—Mira —le dijo el joven a su padre.

El hombre mayor hizo una expresión similar cuando levantó el brazalete hacia la luz y luego lo examinó con una lupa.

—¿De dónde sacó esto? —preguntó el padre.

—Me lo dejó mi tía —respondí, repitiendo la historia que había contado en Berlín.

Sacó un pedazo de terciopelo y puso el brazalete sobre él.

—Su tía era una mujer muy generosa. —La media sonrisa en sus labios desapareció—. ¿Usted es alemana?

Me habían atrapado. No tenía más opción que decir tanta verdad como me atreviera.

—Sí, pero hace algunos años que vivo en Ámsterdam.

El viejo volteó la joya y señaló con una lima de aguja una abolladura diminuta en el metal que no había notado.

—La marca del fabricante, identifica que la pieza se hizo en Berlín. —Hizo una pausa y cambió a un alemán vacilante. Quizá pensó que yo era una espía—. ¿Obtuvo esto legalmente de su tía? ¿Tiene papeles? Debo tener cuidado ahora que estamos... bajo la ocupación.

Me sonrojé.

—No tengo papeles, deseo venderlo lo más pronto posible.

Extendí la mano para tomarlo, pero me detuvo.

—¿Los nazis saben de esto? —preguntó.

La incómoda verdad se acercaba. Asentí.

—Sí, lo saben. Se estaría arriesgando. Por otra parte, el brazalete está a seiscientos cincuenta kilómetros de su lugar de origen. Estoy segura de que no saben que está aquí.

El viejo se inclinó de nuevo sobre la joya, su cabello rubio claro caía sobre su frente.

—Es exquisito, el corte y la claridad son... magníficos. Supongo que nunca sabrán nada si vendo cada piedra por separado.

—Estoy segura de que mi tía no tendría objeciones —dije.

—Le daré treinta y cinco mil por él —dijo el padre.

El joven lo miró con una expresión complacida.

—Cuarenta —repuse, sabiendo que la mayor estimación habían sido cincuenta mil marcos alemanes.

—Treinta y ocho.

—Es suyo —dije—. ¿Puede pagarme en billetes grandes y pequeños?

—Por supuesto —respondió y cruzó una cortina que estaba al fondo de la tienda.

El joven y yo platicamos unos minutos del clima hasta que el viejo regresó cargando un sobre con los billetes.

—Puede contarlo —dijo.

—Confío en usted —respondí metiendo el dinero a mi bolso—. Si está mal, regresaré.

Me despedí y salí de la tienda, considerablemente más rica que cuando había entrado. Emil había preparado un escondite para el dinero en nuestra recámara, en la base de la lámpara de cerámica.

La póliza de seguro que había tenido durante tanto tiempo al fin había dado frutos.

En octubre y noviembre de 1940 los nazis reforzaron su control absoluto. Al igual que en Alemania, las restricciones en Países Bajos se dirigieron a los judíos. Los oficiales neerlandeses se vieron forzados a prestar un juramento en el que afirmaban que ellos y su familia no eran judíos. Un mes después, los funcionarios públicos judíos fueron despedidos de sus empleos. El club nocturno de los miércoles tomó nota de estos nuevos decretos con renovada inquietud. Algunos creían que estas medidas eran un inconveniente a lo mucho, y que Alemania pronto sería derrotada. Pero había otros, incluidos Emil y yo, que no teníamos esas falsas esperanzas.

Toos, Karin, Derk y Ruud se quedaron hasta tarde una noche, después de que los demás se fueron. Juntos formábamos el corazón del grupo que con mayor probabilidad resistiría a los nazis. Levi se sentó en su lugar acostumbrado, jugueteando con su reloj de oro de bolsillo, estudiándonos como si fuéramos niños ingenuos.

—La violencia sólo hará que mueran más judíos —nos advirtió Levi—. Los nazis se vengarán. No dudarán.

Karin sacudió la cabeza.

—Pero si los eliminamos uno por uno, si hacemos una lista y encontramos a esos líderes que no tienen esposa o hijos... ¿no deberían estar marcados para que los liquidemos? Por lo menos limitaríamos el daño.

La mente calculadora de Karin me asombró, una mujer bonita con el intelecto de una asesina.

—¿Planeas matar por prescripción? —preguntó Levi, llevándose una mano a la frente como si tuviera dolor de cabeza—. ¿Crees que de alguna manera es mejor porque no tienen hijos? ¿Que el asesinato ofenderá menos a Dios?

Karin asintió.

—Es lo mejor que puedo ofrecer.

—Tenemos que hacer algo —intervino Derk—. Los nazis deben ser castigados. Deben sentir el dolor que le infligen a otros. De lo contrario, bien podríamos ser sus esclavos.

Emil sacó un fajo de papeles que tenía detrás de su espalda y los colocó en el centro de la sala.

—Esto es lo que he estado haciendo después de mi horario laboral. Lo hice en Berlín, pero aquí he sido mucho más cuidadoso. Mi jefe es judío y no quiere meterse en problemas.

Desató el cordel que sujetaba los papeles, sacó un montón de ellos y se los pasó a Karin. Muy pronto, los folletos circularon por la habitación.

Ruud lanzó un silbido.

—Esto llamará su atención. —Señaló en la página los dibujos de soldaditos con cascos y gorras pintadas con esvásticas—. «Ciudadanos de Ámsterdam, nuestros amados Países Bajos, resistan a los cerdos nazis» —leyó—. «Destruyeron nuestro país y vendrán por ustedes». —Lanzó una risita y aventó el panfleto al suelo—. Bueno, diré esto, Emil: tu muerte a manos de un pelotón de fusilamiento es tan segura que bien le hubieras disparado a un nazi en la cabeza. Yo preferiría cortarles la garganta.

Toos se llevó un dedo a los labios pintados.

—No olvidemos esa idea. —Calló un momento y luego se dirigió a mí—. Niki, ¿te gustaría ser parte de nuestro pequeño grupo? Karin y yo tenemos un plan. Derk se ofreció a ayudarnos.

Todos me conocían por mi apodo.

—Tendrás que explicarme —respondí.

Emil me miró y supe que no quería que formara parte de lo que fuera que estuvieran planeando.

Le dio un sorbo al whisky y se recargó relajada en el sofá.

—En realidad es muy simple. Hacemos la lista, llevamos a un oficial bajo el puente de un canal o al bosque y lo seducimos. Son hombres solos en una ciudad extranjera, sin sus esposas o novias. Tenemos que besar a los monstruos, quizá ir un poco más lejos, desabrocharles el uniforme, abrirles el cinturón... y Karin o Derk terminan el trabajo. Un corte rápido o un balazo, y todo está terminado.

No me había equivocado con mis sospechas. Los asesinos en la habitación eran Karin y Derk. Emil respiró varias veces rápido y se levantó del suelo.

—¡No! Niki no tendrá nada que ver con esto, no la dejaré. —Alzó la voz—. ¡Es horrible, malvado!

Levi lo tomó por el brazo y lo obligó a sentarse.

—Entiendo, pero cálmate. No queremos que todo Ámsterdam escuche lo que estamos planeando. —Miró el montón de páginas impresas en el suelo—. Quizá deberías dejar que Niki decidiera, puesto que tú has tomado tu propia postura contra los nazis. No condono el asesinato, pero, después de todo, un error con tus panfletos y todos podríamos morir.

Los ojos de Emil se abrieron como platos bajo sus lentes.

—No, no lo hagas. Por favor, no. Es demasiado...

—¿Demasiado qué? —preguntó Karin con amargura en la voz.

Emil puso las manos sobre los papeles y sacudió la cabeza.

—Yo no estoy matando gente. Estoy señalando la verdad.

—Es lo mismo —intervino Toos—. Que Niki decida.

Apretó sus labios rojos y me miró fijamente.

—No puedo —dije después de un tiempo—. Tengo que honrar los deseos de Emil.

Toos encendió un cigarro y sonrió.

—Aquí estamos si cambias de opinión. —Sacó el humo en mi dirección—. Creo que lo harás. Karin y yo estamos decididas.

Poco después, el grupo se separó y Emil y yo subimos a nuestra recámara tras darle las buenas noches a Levi.

Nos desplomamos en la cama y nos metimos bajo la sábana. Una brisa cálida y húmeda entró y me recordó que el canal estaba a unos cuantos metros del edificio. Me removí al lado de Emil. Él yacía sobre un costado, hacia la pared donde estaba el buró y la lámpara. Toqué su hombro y se estremeció con violencia, el llanto destrozaba su cuerpo.

—Está bien —dije abrazándolo por el pecho—. No mataré a nadie.

Se volteó hacia mí. Bajo la luz tenue, vi las lágrimas que se resbalaban de sus ojos. Me acercó a él, tan cerca que estábamos entrelazados.

—Dios mío, si te perdiera, no sé qué haría. Hemos pasado por tantas cosas. ¿Podemos ir a Inglaterra… a Estados Unidos? No me importa, a cualquier lugar que esté muy lejos de los nazis.

—Me temo que es muy tarde —respondí—. No pensamos que pudiera pasar aquí. No sabíamos lo débiles que éramos.

Me besó, sus mejillas estaban húmedas contra las mías.

—Y ahora tenemos que ser fuertes... otra vez. ¿Cuánto tiempo durará esto?

Negué con la cabeza y escuché cómo su respiración se hacía cada vez más ligera y sus lágrimas se secaron. Desperté unas horas después, sudando y temblando. Emil seguía junto a mí, pero mi mente daba vueltas con las imágenes de una pesadilla.

Yo besaba a un oficial alemán, con las manos en su pecho y las suyas en la parte baja de mi espalda. De pronto, empezaba a jadear cuando el brillo del cuchillo venía de atrás y le cortaba la garganta. La sangre roja bajaba por su cuello y pecho, ennegreciendo su uniforme.

Grité porque no estaba en Ámsterdam.

Estaba rodeada de los fuegos del infierno.

Capítulo 19

En enero de 1941 se informó a los judíos que debían registrarse con el gobierno nazi. La noticia, emitida de manera despreocupada por oficiales uniformados en las esquinas de las calles, también se publicó en los periódicos y se imprimió en folletos muy parecidos a los panfletos subversivos que Emil imprimía. Hasta ahora había escapado y no lo habían detectado, pero el club nocturno de los miércoles sabía que las SS buscaban cualquier pista para poder aplastar al disidente.

Una mañana de nieve a finales de diciembre escuché el decreto que emitía un oficial alemán que estaba parado frente a una panadería, no lejos del departamento de Levi. Habían tenido cuidado al elegir esa ubicación, puesto que los nazis sabían que habría una multitud reunida para comprar pan para el día.

—Escuchen, judíos —dijo el oficial.

Era alto, casi tan alto como los hombres neerlandeses que lo rodeaban. Sus ojos pasaron del pedazo de papel que tenía en la mano a la multitud. No podía decir mucho sobre su personalidad, era otro uniforme entre tantos, de rostro decididamente germánico, pero ni cruel ni santo. Parecía resuelto en su trabajo, apoyaba el poder del Reich para reforzar la nueva «ley» a cualquier costo. Por lo menos, proyectaba autoridad.

—Deben registrarse como judíos antes del... —su voz resonó en neerlandés, sin ninguna emoción detrás.

Los cristianos entre el público se alejaron deprisa, olvidando sus compras matutinas. Algunos hombres y mujeres se quedaron, quizá convencidos de que éste era otro inconveniente que imponían a los judíos neerlandeses, algo que sólo había que marcar en sus agendas.

Un hombre salió del oscuro tramo de escaleras a un lado de la tienda, cargando un gran dachshund en los brazos. La criatura de pelaje corto estalló en ladridos febriles mientras el oficial hablaba.

—Calla a ese perro —dijo el nazi.

—Sí, oficial —dijo el hombre—. Íbamos a dar un paseo.

Con la mano cerró el hocico del perro y tomó con firmeza su correa azul, pero el animal se removió hasta liberarse. El perro siguió ladrando mientras el hombre se esforzaba en controlarlo.

El alemán fulminó con la mirada al rechoncho neerlandés y extendió los brazos.

—Dame al perro.

—No es amistoso, oficial —repuso el alemán—. No creo que le guste cómo muerde.

—No me gusta —respondió el oficial—. Vamos, vete de aquí.

El hombre partió de prisa por la esquina, puso al perro en el piso y se alejó.

—¡Alto!

El hombre se detuvo, se volteó y miro al oficial.

El alemán sacó su pistola y le disparó al perro. El animal chilló al recibir el balazo y se desplomó cerca de una alcantarilla, sangrando sobre las piedras.

El propietario del perro cayó de rodillas, llorando sobre el cadáver del animal; acarició su pelaje y levantó su cabeza apelmazada.

—¿Por qué? ¿Por qué hizo eso? —imploró el hombre.

La sangre le corría entre los dedos.

—Porque no se callaba. Es una lección de buenos modales. Aprendiste a respetar la autoridad alemana. Ustedes los judíos creen que pueden salirse con la suya.

—No soy judío —respondió el hombre y bajó la cabeza.

El oficial rio y le dio los folletos a otro hombre que estaba junto a él.

—Asegúrate de que todos lean esto. Su día llegará.

Enfundó la pistola y se marchó a grandes zancadas, como si nada hubiera sucedido.

Me acerqué al propietario del perro, quien seguía arrodillado sobre la alcantarilla.

—Lo siento.

Puse la mano sobre su hombro.

—Mentí porque no quería que tocara a mi mascota. Era un buen perro. Nunca mordió a nadie. ¿Por qué lo mató?

Alzó la mirada, su dolorosa pérdida abrasaba sus ojos azules.

—Porque los nazis son crueles y no les importa nada más que ellos mismos.

—Ahora, tengo que enterrarlo. Era mi amigo.

No podía hacer nada más que ofrecerle otra demostración de tristeza y marcharme. Regresé al departamento, conmocionada y tarde para el trabajo. Me senté en el sofá y miré hacia la ventana del balcón que daba al canal. Las nubes grises amenazaban nieve. El día era tan amargo como los sentimientos en mi corazón.

Quizá Toos y Karin tenían razón.

Quizá teníamos que matar para vivir.

Unas semanas después, cuando iba en bicicleta al trabajo, me paré en un crucero atestado de gente. Una luz color pizarra cubría Ámsterdam a medida que el invierno se apoderaba de la ciudad. Una madre y sus dos hijos estaban junto a la pared que bordeaba el canal a medio congelar. Frente a los niños aterrados, un hombre apuntaba una pistola a la mujer. Llevaba un abrigo oscuro cruzado y un sombrero con un parche triangular rojo y negro. El parche estaba dividido por un símbolo nacionalsocialista que parecía un rayo.

Desde la periferia de la multitud, un hombre se apresuró en mi dirección, empujando con sus manos enguantadas, exhortándome a detenerme, a no ir más lejos hasta que el incidente terminara. No podía imaginar qué tipo de ofensa podían cometer una madre y dos niños pequeños.

Lo miré con esa pregunta en mente.

—No sé, hay rumores de que es una espía —murmuró—. Él es uno de las SS neerlandesas, el NSB, el Movimiento Nacionalsocialista en los Países Bajos, los que se han rendido ante los nazis.

—¿Y si yo fuera un miembro del NSB?

El hombre abrió los ojos como platos, asombrado y retrocedió, listo para escabullirse.

—Detente —dije cuando volteaba para irse—. No confíes en nadie. Ten cuidado con lo que dices.

—Debí mantener la boca cerrada —respondió—. Estoy tan alterado. Los niños...

El hombre tenía razón. Un niño y una niña pequeños, cubiertos con sus abrigos de invierno y con botas, estaban parados a ambos costados de su madre, con los ojos que salían de sus órbitas bajo las gorras. El niño se llevó dos dedos a los labios. La madre alegaba su inocencia mientras el hombre le gritaba. Con cada grito, los niños temblaban y se acercaban más a las piernas de la mujer.

Bajé de mi bicicleta y la empujé. La multitud que rodeaba al hombre de las SS parecía hipnotizada por el espectáculo. Sus expresiones iban de la preocupación a la indignación y la curiosidad; muchos actuaban como si se hubieran topado con un horrible accidente del que no podían apartar la vista.

—Eres una espía —grito el hombre de las SS—. Sabemos lo que has hecho; distribuiste literatura en contra de la ocupación, le diste al enemigo la ubicación de los movimientos de las tropas y trabajaste para debilitar al NSB con tus falsas acusaciones.

—¿Falsas acusaciones? —preguntó la mujer embistiéndolo—. Mira a tu alrededor. Destruyeron nuestro país, esclavizaron a nuestro pueblo.

Me quedé sin aliento porque sabía que la mujer había ido muy lejos. Aunque estaba a unos cuantos metros, pude ver la rabia que emanaba de los ojos del acusador.

—¿Tu pueblo? Eres judía. —Dio un paso para acercarse a ella—. ¿A cuál de tus hijos amas más?

La mujer retrocedió tambaleando contra pared.

—A los dos los amo igual.

—Si crecen —continuó, sacudiendo su pistola en su cara—, producirán más judíos y eso está en contra de la ley. ¿Cuál de ellos debe morir?

Algunas personas en el público se quejaron. El frío en el aire no era nada comparado con la parálisis que atenazó mi cuerpo y me congeló. Hubiera querido llevar un arma, lo hubiera matado en ese instante.

Los niños lanzaron alaridos y la madre lloró, suplicándole al hombre que tuviera compasión de sus hijos. Un miembro del grupo avanzó hacia él. El hombre de las SS volteó y dirigió la pistola hacia nosotros.

—Mataré a cualquiera que trate de impedir que la NSB haga justicia.

Otro hombre que llevaba un sombrero idéntico apareció en la esquina. Lo que sucedía frente a mí me parecía el clímax de una tragedia shakesperiana. Los edificios coloridos con sus techos de dos aguas se elevaban como un telón de fondo inquebrantable en su historia; el agua gris-verdosa fluía bajo el hielo en su mezcla interminable con el mar. La ciudad, atemporal, contenía el aliento conforme la Muerte mostraba su rostro profético una vez más.

El segundo hombre de las SS sujetó a la madre y al hijo. El primero tomó a la niña, quien forcejeaba y lloraba en sus brazos, la tomó por los tobillos y la balanceó contra la pared. Su cabeza se hizo añicos contra la piedra con un crujido terrible. La gorra de la niña se tiñó de un rojo nauseabundo mientras colgaba de las manos del oficial. La dejó caer como si fuera un costal de papas sobre la banqueta.

La madre gritó y cayó de rodillas sobre la niña muerta. El hombre de las SS le disparó en la nuca. El niño corrió, pero el otro lo atrapó por el brazo y lo aventó hacia atrás.

—Arrójalo al canal —dijo el primer hombre.

El segundo cargó al niño, se abrió paso entre la multitud y luego, parado al borde del canal, lo lanzó al agua. El niño golpeó el hielo y lo quebró, gritando, chillando por su vida conforme sus botas y su ropa se empapaban de agua y lo arrastraban al fondo. Sus jóvenes manos se extendieron sobre el hielo un momento, su cabeza subía y bajaba hasta que desapareció en un espiral de burbujas.

El alma se me salió del cuerpo, dejándolo vacío y sin vida como el cielo hueco. Los neerlandeses leales que estaban entre la multitud permanecieron un tiempo en silencio y luego se marcharon. Como yo, estaban horrorizados por lo que acababan de presenciar.

Satisfechos por haber llevado a cabo su justicia cruel, los hombres del NSB dejaron los cadáveres junto a la pared y se marcharon. Miré hacia el canal, esperando que de algún modo el niño pudiera nadar y ponerse a salvo, pero la turbulencia del agua había cesado y el hielo fracturado comenzaba a cubrir el agujero.

Pedaleé al trabajo, sabiendo que no podía ignorar mis deberes; de lo contrario, podría perder el empleo. El resto del día me encargué de los pedidos de los clientes y archivé documentos, enjugándome los ojos con frecuencia.

Cuando salí del trabajo las nubes se habían despejado un poco. El sol del poniente las atravesaba, pintando de carmesí sus bordes nacarados. Pensé en el perro muerto del neerlandés, el asesinato de la madre y sus dos hijos que había presenciado esta mañana y en lo que Toos me dijo cuando hablamos del asesinato de oficiales alemanes.

«Creo que cambiarás de opinión».

Toos tenía razón. De regreso a casa, un odio terrible me consumía; subía de mi estómago a la cabeza y nublaba mi visión, como si mirara el sol de frente. Los hombres del Wehrmacht que recorrían las calles de Ámsterdam para mí estaban tan muertos como la mujer y sus hijos.

Quería matar.

Sólo Emil y Levi se interponían en mi camino. ¿Tenían que saberlo?

El departamento de Toos estaba a unas cuantas cuadras del de Levi, un poco alejado del centro de una calle congestionada. Vivía en tres pequeñas habitaciones a las que entraba poca luz debido a la densa serie de edificios que las rodeaba. Una tarde después de los asesinatos, conforme el día oscurecía, fui a verla.

Contrastando con los rojos con los que le gustaba vestirse, su departamento estaba decorado en tonos de azul de Delft y blanco. El espacio parecía más grande y luminoso, a pesar de la falta de luz natural.

Me dio la bienvenida y me ofreció una copa de whisky escocés caro que acepté. Moría de nervios al pensar en lo que debía decir. Me senté en una silla junto a una pequeña ventana que daba a la calle y me pregunté cómo empezar.

Toos me facilitó la tarea.

—Sabía que cambiarías de opinión. —Enarcó las cejas en un gesto que decía «te lo dije»—. ¿Quieres un cigarro?

Asentí.

Me ofreció una cigarrera de ébano que estaba en una mesita central. Tomó asiento en un pequeño sofá, pasando los pies bajo las piernas, y alisó la tela de su vestido azul hasta las pantorrillas. Parecía confiada y serena, pero su ligera sonrisa me desconcertaba porque ella sabía a qué había venido.

Encendí el cigarro y me recargué en el respaldo de la silla.

—Vi a un hombre del NSB asesinar a una mujer y a sus dos hijos. Esas muertes me asquearon y me enfurecieron, me hicieron sentir impotente porque no podía hacer nada para detener ese horror. Me trajo recuerdos de la noche en la que los matones de las SA se llevaron a mi hija.

—No sabía que tenías una hija. —Hizo una pausa—. Escuché sobre los homicidios. Los nazis son asesinos.

—Pienso en mi hija todos los días. En parte ella es la razón por la que quiero venganza.

Las barreras internas que había creado se derribaron como un dique inundado y le conté a Toos todo sobre mi vida, desde que conocí a Rickard, hasta la manera en la que las SS habían asesinado a Spiegel. Los únicos detalles que omití fueron el robo y la venta del brazalete.

—Quiero ayudarte a ti y a Karin. Con Spiegel era diferente. No me caía bien, pero esta mujer y sus hijos... La venganza es lo que me impulsa.

—¿Le dijiste a Emil?

Negué con la cabeza.

—Todavía no... pero lo haré. Como señaló Levi, lo que Emil está haciendo podría matarnos a todos con la misma facilidad.

Toos miró sus uñas y luego a mí.

—A veces Karin me sorprende. Hace que todo suene tan sencillo, como si disponer de una vida fuera igual que cortar una flor. ¿Alguna vez has matado a alguien?

—No. ¿Tú?

—Tuve un aborto ilegal, algunas personas lo consideran asesinato. —Alzó sus cejas castañas—. Estaba en una mala situación. Mis padres habían muerto el año anterior. Poco después de que fallecieran, tuve un romance apasionado con un hombre que decía que me amaba, durante tres meses, luego salió de mi vida... y yo cargaba a su hijo. Heredé poco dinero de mis padres, pero no lo suficiente para vivir con tranquilidad. Durante un tiempo, me gané la vida como lo han hecho las mujeres durante siglos. Esa es una manera amable de decir que fui prostituta. —Tomó un cigarro—. ¿Estás segura de querer hacer esto?

—Sí. Nunca he sido muy buena para la seducción. En general buscaba una comida o un lugar dónde quedarme.

—Te enseñaré. —Rio, pero después su sonrisa se evaporó y su voz se hizo sombría—. Ruud seleccionó a un oficial alemán llamado Miller, como de veintiocho años de edad. No sabemos si está casado o tiene hijos. ¿Por qué debería preocuparnos eso? ¿Porque somos judíos y queremos limitar el número de vidas que tomamos, las vidas a las que afectamos? En mi opinión, esas son tonterías de Levi. ¿Cree que los nazis dudan en matarnos?

Escrutó mi rostro, juzgando mis pensamientos.

—A Miller le gusta beber y a menudo toma unas cervezas cuando está fuera de servicio en un bar, un *kroeg* al otro lado del canal —continuó—. Le encantan las mujeres, mucho más que la bebida. Hace semanas que Ruud y Derk lo observan. Su patrón es consistente y, debido a su rango, no socializa mucho con sus subalternos. Ha ido a un hotel con algunas mujeres, a quienes consideramos colaboracionistas. Han visto a Miller salir de ahí temprano en la mañana con sus elegidas. Se van por caminos separados. Es perfecto para nosotros.

—¿Cómo lo matamos?

—Cerca del bar hay un canal. Lo atraemos, lo seducimos, y le ofrecemos favores al lado del canal. Tan pronto como podamos, quizá el próximo martes en la noche. Si quiere ir al hotel, tenemos que hacer que cambie de opinión. Le diremos que hemos planeado algo especial afuera, que no nos gustan los hoteles. Nos aseguramos que haya bebido unos cuantos tragos, que esté relajado y listo. Karin o Derk estarán esperando... con un cuchillo. Los martes no hay mucha gente en el bar. Asegúrate de que esté listo para salir y entonces... —Alzó la mano como si tuviera en ella una navaja y la pasó sobre su garganta—. Cargamos el cuerpo, lo arrojamos al canal y terminamos. Miller habrá abandonado a sus hombres para nunca volver a aparecer.

Le pedí otro cigarro. Al encenderlo, mis manos temblaban.

—¿Asustada? —preguntó Toos.

Se movió y bajó las piernas al piso.

—Por supuesto... pero estamos haciendo algo, ¿o no? Lo que vamos a hacer quizá no detenga a los nazis, pero si no hacemos nada, entonces esperamos a que ellos nos maten.

Toos asintió y cruzó las piernas.

—Es venganza: nuestra manera de contraatacar.

—También podríamos morir.

—*Liebchen*, no hay ninguna diferencia —dijo, utilizando una palabra alemana que significa «querida»—. La muerte llegará, hagamos lo que hagamos. La muerte llegará hasta que los fascistas sean eliminados o hasta que Hitler gobierne el mundo y ya no quede nadie a quien matar. —Ladeó la cabeza hacia mi vaso—. ¿Otro trago?

—No —respondí, colocando el vaso vacío en la mesa—. Tengo que irme. Emil estará preocupado y mi aliento olerá a alcohol.

—Él entenderá.

—No estoy tan segura.

Me levanté y Toos me siguió a la puerta.

—Ven el próximo martes a las siete, a menos que recibas el mensaje de no venir. Yo te maquillaré.

—Necesito algo bonito —dije.

—Tengo vestidos.

Nos despedimos y me marché. Cuando llegué al departamento, Emil y Levi cenaban en la mesa de la cocina. Emil sonrió y me preguntó por qué había llegado tarde.

—Por nada —respondí—. Luego te cuento.

Levi me escrutó con la mirada.

Estaba seguro de que sabía dónde había estado.

Capítulo 20

No hablé con Emil esa noche. La noche siguiente, después de que Levi se fue a visitar a unos amigos, decidí sincerarme.

Emil y yo estábamos sentados en el sofá, mirando por la ventana hacia el canal, que brillaba bajo la luna casi llena. Pensé que lloraría durante mi confesión. Esa mañana le había contado a los dos sobre los homicidios que presencié, pero no mencioné cómo ese horrible suceso cambió mi manera de pensar en cuanto a los planes del club nocturno de los miércoles. Laura y Rickard también estaban en mis pensamientos. En ese momento, la guerra iba tan bien para Hitler que la dominación del mundo por parte de los nazis parecía una posibilidad real.

—Voy a trabajar con Toos y Karin —le dije, apretando el pañuelo en mis palmas.

Para mi sorpresa, Emil se quitó los lentes, se frotó los ojos y me miró como si el mundo se abriera ante él.

—Cuando Toos lo propuso supe que al final participarías. Lo pude ver en tus ojos. Has sufrido mucho, has visto demasiado como para quedarte con los brazos cruzados. —Se acercó a mí—. Dame tu pañuelo.

Se lo di. Limpió las lentes de sus anteojos y se los volvió a poner.

—Éste me lo quedo —dijo sujetando el pañuelo—. No hay necesidad de llorar.

—Tenía tanto miedo de decirte, pensé que te enojarías, que me prohibirías hacerlo.

Volteó a mirarme.

—Yo también cambié desde los asesinatos. Sigo imprimiendo los folletos, resistiendo a mi manera. Los nazis podrían venir por mí en cualquier momento. Los judíos están empezando a desaparecer. Circula el rumor de que los alemanes nos confinarán en Jodenbuurt. Dios sabe qué pasará después de eso. Es muy tarde para escapar. No tenemos más que ofrecer que nuestra vida.

—No voy a matar al hombre —expliqué—. No podría hacerlo.

—Pero lo vas a matar. Justificas tu acción diciendo que no.

—Por favor, al menos déjame creer que no.

—No eres una asesina, Niki. Eres una escritora, una artista. —Me besó en la frente—. ¿Cuándo se supone que lo harán?

—El próximo martes, si todo sale como lo planearon.

Emil se levantó del sillón, caminó hacia el balcón y miró al cielo. Las amplias ventanas estaban cerradas para evitar el aire frío.

—Nos salimos de Alemania y nos siguieron. Ahora tenemos que pelear.

Asentí y miré su cuerpo delineado contra el vidrio. Apretó mi pañuelo en la mano derecha. Pensé que lloraría, pero las lágrimas no brotaron.

No teníamos idea de que ese martes, 11 de febrero de 1941, sería un momento decisivo para los judíos de Ámsterdam. Las restricciones implementadas desde que inició la ocupación, así como amenaza nazi de trabajos forzados en Alemania para los trabajadores de los astilleros de Ámsterdam, escalaron hasta la tensión fue palpable.

El tío Levi y yo regresamos del trabajo a casa en bicicleta esa tarde. Circulaban locos rumores de que en la cercana Waterlooplein había estallado un altercado entre el ala paramilitar del NSB, el Weerbaarheidsafdeling —el WA— y defensores judíos. Yo ya estaba inquieta por lo que había planeado para esa noche.

Toos me había enviado un mensaje en código al trabajo, donde confirmaba que el plan seguía adelante. Decía: «Buenas tardes. Nos vemos esta noche en mi departamento para tomar esa copa». Ella esperaba que la lluvia y las nubes ocultaran nuestras acciones. La luna llena presentaría un problema, pero la pelea del WA en Waterlooplein significaba que pronto habría represalias. Era mejor actuar ahora que enfrentar otras medidas enérgicas de los nazis. Quemé la nota en el baño y tiré las cenizas al escusado.

Mientras me preparaba en la recámara del ático, la puerta de la entrada se abrió de golpe. Levi gritó y un golpe seco hizo eco en el departamento. Bajé apresurada las estrechas escaleras y encontré a Emil tirado en el suelo; de una cortada en rostro escurría sangre y su ropa estaba manchada de carmesí.

—Regresé corriendo —dijo—. La cortada no es tan grave como parece.

Se veía aturdido y ruborizado. Se incorporó sobre los codos.

—La sangre en mi ropa es de alguien más —explicó.

—Dios mío, ¿qué pasó? —pregunté acuclillándome a su lado—. Levi, trae un paño húmedo.

Se apresuró al baño para hacer lo que le pedía.

—Vi a miembros de la *knokploeg* pasar corriendo frente al taller —dijo Emil, tratando de recuperar el aliento.

Sabía que se refería al grupo de defensa judía.

—Uno de ellos asomó la cabeza y dijo que los hombres del WA habían entrado a la plaza y que estaban amenazando a los judíos, que buscaban pelea. —Exhaló y se recostó en el suelo—. Ni siquiera lo pensé. Me quité el delantal y corrí detrás de él.

Levi regresó con el paño húmedo.

—La cortada está fea —dije al tiempo que limpiaba la sangre y apretaba la compresa sobre su frente.

—Eran como cuarenta —continuó Emil—. Muy pronto, puños, palos y garrotes volaban por todas partes. Se convirtió en una revuelta. A uno de los líderes del WA, un hombre llamado Koot, creo, lo golpearon en la cabeza con un garrote. Cayó y sus compañeros se apuraron a su lado. La pelea estalló. Se llevaron al hombre herido. Decidí salir de ahí mientras todavía podía hacerlo.

Levi, quien estaba inclinado sobre Emil, se enderezó y caminó alrededor de la habitación.

—Sabía que esto sucedería. La violencia engendra violencia. Ahora será terrible. Los nazis sacarán a los perros. Los folletos son una cosa, pero una pelea...

Emil se levantó del piso, quejándose, sin dejar de presionar el paño ensangrentado contra su cabeza.

—Uno de esos matones me golpeó con los nudillos. No alcanzó a darme en la mejilla.

Levi gimió y se sentó en el sofá.

—Tío, cálmate —dijo Emil—. Hace ya casi un año que sabíamos que esto pasaría. Nadie dijo nunca que la ocupación sería un día de campo.

—Espera —respondió Levi—. Observa qué pasa.

—Voy a lavarme —dijo Emil, avanzando vacilante hasta el baño.

Yo quería decirle a Levi que estaba en camino a ayudar a matar a un oficial alemán. Quería demostrar que estaba haciendo algo, no sólo imprimir palabras o planear dónde esconderme. Sin embargo, no dije nada. Muy pronto se enteraría.

Seguí a Emil. Se lavó la cara y luego se puso una venda sobre la herida. Lo besé en la mejilla.

—Ya me voy.

Un moretón empezó a aparecer alrededor de la herida. La pata derecha de sus lentes se había doblado en la pelea. Se los quitó para arreglar el daño.

—Lo que me faltaba. No puedo comprarme otro par.

—¿Me escuchaste? —pregunté—. Ya me voy.

Giró su rostro amoratado hacia mí, sus ojos estaban apagados y llorosos.

—Lo sé. Por favor, ten cuidado. ¿Estás segura de que quieres hacerlo?

—Toos y Karin me necesitan, igual que la *knokploeg* te necesitó hoy.

Asintió.

—No voy a pensar en eso. Voy a tomarme una copa y a mantener ocupado al tío Levi... Y cuando me meta a la cama, soñaré que regresas a casa sana y salva. —Me tomó en sus brazos y me besó—. Regresarás a mí.

Las palabras salieron con confianza y facilidad.

Tomé mi abrigo y me despedí de Levi. Sus ojos languidecieron de dolor cuando cerré la puerta.

Cuando llegué a su departamento, Toos ya me esperaba.

Estaba lista: vestía un rojo del tono más oscuro que jamás le había visto. Había escuchado de la pelea, pero no sabía que Emil había participado. No hablamos mucho del tema porque teníamos planes más apremiantes.

—Con tu color de piel y de cabello, será mejor usar negro y un lápiz de labios rojo brillante. —Toos me llevó a un armario en su recámara, lo abrió y sacó un vestido que brillaba un poco bajo la luz tenue—. Creo que te quedará. Pruébatelo.

Me quedó bien, junto con un par de zapatos negros que Toos sacó de su clóset. Me puse el lápiz de labios en el pequeño tocador con espejo que había en la recámara y miré mi reflejo. Se veía bien, pero la imagen me asombró. La mujer que me miraba era una de mundo, mucho más confiada que mi heroína en *La mujer de Berlín*. El reflejo tampoco era mi pasado: una mujer que escapó de su madre, que fue de un hombre a otro, que dependió de Rickard o incluso bailó rodeada de nazis. No, era fuerte; sabía que lo que tenía que hacer era lo correcto, sin importar el resultado. Salir de Alemania y vivir en Ámsterdam la había cambiado. Era un nuevo mundo.

—Te ves hermosa —dijo Toos—, pero hay algo más. —Se paró a mi lado, me peinó el cabello hacia atrás y lo arregló en un chongo—. Eso. Perfecto. Eres una neerlandesa lista para una noche en la ciudad.

—Gracias. Me siento extraña.

—Es de esperarse. Haz lo que yo haga. Es todo lo que necesitas saber. Cuando esto haya terminado, puedes hacerlo, si le encuentras el gusto a matar. Mantén la cabeza bien puesta sobre tus hombros, no bebas mucho y recuerda lo que estás vendiendo. Vámonos.

Tomamos nuestros abrigos. Toos apagó las luces del departamento y salimos al aire frío. La luna salió al este, pero las nubes atenuaban su luz considerablemente. Nos alegró.

El bar, De Vier Drankjes, estaba al otro lado del canal frente al departamento de Levi, en Zwanenburgwal. Pasamos frente a mi casa de Ámsterdam y alcé la mirada. Las cortinas del balcón estaban cerradas. Imaginé a Emil acostado en el sofá, cuidando su cabeza adolorida con una bebida en la mano.

Cuando cruzamos el puente, Toos echó un vistazo al agua oscura. No dijo nada, el movimiento fue breve y pronto su mirada se dirigió a los edificios al otro lado del canal. Me di cuenta de que, durante mi tiempo en la ciudad, nunca había puesto atención a los puentes de los canales. Siempre los había dado por sentados, como uno acostumbra hacer con las cosas que ve todos los días. Fue la atención de Toos en el agua lo que me hizo pensar. No había lugar para esconderse debajo del puente, a menos que fueras un pez. No había una ribera que bajara al agua, como había imaginado.

Caminé junto a ella.

—¿Cómo lo haremos?

—¿Te estás acobardando? No te preocupes por los detalles.

—¿El nombre del bar significa lo que creo que significa? —pregunté.

Disminuyó el paso un momento y ladeó la cabeza.

—Es ése en la esquina. Las Cuatro Copas. La leyenda dice que esa cantidad se debe a que la cuarta es una más de las bebidas necesarias para emborracharte en este bar. Tiene un par de cientos de años. Siempre ha sido popular y a los nazis también les gusta. —Se detuvo y puso la mano sobre mi hombro—. Si no quieres hacerlo o piensas que no puedes, decídete ahora. Una vez que entres, te comprometes. No podrás irte, se vería sospechoso.

Negué con la cabeza.

—No, se tiene que hacer.

—Bien. —Toos avanzó frente a mí—. Tu vida está en manos de Dios. Déjame juzgar si es seguro. De lo contrario, ignoraré a Miller, si está ahí. Tomaremos una copa y luego nos iremos. Si no regresamos al puente a las once, Karin y Derk sabrán que el plan se ha cancelado.

Eran un poco pasadas las ocho. La puerta del De Vier Drankjes era pesada, muy parecida a la de la casa de campo de Spiegel, pero sin los grabados de decoración. La luz naranja-amarillenta quc brillaba a través de las antiguas ventanas de vidrio esmerilado daba la impresión de que entraba a un lugar que tenía mucho más de doscientos años. Parecía que el edificio había sido edificado en la Edad Media. La calidez del interior contrastaba con el frío que se colaba en mis extremidades. Me estremecí y reprimí la necesidad de dar media vuelta, manteniendo en mente el consejo de Toos.

Abrió la puerta y la seguí.

Olía a humo, cerveza y vigas de madera antiguas. Miré alrededor, segura de que no había judíos afuera después del caos del día. Toos se tomó tiempo, sorteando las mesas con precisión.

Tres oficiales alemanes estaban al fondo de la larga barra de madera. No tenía idea de su rango pues nunca aprendí el significado de sus insignias, pero asumí por las runas de las SS, los listones de servicio y las cruces de hierro en los uniformes que eran importantes. Sin duda Miller era uno de ellos.

Un hombre sentado a una mesa cerca del fondo me miró brevemente. Estaba con una mujer que reconocí por el club nocturno de los miércoles. Cuando nos sentamos en una mesa vacía cerca de ellos, Ruud volvió a mirarme. Yo no hice nada y volví a concentrar mi mirada en Toos.

—¿Quieres un cigarro? —preguntó mi compañera.

Asentí porque, tras el incidente con Emil, había olvidado los míos. Encendió uno y me lo pasó, el papel blanco quedó manchado de su lápiz labial. El humo gris serpenteó hacia arriba, dispersándose bajo el viejo techo.

—Traeré las bebidas —dijo—. No voy a esperar al mesero. ¿Qué quieres tomar?

Lo pensé un momento.

—Brandy.

Se levantó de su silla como un cisne elegante y se paró detrás de los tres oficiales. Voltearon a mirarla, pero el hombre de en medio del grupo la observó con detenimiento. Estudió cada curva de su cuerpo mientras ella pedía las bebidas. Toos se las arregló para quedar junto a él un momento, coqueteando y riendo.

Diez minutos después, Toos regresó con las bebidas. Colocó dos brandis sobre la mesa y brindamos. Luego se inclinó hacia mí:

—Miller es el que me miró con interés. Ruud tenía razón, le gustan las mujeres.

Miré hacia la mesa de Ruud, pero él y la mujer habían salido del bar, otra pareja estaba sentada en su lugar.

Nos quedamos una hora más, tomando nuestras bebidas. Toos se acabó la suya y pidió otra. Los dos oficiales que acompañaban a Miller se marcharon y lo dejaron solo en la barra. Unos minutos más tarde, encontró una silla vacía y la acercó a nuestra mesa.

—¿Cómo están, señoritas? —preguntó en alemán.

Toos fue la primera en responder.

—*Wunderbar. Die Nacht wurde einfach besser.*

Estaba jugando con él; le decía a Miller que la noche acababa de mejorar porque él había llegado.

—*Du sprichts Deutsch*? —preguntó, al parecer impresionado por el dominio de Toos del idioma.

Yo decidí mantener mi conversación breve, al punto y en neerlandés.

—*Ein bisschen* —respondió ella.

—Suficiente para poder comunicarnos —dijo siguiendo en alemán.

Dejé que Toos dirigiera la plática, el brandy y la adrenalina se me habían subido a la cabeza. Esperaba que mi rostro no estuviera muy sonrojado por las hormonas que recorrían mi cuerpo. Toos acercaba poco a poco sus dedos hacia la mano de Miller conforme pasaba la noche; el oficial disfrutaba la atención. Después de un tiempo, se levantó y pidió otra ronda de bebidas.

—Después de ésta, vamos al puente —murmuró cuando él se fue.

Asentí. Me dio una palmadita en la mano.

—Buen trabajo. No dejes de mirarlo, lanza el anzuelo. Habla un poco de alemán. Sonríe y compórtate sexi.

No fue sino hasta que Toos dijo esas palabras que en verdad me di cuenta en qué me había metido. No sólo estaba a punto de ayudar a matar a un hombre, sino que, a menor escala, me estaba prostituyendo. La idea me hizo sentirme sucia. Sin embargo, cuando recordé a los hombres que asesinaron a la mujer y sus hijos, me di cuenta de que esta noche se trataba de mucho más que de mí. Yo era un peón en un juego más amplio que no tenía nada que ver con mis sentimientos. A los nazis no les importaban mis sentimientos. Eran asesinos y, a menos de que se les pusiera un alto, no habría fin para su destrucción. Tenía que separarme de mis emociones inútiles en esta guerra terrible. Ya había sufrido el terror y la pérdida. Quizá participaría en la muerte de Miller, pero el verdadero asesino era un dictador demente que consideraba que el mundo era su dominio personal y las personas que lo habitaban, sus esclavos.

Miller le dio otro trago a su cerveza. No sabía cuántas había tomado ya, pero sus ojos tenían ese aspecto adormilado y su cabeza se movía de un lado a otro. Se había quitado la gorra y había desabrochado el botón superior del saco de su uniforme. Toos lo besó en la mejilla, era un poco más agresiva. Miller me volteó a ver mientras Toos subía la mano por el brazo de él. Sonreí y lo besé en la otra mejilla.

—Ah, dos por el precio de una —exclamó el oficial.

Toos reaccionó con fingido espanto.

—Nada tan vulgar como eso, pero podemos hacerte feliz. —Tomó su mano—. Vamos. Mi amiga vendrá con nosotros.

Miller sonrió y le tocó la mejilla.

—Mi copa está rebosando.

Se puso la gorra y se levantó de la silla, golpeando la mesa un poco hacia un lado en el movimiento.

Mientras nos poníamos el abrigo, tomó a Toos por el brazo derecho.

—Vas a tener que ayudarme un poco.

—Por supuesto, general. Lo que necesite.

Echó la cabeza hacia atrás y lanzó una carcajada de borracho.

—No soy general, soy capitán.

Miller caminó entre nosotras cuando salimos del bar. La temperatura había bajado; una fina franja de nubes seguía cubriendo la luna, su halo brillaba en un tono aperlado.

—Conozco un hotel cerca de aquí —dijo Miller—. Las llevaré.

—Demasiado convencional —respondió Toos—. ¿No te interesa algo más emocionante? Para qué esperar, no nos tomemos la molestia.

Toos se detuvo bajo una farola y besó a Miller.

—Zorras —dijo, separándose de ella.

Toos lo jaló fuera de la luz hacia la oscuridad a unos metros a la izquierda del puente.

—Déjame mostrarte cómo se hace.

—No aquí... en la calle —dijo Miller en un repentino acceso de claridad.

—Mi amiga vigilará. —Caminó con él por la calle empedrada y yo los seguí—. Aquí.

Lo hizo girar para que le diera la espalda al agua y empezó a besarlo, pasando las manos por su saco y bajando hasta su cinturón. Había pocas personas en la calle, tan solo dos parejas que ya nos habían rebasado.

—Espera —dijo Miller retirando sus manos con violencia.

Miré hacia el puente y luego a ambos lados de la calle.

—No hay nadie —dije en alemán.

Toos empujó al oficial sobre la saliente. La fuerza fue tan repentina y sorprendente que Miller no tuvo tiempo de reaccionar.

Me llamó.

—Mira.

Toos había empujado al oficial a un bote de plataforma que estaba atracado a un lado del canal, como lo planeamos. La caída fue lo suficientemente drástica como para sacarle el aire. El alemán sacudió brazos y piernas tratando de recuperarse. Aturdido, no fue lo suficientemente rápido y Derk le envolvió la cabeza con una cobija, amortiguando cualquier grito de auxilio. Karin le cortó la garganta con un cuchillo; el asesinato se había llevado a cabo. Cubrieron el cuerpo con una lona y zarparon. Se deshicieron de él en menos de un minuto.

Toos sacó un pañuelo de su bolso y se limpió el lápiz labial, la tela quedó manchada de rojo.

—No lo quiero tener en los labios —dijo, luego escupió sobre las piedras y nos alejamos.

—No sabía cómo lo harían. ¿Qué va a pasar ahora? —pregunté cuando llegamos a la mitad del puente, lejos de todos. El barco se alejó en la oscuridad.

—Le pondrán peso al cuerpo y lo arrojarán al Amstel. Limpiarán la lona ensangrentada sobre la que cayó y todo volverá a ser como antes. Uno muerto, muchos más por matar.

Nos detuvimos frente al departamento de Levi.

—¿Estás bien? —preguntó frente a la entrada oscura del edificio.

—Sí. Fue más rápido de lo que imaginé.

—Sí... que duermas bien.

Se alejó como si esa noche no hubiera sucedido nada fuera de lo normal. Abrí la puerta y subí la escalera, esperando que Emil estuviera dormido, pues no quería revivir el asesinato. Había sido demasiado rápido y fácil. Por un instante recordé la sangre del alemán en el bote y lo disfruté, igual que Spiegel lo hizo aquel día en Passport Pictures.

Cuando llegué a la parte superior de la escalera, supe que podía matar otra vez.

Capítulo 21

La represalia alemana por la pelea que había estallado fue rápida.

Cerraron Jodenbuurt al resto de la ciudad. No eran los judíos los que tenían prohibido entrar, quienes salían eran los que debían presentar sus papeles. La policía neerlandesa ayudó a los nazis a acordonar el área. Vimos cómo montaban el alambre de púas, uno por uno, y establecieron puestos de control de policía cerca de los puentes. Escuchamos rumores de que implementarían un Judenrat, un Consejo Judío, para «controlar» a los judíos.

Levi y yo nos preguntábamos si nos sería posible salir de Jodenbuurt para trabajar. La imprenta de Emil estaba en la colonia, así que ir a su trabajo no era un problema para él. Revisarían mis papeles de identificación y tendría que confiar en mi pasaporte alemán falso, lo que implicaba un gran problema. ¿Por qué una mujer alemana vivía en el distrito judío? Tampoco podía usar la excusa del matrimonio. El apellido que aparecía en mi pasaporte falso no era Belmon.

Supuse que la medida que habían tomado los nazis se debía al asesinato de Miller. Quizá habían encontrado su cuerpo y, furiosos, decidieron castigar a los judíos por su muerte. Más tarde, ese mismo día, me enteré que habían formado el gueto en respuesta a la pelea del WA en Waterlooplein y que no tenía nada que ver con el oficial nazi desaparecido.

Hendrick Koot, el hombre del WA que había sido lastimado, murió el 14 de febrero. Su funeral se llevó a cabo tres días después y, aunque no estuvimos ahí para presenciarlo, Ruud informó a Toos de la ceremonia.

—Parecía que toda la ciudad se había hecho fascista para honrar a este criminal. Portaron su féretro en una carroza tirada por caballos para que todos lo vieran. Echaron flores a su paso, mientras las mujeres lloraban y los hombres hacían el saludo nazi. Miles de nacionalsocialistas, junto con una banda de marcha, escoltaron a ese hombre hacia el más allá. La bandera del NSB ondeaba orgullosa y colocaron sus símbolos en su lápida.

Cuando escuchamos esto, Levi llamó a una reunión de emergencia del club nocturno de los miércoles para que asistieran quienes vivían en Jodenbuurt. Ruud ya no podía entrar al distrito porque no era judío.

La tristeza predominaba cuando los seis nos reunimos temprano una tarde. En encuentros anteriores, destellos de esperanza ardían entre la melancolía colectiva. Todos, Karin incluida, parecían desolados, como si hubieran sufrido una gran pérdida. Nadie había dormido bien desde que establecieron el gueto.

—¿Escucharon lo que dijo Rauter sobre la muerte de Koot? —preguntó Derk, refiriéndose al líder de alto rango de las SS en Países Bajos.

Todos negaron con la cabeza.

—Lo publicaron en el *Volk en Vaderland*, el periódico del NSB —explicó—. Rauter dijo palabras horribles, que un judío le había chupado la sangre a Koot... que le abrió una arteria e hizo un festín con su sangre.

Se hizo el silencio. Recordé las acciones de Spiegel en Passport Pictures, cuando el Oberführer se acuclilló sobre el cuerpo golpeado del director Anders Pechstein y se chupó los dedos empapados de la sangre de Anders. El recuerdo me hizo estremecer, las imágenes eran muy similares, pero ahora los nazis nos acusaban a nosotros de ser los vampiros.

—Necesito papeles de identificación judíos —dije, tratando de olvidar ese recuerdo—. Necesito poder salir del gueto o perderé mi trabajo.

Emil y yo teníamos aún mucho dinero escondido en la lámpara de nuestra recámara, pero quería trabajar y ser capaz de recorrer Ámsterdam en bicicleta, no ser una prisionera en el gueto.

—Yo me ocuparé de eso —dijo Karin—. Los tendrás en unos días.

Emil me miró con tristeza en los ojos. Como yo, aún tenía un pasaporte judío-alemán falso; sin embargo, él sabía lo que yo estaba pensando. Él ya no quería negar que era judío. Estaba dispuesto a enfrentar a los nazis, sin importar las consecuencias. Habían traído la lucha a nuestra puerta. Emil sabía que un oficial alemán había muerto esa noche que salí con Toos y no lo lamentaba. Yo le conté los detalles que él había imaginado. Nos habíamos endurecido, como ellos, para poder sobrevivir.

Cuando terminó la reunión, Toos se acercó a mí.

—El gueto ha cambiado todo —dijo—. Tuvimos que posponer las acciones que planeamos. Es muy peligroso.

—Entiendo —respondí con una suerte de alivio.

Todos se fueron y Levi se fue a la cama.

Cuando subimos la escalera a nuestra recámara, Emil dijo:

—Estoy orgullosa de ti. —Hizo una pausa y tomó mi mano—. Dios nos perdonará.

Nos fuimos esa noche a la cama, aún preocupados por nuestro futuro a pesar de las plegarias que lanzáramos al cielo.

Seguía esperando mis nuevos papeles el 19 de febrero, una semana después de que hicieron el gueto. Una fina capa de nubes opacas colgaba sobre Ámsterdam, pero no llovió. El día era frío y melancólico.

Estaba en el mercado cuando otro rumor corrió como rayo de puesto en puesto. Había estallado una trifulca en una heladería, entre la policía alemana y los judíos. Algunos de los policías estaban heridos.

Hubo otros disturbios y, para el sábado 22, los nazis estaban hartos.

Para ejercitarme un poco, fui a andar en bici en el distrito mientras Emil y Levi celebraban el sabbat. Regresé al final de la mañana y encontré la puerta abierta y la oscura cavidad del cubo de la escalera achechaba frente a mí. Suprimí la alarmante angustia que recorrió mi cuerpo y cargué bicicleta al interior. El pasillo estaba en silencio, el único movimiento eran mis pasos sobre la escalera.

Subí y vi que la puerta del departamento de Levi estaba abierta. Al llegar ahí, contuve el aliento.

La habitación había sido saqueada. El sofá y los cojines estaban destrozados y desparramados; el relleno, dispersado por el piso. Por toda la habitación estaban esparcidos libros y papeles. Cada cajón, abierto; cada mueble, en un lugar diferente de su lugar original en la casa.

El pánico se apoderó de mí. Quería gritar, aullar; en su lugar, mi voz débil llamó a Emil y a Levi. Nadie respondió.

Fui a la cocina, al rincón donde Levi dormía. Los nazis, suponía, habían hecho esto también: la parte trasera del departamento estaba en el mismo desorden que la delantera. Nabos, zanahorias y betabeles yacían en el piso, los estantes de la alacena eran un caos por la búsqueda.

Subí la escalera hasta nuestra recámara. Habían volteado el colchón y las almohadas estaban rajadas. Habían sacado nuestra ropa del baúl y vaciado los cajones. La lámpara que contenía el dinero descansaba tirada a un costado sobre el colchón. Su base de cerámica estaba intacta.

Contemplé la destrucción y supe que Emil y Levi habían sido arrestados. Un grito ahogado escapó de mi boca cuando me llevé las manos a ambos lados de la cabeza. Aturdida y sin saber qué hacer, me desplomé en la cama en desorden.

Unos pasos me sacaron de mi estupor.

—¿Quién es? —grité.

No había manera de escapar de los nazis en esta casa.

—¿Niki?

Reconocí la voz de Toos. Me apresuré a bajar la escalera hasta llegar a sus brazos.

—Dios mío, dime que están bien —dije, sollozando contra su hombro—. ¿Qué pasó?

—Están cercando a los judíos jóvenes —respondió—. Cientos de ellos... pero creo que a Emil y a Levi los arrestaron por traición.

—El club nocturno de los miércoles.

—Sí. Encontraron aquí los materiales, los folletos que Emil imprimió: su suerte está decidida.

—¿Qué puedo hacer?

La pregunta sonaba como si rogara por mi vida. Me senté en el sofá destrozado.

—Nada —respondió Toos—. Nadie sabe dónde están o a dónde se los llevaron. A menos que hayan hecho confesar a Emil y a Levi, quizá estés más segura aquí que en cualquier otro lado. Ya saquearon el departamento y tomaron lo que necesitaban. —Sus ojos resplandecieron un momento—. ¿Sigues teniendo tu pasaporte alemán? ¿Lo destruiste?

—Está en mi bolso.

Lo había dejado en el pasillo junto a mi bicicleta. Bajé corriendo la escalera y lo encontré ahí; hurgué al interior mientras corría de regreso. El pasaporte seguía ahí, detrás de una un doblez de piel. Se lo enseñé a Toos.

Miró alrededor.

—Déjame ayudarte a limpiar. Tienes comida. ¿Tienes un lugar dónde esconderte si regresan?

A diferencia del clóset secreto en casa de mi madre, en el departamento de Levi no había dónde esconderse. Podía instalar una cortina al fondo, en el hueco donde estaba la cama, pero ofrecería muy poca protección en un cateo riguroso.

—No, no a menos que construya una pared falsa en el desván, pero es muy tarde para eso.

Como necesitaba algo qué hacer, recogí unos libros del suelo.

Toos me observó y se sentó en un extremo del sofá. Estaba pensando con más claridad que yo.

Arrojé uno de los libros al suelo, furiosa.

—Necesito esos papeles de identificación judíos. ¿Por qué Karin no me los ha conseguido?

—Lleva tiempo —respondió Toos tranquila—. Las falsificaciones requieren tiempo y paciencia para que pasen la inspección. Está trabajando en una nueva imagen, un nuevo nombre. Te está ofreciendo una manera de salir de Ámsterdam. —Recogió el cenicero que habían aventado a un rincón y encendió un cigarro—. ¿Sabes qué haría yo?

—No, ¿qué?

No estaba de humor para adivinanzas.

—Me iría. Regresaría a Alemania.

Suspiré y lancé una risita ante su sugerencia. Sólo una ocasión después de la invasión, porque tuve un breve acceso de nostalgia, pensé en regresar. Sin embargo, nunca sola: el peligroso viaje siempre era con Emil.

—¿Darme por vencida? ¿Dejar al hombre al que amo y escapar de Ámsterdam? Ya abandoné a mi madre y a mi hija. No lo haré de nuevo.

—Quizá tengas que hacerlo... para encontrarlos. Tienes un pasaporte alemán falso que te permitió entrar a Países Bajos. Con él puedes salir.

Me acerqué a la ventana y miré el canal gris, tan sombrío como la ciudad. Abajo, algunas personas caminaban encogidas para protegerse del frío, envueltos en sus abrigos y bufandas. El sonido de disparos hizo eco desde algún lugar del distrito.

—No puedo pensar ahora —dije—. Necesito un plan. Necesito saber qué les pasó.

Llevándose el cenicero y el cigarro, Toos caminó a la cocina.

—Yo limpiaré aquí. Si quieres, puedes pasar la noche en mi departamento, pero no creo que sea lo más seguro. Pueden venir por mí, si uno de los miembros del club habla.

Me dirigí a la puerta, la cerré y revisé el cerrojo. Funcionaba y yo aún tenía la llave.

Toos limpió la cocina mientras yo me quedaba parada junto al sofá, evitando derramar las lágrimas que había contenido.

—¿Toos?

Me miró.

—Me alegra que estés aquí.

Levante un montón de relleno y lo metí en el cojín desgarrado.

Aunque Toos y yo limpiamos el departamento lo mejor que pudimos, nada podía borrar la sensación de violación y desesperanza. Sin duda, mi sufrimiento no era nada comparado con el de Emil y Levi. Conforme pasó el fin de semana, seguía sin tener idea dónde estaban; sin embargo, circulaban rumores de que se habían llevado a los hombres a un campo de concentración nazi cerca del pueblo de Schoorl, a más de cincuenta kilómetros al norte de Ámsterdam.

Si hubiera podido salir del gueto, iría en bicicleta al norte para encontrar a Emil. ¡Qué ridículo! Cada acción de los nazis estaba diseñada para quebrar, destruir, hacer que la libertad fuera imposible para cualquiera que no fuera parte de ellos. No lograría nada si fuera en bicicleta al campo y sólo me expondría a ser interrogada y arrestada.

El lunes 24 de febrero se llevó a cabo una manifestación en protesta por el arresto de los judíos. El día siguiente estalló una huelga general en toda la ciudad y en lugares fuera de Ámsterdam. El Partido Comunista de Países Bajos, considerado ilegal por los nazis, había hecho circular un folleto para llamar a la huelga, o *Staakt*. Todos en Jodenbuurt estaban contentos con esta medida, pero sabíamos que una represión por parte de los alemanes llegaría, y así fue, dos días después. Sin embargo, fue un milagro: una protesta masiva organizada por no judíos en contra de las atrocidades de los nazis.

Me mantuve ocupada durante este tiempo, en espera de mis documentos de identidad judía para poder salir del gueto e ir a «mi trabajo». No recibí ninguna información sobre el destino de Emil y de Levi. Mi jefe en el taller de diamantes dejó un mensaje diciendo que había escuchado qué había pasado. Otro trabajador se prestó voluntario para realizar mis tareas hasta que yo regresara.

El jueves en la mañana, alguien tocó a mi puerta; probablemente alguien que yo conocía y no alemanes, quienes la hubieran echado abajo.

—¿Sí? —pregunté.

—Soy yo... Ruud.

El corpulento soldado neerlandés entró. El viento había despeinado su cabello rubio y sus mejillas estaban encendidas por el frío. Se quitó el abrigo y se sentó en el sofá destrozado.

—¿Quieres un té? —pregunté—. Me quedan algunas bolsas y puedo hervir agua.

—Sí, es un día frío.

Cerré las cortinas del balcón para tener privacidad, encendí la luz y me dirigí a la cocina. En unos minutos el té estuvo listo y regresé a la sala. Ruud sonrió cuando le di la tasa en un platito. Le dio un sorbo y lo puso en el piso. Yo me senté en la silla, frente al sofá.

—Karin me dijo que tuviste una aventura en el bar —comentó y después alzó una mano—. No tienes que contarme nada; de hecho, sería mejor que no lo hicieras. Sólo me alegra que mi plan haya funcionado, ya que tuve algo que ver en él.

Pensé en cómo Ruud, el estratega, pudo haber sugerido la operación: empujar a Miller por la saliente al barco que esperaba abajo y que Derk le cortara la garganta. Después, arrojar el cuerpo al Amstel. El homicidio fue cualquier cosa salvo una broma, pero podía imaginarme a Karin diciéndole a Ruud que había sido una «aventura».

—Sí, fue un éxito.

Eso era todo lo que quería decir.

—Tengo algo para ti.

Metió la mano al bolsillo de su abrigo, sacó un sobre grande y lo extendió hacia mí.

Por la rugosidad y la forma, el contorno casi repujado del papel, supe que eran mis papeles judíos. Lo abrí y encontré otra nueva identidad —había tenido tantas desde que Lotti me apodó Niki—, la fotografía reciente, la documentación apropiada que me permitiría salir del gueto.

—Gracias a Dios —dije—. Estaba a punto de perder la esperanza.

—Nunca pierdas la esperanza —replicó Ruud.

—Es sólo una expresión —repuse, un poco desconcertada por su crítica implícita—. Nunca he perdido la esperanza. Sería fácil hacerlo, pero he pasado por tanto... ¿Cómo entraste al gueto?

Con el pulgar se frotó los dedos.

—Ayuda tener algunos florines para repartir y conocer a alguien de la policía neerlandesa. No me hizo preguntas, pero me dijo que me diera prisa con mi visita. —Levantó su taza y sorbió el té—. ¿Qué vas a hacer?

—¿Has escuchado algo de Emil y Levi? ¿Puedes decirme dónde están?

Asintió.

—Levi está detenido por la policía alemana en Ámsterdam. No deberías visitarlo, sería muy peligroso, demasiado incriminatorio. Es probable que lo juzguen por asociación con un sedicioso y por operar un grupo terrorista, si alguien habló. El club nocturno de los miércoles está muerto. —Hizo una pausa y luego me miró con el ceño fruncido—. Temo que las noticias sobre Emil no sean tan buenas. Un grupo de jóvenes judíos fueron detenidos en Schoorl, pero ya los transfirieron.

Me incliné hacia adelante, ansiosa por saber.

—¿Transfirieron? ¿A dónde?

—Nadie sabe con certeza, pero se han mencionado dos campos de concentración, Buchenwald y Mauthausen. No estoy seguro.

Sentí que caía en una grieta, el futuro se oscurecía con las palabras de Ruud.

—Me iré de Ámsterdam. Tengo que encontrarlo.

—No hay nada que puedas hacer —dijo sacudiendo la cabeza—. Mantente alerta. Toos piensa que deberías regresar a Alemania y yo estoy de acuerdo. No importa quién gane la guerra, podrías encontrar a tu hija. Por lo menos podrías hacer una vida con ella. Quizá Emil pueda salir...

—Cumple diez este año... no voy a abandonarla a ella o a Emil. Tengo mis contactos.

Todo mi cuerpo se estremeció, en los brazos se me puso la carne de gallina. Si Rickard seguía bien parado con los nazis y podía encontrarlo, ¿sería capaz de sacar a Emil del campo?

Ruud terminó su té y miró su reloj.

—Será mejor que me vaya, como sugirió mi amigo policía.

Lo acompañé a la puerta, preguntándome si alguna vez volvería a verlo.

—Gracias —dije, dándole un beso en la mejilla—. No sé si nos veremos de nuevo.

—Te deseo suerte, Niki. Espero que la guerra termine pronto.

Tomó mis manos y las apretó.

Con unos pasos hábiles que contradecían su corpulencia cruzó la puerta y salió a la calle. En verdad no sabía si vería otra vez a alguno de los miembros del club nocturno de los miércoles, pero con cada minuto que pasaba en Ámsterdam, sentía que mi vida estaba en peligro.

Levanté el plato y la taza y fui a la cocina. Los dejé en el fregadero y eché a llorar, recordando lo encantadora que había sido mi vida en el gran departamento de Rickard, cómo me alegró el nacimiento de Laura en los tiempos oscuros en los que el movimiento nazi crecía y los tiempos frenéticos, aunque hermosos, con Emil. Todo lo bueno en mi vida había llegado a su fin.

Ahora, era momento de cometer suicidio.

Capítulo 22

Me reuní con Toos en su departamento una vez más antes de salir de Ámsterdam para irme a Alemania.

—Deberías irte mientras puedes —dijo.

Estábamos sentadas en el salón poco iluminado que daba a la calle. Era la última noche de febrero de 1941, sabbat.

—Me voy a suicidar —respondí.

Los labios rojos de Toos dibujaron una sonrisa y su cabello castaño largo se agitó alrededor de su rostro al reír.

—No seas ridícula. Si hubieras dicho que los nazis te iban a matar te hubiera creído. Tienes mucho por qué vivir.

—¿Tienes un cigarro? —pregunté.

Toos me ofreció uno y se recargó, esperando mi explicación.

—Voy a matar a mi antiguo yo. Durante un tiempo fui famosa en Berlín, antes de que los nazis prohibieran mis libros y dejaran a mi editor sin trabajo. —Exhalé el humo del cigarro, pero me quemó la garganta y tosí—. He pensado en eso desde que arrestaron a Emil y a Levi. En Alemania me buscan y, a menos que mi exmarido intervenga para salvarme, acabaré en un campo de concentración...

—Eso también sucedería si te quedaras en Ámsterdam —dijo Toos—. Todos estamos en problemas, muertos de miedo por lo que va a pasar. Derk me llamó, tuvimos que hablar generalidades porque temíamos que hubieran intervenido los teléfonos, está seguro de que el siguiente paso será confiscar las propiedades de los judíos.

—Su locura es metódica. —En la calle sonaron los cascos de caballos, seguidos por el claxon de un automóvil. Me asomé por la ventana, pero no vi nada extraño—. Tengo que matar a Marie Rittenhaus, tengo que matar a Niki.

—Entiendo... creo —dijo Toos estrechando su largo cuerpo sobre el sofá.

—Los nazis deben creer que la mujer que escribió esas novelas hace diez años está muerta. Mi muerte debe ir acompañada de la noticia de que Niki, Marie Rittenhaus, escribió esos libros con pseudónimo y que ahora está muerta.

—¿Cómo vas a hacerlo? —preguntó Toos—. ¿Y el cadáver?

Le devolví a Toos la sonrisa marchita.

—Aprendí de nuestra «aventura» en el bar. El canal está a sólo unos metros de la entrada del edificio de Levi. Dejaré una nota explicando lo que hice, pero necesito tu ayuda.

Toos inclinó la cabeza hacia un lado.

—Continúa.

—¿Conoces a alguien que trabaje para un periódico internacional? No un reportero local, sino alguien que pudiera trabajar para... la BBC, por ejemplo.

Apretó los labios.

—No. Ningún hombre ha admitido ser reportero mientras está en mis brazos... pero quizá Derk conozca a alguien. Tiene relaciones con académicos.

—Entonces, dile a Derk que vaya al departamento de Levi el domingo en la mañana, después de las ocho. Para entonces estaré en un tren rumbo a Alemania, la puerta estará abierta y dejaré una nota en el sofá y la llave en el relleno de uno de los cojines destrozados. Si puede dar a conocer la noticia de mi muerte, le estaré agradecida.

—¿Qué hay de tu madre y de Rickard?

Suspiré.

—Me preocupa mi madre, pero de alguna manera me comunicaré con ella. Rickard quizá se sienta aliviado con la noticia.

—Lo tienes todo planeado —comentó en un tono que rayaba en celos—. Desearía poder ir contigo, pero me arriesgaré aquí. Por lo menos ya tienes un pasaporte alemán falsificado.

Hablamos unos minutos más, pero no podía quedarme mucho tiempo porque tenía mucho qué hacer antes de suicidarme. Ambas nos sentíamos entumecidas por la agitación en nuestras vidas, así que nos abrazamos sin lágrimas y nos despedimos. Mis últimas palabras para aquella mujer valiente fueron mis deseos de buena suerte y larga vida.

De regreso al departamento, miré las estrellas y me maravillé de que no hubieran cambiado. Se extendían silenciosas, frías, brillando contra el cielo negro; su luz provenía de distancias inconmensurables para caer en mis ojos como regalos del paraíso. Sobrevivían, resueltas, inalteradas, mientras la Tierra se hundía en el caos.

Sólo me quedé dos noches más en Ámsterdam, ambas sin Emil.

Nunca supe cuánta sangre tenía una rata hasta que maté una y derramé el líquido en el piso cerca de la puerta del departamento. Dudaba que los nazis se molestaran en examinarla. La verían sólo como un líquido de vida y celebrarían que otro enemigo del Estado había sido erradicado.

Mi nota de suicidio era corta y concisa; declaraba que yo, Marie Rittenhaus, también conocida como Niki, había sido perseguida por los nazis y ya no podía continuar con mi vida. Yo era la autora de dos libros que habían sido proscritos por el Tercer Reich. Mis ingresos, mi impulso creativo, habían sido apropiados por un régimen criminal. Había huido de Alemania para venir a Ámsterdam, pero ahora me daba cuenta de que no había lugar para esconderme y que mi solidaridad estaba con los judíos de

Ámsterdam que luchaban contra el Reich fascista. Me corté las muñecas, las envolví en una toalla y salté al canal en medio de la noche. Había puesto piedras en mi vestido para que me hundiera el peso, pero no suficientes para evitar que mi cuerpo flotara hasta el Amstel. Me había asegurado por duplicado que moriría: por la pérdida de sangre y por ahogamiento.

Cuando salí del departamento, todos en el edificio dormían.

Usando mi identidad judía, no tuve problemas en salir del gueto bajo la mirada bovina del guardia neerlandés que estaba en el puente; le dije que tenía un turno muy temprano. Luego, después de todo el trabajo que se había tomado Karin, rompí en pedazos los documentos y los lancé al canal. Si los llevara conmigo mientras viajaba en Alemania, me arrestarían.

A las siete de la mañana, una hora antes de que Derk encontrara la nota, esperaba para abordar el tren a Berlín. Había comprado un boleto de primera clase. La policía alemana y neerlandesa en la estación revisó mis papeles alemanes con miradas despreocupadas y guiaron a la mujer bien vestida que les sonreía por la entrada con mucho más entusiasmo que a alguien que pareciera que huía de la ciudad.

Los florines que había rescatado de la lámpara descansaban en el bolsillo secreto de mi abrigo, en el que había traído el brazalete a Ámsterdam. No llevaba nada sospechoso en mi maleta, las autoridades podían inspeccionarla a su gusto. Dejé la máquina de escribir en el departamento.

Cuando el tren empezó a alejarse del andén, pensé en Levi; suponía que seguía bajo arresto. Cuánto hubiera deseado poder liberarlo. ¿Qué había pasado con Emil? ¿Estaría en un campo de concentración en Alemania? Estas preguntas me bajaron el ánimo al salir de la ciudad.

El tren avanzó traqueteando. No teníamos miedo del ataque de un país vecino porque todos habían sido conquistados. Las fuerzas británicas estaban confinadas en las campañas africanas y Estados Unidos aún no había entrado a la guerra. Sentía una extraña mezcla de emociones mientras el campo pasaba veloz por la ventana: emoción, miedo, arrepentimiento y tristeza. Ningún periódico o revista retenía mi atención. Algún pasajero había dejado una novela alemana en el asiento; las páginas se convirtieron en palabras borrosas cuando intenté leer. Me removí en el asiento y cerré los ojos esperando relajarme, pero no fui capaz de dormir, a pesar de que estaba exhausta.

Aproximadamente doce horas después, llegué a la estación de Berlín y cargué mi maleta hacia ningún lugar al que pudiera llamar hogar. Primero pensé en mi madre, pero luego decidí que la casa de Lotti sería una mejor opción si seguía viviendo en el mismo departamento. Como una hora más tarde llegué a su casa entre la catedral de Berlín y Alexanderplatz.

El timbre sonó con su zumbido metálico habitual. Reconocí la voz de Lotti por el interfono y suspiré de alivio.

—¿Quién es? —preguntó, parecía un poco molesta.

—Una vieja amiga —respondí.

Escuché una exclamación sofocada y, un momento después, Lotti bajó corriendo las escaleras en bata.

—Eres tú... tú, a la que menos esperaba —exclamó al abrir la puerta—. No esperaba volver a verte. Han pasado casi cinco años.

—Regresé, por un tiempo —expliqué, depositando la maleta en el piso—. ¿Habría manera de...?

—No tienes que preguntar —respondió Lotti interrumpiéndome—. Pero tendrás que dormir en el sofá.

—Ah.

—Tengo un amigo —dijo—. Está aquí ahora, Egon. Es nacionalsocialista.

Estaba recogiendo mi maleta cuando me quedé paralizada.

—No te preocupes, no es ese tipo de nacionalsocialista.

—Lotti —murmuré—. Soy una mujer buscada. No puedo tomar té con un nazi. ¿Confías en él?

Ella tomó mi maleta y empezó a subir las escaleras.

—Por supuesto. Su padre lo obligó a afiliarse al partido. Odia todo eso: la quema de libros, el servicio militar, las leyes contra los judíos; sólo está aquí unos días de permiso y luego irá a Polonia, quizá más al este.

Mi cabeza me decía que huyera.

—¿Hace cuánto tiempo que lo conoces?

—Desde que empezó la guerra. Sirvió en Francia. Vio lo que Hitler y la Wehrmacht pueden hacer, pero no habla de eso. A veces creo que explotará.

—Eso es lo que me preocupa. Que explote y tú y yo muramos.

—Me ama, y yo... —Su pausa expresaba duda—. Bueno, más que a cualquier otro hombre con el que haya estado. Lo conocí en el Leopard Club. Rudi lo aprobó, pero él también ha sido reclutado. A África, creo.

Detuve a Lotti y le pedí que me mirara a los ojos.

—¿Lo juras?

—Sí.

Sólo tenía otra opción y ésa era ir a casa de mi mamá, pero Lotti parecía tan contenta y segura que hice ese pensamiento a un lado. Mi amiga había sacado lo mejor de mí y me pregunté cómo sería tener a un nacionalsocialista al lado. Quizá era un infiltrado nazi y podría ayudarme a encontrar a mi hija y a Emil.

Lotti abrió la puerta. El joven que la había cautivado estaba sentado en la cama, con la espalda recargada en la cabecera y el pecho desnudo, salvo por los tirantes que cruzaban sus hombros y sostenían los pantalones de su uniforme. Egon podía haber posado para un cartel de las juventudes hitlerianas. Tenía probablemente veinticinco años, rubio, de ojos azules como un lago de primavera, cejas escasas, nariz afilada y una sonrisa agradable. Su pecho, brazos y hombros eran musculosos por su entrenamiento militar; rezumaba sexualidad sin siquiera intentarlo. No era sorpresa que Lotti y Rudi lo aprobaran, pero ¿podía confiar en él?

Bajó las piernas de la cama y, antes de saludarme, le dio un trago a una bebida parecida al brandy que descansaba en el buró.

—Soy Egon —dijo—. Lotti me ha hablado de ti y de lo que has pasado.

Miré a mi amiga. Le había platicado a Egon la historia de mi vida mucho antes de que yo llegara.

—¿Te dijo mi nombre? —pregunté, poniendo la maleta junto al sofá.

—Niki —respondió sin sorpresa en la voz.

—Supongo que no tenemos secretos.

Dio un saltito hacia atrás, aterrizó en la cama y subió las piernas al colchón. La maniobra se parecía a la que haría un adolescente. Lotti se acostó junto a él y se acurrucaron frente a mí cuando me senté en el sofá. Su intimidad me hacía sentir como una intrusa molesta. Egon me observaba, con una mirada seductora y lasciva, mostrando sus dientes húmedos y labios rojos. Me pregunté si me estarían invitando a su cama. No tenía intenciones de ir.

—Lotti... no creo que esto vaya a funcionar —dije.

—No te preocupes, no me voy a quedar —intervino Egon—. Mis padres quieren que vaya a su casa de vez en cuando. Creen que su hijo, que sí lo suficientemente grande como para que lo maten en acción, es demasiado joven para pasar la noche con una mujer.

Lotti le dio una palmada en el brazo a Egon.

—Supongo que no hay secretos.

—Las dejo platicar —dijo, liberándose de los brazos de Lotti. Volteó, presionó los labios contra los de ella durante un largo momento y luego preguntó—: ¿Mañana en la noche? Sólo me queda una semana antes de partir al este.

Ella asintió y sonrió.

Egon bajó de la cama, tomó su camiseta que estaba en una silla, se bajó los tirantes y se la puso, fajándosela con cuidado en los pantalones. Lotti lo miró embelesada mientras él acababa de vestirse, se acomodó el saco del uniforme, se puso las botas y tomó su gorra de campo gris. Besó de nuevo a Lotti y se dirigió a la puerta.

Lo llamé.

—¿Vas a hacer que me arresten? Hitler, Goebbels..., me están buscando. Si me vas a denunciar, ¿al menos puedes darme la oportunidad de salvarme?

Caminó al sofá y estrechó mi mano.

—¿Por qué haría eso? ¿Por qué lastimaría a una amiga de la mujer que amo?

Dio media vuelta y se marchó.

Por alguna razón —quizá fue el tono en su voz, la manera en la que habló, con una amabilidad que emanaba de espíritu— le creí.

Embobada, Lotti lanzó un suspiro apasionado y jaló la almohada que estaba junto a ella.

—Veo que estás enamorada —dije—, pero los nazis pueden ser encantadores si eso quieren.

A Lotti se le amargó la sonrisa.

—Egon no es así. Es un buen hombre. Odia lo que los nazis han hecho. Sólo está peleando porque no tiene otra opción. Hemos hablado de lo difícil que es apuntar un arma a otro hombre. En Francia, disparaba con la intención de errar. Los oficiales nunca supieron o sospecharon porque el país cayó muy rápido. Quiere salirse, pero ¿qué puede hacer? Temo por su vida si va al este. ¿Quién sabe qué es lo que Hitler está planeando?

—Tengo que comer algo —dije, levantándome del sofá—. Ahora regreso.

—No puedo esperar a escuchar qué pasó —respondió, incorporándose sobre el codo—. Te ves triste. ¿Estás bien, Niki?

Suspiré.

—No, no estoy bien. Estoy huyendo y he perdido a dos personas que me son muy queridas por culpa de los nazis de mierda. —Raras veces decía groserías, y nunca delante de mi madre. La palabra me hizo sonrojarme, de ira, de impotencia al no poder hacer nada por las personas que había perdido. La nueva mujer alemana de la que escribí estaba desapareciendo frente a mis ojos—. Mi vida no podría ser peor... aunque tal vez sí, si Egon no puede mantener la boca cerrada.

—Lo hará —dijo sin dudar ni que la voz le temblara.

—Eso espero. —Mi estómago gruñó—. ¿Tienes marcos? Todo lo que tengo son florines. Tengo que cambiarlos.

Abrió el cajón del buró y me dio dinero.

—Apúrate a regresar. Quiero oírlo todo.

—Será una larga noche —respondí y cerré la puerta.

Los siguientes días hablé con Lotti sobre lo que había pasado desde que Emil y yo nos fuimos a Ámsterdam. Sin embargo, mi verdadera atención se dirigía a Egon. Como Hermann, el joven que me llevó a la casa de campo de Spiegel para ver a Rickard, Egon tenía un coche. Era de sus padres, pero le permitían a su hijo usar el vehículo.

Salía a caminar todas las mañanas temprano y dejaba solos a Egon y a Lotti para sus visitas conyugales, para respetar su privacidad. Sabía que mi acuerdo con Lotti no podía durar y que, una vez más, tenía que encontrar un departamento. No obstante, sospechaba que Lotti estaría deprimida cuando Egon se marchara a servicio. Se sentiría sola y sin ánimos, quizá incluso desearía mi compañía.

Los tres hablábamos hasta tarde en la noche, después de la cena. El único obstáculo que nos impedía seguir hasta el amanecer era el trabajo de Lotti. Unos días antes de que Egon tuviera que reportarse a servicio para ir a Polonia, le pedí un favor.

—¿Me llevarías a Buchenwald?

Lotti se mostró un poco horrorizada por mi solicitud, pero sabía por qué lo hacía. Quería ver el campo de concentración en el que Ruud me dijo que era posible que hubieran llevado a Emil.

Egon también entendió mi intención y me miró con ojos comprensivos.

—No lo verás. El campo está bien custodiado. Ni siquiera estoy seguro de poder verlo desde el camino, si vamos.

—Lo sé —respondí—. Quiero observar el terreno, ver por mí misma si hay alguna manera de que Emil escape.

Esas razones eran verdaderas, pero escondía las emociones que me inundaban. Hasta donde sabía, Emil había vuelto a suelo alemán y yo quería estar junto a él, aunque sólo estuviera a unos kilómetros, separada por muros y alambres de púas electrificadas. No sabía cómo explicarlo, salvo que no me había dado por vencida, al menos trataría de llegar a él.

Egon se encogió de hombros.

—Claro. Una pequeña aventura antes de regresar a la guerra. Tendrás que pagar la gasolina. No puedo esperar que mis padres lo financien.

Asentí, sabiendo que Egon me estaba dando gusto, que consentía a mis deseos.

Volker, el dueño del Leopard Club, me había estado cambiando los florines por marcos, poco a poco. Lotti lo sugirió y Volker, en ningún sentido admirador de los nacionalsocialistas, sobre todo después de que su portero recibió una paliza de las SA tiempo antes, ayudó con gusto. Era más seguro hacerlo con Volker que en el banco. Esa cantidad hubiera llamado la atención.

Quedaban tres días antes de que Egon tuviera que irse. Me recogió para nuestro viaje a Buchenwald, cerca de Weimar. Salimos en un amanecer gris para emprender el trayecto de casi trescientos kilómetros. Egon, vestido de uniforme, olía a loción para después de afeitar aroma limón. La calefacción del coche calentaba el aire y, de manera extraña, me sentía muy cómoda con el joven soldado. En los pocos días que habíamos pasado juntos, empecé a confiar en él y el miedo a que me arrestaran salió de mi mente. Parecía saber cosas, conocer «secretos» que mi limitado entendimiento de civil jamás me hubiera permitido conocer.

En el camino hacia el sur desde Berlín, me pasó un mapa que tenía trazada la ruta. Nos dirigíamos al suroeste, después de Potsdam, entre los campos de invierno, a través de las colinas onduladas de Wittenberg, hasta que nos topamos con el camino justo al norte de Leipzig. De ahí seguiríamos nuestra ruta al suroeste, a Buchenwald.

Llevábamos como una hora de viaje cuando Egon apartó la mirada del camino un momento, volteó a verme y me preguntó:

—Amas mucho a este hombre, ¿verdad?

Lo miré y él regresó la vista al camino. Su pregunta disparó una cascada de emociones que había reprimido desde que salí de Ámsterdam. Se me hizo un nudo en la garganta y me fue difícil hablar durante un tiempo. Cuando al fin pude hacerlo, una lágrima rodó por mi mejilla.

—Los nazis me quitaron a mi hija y a mi amante —dije—. Emil me salvó en una época en la que necesitaba que me salvaran. El padre de Laura es un oportunista. Usará a los nazis tanto tiempo como pueda. La mayor parte del tiempo siento... resignación... por cómo están las cosas. Sólo puedo cambiar la manera en la que me siento por lo que he perdido. Ahora, reprimo mis sentimientos de furia y tristeza... y venganza.

—Eres valiente —dijo Egon—. Te admiró. No sé si Lotti y yo podríamos ser alguna vez tan valientes como tú.

—A Lotti la golpearon Spiegel y sus matones la noche en que se llevaron a Laura. Se las ha arreglado para sobrevivir.

Abrí mi bolso y hurgué en él en busca de un cigarro. Saqué un Juno, más fácil de comprar que mi marca habitual, y le ofrecí uno a Egon.

—No fumo —dijo negando con la cabeza.

—¿Te importa?

—No.

Encendí el cigarro y el humo llenó el interior del coche. Bajé la ventana un poco y salió en un sedoso hilillo gris.

—Hablaste de venganza —dijo Egon—. Todavía tengo tres noches.

Estudié su perfil tranquilo. Sus manos permanecían firmes en el volante, con los ojos azules concentrados en el camino y su tez suave como la crema. Casi podía escuchar el latido de su corazón, tranquilo y constante en su pecho.

—¿Qué tienes en mente?

—Me reclutaron muy rápido; un día era civil y al siguiente estaba al servicio del Reich. Los nazis son como máquinas eficientes, cualquier alteración los desestabiliza. La manera más eficiente de atacarlos es con golpes a su orden, a su organización.

Entendía lo que quería decir. En el club nocturno de los miércoles discutíamos tácticas similares.

—Cuando estaba en Ámsterdam hablábamos de incendiar las oficinas de pasaportes, de tarjetas de racionamiento, los centros de operaciones. ¿A eso te refieres?

—Exactamente —respondió mirándome otra vez—. No hablo de la Cancillería del Reich o de la sede de la Gestapo. Conozco los centros de reclutamiento, las oficinas pequeñas en Berlín que marcarían la diferencia. Si golpeamos fuerte y rápido, aunque sea una noche, les infundiríamos miedo y los alemanes comunes sabrían que estamos contraatacando. Los nazis odian que se les desprecie, los vuelve locos.

Lo pensé un momento mientras avanzábamos a gran velocidad por unas colinas boscosas.

—Emil imprimía panfletos. Supongo que eran efectivos pero, al final, no lastimaban a nadie más que al impresor y los sentimientos de los nacionalsocialistas. Es como mandar una postal para hacerle saber a la gente lo que piensas. Destruir algo es completamente distinto.

—Y eficaz.

Las siguientes dos horas de camino conspiramos, hablando sobre cuáles serían los objetivos, hasta que llegamos al camino que llevaba a Buchenwald. La ruta estaba llena de árboles, con claros en algunas zonas y densa en otras. Parecía que estábamos en un sendero que acababa en un solo destino. Aparecieron letreros de advertencia: «*Verbotten. Achtung*». Egon paró el coche a un lado del camino.

Sobre una colina arbolada, pude ver la parte superior de una torre de reloj. En algún lugar cercano, Emil estaba preso, si acaso seguía con vida. No quería pensar que estuviera muerto. Sólo deseaba creer que me estaba esperando, que esperaba que alguien lo rescatara de este campo.

—No podemos acercarnos más —dijo Egon—. Si vamos más lejos, nos arriesgamos a que nos arresten.

Aparté la vista de la torre y miré en la dirección opuesta, hacia los campos y pueblos que se extendían al oeste. Me invadió el sentimiento de resignación que le había descrito a Egon. No podía hacer nada más que mirar y preguntarme qué habría más allá de esos árboles.

—No sé por qué te convencí de hacer esto —dije—. Quería estar cerca de él, nada más. Quizá era para despedirme. ¿Tiene sentido?

Egon pasó el brazo sobre mis hombros.

—Por supuesto. Debe ser difícil. —Con el brazo libre, dibujó un arco amplio—. Me pregunto por los alemanes que viven en las cercanías. ¿Sabrán lo que pasa aquí? ¿Les importa? ¿O están felices de que hayan construido un campo para esclavizar a los comunistas y a otras personas a las que el Reich considera una amenaza? ¿Inadaptados? ¿Degenerados?

Caminó al coche y se recargó en la puerta del copiloto.

—Cuando me conociste, no confiaste en mí. ¿No es triste tener que vivir así? —continuó apretando los puños—. Quieren que nos delatemos unos a otros, que vivamos como perros de pelea. Es la única manera en la que pueden tener el control: si nos hacen enfrentarnos unos a otros, pisando como insectos a quienes no están de acuerdo.

—Destruyen todas las amenazas —dije.

—Por eso debemos destruirlos a ellos. Y deberíamos empezar mañana en la noche.

Miré una vez más la torre distante, jugueteando con un cigarro, pero el sonido de un automóvil que se acercaba rápidamente nos interrumpió.

—Rápido, entra al coche —dijo Egon—. Mete el mapa en la guantera.

Corrí al coche, me senté en el lugar del copiloto y metí el mapa arrugado a la guantera. Tan pronto como cerré la puerta, advertí el brillo de un sedán negro que se acercaba a través del espejo retrovisor lateral. Me arreglé el cabello con los dedos, respiré profundo y me relajé en el asiento. Egon se acuclilló frente al coche para revisar las llantas delanteras.

En un momento, el sedán se estacionó a nuestro lado y un hombre de las SS y un oficial alemán salieron del coche. Fruncían el ceño y estaban armados. El conductor permaneció en su puesto.

Egon se levantó y saludó a los dos hombres quienes, al parecer molestos por la interrupción en su camino al campo, le devolvieron el gesto sin entusiasmo.

—¿Qué hacen aquí? —preguntó el hombre alto de las SS, con una mano en el bolsillo de su abrigo.

—El coche estaba vibrando —respondió Egon—. Pensé que se había ponchado una llanta.

El hombre de las SS miró al interior del coche, hacia mí.

—*Guten Morgen* —saludé con una sonrisa.

Volvió a dirigir su atención a Egon.

—¿Qué hacen en este camino? ¿No vieron los letreros?

—Sí... pero ¿no es esta la ruta a Ottstedt am Berge? —preguntó Egon.

El otro hombre negó con la cabeza.

—No. Tomó la salida incorrecta. El pueblo está al oeste.

—Lo siento, capitán. Regresaremos de inmediato.

—Papeles, también los de la pasajera —ordenó el oficial de las SS extendiendo la mano.

Egon sacó el suyo del bolsillo del saco de su uniforme. El capitán se acercó a mi puerta, echó un vistazo al interior y revisó mi identificación, el pasaporte falso alemán que Emil había fabricado.

—Abra la cajuela —dijo el hombre de las SS.

Escuché cómo Egon giraba la manija y la abría. Los dos hombres parecieron satisfechos tras varios minutos de rebuscar.

—Regresen por este camino y giren a la izquierda —ordenó el capitán.

—Sí, señor.

Egon hizo el saludo militar, tomó el asiento del conductor, subió la ventana y condujo el coche hacia el norte. El sedán negro permaneció estacionado hasta que los perdimos de vista. Giramos a la izquierda como lo ordenaron, pero nos detuvimos a un lado del camino para ver si nos habían seguido. Quince minutos después retomamos el camino a Berlín.

—Lamento que no tuviéramos más tiempo —dijo Egon—. Tuvimos suerte de que llevara el uniforme. Esa inspección pudo ser desafortunada.

Encendí un cigarro.

—Emil hizo mi pasaporte. Le gustaría saber que engañó a las SS a pocos kilómetros del campo.

—Te portaste con firmeza bajo presión.

Lo miré.

—No fue nada comparado a cuando ayudé a asesinar a un hombre.

De inmediato volteó a verme.

—Repite eso, por favor.

—Un capitán en Ámsterdam.

Hice el gesto con la mano de cortarme la garganta. Le conté sobre mi tiempo en Países Bajos y mi alianza con la resistencia.

Egon me miró asombrado.

—En verdad debemos trabajar juntos.

En el camino de regreso, hablamos de ubicaciones que Egon pensaba eran más vulnerables y que nos darían la mejor oportunidad de demostrar nuestra postura. Nos paramos a comer, luego continuamos nuestra ruta y regresamos al departamento después de las cuatro de la tarde.

Egon y yo estábamos sentados en el sofá cuando Lotti abrió la puerta; parecía triste cuando se quitó el abrigo. Lanzó un periódico en mi dirección, un portavoz de propaganda nazi que compró ese día.

—Mira la primera plana, en la parte inferior —dijo Lotti.

De inmediato vi el titular.

«La mujer de Berlín»

«Encontrada muerta en un canal de Ámsterdam»

El artículo relataba que el cuerpo de Marie Rittenhaus, la autora de *La mujer de Berlín*, también conocida como Niki, fue encontrada flotando en un canal de Ámsterdam. El periódico nazi había retomado una historia que reportó la BBC. Derk había hecho su trabajo, pero me preguntaba qué pobre alma había tomado mi lugar en las aguas turbias. También pensé en mi madre, quien quizá escuchara la noticia. Necesitaba comunicarme con ella.

—Es bueno saber que vivo con un cadáver —agregó Lotti.

—¿No te sientes más segura? —pregunté—. Los nazis creen que estoy muerta.

—Mejor —intervino Egon con un guiño.

Estaba planeando nuestra siguiente «aventura».

Capítulo 23

Por fortuna, puesto que le interesaba poco la política, mi madre no había escuchado el informe de mi muerte cuando fui a verla la mañana siguiente. También me sorprendió que ningún vecino hubiera visto las noticias y hubiera venido a decirle. Sin embargo, sí le sorprendió un poco verme frente a su puerta.

Había perdido peso por la preocupación de la guerra y, probablemente, por mí. Sus mejillas, habitualmente rosadas, estaban demacradas, menos firmes, y los destellos caoba de su cabello habían perdido el brillo. La sonrisa condescendiente que acostumbraba esbozar en su rostro se había convertido en una ligera mueca fruncida.

No lanzó un grito de alegría cuando abrió la puerta ni me abrazó, sólo una expresión fría que indicaba un poco de incredulidad. Parecía esperaba verme otra vez, contando los años hasta que pudiera reprenderme por mi relación fallida, por mi falta de dinero e iniciativa, por ser la hija incontrolable que nunca pudo tener una vida responsable.

Frieda no perdió tiempo para hacerme pasar, tras echar un vistazo hacia las casas de los vecinos y la calle antes de cerrar la puerta. Poco había cambiado en los años que estuve fuera. Leía la Biblia en el sofá cuando la interrumpí. Una manta de ganchillo estaba echa bolas sobre los cojines, la recogió haciendo lugar para que pudiera sentarme.

—¿Regresaste a casa? ¿Te siguieron?

—Una a la vez, madre —dije—. No. Tuve cuidado, pero debes entender... Tu hija, Marie, está muerta. La mujer que escribió los libros que enfurecieron a los nazis ya no está viva.

Frunció el ceño y me miró como si estuviera loca.

—¿Qué quieres decir?

—Los periódicos publicaron ayer que estoy muerta. Fingí mi propia muerte para poder salir de Ámsterdam.

Por su aspecto de asombro, pude inferir que esa información no le gustó. Hablamos durante una hora en la habitación fría y le conté todo lo que había sucedido en Países Bajos, aunque no comenté nada del asesinato del oficial alemán ni de lo que Egon y yo habíamos planeado para esa noche.

—¿Estás embarazada? —preguntó, siempre buscando la manera de traer a colación el tema de mis errores.

Negué con la cabeza, no quería entrar en detalles de mi vida personal.

—Quería que supieras que estaba viva. Me estoy quedando con Lotti, pero buscaré mi propio departamento tan pronto como pueda. Cuando lo encuentre, te lo haré saber.

—¿Tienes dinero?

—Sí, no tienes que preocuparte... ¿Tú necesitas dinero?

Negó con la cabeza.

—Estoy bien... Me preocupa la guerra.

—A todas las personas buenas les preocupa.

Bajó la cabeza y sentí que estaba a punto de llorar, algo raro en mi madre.

Titubeando, preguntó:

—¿Has visto a Laura?

La pregunta fue tan inesperada como un golpe en el estómago.

—No sé dónde está... —respondí con voz entrecortada—. Supongo que sigue con Rickard, pero no lo he visto ni he sabido nada de él durante años. Si sigue sirviendo al partido nazi, Laura estará bien.

De hecho, la última vez que vi a mi hija fue la noche en que mataron a Spiegel, otro evento terrible que no le revelé a mi madre.

—Me gustaría que las cosas fueran diferentes —dijo Frieda—. Desearía que pudieras quedarte aquí... que no tuviéramos que preocuparnos por bombas o muertes.

—Ya estoy en Berlín. Nunca estaré muy lejos. —Tomé su mano—. Todo lo que tienes que recordar es que Marie está muerta. Murió en Ámsterdam y encontraron su cadáver en un canal. Cuando hables con alguien sobre mi muerte debes mostrarte triste.

—Lo estaré... También estoy triste por Laura.

—Encontrar a Laura es la tarea más importante en mi vida. Nunca me daré por vencida hasta que la encuentre.

Soltó mi mano y me abrazó, una muestra poco común de su amor. Nuestras vidas habían cambiado y empezábamos de nuevo. En mi corazón sentí admiración por su valor: vivir sola sin un marido, abrirse paso en el mundo. Aunque me era difícil admitirlo, poseía algunas de las cualidades de la mujer berlinesa sobre la que escribí años antes, sólo que sin amor ni hombres en su vida. Para mí no era muy diferente, mis libros hablaban de supervivencia, siempre trataron de supervivencia.

Si ella vio algo nuevo o algún cambio en mí, no lo mencionó.

Nos despedimos con un beso. La dejé en su casa de Rixdorf y, bajo el cielo sombrío, caminé por la calle en la que había crecido, el reino que moldeó mi juventud. Durante el trayecto al tranvía, supe que me había transformado en alguien muy distinto a la pequeña niña que había vivido aquí.

En unas horas, habría otra transformación. Tomaría otra acción directa en contra del Reich.

Vivir bajo el régimen nazi siempre fue una farsa para gente como yo. Otra mentira, otro secreto guardado para poder resistir. Egon y yo decidimos que no era necesario que Lotti conociera nuestro plan de esa noche. La discreción siempre era mejor que el conocimiento para proteger a tu familia y amigos. Las SS seguían estando un paso adelante. La Gestapo acechaba en cada esquina.

Egon le dio una excusa a Lotti para esa noche: le dijo que necesitaba pasar una de sus últimas noches en casa de sus padres. Hicimos planes para reunirnos a las nueve en Die kleine Rose, el *biergarten* cerca de Alexanderplatz donde me había reunido con mi editor después del juicio en el que prohibieron las publicaciones.

Yo le dije a Lotti que saldría a caminar y que no me esperara despierta, necesitaba estar un tiempo sola para pensar qué hacer con mi vida.

Egon y yo elegimos un pequeño centro de reclutamiento en una calle oscura cerca del *biergarten* por su ubicación, no estaba en una calle principal, y la facilidad de un escape seguro. La calle estaba abierta en ambos extremos, pero no muy bien iluminada. Desde junio de 1940, los Aliados bombardeaban Berlín de manera esporádica, por lo que se implementaban reglas para los apagones. Las luces que alguna vez disfruté desde el departamento de Rickard se habían atenuado.

Egon y yo esperábamos que la operación fuera rápida y poder regresar a nuestras casas respectivas después de terminar la misión.

El viento penetraba mi abrigo y bufanda, y me hizo estremecer el corto recorrido desde el departamento de Lotti hasta el Die kleine Rose. El patio triangular estaba cerrado en el invierno. Las mesas, sillas y paraguas estaban almacenadas junto a los setos que rodeaban el lugar, ahora semimarchitos por el clima frío. Los clientes reían y bebían al interior, en los confines cálidos del *biergarten* en esa noche fría. Unos haces de luz amarilla atravesaban las cortinas y las sombras de las siluetas iban y venían en la escasa iluminación.

Me envolví con mis propios brazos y esperé, tratando de no parecer sospechosa conforme la gente entraba por una copa o salía, consumida por el alcohol. Mi reloj marcaba las nueve con diez minutos. Empezaba a pensar que algo había salido mal cuando un dedo me dio unos golpecitos en el hombro.

Ahí estaba Egon, sonriendo en su uniforme. Tomé su mano como si fuéramos una pareja en una cita. En cierto sentido, lo éramos.

—Pensé que no vendrías —dije.

Palabras que cualquier mujer podría decirle a un hombre.

—Vamos —respondió en voz baja y firme.

Nos alejamos del Die kleine Rose, caminamos una cuadra y luego dimos vuelta a la izquierda en la calle oscura. No vi a nadie, ningún otro ser vivo salvo un gato callejero frente a nosotros. Como a la mitad de la calle, Egon me jaló a un pequeño espacio que se abría en la parte trasera de dos edificios donde había botes de basura.

—Tenía que recoger esto antes de reunirme contigo. —Levantó la tapa con sus manos enguantadas, señaló una bolsa al interior del contenedor y la abrió. Adentro había dos botellas de vidrio llenas de gasolina—. Esto bastará —agregó.

Con un movimiento de cabeza señaló el centro de reclutamiento al otro lado de la calle. La neblina cubría la fachada. Una enorme bandera nazi ocupaba la mayor parte de las ventanas cubiertas de herrería. El espacio alrededor estaba lleno de libros y papeles de propaganda, y no salía ninguna luz del edificio.

—¿Qué hay de las estructuras aledañas? —pregunté—. No pensé en eso.

—No hay departamentos, sólo negocios. Una tintorería que debería agregar combustible al fuego y un comerciante de telas.

Imaginé el brillo en los ojos de Egon, aunque no podía verlos. Estaba disfrutando lo que íbamos a hacer.

Pegó la cabeza a los ladrillos y me acercó a él.

—Bésame —murmuró.

Un hombre y una mujer pasaron frente a nuestro objetivo. Los observé: caminaban despreocupados cuando Egon puso sus labios sobre los míos. Su beso fue frío, sin pasión, pero diseñado para ocultar la verdadera intención de nuestro encuentro. Momentos después, la pareja se alejó, al parecer no prestaron atención a nuestro romance en la oscuridad.

Nos separamos y en cuestión de segundos estábamos absortos en nuestra tarea. Sacó la bolsa del bote y la sujetó con un brazo contra su pecho.

—Es posible que el edificio tenga una alarma —dijo—. Si se enciende, deja la bolsa en el suelo y corre —añadió y me pasó los cocteles incendiarios.

Cruzamos la calle y nos detuvimos frente al centro de reclutamiento. Vigilé la calle mientras Egon se inclinaba hacia la puerta, tratando escuchar algún ruido en el interior y buscando cables en el marco. Asintió y sacó una pequeña palanca que llevaba oculta debajo del saco de su uniforme. Con un movimiento rápido y un pequeño crujido, la puerta se abrió de golpe. Nos apresuramos a entrar y Egon cerró la puerta. No sonó ninguna alarma.

Dejó la barra sobre un escritorio y sacó una pequeña linterna eléctrica de su bolsillo. La luz mostró dos escritorios con sus respectivas sillas, como habría en cualquier oficina, e hileras de libreros y archiveros. Un retrato del Führer que colgaba de una puerta al fondo observaba desde lo alto a sus discípulos preferidos.

—Veamos qué hay aquí —dijo Egon.

Miré al tiempo que la luz brilló sobre uno de los escritorios. Él revolvió los papeles perfectamente apilados y sostuvo algunos bajo la luz. Eran miniarchivos: notas sobre los reclutas, su perfil psicológico, su habilidad para servir, para qué estarían mejor capacitados, dónde podrían enviarlos y quizá sus primeras fotografías militares, tomadas ahí mismo y engrapadas al formulario.

—Hermoso —dijo—. Esto hará una buena hoguera. —Se detuvo un momento y prendió el encendedor que había sacado del bolsillo. Una llama brilló—. Debemos asegurarnos de que no haya nadie a la vista cerca de la puerta de enfrente cuando las prendamos y las arrojemos.

Retrocedí despacio a la puerta y la abrí, crujió un poco. No había nadie a la vista y no escuché pasos cuando asomé la cabeza por el umbral. La calle estaba libre.

De pronto, el sonido metálico de una campana retumbó en la oficina. La linterna de Egon cayó en el cajón del escritorio que había abierto: había activado la alarma. El haz de luz iluminó su rostro asombrado un segundo. El encendedor se apagó.

—Mierda —dijo debatiéndose con la linterna—. Tendremos que salir por atrás. ¡Rápido! ¡La bolsa!

La puse sobre el escritorio, como me ordenó, y fui a revisar la puerta trasera. Estaba cerrada con llave, pero ésta se encontraba en la cerradura. La abrí y asomé la cabeza al callejón, mirando a ambos lados. No había nadie en el oscuro corredor, pero la ruta de escape presentaba ciertos problemas. Un extremo era un callejón sin salida que acababa en una pared alta de ladrillo; el otro estaba cerrado con una gran reja de madera. No tenía idea de lo que había al otro lado.

—A un lado hay una reja —dije—. El otro es infranqueable.

—Es nuestra única salida ahora. Toma el encendedor.

Sacó una de las botellas de la bolsa. Yo sostuve la flama bajo la tela empapada de gasolina. Se encendió al instante y Egon la lanzó a un rincón. El cristal se hizo añicos y el fuego iluminó de naranja la habitación. El destello, que al principio fue suave, trepó por el muro conforme los letreros de reclutamiento se incendiaron. Yo encendí la segunda y Egon la aventó al hueco de una ventana. La bandera nazi prendió fuego y, en cuestión de segundos, se consumió.

Egon tomó la palanca y corrimos lo más rápido que pudimos hacia la puerta, que tenía como dos metros de alto. Desde el edificio podíamos escuchar gritos y maldiciones. Nos estábamos quedando sin tiempo para escapar. Egon trató de abrir el candado con su herramienta, pero éste no cedió.

—No puedo saltar —dije, sabiendo que mi abrigo, bolso y vestido me harían imposible pasar al otro lado.

—Yo subiré primero y te jalaré —propuso.

Egon arrojó la barra —que aterrizó con un sonido metálico del otro lado—, saltó y se sujetó de la parte superior de la reja; subió una pierna, se sentó a horcajadas sobre la madera y se agachó para extenderme su mano.

—El callejón da a la calle. Te subiré. Toma mi mano.

Lancé mi bolso sobre la reja. Egon se movió sobre ella hasta que sólo pude ver la parte superior de su cabeza y sus brazos.

—¡Apoya los pies contra la madera! ¡Apóyate así!

Seguí sus instrucciones y un momento después, la mitad de mi cuerpo ya colgaba del otro lado. Lo miré, estaba suspendido como a un metro de la calle. Escuché voces y miré sobre el hombro. Un hombre que tosía y escupía corría hacia mí.

Me eché hacia el frente y Egon cayó al piso, llevándome con él. Nos desplomamos sobre las piedras del otro lado. No tenía que ordenarme que corriera. Tomó la barra y la metió en el saco del uniforme. Salimos disparados hacia la calle y giramos en dirección opuesta al centro de reclutamiento. Detrás de nosotros, el hombre aporreaba la reja y maldecía.

Disminuimos la velocidad hasta que caminamos por la calle, para no despertar sospechas. Al final, nos encontramos en Alexanderplatz, no lejos del departamento de Lotti. Mis piernas estaban rasguñadas y adoloridas. A lo lejos, las sirenas de los carros de bomberos se elevaron en la noche.

—Estás sangrando —dijo Egon—. Te cortaste.

—Oh, demonios —respondí, abriendo un poco mi abrigo para ver las líneas de sangre en mis piernas—. Lotti se va a poner furiosa.

—Quizá tendríamos que decirle —propuso Egon.

—No, lo descubrirá tarde o temprano. Lo leerá en el periódico.

—Regreso a mi coche. Ten cuidado.

Nos despedimos sin hacer planes para intentar otra aventura la última noche que estuviera en la ciudad. Cuando llegué al departamento, encontré a Lotti acurrucada en una posición cómoda en el sofá, con una revista en la mano.

Miró mis piernas y volvió a su lectura.

—Necesitas limpiarte esas heridas. Pueden infectarse.

Me senté a su lado.

—Lotti...

Alzó la mano.

—No quiero saber... hueles a petróleo.

—Está bien —respondí y me desvestí hasta quedar en ropa interior—. Me voy a bañar.

—Bien. Pronto me iré a la cama.

Lotti tenía razón. Bajo la regadera, el olor a gasolina y humo que salió con el agua jabonosa me llenó las fosas nasales. Me senté en la tina, con el cuerpo entumecido y los miembros débiles por el esfuerzo. El agotamiento se apoderó de mí. El hombre que me persiguió no pudo ver bien mi rostro, pero yo recordaba el suyo, las mejillas rubicundas por el calor, sus pulmones tenían dificultad para respirar el humo que lo rodeaba. Me pregunté si había podido saltar la reja o si había regresado a la oficina en llamas. Quizá habían apagado el incendio rápido.

Desde el baño escuché que Lotti entraba a su recámara.

Me salpiqué con el agua en la que permanecí media hora más y luego me preparé para acostarme.

Me estiré en el sofá y cerré los ojos. Lo único que podía ver era al nazi que me perseguía, con su brazalete con la esvástica en el brazo izquierdo.

Capítulo 24

La tarde siguiente busqué un departamento. Encontré uno no muy lejos del de Lotti y firmé el contrato de arrendamiento en ese momento, usando mi pasaporte falso como identificación. Mi buena suerte era resultado de un evento desafortunado para otro: un hombre que antes había escapado al reclutamiento tenía que salir de Alemania para prestar servicio en la Wehrmacht. También pagué el primer mes de renta. Por fortuna, todavía tenía una reserva de florines que podía cambiar por marcos imperiales. El viejo casero parecía feliz de tener a una mujer como arrendataria, aunque fuera soltera.

Lotti regresó tarde del trabajo con otro periódico nazi en las manos. Un titular hablaba del ataque a un centro de reclutamiento que realizaron un hombre uniformado y una mujer; ambos habían escapado de la custodia de dos agentes de la Gestapo. «Gracias a la respuesta rápida de la brigada de bomberos, el daño a la oficina fue mínimo», decía el informe. «Los responsables deberían ser arrestados de inmediato y castigados por su atroz crimen. El Reich no se dejará amedrentar por cobardes».

Lotti soltó una risita conforme leía la nota.

—Egon y yo vamos a salir esta noche —dijo—. Lo convencí de que, si quería volverme a ver, tendría que sacarme a cenar y no tontear con sus amigos en su última noche en Berlín. Tenemos una habitación.

Bajé el periódico.

—Por favor, entiende...

—No soy tonta. Sé lo que hicieron. —Se paró junto a la ventana y miró hacia la calle oscura—. No estoy enojada por lo que hicieron, estoy enojada porque pudieron morir. Fue algo estúpido... pero los amo a los dos.

—De camino a Buchenwald... pensamos y decidimos quemar la oficina. Fuimos impulsivos, pero por segunda vez en mi vida contraataqué a las personas que me robaron a mi hija. Lo haría de nuevo, por eso no puedo quedarme aquí.

Lotti volteó en mi dirección.

—¿Por segunda?

Asentí.

—No puedo hablarte de la primera, no debería decirte.

Nos sentamos en el sofá y nos miramos. Lotti estaba tan insegura del futuro como yo.

—Me mudo mañana. Ya no estaré aquí cuando regreses del trabajo.

El rostro de Lotti se ensombreció.

—Egon se va, tú te vas.

—Mi departamento no está lejos. Podemos vernos. No quiero que los nazis me relacionen contigo. Es más seguro para las dos.

Se levantó del sofá y fue al baño.

—Tengo que arreglarme.

Se detuvo y volteó hacia mí. Lotti había madurado y ahora me parecía evidente. La chica que conocí años atrás, de cabello rubio que a menudo llevaba trenzado o en coletas, se había convertido en una mujer que sabía lo que quería, a pesar de la guerra. Seguía yendo al Leopard Club, disfrutaba salir en las noches y amaba su relación con Egon, aunque de alguna manera me parecía que yo sabía mejor lo que él pensaba que ella. Entendía que la guerra pesaba sobre sus sueños de matrimonio, de empezar una familia. Esas consideraciones personales eran lo primero en su mente, todas ellas inciertas por un loco llamado Adolf Hitler.

Yo también había cambiado; sabía que el amor era más que pasión. La vida me había demostrado que el amor debe ir acompañado de verdad y confianza para ser constante. El amor no era Rickard y la extravagancia de su antiguo departamento en Berlín, ni la ostentación y el glamur de su vida en Passport Pictures. Era amar a alguien que podía cambiar tu vida con una sonrisa, que te levantara el ánimo con el tacto, alguien que siempre estuviera ahí para ti, sin importar las circunstancias. Eso era amor. Emil me lo había mostrado y luego me lo arrebataron, como a mi hija.

Cuando Lotti se fue, nos despedimos con un beso sin saber cuándo nos veríamos de nuevo. Llevaba una bolsa pequeña con una muda que le permitiría ir del hotel al trabajo la mañana siguiente. Envidiaba su relación con Egon, pero sospechaba que no duraría para siempre. Él ya había llegado mucho más allá de lo que ella hubiera podido imaginar.

Cerró la puerta y me quedé sola, sentada en el sofá.

La mañana siguiente desayuné poco, hice mi maleta y caminé hasta mi nuevo departamento. El día era agradable para finales de marzo: el sol calentaba mis hombros, pero mis pensamientos se dirigían a mi hija, a Emil y a las personas que había dejado atrás en Ámsterdam.

Mi departamento, pequeño y un poco oscuro, estaba en la planta baja al fondo del edificio. La única ventana tenía vista a la plaza que bordeaba la calle. Varios árboles grandes se extendían con sus ramas grises hacia el cielo. En el verano, estarían cargados de hojas y llenarían la habitación con distintos tonos de verde.

Pasé el resto del día comprando un pequeño escritorio, una silla, una cómoda y una máquina de escribir. Habían dejado una hielera, una cama y un colchón de segunda mano.

Decidí escribir cuando pudiera, cuando mi energía no estuviera dirigida a empleos temporales o a encontrar a Laura y Emil. Más que nada, necesitaba un contacto como Egon, alguien en quien pudiera confiar para que me diera información sobre el mundo. Los periódicos occidentales estaban censurados o prohibidos. Las únicas noticias provenían de las publicaciones nazis o de la radio controlada por el gobierno. Las ondas de radio del Reich vomitaban una retahíla constante de propaganda, canciones militares y música clásica preaprobada. *Ése* era todo el entretenimiento. No podíamos atrevernos a escuchar las emisiones extranjeras que a veces se filtraban, la sanción era el arresto y encarcelación.

Unos días después de mi mudanza, un martes, caminaba frente a un café en Unter den Linden cuando vi a un hombre de mi pasado. Envuelto en su abrigo de la Wehrmacht y fumando un cigarro, pasó frente a mí mientras yo estaba sentada en una mesa al exterior. Reconocí su postura encorvada al instante y me cubrí la cabeza con la pañoleta para ocultar un poco mi rostro. No quería que me reconociera. Era Wolf, el hombre que interpretó al rey vampiro y, más adelante, al viejo judío de las películas propagandísticas.

Me asombró verlo vestido de militar, puesto que nunca profesó ninguna simpatía por los nazis. Sin embargo, esas objeciones eran de poca importancia cuando el Reich hacía el llamado. Parecía un soldado normal, aunque estaba bebiendo alcohol a las diez de la mañana. Tenía esa mirada embriagada que lo seguía desde nuestra primera reunión y me pregunté si los nazis lo habían relegado a un trabajo de escritorio en lugar de ponerlo en primera línea. Con su joroba y sus manos como garras, Wolf tenía más oportunidades de conservar la vida en una oficina que en las trincheras. Reí en silencio al pensarlo, pues sospechaba que a los nazis en realidad no les importaba si Wolf vivía o moría.

Me alejé, esperando que no me reconociera. Para todos, salvo Lotti, Egon, mi madre y Volker en el club, yo estaba muerta.

Echó un vistazo en mi dirección, pero yo evité el contacto visual y pronto me alejé lo suficiente.

No me llamó y eso me alegró.

Los días, las semanas y los meses se arrastraron.

Los trabajos temporales que acepté bajo mi falsa identidad me aislaron de Lotti y de mi madre. Tampoco supe nada de Laura o de Emil. Durante 1941, la mayor parte de las noticias que recibí sobre la guerra provenían de Lotti. A menudo platicaba con soldados jóvenes que estaban de permiso en el Leopard Club. Supimos que habían enviado a Egon al frente oriental, como parte de la operación Barbarosa, la invasión nazi a la Unión Soviética el 22 de junio.

A Lotti y mí nos agobiaba escuchar las noticias, pero la propaganda del Reich aseguraba que una victoria «decisiva y expedita» estaba al alcance de la mano. Yo no creía nada que viniera de Goebbels, Göring o Hitler. Lo que le había sucedido a nuestro amigo Rudi era menos claro. Lotti había escuchado que estaba en África, pero incluso Volker, el gerente del club, no sabía nada de su paradero. Temíamos lo peor: que hubiera muerto en el norte de África.

Al final encontré un empleo como secretaria en un banco, no lejos del antiguo departamento de Rickard en Unter den Linden. Aunque aún tenía dinero, no quería agotar mis ahorros más de lo necesario. Me quedaba alrededor de la mitad de los fondos de la venta del brazalete.

Puesto que trabajaba cerca del lugar donde había vivido con Rickard, a menudo lo imaginaba subiendo la escalera del departamento con Laura a su lado. Estos sueños parecían reales y me partían el corazón. Un día, después del trabajo, cuando todavía había luz, me tomé dos brandis en el club y luego tomé un taxi que me llevó a pocas cuadras de Passport Pictures. Cada vez que regresaba al estudio veía que había cambiado poco, y cada vez el resultado era el mismo, salvo esta tarde en particular.

La puerta del estudio se abrió y él, vestido con un traje oscuro cruzado, salió con una niña joven a su lado: Laura. Ahí estaban los guardias, la entrada estaba más resguardada que nunca desde que los nazis se lo habían apropiado. El sol del ocaso arrojaba largas sombras sobre el amplio solar en el que habían golpeado a Anders. Laura tenía casi diez años; lo tomaba de la mano y reía, casi dando saltos para mantener el paso de sus largas zancadas. Llevaba un vestido elegante, de terciopelo color crema, que brillaba bajo la luz rosada. En algún momento, Rickard se inclinó y le besó la cabeza.

Ese momento amoroso me quitó el aliento y me revolvió el estómago. Se subieron a un coche con chofer y se alejaron. Cuando cruzaron la reja, me paré detrás de un árbol al otro lado de la calle. Nunca supieron que estuve ahí.

El licor se agitó en mi estómago y vomité al pie del árbol. Me limpié la boca y me alejé con pasos inciertos hasta la parada del tranvía. Poco después estaba de vuelta en mi departamento, acostada en la oscuridad y deseando no haber ido nunca en busca de mi hija, lamentando haber visto esa muestro de afecto con su padre. En cierto sentido, pensaba que Laura había sido afortunada porque tenía el privilegio de tener esa vida mientras tantos sufrían, pero temía que, a la larga, su padre destruyera su futuro. ¿Se uniría a la *Jungmädelbund*, la Liga de Chicas Jóvenes del Partido Nazi? Rickard, quien nunca fue un ardiente simpatizante cuando estuvimos juntos, ¿le inculcaría la ideología del partido a nuestra hija? Sin duda tendría la influencia de quienes vivían y respiraban la política nazi. ¿Qué le pasaría si Alemania perdía la guerra? Me removí en la cama, mi mente febril buscaba las respuestas a esas incógnitas.

Incapaz de dormir, fui al escritorio que había colocado frente a la única ventana. Las cortinas estaban corridas, pero un pequeño rayo de luz grisácea penetraba la tela. Me senté en la fría silla de metal, encendí la lámpara de mesa, tomé una hoja de papel y la metí en el rodillo de la máquina de escribir. Empecé a reescribir *Einsamkeit, soledad*, la novela que había comenzado después de conocer a Emil. Había destruido algunas páginas que escribí antes de que saliéramos para Ámsterdam.

Reviví el personaje de Martin, de *La mujer de Berlín*: un hombre a quien la heroína había abandonado porque su vida se había vuelto demasiado cómoda.

> *Lo busqué como busco todo en la vida. A veces, una naranja o una manzana que encuentro en el puesto de frutas y flores se convierte en la alegría del día. Todo se hace más intenso por la tristeza que siento. Colores. Nubes suaves, rosadas, un amanecer rojo, estrellas que titilan contra el velo negro: se exacerban por lo que he perdido y jamás encontraré. Sonidos. Compases adoloridos de música que torturan mi alma y me arrastran al abismo.*
>
> *Cuánto extraño a Martin. Creía que no podría amar a un hombre que fuera amable conmigo. Malentendí su esfuerzo por protegerme, su confianza, su amor, su pasión. Esos maravillosos atributos se convirtieron en instrumentos sofocantes porque no los comprendí. Otras mujeres habrían despreciado mi incapacidad de retribuirle su afecto, de desear su sonrisa, de hundirme en las profundidades de sus brillantes ojos castaños o en la calidez de sus brazos.*
>
> *Vivir en un país en el que se es libre caminar, amar como se desee, venerar al Dios que uno elija... eso sería la felicidad. Pero el paraíso está tan lejos, tan inalcanzable que mi corazón se hunde con cada amanecer y muere en cada crepúsculo. ¿Cómo lo encontraré? ¿Cómo encontraré la alegría que desperdicié?*
>
> *Vivo la vida del solitario.*

Escribí hasta que ya no pude trabajar. Regresé a la cama tambaleándome y dormí hasta que la alarma me despertó a las seis.

Tenía que estar en el trabajo a las ocho; de lo contrario, mi retraso me perjudicaría.

Los bombardeos en Berlín comenzaron de lleno en noviembre de 1943. Hacía más de tres años que habían comenzado a caer bombas en la capital, pero los ataques habían sido esporádicos y con pocos daños. Lotti había visto a Egon dos veces en dos años desde que partió al este. Los dejé solos para que pudieran pasar juntos el poco tiempo que tenían, pero hablé con él por teléfono. Me dijo: «espera una sorpresa». Conforme los meses pasaron, nada sucedió y olvidé sus palabras.

Cuando las fuerzas armadas alemanas fueron derrotadas en Stalingrado, en enero de 1943, Lotti fue a buscarme con lágrimas en los ojos. Le ofrecí mi apoyo; sabía bien por lo que estaba pasando. No había tenido noticias de Egon e incluso tuvo la audacia de comunicarse con sus padres, quienes no estaban de acuerdo con la relación de su hijo. Había desaparecido y temíamos que estuviera muerto o que lo hubiera capturado el Ejército Rojo.

A finales del verano de 1943, un ruido en mi ventana me despertó en medio de la noche. Al principio pensé que era el viento, algún animal, una ardilla o un pájaro que rozaba el vidrio, pero la intromisión acabó en un golpe definitivo.

Con los nervios a flor de piel, salí de la cama y me acerqué despacio a la ventana. Levanté un lápiz que había en el escritorio y aparté la cortina unos centímetros, temiendo encontrar un rostro que me observara. En su lugar, bajo la tenue luz, vi un sobre café recargado contra el vidrio. La oscura silueta de un hombre se abría paso entre los árboles hasta llegar a la calle donde un coche lo esperaba. No tenía prisa e incluso volteó en mi dirección antes de subir al vehículo. No podía ver su rostro, pero iba vestido con el uniforme de la Wehrmacht.

Me senté frente al escritorio unos minutos, con las cortinas entreabiertas para asegurarme de que nadie me tomara por sorpresa cuando recuperara el sobre. Satisfecha al ver que los alrededores estaban desiertos, subí la ventana de guillotina y tomé el paquete. Cerré la ventana y la cortina, y me senté en la silla. Mi corazón latía con fuerza.

El sobre era más grande que el promedio y no tenía dirección, estampilla o remitente. Lo acerqué a mi nariz, pero sólo olía a papel. Me pregunté si ésta sería la «sorpresa» que Egon me había prometido.

Me acomodé, encendí la luz, rasgué la solapa de cierre y revisé el contenido. Una pequeña nota amarilla estaba sujeta a tres páginas con el membrete nazi: el águila del Reich extendía orgullosa sus alas en la parte superior. En la nota estaban escritas las palabras: *Von einem Freund von Egon,* «De parte de un amigo de Egon».

Tomé un cigarro, lo encendí y me obligué a leer las páginas, a pesar del miedo de que fueran malas noticias.

La primera página contenía un recuento de la lucha en el frente oriental: el mal clima implacable, la comida horrible, el bajo estado de ánimo conforme las tropas libraban batalla contra el poderoso Ejército Rojo. Estaba segura de que Egon había hecho un gran papel luchando por los nazis, pero que su corazón se inclinaba más hacia el oprimido que al opresor. Él estaba del lado de la libertad, sin importar el bando, no del lado de los partidos políticos. La página terminaba con observaciones sobre la hambruna, la rendición y cómo la incompetencia e interferencia de Hitler había condenado el comando al fracaso. Todos consideraban la perspicacia militar del Führer como una broma.

Puesto que le platiqué a Egon sobre el tiempo que viví en Ámsterdam, la segunda página era un listado de atrocidades cometidas por el Reich en la ciudad. Me marché en marzo de 1941, justo antes de que el gobierno nazi confiscara las propiedades de los judíos. A partir de ese momento se implementó un programa planeado de restricciones y medidas drásticas en su contra. En abril, los neerlandeses recibieron tarjetas de identificación alemanas; en julio, los nazis decretaron que todas las tarjetas de identificación judías debían estar marcadas con una «J» roja; en agosto, los nazis prohibieron a los niños judíos que asistieran a escuelas vocacionales y los judíos sólo tenían permitido tener 250 florines como propiedad.

Los campos de trabajo se construyeron a principios de 1942 y en mayo se les ordenó a los judíos portar una estrella amarilla en la ropa y respetar el toque de queda de 8 p. m. a 6 a. m. Estaban prohibidos los teléfonos y los judíos sólo podían hacer compras de tres a cinco de la tarde. En julio de ese año empezaron las redadas. Trenes alemanes se llevaron a los judíos. Una vez que la gente desaparecía, no se le volvía a ver de nuevo en Ámsterdam.

La última página contenía la descripción más breve, pero que me destrozó el corazón. En junio de 1941, poco después de que Egon y yo hiciéramos el viaje a Buchenwald, la mayoría de los prisioneros judíos arrestados durante los conflictos en Ámsterdam y las huelgas de febrero de ese año fueron transferidos a otro campo de concentración llamado Mauthausen. Ni siquiera sabía dónde estaba ese campo, pero sospechaba que quizá no estuviera en Alemania. La página terminaba con la siguiente frase: «Las bajas son considerables entre las personas que fueron arrestadas, con poca probabilidad de supervivencia».

Apagué el cigarro y arrojé las páginas sobre el escritorio. No sabía si enfurecerme o llorar. A fin de cuentas, no era muy diferente.

Dos meses más tarde, Berlín fue golpeado y castigado desde el cielo.

La batalla por la ciudad había comenzado.

Capítulo 25

La noche del 22 de noviembre de 1943, Lotti fue a mi departamento a cambiar tarjetas de racionamiento, algo que se hacía con frecuencia en esos años. Se fue poco después de las ocho y yo deseaba acostarme temprano, pues durante tres de las últimas cuatro noches los bombarderos británicos habían atacado Berlín.

Sin embargo, ella regresó unos minutos después, gritando y aporreando la puerta. Me apresuré al pasillo, el vestíbulo estaba en completa agitación; aterrados, los residentes entraban y salían del edificio sin saber qué hacer. ¿La siguiente bomba caería sobre nosotros?

—Ven a ver —dijo Lotti con la máscara antigás en la mano: nadie salía ya sin una.

Me tomó del brazo y me jaló hacia la puerta; pasamos los costales de arena hasta la banqueta. Berlín estaba a oscuras por la implementación de los apagones. Entre las nubes cruzaban destellos rojos y verdes que iluminaban los cielos y los objetivos de las bombas con su luz constante. Las balizas eran efectivas. Muchas contenían explosivos para impedir que los bomberos apagaran los incendios.

—¿Deberíamos ir al U-Bahn? —preguntó Lotti sin soltar mi brazo.

Un hombre que vivía en el edificio se acercó corriendo a nosotros con la lista impresa de refugios.

Lotti estaba tan aterrada de las bombas como yo de quedar sepultada en una explosión. Teníamos dos opciones: quedarnos en el departamento a esperar que cayeran o apretujarnos con cientos de otras personas en los túneles de una estación de metro. Ninguna de esas opciones ofrecía mucha tranquilidad.

—Veamos qué sucede —respondí—. Quizá no es nada.

Era extraño que, a pesar de mi miedo a la asfixia, de algún modo me sentía aliviada por el bombardeo. La respuesta de la Luftwaffe a estas incursiones había sido marginal, no lo suficientemente fuerte como para impedir los ataques británicos. Por primera vez, mientras esperábamos nerviosas un destino incierto, creí que Hitler podía ser vulnerable, que quizá la guerra terminaría, pero ¿a qué precio para Alemania? Si el Führer se rendía, salvaría una cantidad innumerable de vidas y evitaría la destrucción de la capital. Si continuaba en su loca carrera por conquistar el mundo, la nación sería destruida y el nacionalsocialismo y el pueblo alemán cargarían con la culpa. Quienes nos resistíamos sólo podíamos ver con horror cómo evolucionaba la guerra.

En un instante empezaron a llover bombas y Lotti corrió a la estación del U-Bahn; yo permanecí cerca de la banqueta. El tránsito en nuestra calle, normalmente cargado, se había detenido. Froté mis brazos con las palmas para calentarme, el viento frío de la noche se instaló en mi cuerpo. Los reflectores barrían las nubes grises y la artillería antiaérea estallaba entre la neblina, creando una extraña danza letal de luces intermitentes en el cielo.

Quienes corrían a mi alrededor debían tomarme por tonta o de alguna manera loca; miraba las explosiones y sentía los temblores bajo mis pies. Muy parecido a mi alivio de que las bombas cayeran, estaba consciente de que mi vida acabaría en cualquier momento y que tendría suerte de morir, pues me salvaría de los horrores que estaban por venir. Sin embargo, quizá el destino tenía otros planes para mí. Tal vez mi tiempo en la Tierra no había llegado a su fin. No tenía miedo por Laura, estaba segura de que Rickard la protegería.

Él y nuestra hija serían enviados a algún lugar seguro, donde sobrevivirían los ataques. Laura ya tenía doce años, lo bastante grande como para saber que lo que sucedía en Berlín no era un juego. Una niña más pequeña lo hubiera considerado así: esconderse con su padre, quien le aseguraría que estaban escapando de «los malos» y le diría en voz baja: «Cuando haya pasado, todo estará bien».

Si seguía vivo, Emil también se salvaría de los ataques. Las tropas de los Aliados exonerarían los campos de concentración, los hogares fétidos de quienes se opusieron al Reich. Era irónico que muchos de esos prisioneros probablemente deseaban que su vida terminara en una explosión rápida, en lugar de sufrir en los campos extenuantes.

La mayoría de las bombas aterrizaron al oeste de mi departamento, cerca del Tiergarten y más allá. Los incendios formaban una línea resplandeciente en el horizonte de llamas amarillas y naranjas, y columnas de humo negro que se apilaban contra las nubes que se combinaban, creando una tormenta de fuego devastadora. Agité la cabeza, no podía creer lo que veía: la destrucción de mi ciudad, la capital del Reich ardía y Hitler no podía hacer nada para detenerlo. La guerra había llegado al pueblo y sufriríamos. Parada ahí, mis pies eran incapaces de moverse. Escuché gritos, los alaridos de gente que se quemaba viva.

Me pregunté si sentiría la presión de una bomba que cayera sobre mí o si escucharía el silbido de toneladas de obuses al caer sobre mi cabeza. Por lo que me parecieron horas, observé las llamas que se elevaban al cielo. Con frecuencia escuchaba el sonido del fuego antiaéreo, seguido de un estallido de luz y una explosión, como si un bombardero hubiera estallado en el cielo. Entre las luces de los reflectores, cayeron trozos negros de escombro, parte de un ala o un motor en llamas que se estrellaron contra el suelo, no lejos de donde me encontraba.

Cuando miré mi reloj habían pasado casi cuarenta y cinco minutos. Advertí movimiento por el rabillo del ojo, como si hubiera pasado una sombra. Miré con cuidado en la oscuridad, hacia los árboles desnudos desparramados frente al edificio. En la esquina, junto a mi ventana, una silueta se fundió en las tinieblas.

Me pregunté si sería alguien asustado o herido por las bombas.

Avancé despacio, sorteando los troncos de los árboles.

Un hombre se agazapaba en la esquina. Era joven, vestido con ropa que los berlineses no usaban. Tenía una pistola en la mano derecha temblorosa.

—*Bleib züruck* —dijo, «no te acerques».

Por su acento supe que no era alemán. Bajo su abrigo de piel, parecía llevar un uniforme.

Levanté las manos.

—Amiga —dije en inglés, una de las pocas palabras que conocía.

Negó con la cabeza y repitió la orden. Una mancha negra goteaba de su mano izquierda.

—¿Sangre? —pregunté.

—Lastimado —respondió—. *¿Schmerz?*

—*Schmerz.* —Sospechaba que era británico. Bajé un brazo y señalé la ventana—. *Bleibe.*

Pareció entender la palabra, le había dicho «espera».

Un hombre estaba herido y yo quería ayudar. El pasillo estaba en calma, algunos vecinos seguían ahí pero la mayoría habían entrado a sus departamentos o, como Lotti, buscado refugio en la estación del U-Bahn.

Cerré mi departamento por dentro con llave y fui a la ventana. Me preguntaba si seguiría ahí, y así era, un bulto oscuro contra la piedra. Hice a un lado el escritorio, abrí las cortinas y la ventana, y le hice una seña para que entrara. Enfundó la pistola y, con el brazo derecho, se apoyó para cruzar el marco. En unos segundos estaba dentro del departamento, mirándome como un animal perdido. Cerré la ventana y las cortinas, y encendí la lámpara de mesa.

Era más joven de lo que había esperado. Yo había cumplido treinta y dos años en mayo, pero este hombre probablemente tenía veinte o menos. Estaba pálido, quizá por la pérdida de sangre, y sus ojos azules estaban desorbitados por la conmoción. Un mechón de cabello castaño ondulado descansaba sobre su frente sudorosa.

Me llevé el índice a los labios en señal de que permaneciera callado. Entendió y se sentó en la silla del escritorio. Arrodillada frente a él, observé la sangre que escurría por su mano izquierda. Puse un periódico debajo de la silla para que cayera ahí.

Nos comunicamos sin palabras lo mejor que pudimos. Hice una seña para que se quitara el abrigo y así lo hizo, con una mueca de dolor. Llevaba un uniforme azul con una insignia de hélice en el hombro derecho. Su brazo izquierdo estaba manchado de sangre. Una tajada irregular cruzaba su bíceps, provocando el flujo de sangre. Si bien la herida no lo mataría, era dolorosa y necesitaba atención.

Estudió mis movimientos cuando me acuclillé frente a él. Parpadeó algunas veces y dejó caer la cabeza hacia un lado. Luego salía de su estupor y permanecía erguido en la silla.

—Amiga —dije para tranquilizarlo—. Resistencia.

Eso lo hizo sonreír y su cuerpo se hundió un poco sobre la silla.

—Dios te bendiga —dijo—. Necesito lavarme.

Lo llevé al lavabo, limpié la herida con agua y jabón, cerré la herida con una cinta y la envolví en una vieja toalla limpia.

—Piloto bombardero. Artillero. Paracaídas.

Traté de entender lo que me estaba diciendo, pero no podía imaginar el traumatismo que había sufrido; el avión en el que iba explotó sobre Berlín y tuvo que saltar para salvarse, caer entre las nubes, esperando evitar que le dispararan bajo los reflectores, además de aterrizar en una calle desierta o parque mientras las bombas caían a su alrededor. La mayoría de los hombres a los que derribaban a diez mil pies de altura morían o eran capturados.

Al parecer el sangrado se había detenido y le hice una seña para que se sentara en la cama.

Luego, alguien tocó la puerta. Miré mi reloj. Eran las diez y media. Mi invitado británico se levantó de un salto en busca de su abrigo y pistola. Yo negué con la cabeza, pero de cualquier forma las tomó. Si se trataba de las SS o la Gestapo, ninguno de los dos teníamos ninguna oportunidad en contra de sus armas poderosas y organizadas.

—¿Quién es? —pregunté.

—Lotti... déjame entrar.

—¿Estás sola?

—Claro..., por favor, déjame entrar. Estoy muerta de miedo.

Entreabrí la puerta y asomé la cabeza. Con las mejillas encendidas, Lotti estaba parada sola en el pasillo oscuro.

Entró y, al principio, no advirtió al hombre que estaba sentado en la cama, el hombre que nos apuntaba con una pistola. Un gritito salió de su boca.

—Ella es Lotti, mi amiga —dije.

El arma no dejó de apuntarnos.

—Lotti —repitió el hombre—. *Willkommen*.

Ella tropezó al avanzar a la silla del escritorio.

—¿Quién es? ¿Cómo llegó aquí?

—Yo no hablo mucho inglés y él no habla mucho alemán, pero creo que derribaron su bombardero, saltó en paracaídas y, en la confusión, llegó hasta aquí. Llevaba un abrigo y uniforme. Está lastimado. Imagino que tiene hambre.

Lotti hablaba mejor inglés que yo por los distintos clientes a los que atendía en su trabajo de oficina.

—Déjame intentarlo —dijo.

El joven y Lotti hablaron en murmullos durante media hora. Se llamaba Chester Osgood y todos lo llamaban Chet. Era de Londres. Su bombardero Lancaster había sido atacado y sobrevolaba Berlín en su misión por arrojar la carga cuando el avión empezó a hacerse pedazos. Él y el resto de la tripulación saltaron en paracaídas, pero los había perdidos entre las nubes y el humo, hasta que se encontró en el borde de un gran parque arbolado, el Tiergarten, pensamos. Chester se deshizo del paracaídas y caminó hacia el este, a la catedral de Berlín, cuando me vio parada en la banqueta. Evitando a la gente, se escabulló entre los árboles.

—¿Quieres comer algo? —le preguntó Lotti.

Chester asintió y calenté unas sobras de sopa en la placa eléctrica. La electricidad seguía funcionando y, a la distancia, escuchamos el ligero gemido del final de la alerta.

El joven comió como si nunca hubiera visto comida en su vida y pronto la adrenalina en su cuerpo empezó a disminuir para dar paso al agotamiento.

—Han sido muy amables —dijo—, pero no puedo quedarme aquí más tiempo. Estarían en peligro. Necesito ropa. Ropa *deutsche*.

Lotti tradujo y acordamos que debería dormir aquí y luego irse a la mañana siguiente. Nos comunicó que otro ataque estaba planeado para la noche siguiente y más para después. La RAF estaba decidida a destruir la ciudad.

—Cerca de mi trabajo hay una tienda de ropa para hombres —dijo Lotti—. Egon dejó algunas cosas en mi departamento. Las traeré.

—Déjame darte dinero —intervine.

—Págame mañana.

Salió en silencio y nos quedamos solos, el único ruido al exterior era el sonido de las sirenas de bomberos al oeste.

—*Schlafe* —dije.

Empezaba a sentirme cansada.

—Yo dormiré de cara a la puerta —dijo.

No estaba segura de lo que quiso decir, pero se movió de costado, sin soltar el arma, hacia la ventana y la entrada de mi departamento. Empujé el escritorio a su lugar debajo de la ventana y apagué la lámpara. Yo también tenía que trabajar en la mañana. Chester tendría que pasar el día solo hasta que le consiguiéramos la ropa.

Me metí en la cama completamente vestida. Cubrí mis hombros con una cobija y lo sorprendí un poco. Su respiración se hizo más lenta.

—*Danke* —agradeció.

—*Gut schlafen* —respondí.

Dormí con un ojo abierto casi toda la noche. Sentía comezón por tener los nervios a flor de piel. Chester no se movió durante la noche.

Cuando desperté, estaba sentado en el borde de la cama mirando hacia la puerta.

Le dije que esperara en el departamento, que no hiciera ruido y que cuando Lotti llegara con la ropa podría irse al oscurecer.

Estuvo de acuerdo. Me despedí y fui al trabajo.

Dado que era diciembre, oscurecía temprano en Berlín. Lotti y yo llegamos al departamento alrededor de la misma hora, llevaba una bolsa con ropa. Yo había comprado pan y queso para Chester, usando una de las codiciadas tarjetas de racionamiento para poder obtener los alimentos.

—Encontré este abrigo y la chamarra en una tienda de segunda mano —dijo Lotti, sacándolos del paquete.

También le dio a Chester una camisa blanca, pantalones oscuros y zapatos, que él se puso cuando nosotras nos volteamos.

Durante el día se había rasurado con un cuchillo afilado de la cocina y se había echado el cabello hacia atrás con agua y un poco de aceite para hornear. Con su nueva ropa y apariencia, parecía como cualquier joven alemán. Por desgracia, no podíamos darle documentos falsos, así que estaba por su cuenta.

Chester enfundó su pistola y, usando la bolsa que Lotti había llevado, envolvió el pan y el queso en un paquete bien hecho. Le di veinticinco marcos, pues no tenía dinero.

Teníamos que destruir todo lo que había dejado. Pensamos empacar su ropa en una caja y arrojarla al río Spree, que estaba cerca.

Miré sus ojos azules mientras se preparaba. Mostraban una extraña mezcla de decisión y nervios. Me entusiasmó su valentía, pero temía por su vida. Si volvían a bombardear Berlín, quizá pudiera escaparse de la ciudad y llegar al campo, pero las probabilidades de que saliera de Alemania no eran buenas. Le mencionó a Lotti que iría al norte y que de alguna manera subiría a un barco a Suecia.

Apagó la lámpara y se escabulló entre las sombras hacia la puerta.

—Amigos... para toda la vida —murmuró.

—*Fruende... fürs Leben* —respondió Lotti.

—Para toda la vida —repetí.

Y se fue.

Capítulo 26

La campaña de la Real Fuerza Aérea contra la ciudad continuó hasta finales de marzo de 1944. Algunos bombardeos tenían éxito, otras veces no, pero la cantidad de muertos se acumulaba en aire y tierra. También había otros objetivos: Frankfurt, Stuttgart y Leipzig figuraban entre ellos. En febrero de 1945, Dresde fue arrasada por las bombas y los incendios.

Los berlineses sufrían antes de que acabara la guerra, pero lo peor estaba por venir conforme el Ejército Rojo se acercaba en abril de 1945. Gran parte de la ciudad estaba en ruinas. La muerte llegaba de varias maneras: misiles, bombas y obuses; conflagraciones; ahogarse en los refugios del U-Bahn cuando explotaban las tuberías; por enfermedad, pues la vida se convirtió en una lucha constante para sobrevivir. Sin embargo, Hitler y sus oficiales siguieron instando a todos los alemanes a que pelearan hasta el final, a dar su vida voluntariamente por el nacionalsocialismo. Muchos siguieron creyendo lo que despotricaba el Führer sobre la guerra, que no todo estaba perdido, que Alemania resurgiría más fuerte que nunca por su lucha contra sus enemigos.

El lugar en el que trabajaba fue destruido a principios de 1944 y me quedé sin empleo. La oficina de Lotti duró un poco más.

A menudo pasábamos tiempo en casa de mi madre, cuando podíamos encontrar transporte. Empaqué algo de ropa, algunos artículos indispensables y mi máquina de escribir y las llevé a Rixdorf, porque se había librado de lo peor de los ataques.

En su sabiduría, mi madre había plantado verduras para complementar su dieta y estaba feliz de compartir sus escasos alimentos con nosotras. Los días en que pensábamos que las bombas no iban a caer, decidíamos quedarnos en la ciudad.

Un mes antes de que acabara la guerra, nos refugiamos de nuevo en casa de mi madre. Con frecuencia, Lotti y yo mirábamos al norte cuando los misiles y obuses del Ejército Rojo pulverizaban la ciudad. Vimos el humo de los incendios y fuimos testigos de las explosiones que sacudieron Berlín. Imaginé que no quedaría nada de Unter den Linden ni del antiguo departamento de Rickard, ni nada que tuviera que ver con el gobierno nacionalsocialista, el Reichstag y la Cancillería de Hitler en particular.

El Leopard Club había cerrado sus puertas a principios de 1945. Me apresuré a ir ahí para cambiar el resto de mis florines por marcos imperiales. Por fortuna, Volker me ayudó, pero se quedó con una comisión más alta, diciéndome que los florines no le servían para nada ahora que el sistema bancario estaba en problemas y era probable que colapsara. Tenía razón y le agradecí por haberme ofrecido un servicio que me mantuvo viva.

Egon y Rudi seguían desaparecidos y no habíamos tenido noticias de ellos. Ningún sobre «sorpresa» apareció otra vez en la ventana de mi departamento. Supusimos que ambos habían muerto.

Supe que Passport Pictures había sido bombardeado y que el incendio destruyó los estudios. Estaba preocupada por Laura, pero con la destrucción de Passport disminuyó mi esperanza de encontrarla alguna vez. Frieda, mi madre, rezaba todas las noches para que nos salváramos de la muerte. Lotti y yo estábamos agradecidas por sus plegarias, pero sabíamos que el Ejército Rojo, los franceses, los ingleses y los norteamericanos tenían otros planes para Alemania.

Así, en mayo de 1945, todo acabó. Todos sabían que Hitler estaba muerto. Antes de que se suicidara, culpó a sus generales y al pueblo alemán por la derrota, sin asumir ninguna responsabilidad por la guerra mundial que él había provocado: la muerte de millones descansaba en sus manos ensangrentadas.

Decidí caminar a la ciudad. Lotti ya se había ido para ver si quedaba algo de su casa.

La ciudad que había sido Berlín era ahora un lienzo irreal de muerte y destrucción. La gente a menudo describe los sucesos destructivos de la guerra y de la naturaleza con estas palabras: «No puedo creer lo que pasó. Nunca había visto algo así». Era demasiado horrible como para creerlo, mis ojos tenían que convencer a mi cerebro de que lo que veía era real.

Por supuesto, mi madre me advirtió que no fuera a Berlín. Temía al Ejército Rojo porque había escuchado que sus soldados violaban mujeres y masacraban niños y animales; los hombres destruían todo en su deseo de venganza. Le dije que tendría cuidado, que estaría siempre alerta a lo que sucedía a mi alrededor. Tenía que ver qué había pasado, saber que mi casa seguía en pie.

Me puse un abrigo, recogí algunos tulipanes que florecían tardíos en el jardín de la casa de junto y me preparé para la caminata a la ciudad, pues no funcionaba ningún transporte. Los tulipanes, pensé, irían a manos de los soldados del Ejército Rojo si era necesario, un regalo de una alemana agradecida. Las flores eran una leve medida de protección contra la agresión no deseada. Caminé rumbo al noroeste, hacia la Puerta de Brandeburgo; opté por una ruta interior en lugar de bordear el río. Supuse que todos los puentes para cruzar el Spree habían sido destruidos.

La caminata era de casi nueve kilómetros y un viaje normal hubiera llevado más de dos horas. Conforme me acercaba al centro de la ciudad, avanzar se hizo más difícil, más arriesgado porque las calles presentaban sus propios obstáculos. Los restos de vehículos militares destruidos y los edificios colapsados llenaban el paisaje. El humo colmaba el aire y me asfixiaba con el olor rancio del combustible quemado que entraba a mis pulmones. El olor a muerte también me asaltaba en ocasiones, a veces ligero, otras tan sofocante por su violencia que me producía arcadas. Berlín se había convertido en un infierno, en una pesadilla de la que deseábamos despertar.

Quienes salían de sus escondites, de su refugio bajo tierra o de cualquier parte donde hubieran podido resguardarse, parecían fantasmas: figuras demacradas y famélicas con ojos apagados y la piel escaldada por la guerra. Agua, comida, electricidad y transporte habían sido destruidos en la última agonía de la batalla. La recuperación de Berlín, si sucedía, sería larga y costosa. Me preguntaba si Hitler lloraría o se compadecería de sus seguidores engañados si viviera lo suficiente como para ver su precioso Tercer Reich en ruinas.

Los soldados del Ejército Rojo se paseaban en las calles y yo los evité. Crucé por un paisaje sobrenatural, sola mientras los alemanes golpeados por la guerra se mantenían en las sombras. Llegué a la Puerta de Brandeburgo que seguía en pie. Sus columnas llenas de agujeros gris polvoriento de las balas y metralla. Sólo partes de la cuadriga, el carro de la victoria que coronaba la puerta, habían sobrevivido. A su alrededor, había restos de metales de vehículos destruidos, destrozados por las explosiones y las ráfagas de disparos. Entre los escombros pude ver los árboles astillados del Tiergarten y el domo arruinado del Reichstag.

Me dirigí al este sobre Unter den Linden, hacia la catedral de Berlín y Alexanderplatz. Lo que vi me quitó el aliento. Todo lo que quedaba eran cascarones, las agujas y chapiteles que se propulsaban hacia el cielo de lo que alguna vez fueron edificios hermosos que bordeaban el bulevar arbolado. El paisaje me recordó una pintura de líneas interconectadas y figuras en bloques y carbonizadas, entrecruzadas por farolas caídas y cables eléctricos. Restos de los coches y vehículos militares destruidos yacían en ruinas hasta donde alcanzaba a ver. Este testamento a la muerte y la destrucción me llenó los ojos de lágrimas. No quedaba nada del edificio de Rickard, salvo la fachada y la escalera derruida. Al mirar los ojos sin alma de las ventanas de lo que alguna vez fue un opulento departamento, no vi más que un cielo lleno de nubes.

Las tropas conquistadoras de hombres y mujeres se reunían en grupos, bailaban y cantaban canciones de victoria que alguien tocaba en un acordeón. Uno de los soldados me vio y se acercó. Su rostro estaba quemado por el sol y cubierto de grava, su uniforme, ennegrecido de tierra y grasa. Un rifle colgaba de su hombro. Me pidió mis papeles de identificación, que saqué de mi bolso. Le di los documentos y un tulipán rojo. No tenía miedo porque las mujeres del Ejército Rojo estaban cerca. Sospechaba que ellas no dejarían que me hicieran daño.

Revisó los papeles, habló en ruso, me los devolvió y me hizo una señal para que continuara mi camino. Rompió el tallo del tulipán, lo puso en el ojal de su uniforme y volvió a su grupo. Me alegré de haber llevado las flores.

La destrucción nunca me abandonó, sin importar a dónde fuera. La catedral de Berlín estaba hecha añicos; su otrora orgullosa fachada, ennegrecida. El Lustgarten, frente a la catedral, donde tantos nazis se habían reunido en la cima del poder de Hitler, se había quemado; los árboles estaban destrozados, carbonizados, y los adoquines se apilaban en desorden. Los cantos, la orgullosa exhibición de las banderas y la teatralidad nazi habían sido silenciados por los Aliados.

No muy lejos, sólo quedaba el cascarón del edificio de departamentos de Lotti. Observé que salía humo de una chimenea improvisada que sobresalía de una ventana rota en el sótano del edificio. Miré en la oscuridad, esperando a que mis ojos se ajustaban a la luz débil. Había velas encendidas, pero se veía poco, salvo sombras que pasaban por el lugar.

La llamé, gritando en el vacío.

Una mujer mayor con un pañoleta azul y blanca atada a la cabeza se asomó a la ventana.

—Estoy buscando a Lotti —dije.

—No está aquí —respondió la mujer—. Fue a buscar agua. Quizá tengamos que sacarla del Spree. Hervirla.

Di media vuelta, asqueada al pensar en beber agua del río, hervida o no. Había visto los tanques del ejército que cayeron en el río, la artillería que explotó cerca de las riberas, los productos químicos que flotaban río abajo. En Rixdorf teníamos suerte de tener acceso al agua del pozo, aún sin contaminar.

—Por favor, dígale que su amiga estuvo aquí —dije—. Puede venir a Rixdorf cuando quiera.

La mujer resopló y se fue.

«Todos están tristes», pensé.

En poco tiempo llegué a mi antiguo departamento. Una bomba, o cualquier otra arma de destrucción, había caído cerca de la esquina del edificio. Los árboles que daban sombra a la estructura en verano estaban reducidos a palos calcinados. En el lugar en el que Chester Osgood, el hombre de la Real Fuerza Aérea, trató de esconderse, había un agujero. Crucé el umbral; nadie trató de detenerme porque, como muchos en Berlín, parecía que el edificio estaba desierto. ¿Habían huido todos al campo, previendo de la victoria del Ejército Rojo?

Muy poco en mi departamento había escapado a la destrucción. Mi escritorio estaba hecho pedazos. No había dejado ningún papel importante, incluida la misteriosa carta que recibí del «amigo de Egon.». Mi cama y un poco de ropa que no me llevé estaban chamuscadas, inutilizables. Una brisa fresca sopló por la abertura. Un pájaro muerto, con las alas negras y grises extendidas, yacía junto a la puerta. No había nada para mí aquí. Viviría con mi madre hasta que Berlín fuera reconstruida, y nadie sabía cuánto tiempo llevaría.

Un grito resonó en el aire y me asomé por el muro dañado. Varias mujeres corrían por la calle, algunas cargaban cubetas. Lotti, cuyo cabello trenzado golpeaba su nuca, era una de ellas. La llamé, dio media vuelta en mi dirección, abandonando al resto en su carrera, y se apresuró a mis brazos.

—Nos persiguen —jadeó.

—¿Quién?

—Los soldados...

La jalé al interior de las ruinas de mi departamento y observamos por el muro derruido.

—Ahí —dijo.

Tres soldados del Ejército Rojo corrían hacia la catedral de Berlín. Lotti recobró el aliento.

—Estábamos recogiendo agua cuando un grupo llegó detrás de nosotras. Uno de ellos atrapó a una chica y le arrancó la blusa, justo enfrente de nosotros. Nos dijeron que miráramos mientras la desvestían; la llamaron una «inmunda prostituta alemana». Luego, el que la atrapó se bajó los pantalones. Balanceamos nuestras cubetas y los empapamos de agua; ellos gritaron que nos dispararían... eso entendimos... y yo y unas cuantas más salimos corriendo.

Lotti se echó a llorar y cayó en mis brazos.

—No tengo casa ni comida ni agua..., ¿qué voy a hacer, Niki? ¿Qué vamos todos a hacer?

Le acaricié la mejilla.

—Puedes venir a Rixdorf conmigo hasta que todo se calme. Aquí es muy peligroso.

Negó con la cabeza.

—No puedo. ¿Y si Egon regresa? La guerra terminó... ¿y Rudi? No sabrán dónde estoy. No quiero perder a todas las personas a las que amo.

—Lotti, mira a tu alrededor. No queda nada.

Se enjugó una lágrima.

—Lo sé, pero tenemos un refugio debajo del edificio. Si Egon regresa a casa, me buscará. Algunos hombres viven aquí también. Son mayores... y la verdad es que no pueden protegernos, pero me siento mejor sabiendo que están ahí.

Pensé en mi hija y en Emil, y me pregunté si aún estarían vivos. ¿Rickard y Laura habrían sobrevivido a los bombardeos? Emil debió ser liberado de Mauthausen. Sólo mis esfuerzos constantes responderían esas preguntas. Alemania se había convertido en un acertijo: había que reunir los fragmentos de nuevo y ahora teníamos nuevos amos: el Ejército Rojo y las fuerzas aliadas. ¿Serían amables o nos tratarían como criminales de guerra? Nadie sabía. Quizá cada vencedor se comportaría de manera distinta con nosotros.

Cargué mis dos tulipanes, ya casi marchitos, en las manos y volví sobre mis pasos hacia Rixdorf. Me sentía más cómoda cruzando la ciudad que caminando por el Spree. Dejé a Lotti, no sin antes prometerle que era bienvenida en cualquier momento en casa de mi madre.

Para finales de agosto de 1945, los Aliados habían dividido Alemania y Berlín. En la Conferencia de Potsdam se establecieron las cuatro zonas, cada vencedor recibiría un pedazo del país: Gran Bretaña, el noroeste, conocido como las ruinas industriales; Francia, el suroeste, el vino; la Unión Soviética, el este, la comida; y Estados Unidos, el sur, el paisaje.

Berlín, que se encontraba en el corazón del territorio soviético, también fue dividida en cuatro sectores; cada potencia tomó su parte de la ciudad. Los soviéticos se quedaron con Unter den Linden y la mayor parte de centro de la ciudad al este de la Puerta de Brandeburgo. La casa de mi madre y el aeropuerto de Templehof, incluidas las ruinas de Passport Pictures, quedaron en la zona estadounidense.

Al principio, los cuatro sectores de Berlín cooperaron en una tregua frágil, todos los vencedores se felicitaban unos a otros por su éxito. Estaba prohibido fraternizar con los ciudadanos alemanes: hombres, mujeres y niños. Esa restricción acabó por ignorarse cuando los GI y los soldados de las fuerzas de ocupación, alejados de sus esposas y novias, buscaron la compañía de las mujeres alemanas. El propósito de la invasión era erradicar a los nazis que quedaban y evitar el levantamiento de otro movimiento fascista, que probablemente sería más virulento que el que acababan de sofocar. Al principio, a los berlineses les importaron poco las divisiones, políticas o de otro tipo. Una vez más, la supervivencia prevalecía sobre la política. Las pocas veces que me aventuré en la ciudad me di cuenta en lo que se habían convertido los «ciudadanos comunes».

La Wehrmacht había depuesto las armas. Los Aliados prestaron especial atención en apresar a oficiales de alto rango de las SS y la Gestapo. La mayoría fueron arrestados, pero algunos eludieron la captura.

Había que despejar las calles de Berlín, abrir los caminos al tránsito. Era necesario reconstruir las líneas ferroviarias y los puentes, incluido el metal que se llevaron los soviéticos como indemnización por la guerra. Las mujeres barrían las banquetas o participaban en cadenas de trabajo improvisadas para sacar los montones de escombros, ladrillo por ladrillo; en ocasiones las ayudaban hombres mayores. Mientras los berlineses trabajaban, camarógrafos de los Aliados los filmaban. A veces las mujeres sonreían, en ocasiones de manera burlona y otras con desprecio hacia el fotógrafo. Hombres y mujeres se reunían alrededor de los pocos pozos de agua que funcionaban en la ciudad; los hombres bombeaban la manija para quienes no podían. La labor era agotadora y desmoralizante para un país que alguna vez fue el más fuerte de Europa, la cuna del discurso civilizado, de la música y el arte. Todo eso había sido destruido. Muchos de nosotros, yo incluida, creíamos que merecíamos el castigo que nos imponían. Sabíamos a quién culpar. Él estaba muerto. Ahora nosotros teníamos que sobrevivir.

Y, de nuevo, anhelaba saber qué había pasado con Laura y Emil.

Capítulo 27

Se llamaba Viktor Volkov y era sargento mayor del Ejército Rojo.

De manera apresurada, en el otoño de 1945, las tropas soviéticas construyeron una cárcel aproximadamente a un kilómetro al este de la Puerta de Brandeburgo. Éste fue el inicio de mi renovada misión para encontrar a mi hija. La cárcel estaba alojada en un pequeño edificio que de alguna manera había sobrevivido al bombardeo, casi por completo intacto. Las tropas habían reforzado las paredes y añadido barrotes en las ventanas. Supuse que los prisioneros permanecían detenidos por periodos cortos antes de transferirlos a otra instalación en Alemania o posiblemente deportarlos a la Unión Soviética.

Construyeron un monumento a Stalin más allá de la Puerta para anunciarle al mundo, y a cualquiera que entrara a la antigua Unter den Linden, que estaban entrando en territorio soviético. Hice lo impensable y le pregunté a un soldado del Ejército Rojo que patrullaba cerca de la Puerta si había una prisión cerca. Había aprendido la palabra en ruso justo para esta ocasión. Señaló al este, me dio una dirección en ruso que no reconocí y luego señaló un letrero impreso en ruso, francés, inglés y alemán que daba la ubicación de la cárcel. La encontré con facilidad.

No tenía idea de quién estaba al mando, pero pronto supe, gracias a un cabo que hablaba alemán y actuaba como traductor para el sargento mayor, que ese tal Viktor Volkov estaba a cargo. Pedí hablar con él. El cabo se encogió de hombros, como si fuera una más en una larga fila de gente que busca a cónyuges o familiares desaparecidos.

Los visitantes eran escoltados por guardias desde la puerta principal hasta una pequeña sala de espera que contenía una silla y una mesa diminuta de roble. Una gran puerta de acero cortaba el pasillo a la mitad y mantenía a los cautivos separados del sargento mayor y del único miembro que lo apoyaba, el cabo.

Sabía que esto no sería fácil, ya que muchos pensaban que los soviéticos odiaban por completo a los alemanes y que no querían nada más que la destrucción total del país. Los británicos eran fríos, sólo eficiencia y trabajo; los franceses también tenían sed de sangre y los estadounidenses tenían la reputación de ser los más maravillosos de los vencedores. Los sobrevivientes habían huido al sector estadounidense por esa razón, pero muchos no querían dejar la casa donde habían vivido toda la vida. Incluso algunos de los soldados de la Wehrmacht se apresuraron a rendirse a los estadounidenses, porque creían que los GI los tratarían mejor que si caían en manos del Ejército Rojo.

El cabo me dejó y me quedé sola, sentada como treinta minutos antes de que regresara. Me llevó a otra pequeña habitación cerca de la puerta de acero. Volkov estaba sentado detrás de su escritorio, fumaba un cigarro y leía un archivo, uno de muchos amontonados sobre el escritorio. Estaba vestido con un uniforme café, con bandas rojas en las charreteras. En su pecho pendían medallas que exhibían la hoz y el martillo, y la Estrella Roja. Parecía aburrido y luego molesto de que hubiera entrado al cuarto. Una bandera del Ejército Rojo colgaba de las paredes desnudas. Una luz tenue y granulosa entraba por la ventana con barrotes a su espalda.

Volkov dijo algunas palabras duras en ruso.

—Dijo que tienes cinco minutos —tradujo el cabo, quien permaneció en la habitación con nosotros.

—Estoy buscando a un hombre —expliqué—. Estoy tratando de encontrar a mi hija.

Esperaba que mis palabras suscitaran un poco de compasión del hombre frío que estaba frente a mí.

Volkov se recargó en el respaldo de la silla, sus ojos castaños me analizaron con minucia.

—Usted y cada alemán en Berlín buscan a alguien. ¿Vio los letreros que hay en todas las paredes? ¿Cómo se llama?

—Rickard Länger —respondí—. Seguimos casados, pero hace muchos años que no vivimos juntos.

El sargento señaló un archivero negro que estaba junto a la pared y el cabo empezó a buscar. En poco tiempo, una carpeta con papeles descansaba sobre el escritorio de Volkov.

—¿Quiere un cigarro? —me preguntó el sargento por medio de su intérprete.

Moría por uno, sin importar la marca. Los alimentos, el licor y los cigarros se habían convertido en artículos muy cotizados en el mercado negro. Todo el mundo pagaba precios prohibitivos por estos lujos, incluso las tropas en los cuatro sectores negociaban entre ellos.

Tomé un cigarro y se lo agradecí. El humo bajó fresco por mi garganta: era mentolado.

Volkov apagó el suyo en el cenicero y encendió otro. Estudió el expediente que tenía frente a él durante unos minutos y luego habló.

—¿Usted era miembro del Partido Nazi?

Negué con la cabeza.

—No. Trabajé contra ellos. —Había muchos detalles importantes que no quería divulgar, pero agregué—: Era escritora. Los nacionalsocialistas prohibieron mis libros y me arrebataron la manera de ganarme la vida y a mi hija. Hui a Ámsterdam y luego regresé.

—¿Cómo se llama?

Volkov me había arrinconado. Podía presentar mis papeles alemanes falsos de identificación o podía decirle mi nombre real. Frente a este hombre enérgico de intensa mirada castaña y rostro franco y fuerte, sentí que debía decir la verdad. Además, los nazis ya se habían ido, al menos la mayoría.

—Marie Rittenhaus. Länger era mi nombre de casada.

El sargento bajó el índice sobre una columna que había en la página. Apretó los labios con una expresión petulante.

—Lo arrestaron y está acusado de ayudar a los nazis, producir propaganda, difamar a una raza... y crímenes de guerra similares.

Los cargos no me sorprendieron. Rickard sabía lo que hacía cuando hizo ese pacto diabólico con Spiegel para salvar Passport Pictures. Por supuesto que yo no quería que Rickard muriera o que lo torturaran, en una época lo amé. Yo subsistí gracias a la riqueza de los nazis cuando compartí su hogar, pero esa relación me había hecho huir. Hice a un lado la vergüenza que sentía por nuestra relación, mi verdadero interés era por mi hija.

—¿Está aquí? —pregunté—. ¿Puedo verlo?

Volkov cerró la carpeta en el escritorio e hizo una seña al cabo para que la guardara en el gabinete.

—Estuvo aquí, pero lo transfirieron a un campo especial que abrió el Comisariado del Pueblo para Asuntos Internos. Por lo que veo, pasará mucho tiempo en confinamiento.

Ya había escuchado hablar del Comisariado, el NKVD.

—¿Me puede decir en dónde lo tienen?

Volkov negó con la cabeza.

—No consuelo a criminales de guerra. No me importa si lo ejecutan a golpes de garrote, en la horca o en el paredón.

—Sólo quiero preguntarle dónde está mi hija.

Suspiró y luego sonrió al cabo, quien seguía traduciendo nuestra conversación.

—¿Sabe cuántas solicitudes recibo al día para ver a los nazis más recalcitrantes? Al mundo le hacemos un favor al encarcelar a estos animales hasta que puedan ser...

—¿Ejecutados?

—Rechazo la mayoría de las solicitudes porque no ayudan en nada a nuestro partido. —Se inclinó hacia adelante—. De lo contrario, dejemos que el castigo sea consecuente con el crimen. Me parece que esas palabras provienen de un inglés. ¿*El Mikado*? O quizá son romanas.

No sabía y no deseaba discutir con él.

—Rickard es la única persona que sabe dónde está mi hija.

Apagué el cigarro en el cenicero del escritorio. Me ofreció el paquete, pero lo rechacé porque no quería poner a prueba su buena disposición. Colocó los cigarros cerca de uno de los montones de papeles y se recargó en la silla. Me di cuenta de que mi tiempo se había acabado. Me puse de pie.

—Gracias por su tiempo.

—Siéntese, por favor...

El cabo me tomó del brazo mientras el sargento hablaba. Seguí sus órdenes.

Volkov entrelazó los dedos.

—Dijo que trabajó en contra de los nazis. ¿Qué quiso decir?

—¿Me arrestará si le digo lo que he hecho?

Lanzó una carcajada, abriendo la boca y sonrojándose un poco. Esa sonrisa puso al descubierto algunos dientes de oro.

—Podría arrestarla si no lo hace. Si me dice la verdad, quizá le dé una medalla como la que llevo al pecho —respondió, dando unas palmaditas sobre su Estrella Roja.

Yo también me sonrojé mientras pensaba qué podría decirle a este oficial. El corazón me latía con fuerza en el pecho. ¿Y si él estaba mintiendo sobre la posibilidad de arrestarme? En ese momento, mi último recuerdo de Laura pasó por mi mente: la noche en que entró al coche con Rickard después de que ejecutaron a

Spiegel. La abracé y lloré porque no sabía si la volvería a ver, porque no podía hacer nada para alejarla de su padre. Ese recuerdo me dio el valor de encarar al hombre que tenía enfrente.

Narré mi historia por medio del intérprete: le conté a Volkov cómo había robado el brazalete nazi e intercambiado por florines en Ámsterdam; la publicación de mis libros, que fueron prohibidos, y cómo mi editor recibió una paliza a manos de las SA; cómo fui testigo de la ejecución de Spiegel y de su esposa a manos de las SS; cómo, una vez que Rickard se llevó a mi hija, Emil y yo huimos a Países Bajos, donde presenciamos más asesinatos y persecución nazi; cómo fingí mi propia muerte para poder regresar a Alemania; cómo incendié el centro de reclutamiento del Reich y, por último, cómo fui cómplice del homicidio de un oficial alemán en Ámsterdam.

Cuando terminé, la expresión de Volkov había cambiado de una mueca cínica a una de asombro. Encendió otro cigarro y dijo una sola palabra:

—Impresionante. —Luego, agregó—: Conozco a oficiales en el Ejército Rojo que han hecho mucho menos que usted en la lucha contra los fascistas.

—Me alegra que no me vaya a arrestar, pero sus propias tropas no están libres de culpa en lo que se refiere a tratar a mi pueblo.

Ignoró mi comentario y tomó una pluma.

—Voy a escribir su nombre, Marie Rittenhaus. Lo recordaré. Regrese en dos semanas. Encontraré a Rickard Länger. Quizá pueda hacer que se reúna con él.

—Gracias, sargento mayor Volkov. Regresaré.

Me puse de pie, pero el cabo me detuvo de nuevo por orden de su superior.

—Quiero pedirle una cosa más —dijo Volkov. Señaló la bandera del Ejército Rojo colgada en la pared desnuda—. Si trabaja para mí, si encuentra a quienes deben ser castigados y me los entrega, quizá pueda encontrar no sólo a Länger, sino al hombre que la acompañó a Ámsterdam, si es que sigue vivo. ¿Cómo se llamaba?

—Emil Belmon. Me dijeron que lo habían transferido de Buchenwald a Mauthausen.

Garabateó en otro pedazo de papel.

—Que tenga buen día, Marie Rittenhaus.

El cabo me escoltó a la puerta y salí a una fina neblina y cielo encapotado. Me envolví bien el cuello con el abrigo y respiré profundamente el aire de Berlín, que ahora estaba de alguna manera libre del hedor de la guerra. Por primera vez en años me sentía libre. Una sensación como de euforia inundó mi cuerpo. ¿Había valido la pena todo lo que había sufrido?

Las nubes parecían inamovibles por la falta de viento para guiarlas. La ciudad seguía en ruinas, pero a mi alma la alentaba la esperanza y la convicción de que podría ver a mi hija y a Emil de nuevo, si todo salía bien.

Caminé a casa y le conté a mi madre lo que había pasado. Ella me dio un mensaje de Lotti: un soldado había regresado de la guerra.

Capítulo 28

Corrí hacia los brazos de Egon, quien se apresuraba por el camino a casa de mi madre en Rixdorf. Lotti iba a su lado.

—Dios mío —dije—, pensé que estabas muerto, que te mataron en Stalingrado.

—Nunca llegué a Stalingrado —explicó, envolviéndome en sus brazos—. Estaba en las afueras, como mensajero entre el frente y el este de Prusia. —Hizo una pausa—. Tenemos mucho de qué hablar.

—Entren —dije. Presenté a Egon y a Frieda, a quien convencí de que trabajara en el jardín trasero para que nos diera unos minutos de privacidad.

El clima era fresco, pero soportable y había mucho que hacer en el otoño para la temporada de cultivo de la primavera.

La luz del sol revoloteaba en la casa en destellos, iluminando el sofá y lanzando sus rayos claros sobre Egon. Lo observé con detenimiento. Parecía más viejo: su cabello rubio estaba un poco más oscuro y las arrugas alrededor de sus ojos azules enfatizaban los rigores de la guerra. El fuego y la determinación que le daban el aspecto de un chico de póster de las Juventudes Hitlerianas cuando lo conocí habían disminuido. Parecía reservado. No podía imaginarnos a ninguno de los dos aventurándonos ahora en una misión como la del centro de reclutamiento que incendiamos. La muerte y la destrucción que Egon había presenciado en el frente lo habían templado, pero esperaba que su determinación por un mundo mejor estuviera inalterada.

Me senté frente a ellos. Lotti tomaba a Egon de la mano como si no quisiera volver a soltarlo nunca.

—No puedo creer que estés vivo —exclamé.

Él frunció el ceño.

—Lo siento —dije, bajando la mirada, avergonzada por lo que acababa de expresar—. Es sólo que estoy muy contenta de verte. Debí decir que estoy muy contenta de que estés en casa.

Lotti sonrió.

—Todos lo estamos.

Egon habló de su época en la Wehrmacht y luego pareció cansarse del tema. Estaba ansiosa de hacerle la pregunta, pero habría dificultades.

—¿Cómo te sientes? —pregunté.

Sus ojos azules me escudriñaron en busca de algo más profundo.

—¿Qué quieres decir?

—¿Estás lo suficientemente fuerte como parar ayudarme, para hacer algo que tenga consecuencias reales?

—Depende —respondió—. Ya no es necesario reducir a cenizas los edificios nazis.

Acabó la frase con una leve sonrisa.

—Hablo de venganza.

Antes de que pudiera responder, Lotti apretó la mano de Egon con mayor fuerza y se acercó más a él.

—No le pidas que se ponga en peligro —suplicó—. ¿No crees que ha sufrido bastante en el Frente oriental?

—Sí, pero déjame explicar —repuse.

Egon puso el índice sobre los labios de Lotti.

—No te preocupes. Ahora estoy seguro. Pasé cuatro meses en un campo para prisioneros alemanes. Salí porque era un mensajero de bajo nivel, no un oficial. Nadie me persigue.

Suspiré, pensando en lo que estaba por pedirle. Algo terrible me atenazaba y todo se reducía a una pregunta: ¿los nazis, que habían hecho mi vida un infierno en Alemania durante una docena de años, merecían tener la espada de la justicia sobre el cuello y ser torturados o asesinados a manos de los soviéticos por sus crímenes? El Ejército Rojo quería sangre. O, ¿de mí, de los demás, dependía el perdón? La duda me atormentaba. ¿Podía permitir que hombres murieran porque quería encontrar a mi hija y a Emil?

Para una mente irracional marcada por la guerra, la respuesta era fácil: «sí».

Para una mente basada en la posibilidad de la muerte, la respuesta no era clara: «¿no?».

—Sólo considera lo que te pido. Es por Laura y por Emil.

Les conté sobre mi reunión con Viktor Volkov y lo que el sargento mayor quería de mí. «Tráigame a los nazis que cometieron crímenes de guerra». Les platiqué que Volkov me ofrecía la oportunidad de ponerme en contacto con Rickard y averiguar qué había pasado con Emil.

—Estás jugando con fuego —dijo Egon—. No sé qué pensar. La guerra acabó. Otros, con más poder, deberán luchar por la justicia.

—Entenderé si no quieres hacerlo —agregué—. No quiero que nada se interponga en nuestra amistad.

—Nada lo hará —afirmó Egon, tomando mi mano. Lotti asintió y Egon volteó hacia la puerta trasera que estaba abierta—. Está lloviendo.

Miré a mi madre, que estaba inclinada arrancando las hierbas de finales de verano que seguían en el jardín, terrones de tierra colgaban de los brotes parduzcos. Frieda hundía el azadón en la tierra negra y húmeda para revolverla. También había sobrevivido y el respeto que sentía por ella había crecido enormemente. Le había contado algunas de las cosas que viví, pero sabía que una confesión completa podría hacerla entrar en pánico por la salvación de mi alma. Era mejor callar algunos secretos y, por esa razón, pensé que ahora sentía más amor por mí que nunca.

Dormía en mi antigua recámara y estaba agradecida de tener una cama, porque las condiciones en Berlín eran muy diferentes. Como Lotti, la gente vivía en las ruinas, cortando madera para combustible y buscando lo que pudiera para quemarlo o intercambiarlo por pan o sopa. La carne había desaparecido, sólo las tropas de ocupación podían darse el lujo de cenar res o pollo.

Algunos supervivientes vivían en las ruinas de sus departamentos en los pisos altos, aunque el edificio estuviera en peligro de colapsar. Ver a esas personas ahí era como mirar una pintura: el contorno frágil de las paredes servía de marco y la imagen se quedaba grabada en la mente como una fotografía. Los muebles estaban acomodados; la mesa del comedor, de cara a una caída vertiginosa a la calle, y el mantel rojo que cubría la superficie de roble y colgaba de ella. A veces, incluso una cama era visible desde la calle. Los sobrevivientes podrían habitar ahí durante el verano, pero el invierno se acercaba. Ninguno de nosotros sabía cómo sobreviviríamos los años por venir, pero mi madre y yo teníamos más suerte que la mayoría.

Las inconstantes nubes de otoño habían cubierto el sol. Mi madre recargó el azadón en la entrada de la casa y entró, sacudiéndose la lluvia del abrigo. Le sonrió a Lotti y a Egon.

—¿Quieren comer algo? No es un festín, pero tengo pan, queso y sopa.

Ambos sonrieron.

—Suena maravilloso —respondió Egon.

Todos nos sentamos en la pequeña mesa de la cocina. Hablamos de la guerra y planeamos el futuro.

De todas las decisiones que he tomado en mi vida, lidiar con Viktor Volkov ha sido la más difícil. Todo lo que le dije, lo que había hecho..., pero la guerra había terminado y yo no quería más muertes. Sin embargo, el sargento mayor me ofrecía una puerta, una que podía cruzar para encontrar a mi hija y a Emil. El horror de ese paso podría llevar a consecuencias sangrientas.

Pasé varias noches intranquilas después de que Egon y Lotti salieron de casa de mi madre. Incluso hablé con Frieda sobre la disyuntiva que enfrentaba, sabiendo que ella quería ver otra vez a su nieta. Como ya había afirmado, no le gustaban los hombres en el poder y creía que los nazis deberían ser castigados.

—Fueron ellos quienes provocaron esto, contra ellos y contra Alemania. Cualquier persona lo suficientemente estúpida como para poner su confianza en Hitler fue un idiota —declaró.

A pesar de sus creencias protestantes, mi madre tomó su decisión tras escuchar mi historia. Creía que nuestra familia era más importante que la vida de los criminales de guerra.

Así, conforme se acercaba el día de mi siguiente visita a Volkov, busqué a Egon y a Lotti. Vivían en el sótano de otro edificio que también estaba en el sector soviético, pero más cerca de la Puerta de Brandeburgo. Él iba vestido de civil, con un abrigo, como todos nosotros, y se acurrucaba frente a una estufa de madera rudimentaria. Levantó un palo raquítico, abrió la rejilla y lo aventó al fuego.

—Ya me decidí —les informé—. Los nazis merecen ser llevados ante la justicia por lo que han hecho. No más excusas, no podemos dejar que el pasado se olvide.

Egon me miró. Olas de calor se arremolinaban en su rostro, reflejando el fuego que parpadeaba por la rejilla de la estufa.

—Lotti y yo decidimos lo mismo, siempre y cuando yo permanezca al margen del proceso judicial. —La miró antes de continuar—. Nunca volveré a incendiar un edificio, pero te daré información que le puedes dar a... ¿cómo se llama?

—Volkov. La cárcel no está lejos de aquí.

Egon me dio una hoja de papel doblada a la mitad. La abrí y vi el nombre escrito ahí, junto con una dirección en las proximidades del Tiergarten.

—¿Quién es?

En cierto sentido, no quería saber. Conocer al hombre lo hacía demasiado real, demasiado ser humano.

—Está en el sector británico. No sé si los soviéticos puedan arrestarlo o si tendrán que negociar con ellos.

—¿Qué hizo?

—Era *Wächmann* en Sobibor, Polonia, sólo un guardia, pero supervisaba muchos de los asesinatos en el campo. Conoce a otros... y dónde se esconden.

No había escuchado hablar del campo, pero sabía que debió ser terrible, si se parecía a Buchenwald.

—¿Estás seguro de que estuvo en Sobibor?

—Era un campo de exterminación. Un amigo mío que sobrevivió al frente oriental habló con él. Este *Wächmann* alardeaba de haber escapado al Ejército Rojo y le dijo a mi amigo dónde iba a vivir cuando regresara a Berlín. Típica fanfarronada nazi.

Para mí, era evidencia suficiente, al menos suficiente para presentársela a Volkov.

Le agradecí a Egon, les di un beso a ambos y luego decidí terminar mi tarea del día. Conducía una bicicleta que había encontrado tirada junto un montón de basura en Berlín. Podía moverme más fácil por la ciudad ahora que las calles estaban despejadas.

Esta vez no tuve que esperar mucho tiempo para ver al sargento mayor. El cabo que había traducido antes seguía ahí. Le di a Volkov el papel que contenía el nombre y la dirección del hombre y le conté la historia que Egon me había platicado, sin nombrar la fuente.

—Interesante —dijo Volkov—. Gracias.

Me quedé de pie frente a él, esperando ser recompensaba por mis esfuerzos.

El sargento miró su escritorio, movió un montón de papeles y luego me dio una nota. En ella estaba escrito el nombre de Rickard y una dirección en la sección noreste de Berlín, que especificaba la ubicación de un «campo».

—Länger no espera su visita —explicó Volkov—. Sin embargo, informé a las autoridades. Vaya pronto. Tuve que rogarle al coronel que organizara una reunión con este hombre. La política es aislamiento total. Los quince minutos que tiene con él serán los últimos.

—¿Tiene información sobre Emil Belmon? —pregunté, insegura de haber sido tan atrevida.

—Nada. ¿Pudo haber usado otro nombre?

Asentí.

—Quizá usó su identificación alemana. —Le di al sargento el nombre del pasaporte falso de Emil y tomé la nota—. Gracias por esto.

—No es nada —dijo Volkov con un brillo en los ojos, señalando la información que le di de Egon—. Usted sigue trabajando para mí. Haremos una visita al Tiergarten.

Era muy tarde y el viaje muy largo como para ir al campo en el que Rickard estaba detenido, así que decidí que iría al día siguiente.

Esa noche casi no dormí, los recuerdos de Laura entraban y salían de mis sueños.

El «campo», como Volkov lo llamaba, estaba como a doce kilómetros de casa de mi madre. El viaje requería que cruzara el Spree y viajara por los vecindarios de Berlín devastados por la guerra, hasta llegar a Hohenschönhausen. El lugar estaba ubicado cerca de Genslerstrasse.

Las luces turbias del alba se esparcían por el cielo encapotado que se alternaban entre lluvias ligeras y chaparrones. La ciudad estaba cubierta por nubes que iban de un gris lechoso a púrpura, dependiendo de su humedad. Decidí caminar en lugar de llevar mi recién encontrada bicicleta, pues sería menos problemático. A pie me llevaría al menos tres horas en un día seco, así que preví tiempo de más.

Llevaba un impermeable y un gorro para protegerme del frío, y empecé mi trayecto como a las siete de la mañana, después de desayunar. Mi madre me deseó suerte. Estaba tan ansiosa como yo de saber dónde se encontraba Laura.

La caminata me pareció eterna conforme cruzaba el inestable puente reconstruido sobre el Spree y los distritos en donde los daños eran mucho menores que en el centro aniquilado de Berlín. Como a las diez, de pie bajo la lluvia, me encontré frente a la reja y la pared de piedra que, según todas las apariencias, conformaban los límites del campo. Más allá del muro se podía distinguir parte de un gran edificio de ladrillo rojo.

Toqué la puerta que estaba junto a la reja y en cuestión de segundos abrió un soldado del Ejército Rojo, un joven de mejillas rubicundas y mirada intensa. Me observó de pies a cabeza, con su rifle colgando a un costado. Tuve la sensación de que sabía cómo usarlo y que cualquier movimiento provocador de mi parte, o de cualquiera que viniera al campo, se enfrentaría a una fuerza letal.

Reuní valor porque me pregunté qué pasaría una vez que estuviera adentro.

—Vine a ver a Rickard Länger —dije en alemán.

El joven soldado me miró como si estuviera loca y antes de que me azotara la puerta en la cara, lo detuve con estas palabras:

—Órdenes del sargento mayor Viktor Volkov.

Eso lo entendió. Abrió la puerta hacia una pequeña oficina que compartía con otro soldado que estaba sentado detrás de una mesa.

—Volkov —dijo el primer soldado y su compañero tomó el teléfono del escritorio.

Con gestos y el cañón de su rifle, el joven soldado indicó que debía esperar afuera en la lluvia hasta que abriera la reja.

Así lo hice. Después de diez largos minutos en los que el agua goteó por mi gorra hasta mis ojos, las grandes puertas de madera de la reja se abrieron al fin para mostrar otra barda más adelante. A partir de ahí, dos soldados me escoltaron alrededor de un edificio de ladrillo hasta un patio apagado y me ordenaron esperar hasta que apareciera el «prisionero», junto con otras instrucciones. Tomaron su lugar a ambos extremos del rectángulo y me miraron mientras yo balanceaba mi peso de un pie a otro. Al ver este campo, me pregunté cómo podía compararse con los que habían construido los nazis. No había bosques hermosos alrededor, como en Buchenwald; bosques que alojaban las fosas comunes de quienes habían muerto a manos de los nazis. Ningún río corría en los alrededores ni había montañas a la vista, sólo ladrillo, adoquines, tejas y los techos de las casas cercanas. Todas las ventanas del campo, grandes y pequeñas, estaban cubiertas de barrotes. Imaginé las celdas saturadas, la luz lúgubre y los días de oscuridad y aislamiento sin visitas de miembros de la familia o parientes.

La puerta de una de las celdas que rodeaban el patio tan poco atractivo se abrió de par en par y Rickard apareció. Vestido de uniforme gris, con la cabeza gacha y arrastrando los pies descalzos sobre el concreto frío tapizado de guijarros, se acercó despacio a mí. Iba escoltado por un soldado a cada lado. Uno de ellos lo golpeó en la espalda y él levantó la vista.

Sus ojos, distantes al principio como si miraran a través de mí hacia algún destino distante, parpadearon al reconocerme. Se detuvo. Los soldados lo instaron a seguir. En unos segundos estaba de pie frente a mí, un hombre a quien no había visto en casi doce años. El recuerdo de cuando nos conocimos destelló en mi mente: el hombre apuesto, vestido con un traje negro caro y zapatos de piel, que estaba sentado en un gabinete del Leopard Club. Sus luminosos ojos azules me habían cautivado en la oscuridad.

El abundante cabello corto embadurnado hacia atrás ahora estaba corto, o mejor dicho rapado, con canas en las sienes.

Temblaba bajo la lluvia y, a pesar de todas nuestras diferencias, de la terrible historia entre nosotros, sentí pena por este hombre derrotado. Su piel era blanca como la tiza; sus labios, morados como las nubes; su cuerpo estaba delgado y exhausto. Nunca lo hubiera reconocido en la calle; había cambiado de forma drástica desde que lo conocí.

Uno de los guardias dijo: «*Zehn minuten*» y se alejó con el otro hasta un lado desocupado del rectángulo. Los cuatro soldados, uno en cada esquina, nos observaban mientras el reloj contaba nuestros diez minutos.

—¿Niki? —dijo con voz aguda—. ¿Niki? Pensé que estabas muerta.

Una lágrima bajó por su mejilla... ¿tal vez fue la lluvia?

—¿Qué te han hecho? —pregunté.

Alzó la cabeza y sacó la lengua para atrapar el agua con la carne morada de su lengua.

—Estoy feliz de ver el cielo. Estoy feliz de que llueva... no sé si hubiera podido aguantar el sol. He estado en la oscuridad durante meses, o sentado en agua, cuando inundan la celda.

Por más que odiara o lamentara el dolor que me había causado, quería abrazarlo, rodear su cuerpo delgado. Los guardias me habían advertido que no lo tocara.

—Mírame —dije—. Dónde está Laura. Necesito saber. ¿Está viva?

Contuve el aliento.

Él asintió.

—La última vez que la vi fue a finales de abril, cuando ellos... entraron a la ciudad. —Volteó la cabeza hacia uno de los guardias—. Sabía lo que le hacían a las mujeres y a las jóvenes, tiene casi catorce. No quería que sufriera. La mandé lejos con el ama de llaves, Anna Becker, y le dije que nunca revelara dónde estaban ni el verdadero nombre de Laura. Tenía miedo de lo que el Ejército Rojo pudiera hacerle...

—¿A dónde fueron?

Sacudió la cabeza.

—La mujer tenía familia cerca de Leipzig, en algún lugar en el campo, hay cientos de granjas por los alrededores. Todo era tan caótico... pero Anna también trabajó en mi departamento en Prenzlauer Berg, cerca de Helmholtzplatz. Ahí vivimos después de que me mudé de Unter den Linden, en la calle al noreste que bordea el parque, en el número 22.

Un violento ataque de tos lo interrumpió. Se cubrió la boca y la nariz con las manos y cuando las apartó, sus dedos estaban manchados de sangre. Se limpió la sangre en las pantorrillas y ensució su uniforme.

—Me meteré en problemas por eso —dijo, temblado de nuevo por la lluvia—. Me hacen sentarme en agua sucia. No les importa si defeco en los pantalones, pero me desuellan si el uniforme está sucio... No importa, pronto estaré muerto.

—No digas eso.

—Sabes que es cierto. No tengo nada por qué vivir. Mi hija ya no está y mi negocio está destruido. Sigues siendo mi esposa, pero pocas personas lo saben. Nuestra relación terminó. Los soviéticos creen que ayudé a los nazis en cuerpo y alma. —Hizo una pausa—. Mírame, para que veas que digo la verdad. Lo que hice, lo hice por ti y por Laura, así como por mí. Pero estaba cegado por mi propio deseo de vivir, de triunfar.

—Lo sé, Rickard. Yo también. Lo siento por los dos.

En su rostro, una lágrima se mezcló con la lluvia.

—Pero escapaste y salvaste tu vida... Fue mi culpa, no debí aceptar sus favores, pero no vi otra salida. Eran demasiado poderosos. No debí caer en la trampa. Una vez adentro, no podía escapar. Tú siempre lo supiste, Niki. Tú escribiste sobre supervivencia. Tú lo hiciste.

Uno de los guardias miró su reloj. El tiempo se acababa.

—Entonces, yo también era débil. Debí haberte obligado a salirte.

—No lo hubiera hecho, Niki. No tienes que sentirte culpable por eso.

Asentí sin dejar de mirar su figura empapada por la lluvia.

—Estoy viviendo en Rixdorf con mi madre. Ya has estado ahí. Hablaré con el sargento mayor Volkov sobre tu situación.

Una débil sonrisa cruzó su rostro.

—Así fue como lograste entrar aquí, entonces. Están prohibidas las visitas. Caíste con el Ejército Rojo igual que yo lo hice con los nazis. Ya no me siento tan mal.

—Por mi hija haría cualquier cosa —dije.

—Nuestra hija —repuso Rickard con tristeza en la voz—. Espero que la encuentres y le des todo el amor que te negaron. Es lo último que te deseo.

Permanecimos un momento mirándonos mientras los guardias caminaban en nuestra dirección.

—Encuéntrala y dile que su padre la ama.

Se me cortó la respiración y me ahogué, reprimiendo las lágrimas. Dos guardias lo tomaron por los brazos y llevaron de vuelta a su celda. Volteó a mirar sobre su hombro.

—Adiós, Niki. Ésta es la última vez que nos vemos en este mundo.

—Adiós —murmuré al tiempo que los soldados que me habían escoltado al patio se acercaban a mí.

Unos minutos después estaba fuera del campo, mirando el agua resbalarse por los barrotes grises de la reja.

De camino a casa de mi madre, la lluvia golpeó con fuerza mi abrigo y el sentimiento de haber traicionado a Rickard me pesaba. Las preguntas me torturaban. ¿Había hecho lo suficiente para convencer a Rickard de que abandonara a los nacionalsocialistas? ¿Traté lo suficiente de mantener a mi familia unida, de convencer a mi esposo de que dejara Passport Pictures y a los nazis que lo apoyaban? En aquella época era joven y sólo me interesaba sobrevivir, el tema de mis libros. Había vertido el alma en una trama que llevé a cabo en la vida. Me sentía desorientada; apenas podía caminar en línea recta. Nada me parecía correcto.

En el pasado, yo fui la nueva mujer alemana de la que escribí, la que no necesitaba a nadie más que a sí misma. Rickard dijo que se había cegado con los nazis, pero yo también. Un tirano había provocado que Alemania perdiera la sensatez. Rickard y yo quisimos sobrevivir, cada quien a su manera, y el costo fue alto.

Traté de frenar los sentimientos que hervían en mi interior. La voz firme, tranquila y resuelta de Emil me decía que fuera fuerte, que no había hecho nada malo, que hice lo mejor que pude en ese momento.

Me detuve cerca de un edificio bombardeado cerca del Spree y lloré. No estaba más cerca de encontrar a Laura o a Emil. Al menos parecía probable que Laura hubiera sobrevivido a la guerra.

Cuando llegué a casa a media tarde, mi madre estaba sentada frente a la estufa comiendo un plato de sopa.

No podía hablar sobre lo que había pasado en el campo y, de alguna manera, lo entendió. Me quité el abrigo mojado y el vestido, y me puse ropa caliente. Nos quedamos sentadas frente a la estufa para calentar nuestras piernas y sorber la sopa.

Capítulo 29

Durante más de dos años, conforme Berlín se levantaba poco a poco de su tumba, busqué a Laura. El número 22 estaba casi al final de un largo tramo de dos cuadras de departamentos que bordeaban Helmholtzplatz. Muchos de ellos habían sido dañados; un extremo de la hilera había sido derruido por una bomba o un obús. Ese techo estaba abierto al cielo y las palomas y estorninos entraban y salían volando de las habitaciones desiertas. En el viento ondeaban cortinas rasgadas; los pedazos raídos a menudo se enganchaban en los vidrios rotos.

Iba a esa dirección cada mes en busca de mi hija; en el clima templado de la primavera, en el calor del verano o en las primeras nevadas. Me quedaba ahí y esperaba. El nombre de Rickard estaba en el timbre, pero nadie respondió nunca. A veces, los residentes, que habían permanecido en este sector soviético y empezaban a reconstruir una vida, me dejaban entrar al edificio. Nunca hubo una respuesta. La puerta estaba siempre cerrada y los golpes que daba en ella sonaban huecos. Después de un tiempo renuncié a la esperanza de algún día volver a ver a mi hija.

Le di a Volkov el nombre de otro nazi «oculto», un hombre que podría interesar a los soviéticos. De nuevo, la información provenía de Egon. El sargento mayor parecía preocupado y reticente de verme más de algunos minutos. Mencionó su transferencia a un campo especial cuya ubicación no podía divulgar y no me ofreció ninguna información sobre Emil o Rickard, salvo que algunos comandantes por encima de él habían ordenado que los prisioneros de los campos no podían ver a nadie o ponerse en contacto con nadie, sin importar la gravedad de las circunstancias. Eso significaba que, si el prisionero moría, la familia no sería informada. Rickard había tenido razón cuando dijo que esa reunión sería la última vez que nos veríamos. Las personas desaparecían en el sector soviético y no se volvía a saber de ellas, como si el Ejército Rojo hubiera copiado, o quizá mejorado, las tácticas de interrogatorio y encarcelamiento nazis.

Tras mi última visita, no quise tener más qué ver con Volkov.

Vivir en Berlín era como vivir en cuatro ciudades diferentes controladas por cuatro culturas dispares: francesa, británica, estadounidense y soviética. Todos los sectores eran distintos, pero en los pocos años después de la guerra, los berlineses se mezclaron con los ocupantes en una danza incómoda. Los soviéticos habían tomado casi todo lo de valor en su sector y lo enviaron a Moscú como indemnización por la guerra, haciendo que las personas que vivían ahí dependieran de sus ocupantes. Los otros vencedores intentaron reconstruir la ciudad, pero el trabajo era lento y la vida, dura. Era difícil obtener alimentos y dinero, había que restaurar la electricidad y el transporte, y la desconfianza aumentó entre los sectores de oriente y occidente.

Obtuve un empleo de limpieza en el aeropuerto de Tempelhof, en el sector estadounidense, cerca de casa de mi madre, donde incluso me hacían trabajar en la construcción y reparación de las pistas. El trabajo era duro y en la noche terminaba exhausta, pero los estadounidenses eran amigables y nos daban raciones adicionales por nuestro esfuerzo. Durante un tiempo, me sentí como la nueva mujer alemana de nuevo, capaz de maquillarme, coquetear un poco, sonreír y decir de vez en cuando una palabra amable en inglés. Había hombres que extrañaban a su esposa o novia; si bien la política de no fraternizar seguía en pie, empezaba a quedar en el olvido. Los estadounidenses apreciaban las palabras amables de los alemanes, ya que muchos miraban a los vencedores con sospecha y desdén. Muchos no estaban dispuestos a creer que Alemania había perdido la guerra o que Hitler los había engañado. Como yo jamás fui nazi, estaba más que dispuesta a mostrarme amigable.

En la primavera de 1948, en una de mis visitas al número 22, conocí a una mujer que conocía a Anna Becker, el ama de llaves de Rickard. Estaba afuera una cálida tarde de mayo, disfrutando el sol y hablando con una vecina. Como todas las mujeres alemanas, el vestido y los zapatos que llevaba estaban viejos; quizá los había comprado en 1941, antes de que la marea de la guerra empezara a dirigirse contra el Reich. Su vestido azul con cuello blanco estaba angostado con costuras en la cintura y remendado en el dobladillo.

Me presenté como Marie Länger y le dije a la mujer que buscaba a Laura. Mi hija pronto tendría diecisiete años, yo cumpliría treinta y siete.

—Sé quién es —respondió la mujer en un tono que cualquiera usaría con un desconocido.

Me acerqué a ella, ansiosa por escuchar cualquier cosa sobre mi hija. Mi acción rápida sorprendió a la mujer y se apartó. Su cabello negro, sujetado a los lados, tenía mechones grises. Apretó la boca al ver mi entusiasmo.

—¿Sabe dónde está? —pregunté, esperando sacarle la verdad.

—No. Conozco a Anna Becker. Se llevó a Laura a Leipzig, pero eso fue hace tres años. Recibí una carta de Anna como hace un año, en la que decía que seguían ahí. No había dirección del remitente y Anna dijo que le había jurado a su empleador guardar el secreto. Me dio una llave antes de partir y me pidió que cuidara el departamento... cuando tuviera oportunidad.

—¿Lo ha hecho? —preguntó—. ¿Tiene la llave?

Miró su bolso, que estaba sobre un escalón.

—Sí... ¿quién es usted?

No sabía cuál era su posición política, bien podía ser una exnazi o simpatizante. Parecía interesada en la información que yo le diera sobre Laura.

—La última vez que la vi fue hace muchos años —expliqué, sin ofrecer detalles que pudieran hacerla sospechar—. Rickard y yo nos separamos después de que empezó la guerra. Él estaba muy metido en su trabajo. —Fue lo más que me atreví a decir, pero agregué—: Trabajaba para Passport Pictures.

Esa información pareció satisfacerla y sus ojos cobraron vida.

—Ganó premios por su trabajo. En el departamento hay trofeos.

—¿Puedo verlos? —pregunté.

La otra mujer le murmuró algo al oído a su amiga.

—Ella la ha visto a usted antes —dijo la mujer del vestido azul—. Podemos ir unos minutos.

—Gracias —respondí—. He estado buscando a mi hija desde que la guerra terminó.

La mujer apretó sus labios rojos y dijo:

—Todos hemos perdido a alguien.

Dejamos a la amiga y subimos los tres pisos hasta el departamento que daba a la calle.

—¿Cuál es su nombre? —le pregunté.

—No importa —respondió para mi sorpresa—. Una amiga de Anna Becker, así me puede llamar. Creo que en estas épocas es mejor que los rojos no conozcan nuestros nombres.

Asentí. Ella metió la llave a la cerradura y abrió la puerta.

Rickard, o Anna, había cerrado las cortinas rojas que cubrían las dos largas ventanas que daban a la calle. Una luz espectral, como una mancha de sangre, se filtraba por ellas y salpicaba el piso de madera. El departamento olía a humedad y el polvo en el aire me hacía cosquillas en la nariz.

Reconocí algunos muebles que Rickard había traído del departamento de Unter den Linden: las sillas en forma de «V» y el bar eran las tres piezas que habían sobrevivido a la mudanza. Un librero de piso a techo cubría la ancha pared a la izquierda de la puerta. Los libros de cine y arte de Rickard se alojaban ahí, junto con los premios que mencionó la amiga de Anna. Cerca de una de las ventanas había un escritorio y parte de los objetos dispersos sobre él incluían la máquina en la que escribí mis dos libros. Observé el papel que estaba inserto en el rodillo. No tenía nada escrito.

—¿Le molesta si abro las cortinas? —pregunté.

—No, hágalo. Yo nunca las toco... prepárese para estornudar.

Caminé hacia las ventanas y las abrí: la luz color sangre se convirtió en un blanco apagado. De la tela, el polvo cayó en montones que hicieron volar motas en el aire. La mujer tenía razón, ambas estornudamos.

Recorrí la sala, quería verla toda; imaginar a mi hija, que vivió aquí durante tantos años, caminar por estos pisos. Éste había sido el hogar de Laura mientras yo me escondía en Ámsterdam, e incluso después de que regresé a Alemania. Ella jugaba en estas habitaciones y se vestía en su recámara antes de ir a la escuela. Quizá, alentada por su padre, se había unido a los grupos nazis para niñas y jóvenes. Eso parecía posible, conociendo los vínculos serviles de Rickard con sus benefactores.

Pasé la mano sobre uno de los premios que le habían dado. El polvo se pegó a la yema de mis dedos en plastas grises. Le habían otorgado reconocimientos de «servicio» por las películas que había producido en nombre del Reich —toda la propaganda—, cada una promoviendo los «valores» nacionalsocialistas. Cuatro esvásticas de latón adornaban las placas. Me asombraba que los soviéticos no hubieran saqueado ya el departamento y eso me llevó a pensar que Rickard había sido arrestado en la calle o que quizá se entregó para evitarle a Laura el trauma de ver la detención de su padre.

Pensé en preguntarle a la amiga de Anna.

—¿Por qué los soviéticos no han venido a este departamento?

—No sé —respondió la mujer, inexpresiva—. Herr Länger envió lejos a su hija y al ama de llaves cerca del final de la guerra, luego desapareció con algo de dinero, eso me dijo Anna. Quizá alguien lo delató. Supongo que los soviéticos nunca supieron dónde vivía. Tal vez les dio su antigua dirección en Unter den Linden. Ese edificio quedó destruido, nunca se hubieran dado cuenta. Podemos ser bastante herméticos si queremos.

¿«Podemos»? En ese momento, supe que estaba lidiando con un miembro del partido nazi o, por lo menos, una simpatizante. Levanté la guardia.

—Entiendo —dije abandonando el tema.

Una fotografía en marco blanco que estaba junto a las placas llamó mi atención. Eran Rickard y Laura, probablemente tomada en 1943. Rickard estaba vestido de traje, sonriendo felizmente, con un brazo sobre los hombros de su hija. Ella llevaba una blusa blanca y falda negra, y una corbata oscura bajaba sobre la blusa. Un chico que no conocía estaba detrás de ella, tenía el cabello rubio partido hacia el lado izquierdo y su uniforme negro contrastaba con su piel blanca; en el codo izquierdo portaba la insignia en forma de rayo de la SS.

Lloré, no porque había visto una fotografía de mi hija, sino porque vi en lo que se había convertido bajo su influencia. Laura ya era una adulta que podía tomar sus propias decisiones sobre la política, la guerra y sus consecuencias, pero ¿podría yo aceptar sus puntos de vista? ¿Podría amar a mi hija si fuera una nazi, una creyente del fascismo sin remordimientos? ¿Tenía alguna opción? La fotografía y las preguntas que provocaba me revolvieron el estómago. Me presioné el vientre con las manos y me senté en una de las sillas de piel de Rickard.

—¿Está bien? —preguntó la amiga de Anna, acercándose a mí—. Sé que todos hemos estado muy estresados, pero debe controlarse.

Respiré profundo algunas veces y me limpié las mejillas con la mano.

—Estaré bien —respondí—. Es angustiante estar aquí, donde vivieron mi hija y mi esposo. Quiero encontrarla.

Sin soltar la llave, la mujer se sentó frente a mí en el otro sofá. Me lanzó otra mirada y suspiró.

—Ella podría regresar...

—Sí, pero yo no estaré aquí y Laura podría estar en cualquier parte.

Levantó la llave.

—Para mí es difícil venir, cruzar Berlín por las afueras del sector soviético, y francamente, estoy cansada de hacerlo. Puedo ver cuánto significa esto para usted... estar aquí.

Asentí, pensando que algo inesperado estaba a punto de caer en mis manos.

—Este departamento me conecta con mi hija. Hacía años que no me sentía así, y usted tiene razón... ¡Ella podría regresar! ¡Qué maravilloso sería!

No quería actuar como si estuviera en una obra de teatro, pero la mujer tenía razón. Laura podía volver del campo cerca de Leipzig, podía regresar a su hogar de la infancia.

La mujer extendió el brazo hacia mí y me ofreció la llave.

—Tome... me estaría ayudando.

La tomé y me incliné hacia adelante, casi la abrazo pero cambié de idea.

—Gracias. Es muy amable. Cuidaré bien el departamento.

—Sí, mantenga alejados a los rojos. No tienen que saber el buen trabajo que Rickard hizo para el Reich.

Nos levantamos, listas para partir. Cerré las cortinas y el departamento se llenó de nuevo de la extraña luz roja. Eché un último vistazo a la fotografía antes de cerrar la puerta con llave.

Mientras bajábamos las escaleras, la mujer dijo:

—Si tengo noticias de Anna Becker, le diré que usted tiene la llave. ¿Dónde vive?

—En Rixdorf, en el sector estadounidense.

Esbozó una leve sonrisa.

—Ah, qué afortunada. Los estadounidenses son muy estúpidos, no saben lo que tienen. Sólo son... ¿cómo llamarles? ¿Vaqueros? ¿Pistoleros? Niños con pistolas. Sabíamos cómo usarlos.

Me despedí y caminé de regreso a casa de mi madre. Aunque el departamento de Rickard estaba en el sector soviético, pensé que ya era momento de volver a dejar a Frieda y abrirme mi propio camino. Esperaría a que mi hija regresara en un departamento que los nazis le habían dado a Rickard. Había algo de justicia en eso.

Por fortuna, aún no me había mudado de Rixdorf el 24 de junio de 1948, cuando las luces se apagaron de pronto y los soviéticos cerraron los sectores occidentales de Berlín al mundo. El «bloqueo de Berlín» había comenzado. Todos los accesos ferroviarios, por carretera o por el canal, estaban cerrados y el mundo se balanceó en el precipicio de la guerra.

Una vez más, la política había prevalecido sobre las vidas humanas cuando los soviéticos intentaron convencer a estadounidenses, británicos y franceses de que abandonaran su reivindicación a una ciudad que se encontraba en el centro de su territorio. Los berlineses, en su mayoría, estaban seguros de las maniobras políticas tras bambalinas, pero estaban muy conscientes de los enormes efectos que tendrían éstas en su vida.

De nuevo, el pánico se apoderó de los otros sectores y la gente empezó a negociar por la falta de suministro de alimentos y energía. Circulaba el rumor de que en los sectores occidentales sólo quedaban raciones para tres semanas. Después, la hambruna se instalaría. En tanto, los soviéticos alimentaban a los suyos. Decían que todo era cuestión de dinero y ofrecieron terminar con el bloqueo si los Aliados sacaban de circulación el nuevo marco alemán, que había debilitado su propia divisa. Empezó un contrabloqueo que ejerció presión en el sector soviético. Los cargamentos de acero y carbón al este se detuvieron.

Trabajé en Templehof durante el bloqueo sin poner un pie en el sector soviético ni visitar el departamento de Rickard mientras éste estuvo implementado. Los estadounidenses volaban desde sus bases en el suroeste de Alemania a Templehof, en uno de los tres corredores aéreos, para salir y entrar a la ciudad. Nosotros, los alemanes, alzábamos la vista al cielo, subíamos a los postes y nos trepábamos en plataformas improvisadas para ver un avión de transporte tras otro —uno cada tres minutos— aterrizar con leche, harina, carbón, medicinas y otros artículos. El rugido de los aviones nunca cesaba en Berlín, sin importar el clima o la época del año. El sonido de los motores era música para nuestros oídos.

Un oficial astuto advirtió que la descarga de aviones en Templehof tomaba mucho tiempo. El personal se demoraba en los terrenos del aeropuerto y eso retrasaba los embarques y el retorno al cuartel general. Por esta razón, yo y otra mujer alemana fuimos contratadas para trabajar con los carritos de servicio, para brindar al personal alimentos y bebidas junto a los aviones. Les ofrecíamos un refrigerio, una sonrisa, palabras amables y les dábamos las gracias por todo lo que estaban haciendo para salvar al pueblo alemán. Las personas que trabajábamos ahí obteníamos raciones adicionales como pago.

Los niños alemanes incluso obtenían dulces de los pilotos estadounidenses. Uno en particular arrojaba golosinas en un pañuelo que lanzaba como paracaídas desde su transporte. Era conocido como «Uncle Wiggly Wings» —«El tío de las alas que se menean»—, porque hacía mecer las alas plateadas de su avión antes de arrojar los dulces. Ese movimiento provocaba un coro de gritos, así como las sonrisas, de niños y adultos. A medida que se divulgó la noticia, la multitud se hacía cada vez más grande para atrapar los dulces. Otros aviones siguieron su ejemplo y los niños agradecidos los llamaron «Candy Bombers», «Bombarderos de caramelos».

Al final, los soviéticos se dieron cuenta de que no podían vencer el aerotransporte que, a su manera, se convirtió en el transporte de mercancías más eficiente que la ciudad había visto. Los soviéticos tenían el poder militar, pero carecían de infraestructura en la devastada Berlín Oriental para librar la batalla. Tampoco tenían la bomba atómica. Para septiembre de 1949, todo había terminado. Los soviéticos fueron derrotados por el poder combinado y la voluntad de los Aliados, así como la buena disposición del pueblo alemán de aceptar sus ofrecimientos con brazos abiertos.

Después de que empezó el bloqueo, aún se podía viajar entre Berlín Oriental y Occidental. La gente había comenzado a escapar hacia Alemania Occidental, cruzando por la frontera interalemana, muchos kilómetros al oeste de la ciudad. Poco a poco, eso empezó a cambiar. Los soviéticos reforzaron sus normas y regulaciones, en particular tras la fundación de la República Democrática Alemana, Alemania Oriental, en octubre de 1949. Lo llamaban un «Estado de trabajadores y campesinos socialistas». Mi madre estaba convencida de que Rixdorf y los sectores occidentales sobrevivirían, quizá incluso prosperarían, en tanto el sector soviético se marchitaría bajo el nuevo Estado.

Yo permanecí en casa de mi madre durante el bloqueo, pero visitaba regularmente el departamento de Rickard. Hablé con Frieda sobre la idea de abandonar el sector estadounidense, huir a Alemania Occidental, pero mi madre quiso permanecer en Rixdorf, era el único hogar que había conocido y también donde se encontraba la tumba de mi padre. Había vivido en Neukölln desde que estaba casada, y seguía teniendo una relación amigable con los vecinos.

Le había contado sobre el departamento de Rickard y que lo consideraba como una ventana al pasado. Sin embargo, la habitación de cortinas rojas que daba al parque me obsesionaba porque me relacionaba con Laura.

Cuando podía escaparme de mi trabajo en el aeropuerto, pasaba horas en esa habitación; a veces sólo sentada, viendo la nieve caer, o miraba por la ventana cómo se oscurecía el cielo. Limpiaba, sacudía y hablaba con los vecinos que estaban cada vez más insatisfechos con su vida en el lado este. Me envidiaban por vivir en el oeste, pero al igual que a mí, algo les impedía partir: dinero, familia, la sensación de pertenencia al lugar de nacimiento, el sentimiento interior de que donde vivían era su hogar. Yo no quería dejar de venir a Berlín Oriental porque sabía que Laura quizá sintiera lo mismo.

Pasé algunas noches en el departamento y dormía en la antigua cama de Rickard. Supuse que la recámara de Laura era la más pequeña de las dos y aún había ahí algunas cosas especiales para ella. El departamento no tenía electricidad, así que prendía velas, que eran caras y difíciles de conseguir. El agua corriente era esporádica y la única calefacción tenía una fuga en los departamentos inferiores. En el invierno me asfixiaba con las cobijas y no asomaba la cabeza hasta la mañana siguiente.

El tiempo que pasaba ahí era dolorosamente hermoso. A menudo escuchaba pasos en el corredor e imaginaba que mi hija tocaría la puerta o la abriría con su propia llave. Los únicos sonidos en el pasillo eran fantasías de mi imaginación, como fantasmas o vecinos viviendo su día a día. Laura nunca llegó, pero su espíritu me mantenía ahí. Hubiera ido a buscarla a Leipzig, si tuviera alguna idea de dónde vivía; sin embargo, en el campo había muchas granjas.

Un día, cuando regresé a casa de mi madre, recibí una carta de Viktor Volkov. Le había dado mi dirección en la época en la que «hacíamos negocios». El sobre era delgado, de papel de estraza; sin duda no tenía nada de peso, pero yo temía lo que pudiera haber al interior. Lo sostuve con dedos temblorosos.

Esperaba que cualquier correspondencia de parte de Volkov fueran malas noticias.

Me senté en el sofá de mi madre, mirando el sobre de tanto en tanto. No tenía remitente, sólo la mancha de una huella sobre la dirección que me hizo pensar que el sargento mayor debió encargarse de la carta personalmente.

Pasé una uña bajo la solapa, la abrí y saqué una carta que estaba escrita en algo parecido al papel de china.

Estimada Marie Rittenhaus:
Espero que se encuentre bien en el sector estadounidense. Derrotamos a los nacionalsocialistas, pero ahora tenemos nuestra propia guerra de ideas con nuestros antiguos aliados. El último hombre que nos envió nos proporcionó abundante información que nos llevó a varios arrestos. La República Democrática Alemana se lo agradece y yo también. Por favor, recuerde que estoy agradecido por su ayuda para llevar ante la justicia a quienes merecen ser castigados por sus crímenes.

Sin embargo, el asunto de esta carta no es agradable; no tengo idea cómo tomará las noticias, si con tristeza o con alivio. Su exmarido, Rickard Länger, ha muerto. Murió en otro campo y su cadáver fue enterrado en una fosa para los prisioneros. Sólo le puedo decir que se enfermó. Por normativa, los oficiales tienen prohibido comentar esos asuntos o informar a las familias, pero pensé que usted necesitaba saberlo. Por lo tanto, he excedido mi autoridad a riesgo propio.

Volteé la hoja.

Le expreso mi solidaridad por lo que esta muerte pueda ocasionarle, pero no por su relación con el nacionalsocialismo. Puesto que los restos de Passport Pictures están en el sector norteamericano, nuestro antiguo aliado deberá asegurarse de que todas las películas de Länger sean destruidas para que no puedan ser un flagelo para el mundo. Es posible que los bombardeos se hayan encargado de eso, pero nunca se sabe.

Por favor, no dude en acudir a mí si necesita, desea o quiere hacer algo en la República Democrática Alemana. Debo decirle que sigo sin información del paradero de Emil Belmon después de Buchenwald. Temo lo peor, muy pocos sobrevivieron. Quizá los estadounidenses tienen registros que arrojen algo de luz.

Por favor, destruya esta carta, ya que si alguien aparte de usted la ve o la lee, usted y yo estaríamos en problemas.

Estaba firmada: «Atentamente, su camarada, Viktor Volkov». La dirección de otro campo especial soviético estaba escrita en la parte inferior, junto con un número de teléfono privado.

Miré la carta durante un buen tiempo hasta que mi madre regresó a casa de las compras. No estaba de buen humor porque no había podido encontrar los ingredientes que quería para la cena.

Al parecer, mi rostro sombrío la asombró y la sacó de sus propios pensamientos.

—¿Qué sucede? —preguntó al sentarse a mi lado en el sofá.

Señalé la carta.

—Rickard está muerto.

Tocó mi hombro, una muestra inesperada de compasión.

—Lo siento.

Sin embargo, por su tono sabía que no estaba triste o decepcionada. Rickard era otro hombre que había tratado de abusar del poder... y perdió, otro hombre que había pagado con su vida.

—Nunca aprenderán. Quédate aquí. Prepararé la cena con lo que pueda encontrar.

Avanzó con dificultad a la cocina y yo recogí la carta para releer sus tristes noticias, preguntándome si también habría perdido a Emil, otro hombre que había modelado mi vida. Me asaltó un pensamiento. Laura necesitaba saber de su padre... pero no sabía dónde estaba.

Una fuerte ráfaga abrió la puerta principal de par en par y empecé a temblar por el frío que recorrió la casa. Mi madre la cerró y me miró con ojos tristes.

No estaba más cerca de encontrar a mi hija que cuando acabó la guerra. Y ahora Rickard estaba muerto. La oscuridad se cernió sobre mí y me hizo estremecer; tenía la sensación de que Emil no había sobrevivido. Las lágrimas me quemaban los ojos y el dolor empezó a subir en mi pecho; pero mantuve mis emociones bajo control, no quería inquietar a mi madre.

Tenía que ser más fuerte para mi hija.

Tenía que creer que regresaría a su antigua casa en Berlín Oriental.

Capítulo 30

Visitaba el departamento de Rickard cuatro veces al año, una cada estación. Laura nunca estaba ahí y nada estaba diferente, nunca, incluso la nota que le dejé en la mesa del comedor.

Vi de nuevo a la amiga de Anna Becker. Me dijo que había recibido una carta desde que hablamos. Rickard le había ordenado a Anna que mantuviera en secreto la ubicación donde se encontraban ella y Laura, para poder protegerlas de represalias del Ejército Rojo. Incluso la amiga de Anna no tenía idea de dónde estaban.

En la carta, el ama de llaves indicaba que Laura se sentía cada vez más molesta con la vida de la granja y que tenía miedo de que la joven, a la que le habían ordenado cuidar, pudiera huir, quizá regresar a Berlín al hogar que conoció. Anna no tenía intenciones de regresar jamás a la ciudad.

A la amiga de Anna no le gustaban las noticias, creía que Laura podría caer en malas manos. Sin embargo, a mí me motivaba: volvía a encender mi esperanza de que Laura regresara a casa.

Un nuevo dueño compró el departamento de Alemania Oriental, una vez que la transacción pudo abrirse paso a través del desmesurado sistema judicial «socialista». El antiguo dueño había muerto al final de la guerra y no se había hecho nada con el edificio durante muchos años. En una de mis visitas, encontré documentos pegados a la pared que decían que el departamento se rentaría y que todo lo que contenía sería liquidado en cierta fecha si no se pagaba la renta. Por fortuna, no exigían el pago de mora y la renta estaría controlada por el gobierno a una tasa aceptable.

Ahora trabajaba como secretaria en una empresa de construcción en el sector estadounidense, un buen trabajo bien remunerado, y escribía un poco bajo mi propio nombre, sobre todo cuentos. Hacía meses que no trabajaba en la novela. Pagaban poco por los cuentos, pero mi salario era suficiente para pagar la comida y los servicios, y aún me sobraba un poco. De pronto, me di cuenta de que «lo poco que me sobraba» tendría que irse al departamento de Rickard, a menos que quisiera cerrar ese capítulo de mi vida.

Hablé con mi madre sobre la situación y, para mi sorpresa, pensaba que sería mejor conservar el departamento con la esperanza de que Laura volviera. Se ofreció a cooperar con lo que pudiera para preservar el *statu quo*.

Las reglas para hacer visitas y viajar se habían vuelto un poco más difíciles, pero los berlineses aún podíamos pasar entre los sectores. Firmé un contrato por el departamento y le dije al agente del arrendatario que pensaba mudarme pronto —una mentira blanca— y que, entretanto, lo cuidaría y pasaría ahí mi tiempo libre. Le dije que era mi «paraíso para escribir». Le alegró contar con una renta fija, aunque le diera una dirección del sector estadounidense.

—Tengo mis razones para mudarme a la RDA —le dije.

Eso pareció tranquilizarlo y al parecer creyó que yo era una verdadera socialista por el entusiasmo que demostré por el departamento. Otros berlineses orientales se iban del sector cuando podían. Los soviéticos empezaban a restringir las libertades básicas en la RDA y todos sospechaban que las condiciones empeorarían. La Stasi, la policía secreta de Alemania Oriental, había sido creada. Su tarea consistía en espiar a todas las personas que pudieran ser un enemigo del Estado, cualquiera que tuviera una opinión diferente de lo que constituía la libertad y que expresara alguna objeción a una vida controlada por el gobierno.

Lotti y Egon se casaron unos años después que acabó la guerra y rentaron un pequeño departamento en el sector soviético. Nos visitaban a mi madre y a mí cuando podían y yo cenaba con ellos cuando me quedaba en casa de Rickard. Lotti no había tenido noticias de Rudi, el cantinero del ahora cerrado Leopard Club. Lotti pudo encontrar a la hermana de Rudi, pero incluso ella había perdido de vista a su hermano tras la brutal batalla de El Alamein en Egipto. Más que nunca, creíamos que lo habían matado en la guerra y que habían olvidado ponerlo en el registro de muertos.

Otro hombre en mi vida, Emil, había desaparecido también. Salí en citas algunas veces, pero estaba más preocupada en sobrevivir que en tener una relación y ningún hombre encendía la flama como lo había hecho Emil, o incluso Rickard, hacía tantos años. Tenía dificultades con los hombres y era difícil encontrar a uno que no hubiera estado relacionado con el nacionalsocialismo.

En 1952 cerraron la frontera interalemana, muchos kilómetros al oeste de Berlín, para detener la emigración a Alemania Occidental y más allá. Los berlineses podíamos seguir viajando un poco libremente en la ciudad, pero para 1957, los residentes de Alemania Oriental necesitaban un pasaporte —otro endurecimiento de las restricciones—, aunque afectó muy poco al interior de Berlín más allá del cierre a los accesos al Oeste o al Este. De ciento setenta y ocho calles, sesenta y tres estaban cerradas en 1952.

Mi madre y yo conservamos el departamento de Rickard hasta la primavera de 1952, un total de dos años, hasta que fue claro que Laura nunca volvería a Berlín. La renta empezaba a mermar nuestras finanzas también y, tras mucha angustia, acordamos que lo mejor sería dejar que venciera el contrato.

En los últimos meses antes del vencimiento, limpié el lugar y me llevé algunas cosas que sabía que eran de Laura: muñecos de peluche, un libro de dibujos que tenía de niña, la fotografía de ella y su padre que estaba en el librero. Todo lo relacionado con el nacionalsocialismo lo quemé o me aseguré de enterrarlo en la basura, incluidos los reconocimientos de Rickard por sus películas. La ropa de Rickard y sus objetos personales se los di a los vecinos; pensé que ellos podrían usarlos. Mi antigua vida había terminado y necesitaba saltar a la nueva. La puerta se cerraba sobre cualquier felicidad que mi pasado me había dado.

Terminé *Einsamkeit, soledad*, trabajando en dos máquinas de escribir, una la compré muy barata para usarla en la mesa de la cocina de mi madre; la otra, en el departamento de Rickard. Varias casas editoriales expresaron algún interés en la novela, pero los editores me pedían más de lo que podía darles. Querían una autobiografía..., mi vida antes del Tercer Reich, durante la guerra y después de ella. No estaba preparada para escribir un retrato tan íntimo y subjetivo. En su lugar, esperé conforme un editor tras otro rechazaba *Einsamkeit, soledad*. «Demasiada melancolía para nuestra época», dijo uno. «Tiene más oportunidades de escribir como Niki que como Marie Rittenhaus», escribió otro. Estaba devastada y preparada para renunciar, cuando sucedió lo impensable.

Mi vida dio un giro repentino el último día que visité el departamento de Rickard, a finales de mayo de 1952. Estaba esperando para entregarle las llaves al dueño cuando una vecina se me acercó. Era la misma mujer que hablaba con la amiga de Anna Becker, el ama de llaves. El día era cálido, pero las nubes hinchadas amenazaban una lluvia primaveral. Estaba sentada en la escalera, fumando un cigarro, con la última bolsa de cosas que me había llevado del departamento. La máquina de escribir de Rickard estaba a mi lado. La máquina tenía un vínculo sentimental para mí, pues en ella había escrito mis dos primeros libros.

Aunque nos habíamos saludado algunas veces, la mujer y yo nunca habíamos tenido una conversación propia.

—Usted es la madre de Laura, ¿verdad? —preguntó—. A ella la conocí antes de que se fuera de Berlín.

Asentí.

—La amiga de Anna me dio la llave del departamento.

—Es una lástima —dijo la mujer—. Herr Länger era tan agradable, siempre muy amable con su hija. Escuché que lo habían arrestado y que lo metieron a un campo por decir la verdad.

«Decir la verdad». Otra exnazi en quien no se podía confiar.

—Murió —dije un poco a regañadientes; no quería impresionarla, sino hacerle saber que las palabras y acciones de Rickard tuvieron consecuencias letales.

Quedó boquiabierta. Puso con fuerza una mano en el barandal, como si la noticia la hubiera abrumado y concentró en mí sus ojos oscuros como los de un pájaro. La gravedad en su rostro y atuendo, los calcetines grises y los zapatos negros sencillos confirmaban que cualquier ideología anterior que hubiera tenido, ahora, bajo el régimen soviético, había encontrado un hogar similar.

—Trágico, trágico —dijo con la voz llena de remordimiento.

Permanecí en silencio, esperando que pronto llegara el dueño y me rescatara. Pero luego, sonrió.

—Está aquí, no está lejos.

Sus ojos, como cristales, brillaron.

—¿Quién? —pregunté, mi corazón latió con fuerza un segundo.

—Su hija, creo. Laura.

Me levanté del escalón, ya no me importaba ni el dueño ni la llave.

—¿Está segura? —pregunté escrutando su rostro demacrado, tratando de juzgar si estaba mintiendo.

—No puedo estar segura. La vi unas veces desde mi ventana. Salía de este edificio y bajaba esas escaleras. Podría ser Laura, era una mujer de su edad. No la he visto en años. Ya creció.

—Tiene veinte años, pero que yo sepa nadie ha entrado al departamento. Incluso dejé una nota.

—Bueno, podría ser ella.

Se alejó de mí cuando el dueño se estacionó frente al edificio.

—Espere, ¿sabe dónde vive?

La mujer volteó.

—No la seguí, pero le platiqué a alguien sobre ella. Dijo que la chica vivía a dos cuadras al norte y luego en esa calle a la derecha. En el número 68. No sé qué departamento.

—*Guten Tag* —interrumpió el casero, un hombre de mediana edad.

Recordaba poco de él, aparte de su traje gris desgastado y su bigote canoso. Le di la llave, tomé el paquete y la máquina de escribir, y caminé hacia el número 68, sin saber qué encontraría ahí.

Corrí la primera media cuadra, con la máquina de escribir golpeando contra mi muslo, hasta que llegué a una pequeña calle al norte de las vías del tren. El edificio de ladrillo, cerca de la esquina, había escapado a la destrucción, salvo por un poco de daño en los departamentos del nivel superior. Dos timbres de latón se encontraban junto a la puerta de roble. Toqué ambos. El primero no contestó; el segundo, H. Angermann, parecía tan poco probable como el primero. Estaba a punto de alejarme cuando la puerta se abrió.

Ella estaba ahí, mirándome como si fuera una desconocida.

La reconocí al instante. Su rostro, un poco pálido, conservaba la belleza de la hija que yo conocí; pero a pesar de las risas y el tiempo que compartimos cuando era niña, la fragilidad y la frialdad acechaban bajo su piel. Su cabello era más oscuro, casi castaño, corto y peinado hacia atrás en rizos detrás de las orejas. El vestido que llevaba era sencillo, azul marino con botones, que le caía hasta la pantorrilla, sin pretensiones y similar a cualquier otro vestido de casa en Berlín Oriental.

Dejé la máquina de escribir y la bolsa en el suelo.

—*Ja?* —Su tono era de molestia, más que de curiosidad, mientras miraba hacia la calle desierta—. ¿Quién es usted? —preguntó en alemán.

Me quedé muda un momento, el suficiente tiempo para que Laura suspirara y pusiera la mano en la puerta.

—¡Espera! Tú no me recuerdas... Soy tu madre, Marie Länger.

Sus ojos se endurecieron. Dio un paso hacia el interior y cerró la puerta a la mitad.

—Mi madre está muerta. Mi padre me lo dijo.

Caminé hacia ella.

—No, yo fingí mi muerte para poder volver a Alemania, para encontrarte.

Azotó la puerta en mi cara.

Yo la golpeé.

—Por favor, por favor —le rogué—. Te lo demostraré. Vengo del departamento de tu padre. Llevo años yendo ahí. Había renunciado a verte de nuevo alguna vez.

Abrió la puerta de golpe.

—¡Vete! Aunque fueras mi madre, no quiero tener que ver nada contigo.

Tomé la bolsa y la abrí. Adentro no había mucho, salvo algunos utensilios de cocina y una copia de cada uno de mis libros que Rickard había escondido de las miradas nazis.

—Mira.

Laura se inclinó sobre la bolsa abierta.

—Entraste a fuerza y lo robaste. Mi padre escondió esos libros, nunca me dejó leerlos.

—Los encontré detrás de un armario. La amiga de tu ama de llaves, Anna Becker, me dio la llave porque sabía que te estaba buscando.

Saqué una pluma de la bolsa y abrí *La mujer de Berlín*. Era un ejemplar firmado: «Para R. con amor y afecto, Niki». Escribí las mismas palabras debajo de las primeras y se lo enseñé a Laura.

—Eres una falsificadora...

—No, tu padre y yo no estábamos de acuerdo en cuanto a los nacionalsocialistas. ¿Recuerdas la noche de los disparos, hace mucho tiempo?

Laura me miró como si la arrastrara a su pasado.

—No me gusta pensar en eso. Nunca quise pensar en eso. Mi padre me dijo que había sido una pesadilla. Todo lo que recuerdo es el ruido estruendoso y los gritos.

Volví a meter el libro en la bolsa.

—No fue una pesadilla. Asesinaron a un oficial de las SA, Herr Spiegel, a su esposa y un sirviente. Fue una noche de terror, tú ni siquiera tenías tres años. Esa fue la última vez que te vi...

—No sé qué pensar. —Sus ojos estaban empañados en lágrimas—. No sé qué decir.

—¿Puedo entrar? ¿Podemos hablar?

Negó con la cabeza y retrocedió al vestíbulo.

—No, no es una buena idea. Mi esposo volverá a casa pronto del trabajo y no creo que le guste verte aquí.

—Estás casada.

—Sí... y voy a tener un bebé —dijo llevándose las manos al vientre.

Sonreí a pesar de mi corazón adolorido.

—Tu abuela está viva, en Rixdorf. Estará muy feliz del bebé que está por venir.

—¿Y tú, estás contenta?

La puerta se cerraba poco a poco.

—Sí. Estoy feliz de verte, feliz de saber que estás viva. Tu padre ha muerto.

—Lo sé.

En menos de un segundo, lo único que tuve frente a mí era la puerta.

—Te amo. Siempre te he amado —grité.

Me alejé del departamento para empezar el trayecto de vuelta a casa de mi madre. Esperaba que Laura viniera tras de mí, quizá que corriera a mi lado y me abrazara, pero no hubo palabras ni pasos en mi dirección.

La calle estaba en silencio y desierta. Había un solo árbol en la banqueta. De alguna manera, también había sobrevivido a la guerra. Arranqué una hoja verde de una de sus ramas y la metí a mi bolsillo, prometiendo recordar dónde la había tomado; dónde se mantenía de pie el árbol bajo el sol, la lluvia y la nieve; sobre qué departamento lanzaba su sombra; cuánto había soportado a pesar de las guerras a su alrededor.

Juré ser como el árbol. Seguiría de pie frente a ese departamento hasta que muriera, si tenía que hacerlo; hasta que Laura me aceptara como su madre. Quería su amor más que nada en el mundo y ninguna batalla me haría rendirme.

Cumplí mi promesa y regresé al número 68 cuando no trabajaba y cuando el clima me lo permitía. No era tonta, no quería que me arrestaran por espionaje en Berlín Oriental o que pensaran que era una loca si me quedaba frente a un edificio bajo la lluvia y la nieve. Pero en mis días libres cuando hacía calor o los domingos en clima soportable, visitaba el departamento de los Angermann sólo para encontrar la misma crudeza y sentimiento fatídico de los edificios destrozados en Berlín central. Las cortinas negras seguían sin moverse y el timbre seguía siendo ignorado.

Conforme pasó el tiempo, pensé que los Angermann se habían mudado, pero aún había señales sutiles. Los papeles y escombros acumulados desaparecían de los escalones; las cortinas, aunque cerradas, cambiaban de manera casi imperceptible de una visita a la siguiente. Dejaba sobres que contenían mensajes sinceros y también desaparecían. Por esas razones pensaba que quizá Laura estuviera adentro con su bebé, pero yo no podía hacer nada para convencerla de salir. La decisión era suya.

La situación económica en Berlín Oriental se hizo crítica a partir de la colectivización del comercio y la agricultura. La gente huyó a Berlín Occidental. En junio de 1953, una huelga que resultó en un levantamiento populista sacudió a Berlín Oriental e incluso a Berlín Occidental. Tanques soviéticos tomaron posiciones en Berlín y otras ciudades y pueblos en todo el territorio. Después de unos días, la huelga se esfumó; sin embargo, el deseo de quienes estaban en el poder para mantener a la RDA como un satélite socialista no mermó.

Un día de otoño de ese año visité el departamento. Toqué el timbre, de nuevo sin respuesta, y retrocedí hasta la banqueta para estudiar la ventana. Una mano, como una tenaza, me tomó por el hombro. La fuerza me hizo girar y me encontré cara a cara con un joven de la edad aproximada de Laura. Estaba vestido con un uniforme similar a los que usaban los oficiales nazis mejor ataviados cuando la guerra estaba en apogeo. El saco gris se elevaba hasta formar una «V» debajo de la garganta y hasta más abajo de la cintura, ceñido por un cinturón negro con hebilla de plata. Las diferencias evidentes entre los dos uniformes consistían en la insignia y el casco en forma de cuenco en la cabeza del hombre. Sus botas pulidas a media pantorrilla reflejaban el sol de la tarde.

Su piel mostraba la frescura de la juventud, pero sus ojos y labios exhibían la misma dureza que había visto en mi hija. Hubiera sido apuesto de no ser por la severidad de su mirada.

—Venga conmigo —dijo en tono amargo, jalándome hacia la puerta.

—Espere...

Traté de zafarme, pero a los cuarenta y dos años mi fuerza no se comparaba a la suya.

Sacó una llave del bolsillo del pantalón, la metió en la cerradura y me jaló al pasillo oscuro. El aire olía como papel seco y aceite de cocina rancio, una extraña combinación que golpeó tanto mi estómago como mi nariz. Mis ojos se ajustaron a la entrada sombría.

Al final, la puerta se abrió y un haz de luz de una lámpara de piso se extendió desde la habitación hasta el pasillo. Laura, con un bebé contra su pecho, estaba de pie en la sombra detrás de la puerta.

—Entre.

La palabra brusca era una orden, más que una invitación.

Yo no tenía miedo, porque creía que Laura jamás permitiría que me sucediera algo, pero la sensación de incomodidad en la sala era palpable, como si los Angermann hubieran arrastrado al interior de su casa a una desconocida inoportuna.

—Déjame abrir un poco las cortinas, Herwald —dijo Laura.

—No. Déjalas cerradas. —Se quitó el casco y lo aventó al sofá—. Siéntese.

Me desabroché el abrigo, empujé el casco a un lado y me senté. Laura hizo lo mismo en una mecedora cerca de la ventana, con el bebé en brazos. El joven se paró junto a la calefacción y prendió un cigarro.

Ver a mi hija y a su bebé me recordó la época en la que me sentaba con ella y Rickard en su departamento lujosamente amueblado y lleno de luz, de cómo su padre había decorado su cuna. Su vivienda no podía ser más diferente, era como vivir en una cueva. Una habitación del lado derecho se extendía hacia la oscuridad. Pensé que se trataba de una pequeña recámara y un baño, sin espacio para nada más que quizá una cama y una cajonera. No había cuadros en las paredes. Un juego de estantes de madera sucios colgaba de la pared sobre el calefactor.

—¿Cuál es su nombre? —le pregunté al joven.

Le dio una calada al cigarro y no respondió, me estaba escrutando.

—¿Cuál es *su* nombre? —dijo después de un momento—. ¿Y por qué tortura a Laura con sus fantasías?

—Soy su madre, Marie Länger. Mi apellido de soltera era Rittenhaus. Escribí libros que estaban prohibidos por los nazis.

—Cualquiera podría obtener esa información —repuso.

Sonreí para reunir un poco de confianza. ¿Por qué yo, una mujer que resistió a los nazis, temería a este joven uniformado de Alemania Oriental?

—Sí, pero tengo fotografías de Rickard y Laura que tomé del departamento cerca de Helmholtzplatz. Tengo los libros que escribí y dediqué al padre de Laura. Puedo contarle historias sobre Berlín y Ámsterdam que usted ni imagina. Laura recuerda la noche en la que asesinaron a Spiegel porque fue terrible. Vi al padre de Laura antes de que muriera. El sargento mayor Viktor Volkov sabe todo esto.

A la mención de Volkov, el joven se enderezó de su posición encorvada contra el calefactor, como si le hablara un oficial.

—Entonces, lo conoce —dije.

Entrecerró los ojos en la luz tenue y se acercó unos pasos a mí. Lo había arrinconado.

—Sí. Conozco a Volkov. Ahora es... —Hizo una pausa, incapaz de decirme lo que sabía—. Es un oficial importante.

Se puso detrás de Laura, su uniforme gris contrastaba con las cortinas negras.

—Laura y yo hemos hablado de usted —continuó el joven—. No podemos ser amigos. No ahora.

—¿Por qué no? —pregunté inclinándome hacia adelante—. ¿Laura tiene algo que decir sobre esto?

El bebé chilló y pateó en sus brazos; Laura trató de calmarlo.

—Confío en mi esposo para tomar esas decisiones —dijo en voz baja.

—Soy Herwald Angermann y este es nuestro hijo, Joseph. Lo llamamos así en honor a nuestro recién fallecido secretario general. Su muerte fue un gran golpe para nosotros.

—Stalin.

No quería decirles lo que sentía porque sabía que el «gran líder» era igual de asesino que Hitler. Mi madre estaría horrorizada de que su bisnieto llevara el nombre de otro hombre de poder político dudoso.

—¿Puedo ver a mi nieto?

Herwald asintió. Me acerqué a la mecedora donde estaba Laura con el bebé. Juzgué que tenía como un año, de mejillas regordetas sonrosadas y mechones de cabello negro que se extendían como púas oscuras sobre su cabeza. Balbuceó al verme, abriendo y cerrando los ojos.

—¿Puedo cargarlo?

Laura miró a su esposo, quien volvió a asentir a regañadientes.

Levanté a Joseph y sentí la calidez de su cuerpecito en mis brazos; me envolvió el dulce aroma a bebé. Parecía contento en mis brazos y yo disfrutaba el tacto de sus manitas que atrapaban mis dedos.

—¿En qué trabaja? —le pregunté a Herwald, deduciendo por el uniforme que estaba en la policía de Alemania del Este o alguna rama del servicio militar.

—No puedo decirlo.

Su tono fue cortante, decisivo.

—Mi esposo no puede hablar de su trabajo —explicó Laura, caminando hacia el calefactor para tomar un cigarro para ella.

Parecía agradecida de tener unos minutos sin el bebé. Su cabello había crecido desde que la vi por última vez, caía sobre su nuca, casi hasta los hombros. Llevaba unos pantalones negros y una camisa blanca. Encendió el cigarro y se recargó en la pared.

Pensé rápido en busca de posibilidades. ¿Era un espía o era miembro del Servicio de Seguridad del Estado, también conocido como la Stasi? La idea me hacía estremecer, porque la Stasi era conocida por su brutalidad y sus capacidades de vigilancia y espionaje, sabía de los registros detallados que mantenía de cualquier ciudadano que consideraba un enemigo y la brutal represión a quienes se atrevían a desafiar al Estado. Si fuera así, Herwald me querría a mí, una berlinesa occidental, tan lejos de hogar como fuera posible, y también investigaría mi pasado político. Quizá ésa era la razón por la que se portaba tan duro conmigo.

Laura apagó el cigarro y regresó por el bebé. Madre y padre me miraron con rostros solemnes. Se me estaba acabando el tiempo.

—¿Les gusta vivir en Berlín Oriental, bajo el control de los amos soviéticos? ¿Sufrir bajo los comunistas alemanes que los gobiernan?

—Cuidado con lo que dice —amenazó Herwald dando un paso hacia mí—. ¿Está cuestionando el gobierno soberano de la República Democrática Alemana?

Su mirada tenía la dureza del hielo, los músculos de su cara se sacudían de furia.

Me abotoné el abrigo, convencida de que ya no era bienvenida en esta casa.

—Vivo con mi madre en Rixdorf, en el sector estadounidense. No será así siempre, pero la guerra me ha cambiado como ha cambiado Berlín. Lo que alguna vez fue bueno y completo se ha hecho añicos. Siempre son bienvenidos para que me visiten, a Frieda le encantaría ver a su nieta y al bebé. Quiero ser una madre para mi hija y conocer y respetar a mi yerno, no me parece imposible. No me daré por vencida, pero tampoco volveré a rogar.

Toqué la cabeza del bebé y sentí la fina sedosidad de su cabello, sentía que podría ser la última vez que tocara al niño.

Herwald abrió la puerta. Crucé el umbral y lancé una última mirada al lúgubre departamento.

—Tengo amigos, Egon y Lotti, que viven cerca del antiguo departamento de tu padre en Unter den Linden. Si quieres, puedes ponerte en contacto conmigo a través de ellos.

Grité la dirección cuando la puerta se cerró.

De manera extraña, cuando el pasillo deprimente se cernió sobre mí, vi que Laura extendía los brazos, cargando al niño como si me lo ofreciera. Me aferré a esta visión, preguntándome si la había imaginado.

Capítulo 31

Lotti y Egon se mantuvieron en contacto, pero para mi decepción, Laura nunca buscó comunicarse conmigo. Mi madre instaló un teléfono en 1954 cuando los servicios se restauraron en Berlín.

Mis amigos tenían ahora una niña pequeña, Kathi. Yo la cuidaba cuando ellos no podían estar en casa. Aún trabajaba para la empresa de construcción, y Egon y Lotti, aunque vivían en Berlín Oriental, también trabajaban en la parte occidental. Más de cincuenta mil residentes de Berlín del Este estaban empleados en el Oeste, y más de diez mil personas de los sectores occidentales trabajaban en Berlín Oriental. Lotti había considerado mudarse al oeste, pero, al igual que muchos otros, sus padres y ancestros habían edificado sus hogares en el sector ocupado por los soviéticos después de la guerra. Los departamentos eran escasos y la gente necesitaba dinero para mudarse. Por lo tanto, como muchos, permanecieron en Berlín Oriental.

Una pequeña editorial publicó mi novela, *Einsamkeit, soledad*, pero las ventas fueron escasas. Extrañaba el talento vivaz de Artur Berger, mi publicista y editor en Verlangen Press, quien no sólo hizo mi carrera, sino que creyó en mí como escritora. Los nazis habían forzado a Verlangen y a Berger a cerrar el negocio, junto con mi carrera como autora. Nadie recordaba a la nueva mujer alemana de la que había escrito treinta años antes. De manera extraña, «supervivencia» había sido el grito de mis heroínas en la república de Weimar, pero aquellos libros trataban de hacer una vida independiente de un hombre. Cuando la guerra terminó, un tipo nuevo y desesperado de supervivencia surgió en Alemania, así como un nuevo tipo de mujer: una que sorteaba los obstáculos de una ciudad y país destruidos.

Sólo unos pocos críticos de pequeños periódicos escribieron sobre mi libro; la mayoría reproducían a los agentes y editores que me habían rechazado años antes. Uno escribió que «no podía soportar leer nada tan lúgubre como esta novela después de lo que ha padecido el país». Las ventas y críticas me motivaron a dejar de escribir... por un tiempo.

Una fría noche de noviembre cuando estaba en casa de mi madre, un año después de que me alejé de Laura y de su esposo, recibí una llamada telefónica de Lotti.

—¿Puedes venir a nuestro departamento el próximo martes a la una? —preguntó mi amiga con un poco de urgencia.

Por supuesto, percibí que algo estaba mal.

—Tendré que pedir un día en el trabajo. ¿Qué pasa?

—Laura quiere verte. Es el único momento en que puede escapar de su esposo sin que se dé cuenta. Recibimos una nota.

La sangre me subió a la cabeza, me sentía exultante y nerviosa. ¿Había pasado algo? ¿Ella y mi nieto estaban sanos?

—Por supuesto, ahí estaré. Debe ser una emergencia.

—Bien —dijo Lotti—. Dejaré la llave con la mujer que vive al otro lado del pasillo que cuida a Kathi. Egon y yo no estaremos en casa, llegaremos al final de la tarde. Cierra con llave cuando te vayas.

Colgué y le informé a mi madre de la llamada de Lotti. Ambas nos fuimos a acostar esa noche, preocupadas por Laura.

Los días se arrastraron hasta el martes. Me organicé para tener la tarde libre y salí del trabajo a mediodía. Llegué a casa de Egon y Lotti a las 12:45. A diferencia del departamento de mi hija, éste era un revoltijo de construcción antigua y nueva con más espacio y grandes ventanas que dejaban entrar la luz. El lugar me hizo pensar que el hogar de mi hija había sido elegido por su esposo por su construcción: apretado, oscuro y apartado, muy lejos de todo lo que pudiera revelar sus secretos.

Toqué la puerta de la vecina y una mujer, una imagen fantasmal, apareció. El rostro ceniciento, cabello canoso, vestido gris y zapatos desgastados de un color similar, añadía a la melancolía deprimente del día. Puesto que le habían dicho que me esperara, me dio la llave. Kathi dormía tranquila en una cama improvisada en un rincón, mientras en la radio se escuchaba un vals, apenas discernible a mis oídos.

Entré a casa de Lotti y abrí las cortinas que cubrían la gran ventana. La luz aperlada entró por el vidrio e iluminó una recámara en la que había estado muchas veces antes. Me senté en el sofá que daba a la ventana y miré en mi reloj cómo se arrastraba el tiempo.

A la una en punto llamaron a la puerta. Me apresuré a abrir. Ahí estaba Laura, con lágrimas en los ojos. Joseph estaba de pie a su lado, tomado de su mano.

Cargó a su hijo, lo apretó contra su pecho y entró a toda prisa.

—Por favor, cierra las cortinas —balbuceó—. Es muy peligroso. A él no le gustaría que estuviera aquí. —Miró a Joseph, cuyo rostro estaba arrugado por el ceño fruncido—. Tiene que ir al baño. ¿Dónde está?

Lo señalé.

—Al final del pasillo.

Se llevó a Joseph y poco después escuché que jalaba la cadena y el agua corría. Luego volvió.

—Siéntate —dije.

—Debo tener un aspecto horrible —dijo quitándose el abrigo.

—No, en lo absoluto. Me da gusto verte.

Sentó a Joseph en el sofá y sacó un juguete para que lo mordiera. De nuevo, los ojos se le llenaron de lágrimas; le costaba trabajo hablar. Al final, pudo empezar a hablar.

—Madre, hace ya un año que pienso en ti. Eres mi madre, ¿cierto?

Asentí y extendí los brazos. Se desplomó en ellos y nos abrazamos como si nos hubiéramos reencontrado tras años de separación.

—Tengo tanto que decirte —continuó—. Me es difícil empezar.

Sabía que no teníamos tiempo para hablar de nuestras historias.

—¿Por qué le dijiste a Lotti que teníamos que vernos? ¿Por qué Herwald no quiere que estés aquí?

Nos sentamos en el sofá con Joseph entre las dos.

—Quería decirte que cuando te vi el año pasado, sabía que eras mi madre. Desde entonces, todos los días he querido decirte lo que sentía. Memoricé la dirección que gritaste al otro lado de la puerta. No me atreví a llamar a tus amigos, nuestra línea telefónica está... comprometida. Tenía su dirección, pero no me atreví a salir hasta que mi esposo se convenció de que ya no eras una amenaza.

—¿Amenaza? ¿Por qué tienes miedo?

Joseph me dio los brazos, Laura temblaba.

—Porque mi esposo trabaja para la Stasi y cree que todos son el enemigo. Creo que cuestiona mi lealtad al Estado. Quiere saber cuándo voy a comprar comida, a qué hora lavo la ropa o si tengo una cita con el médico para Joseph. Nunca salgo de casa, a menos que él sepa adónde voy. Hoy me arriesgué.

Sentí que volvía en el tiempo, a la época de Passport Pictures, Herr Spiegel, los nazis y mi huida a Ámsterdam. Sabía exactamente cómo se sentía mi hija. Pasé un brazo sobre sus hombros.

—¿Te ha amenazado? ¿Golpeado?

Negó con la cabeza.

—No. Pero está enojado todo el tiempo; está convencido de que todas las personas que no piensan como él son el mal. —Miró el delgado reloj de oro que llevaba en la muñeca izquierda—. Odio tener que escabullirme, como un espía, para poder verte, porque Herwald piensa que eres enemiga del Estado.

—Supongo que tiene razón. Lo soy. Si algo me enseñó mi madre, fue que los hombres y sus sueños políticos pueden destruir el mundo. Hitler lo demostró. Stalin también. Yo quiero vivir como los estadounidenses, los británicos y los franceses. Quiero libertad. Si escribo un libro, no quiero que lo prohíban. No quiero esconderme o arriesgarme a morir porque amé a un judío.

Laura frunció el ceño.

—Sé tan poco de ti, recuerdo tan poco. ¿Por dónde empezamos?

Joseph balbuceó y babeó. Saqué un pañuelo de mi bolsa y le limpié la boca.

—Mi nieto. Estoy tan orgullosa de él, tan orgullosa de que sobrevivieras a la guerra. Fue una época terrible..., pero ¿me estás diciendo que nuestros problemas no han terminado?

Asintió.

—No sé qué está pasando. Herwald no habla mucho de eso, pero a veces regresa a casa con sangre en el uniforme. A menudo sale en la noche a reuniones. Creo que la Stasi está arrestando a quien puede. Trae expedientes que estudia hasta tarde en la noche y se los lleva cuando se va en la mañana. Nunca he podido ver qué contienen, salvo alguna fotografía a veces, hombres y mujeres que son sospechosos.

Me recargué en el cojín y pasé los dedos por el cabello fino de Joseph. Sentí que el corazón me explotaría de alegría. No quería que ese sentimiento acabara, no quería que mi hija y su hijo me dejaran nunca.

—Dime, Laura, ¿cómo era tu padre... después de que yo me marchara?

Suspiró.

—Yo lo amaba. Era bueno conmigo..., un buen padre. En nuestro departamento entraban y salían nazis, como moscas por la ventana en verano. Platicábamos con ellos, les servíamos la cena, vinos y licores, y reía cuando podía, pero cuando llegaba la hora en la que yo tenía que irme a dormir, les pedía que se fueran porque tenía que llevarme a la cama. Cuando la guerra llegó a Berlín, las visitas cesaron y sus «amigos» nazis lo abandonaron. Cuando destruyeron Passport Pictures, nos quedamos solos.

Joseph se recargó a su costado y sus ojos castaños parpadearon de sueño. Laura sonrió, más de tristeza y melancolía que de alegría.

—Creo que a mi padre en verdad no le caían bien. Los usaba para sobrevivir... Y después, cuando para él fue claro lo que estaba sucediendo, lo que fuera que hubiera sentido por ellos se convirtió en repulsión... y culpa. Los despreciaba por todo lo que le habían hecho a Alemania y a Berlín, pero ya era demasiado tarde. Una noche, antes de que me enviara lejos, me confesó que se había equivocado y que tú habías tenido razón. En ese momento pensábamos que habías muerto en Ámsterdam. Eso fue lo que nos dijeron. Yo no me entristecí porque no te recordaba mucho.

—Lo siento. —Le tomé la mano—. Me alegra saber que tu padre se dio cuenta de lo que hizo, que se retractara de sus relaciones con el nacionalsocialismo. Sé que estás diciendo la verdad, porque cuando me casé con tu padre su actitud era muy similar. Siempre usó a los nazis para sobrevivir. Hizo un pacto con el diablo.

—Le costó la vida. —Laura tomó mi mano y miró a su hijo—. Ahora, siento que lo mismo le sucederá a mi esposo.

—¿Lo amas? —pregunté.

Apartó la mirada hacia las cortinas negras, sus ojos se enfocaron en su propio significado oscuro.

—Es el padre de mi hijo. Lo amaba cuando me casé con él, al menos pensé que así era, pero la vida era diferente en el campo. Fue una suerte de matrimonio arreglado. Anna Becker, nuestra ama de llaves, conocía a la familia Angermann y Herwald tenía mi edad. Yo estaba ansiosa, impaciente de vivir sola, pero al mismo tiempo necesitaba la estabilidad de los Angermann. Nuestro matrimonio parecía la solución perfecta.

—¿Herwald también cambió?

—Sí. Cuando el Ejército Rojo entró a Alemania, les dio la bienvenida. La granja de su familia se salvó porque él les ofreció comida, vino e información, en lugar de desprecio y burla. Se convirtió en un devoto seguidor y cuando le dije que yo quería regresar a Berlín, estuvo de acuerdo porque pensaba que había más traidores aquí que en Leipzig. Los Stasi le dieron la bienvenida. Creo que es... un asesino.

Sacudí la cabeza, asqueada.

—Tienes que venir a Rixdorf conmigo. Tienes que dejarlo, por tu propia seguridad.

Sus ojos se enrojecieron.

—No puedo.

—¿Por qué no?

—Sabes por qué. No tengo la fuerza que tú tuviste.

—No porque lo amas.

Se enderezó, apartándose de mí, y tomó a Joseph.

—Tengo que irme. Quiero verte otra vez, pero no sé cuándo pueda. Necesitaba decirte que sé que eres mi madre.

—Por favor, no te vayas —supliqué—. Por lo menos llévate la dirección y el teléfono de mi madre.

—No —repuso con firmeza—. Si Herwald lo encontrara... No puedo irme, me encontraría donde fuera.

Ambas nos pusimos de pie. Laura se inclinó hacia mí, con Joseph apretado entre las dos. Me abrazó y sus lágrimas cayeron en mi cuello. No quería dejarla ir.

Se apartó.

—Ayúdame con el abrigo. Si te necesito, me comunicaré con Lotti. Es más seguro.

Mientras le ayudaba a ponerse el abrigo, le pregunté:

—¿Por qué no respondiste la nota que te dejé en el departamento?

Suspiró.

—Nunca entré. Sólo estuve en el edificio porque quería recorrer sus pasillos, recordar la época cuando pensaba que la vida era buena.

—Alguien te vio. Así fue como te encontré.

Cuando estuvo lista para irse, los besé a ambos en la mejilla. Laura se despidió y salió. Al cerrar la puerta, sentí que el abismo entre el este y el oeste se ensanchaba y no albergaba ninguna esperanza de reconciliación.

Sumida en mis pensamientos, me quedé un momento sentada en el sofá. Quería que mis propias lágrimas se secaran antes de volver a Rixdorf.

Dos días después, tarde en la noche, recibí una llamada en casa de mi madre. Ella ya estaba en cama y yo respondí el teléfono.

La voz al otro extremo era ronca, sonaba un poco ebria.

—¿Marie?

—Sí —respondí, haciendo un esfuerzo por escuchar.

No había ruido al fondo, nada que me ayudara a saber la ubicación de quien llamaba.

—Aléjate de ella o haré que te asesinen.

—¿Quién habla?

Traté de recordar el timbre de voz de Herwald. Podía ser él o podía ser otro hombre. No estaba segura.

—No te importa. Aléjate o acabarás muerta.

Se escuchó un clic y el molesto zumbido tras un breve silencio.

No era la primera vez en mi vida que me amenazaban, pero me afectó mucho más que cualquier otra advertencia que había recibido. No sabía qué hacer, pero estaba segura de que nada me alejaría de mi hija y mi nieto. Yo me encargaría de eso.

Capítulo 32

No dejaba de pensar en Laura y su hijo.

Pensaba en ellos cuando estaba en el trabajo y cuando estaba en casa con mi madre, en Rixdorf. La urgencia que sentía de ir a su departamento era mucho más fuerte cuando visitaba a Egon y a Lotti en Berlín Oriental. Estaba trabajando en otra novela, pero en lugar de escribir, me encontraba absorta en la página en blanco. Cuando me sentaba frente a la máquina de escribir, el bloque depresivo que poco a poco había ido creciendo en mi cabeza obstruía las palabras. Por más esfuerzo que hiciera, no podía deshacerme de él.

Las privaciones en el sector oriental aumentaron lentamente, de manera casi imperceptible, como un cáncer sin diagnóstico ni tratamiento. No podía convencer a Egon y a Lotti de que se mudaran al Oeste. Siempre tenían excusas listas: su hija Kathi estaba creciendo, les gustaba su departamento, la vida mejoraría, el gobierno fracasaría. Como muchos, estaban arraigados a su hogar.

Pasaron días, meses, años, y cualquier miedo que había guardado por la llamada telefónica de amenaza de muerte disminuyó.

Sin embargo, llegó el momento en el que no pude esperar más para ver a Laura. El amor que sentía por ella nunca mermó y nuestra separación me estaba destrozando. Me di cuenta de que me había vuelto muy parecida a Rickard, al jurar nunca perder a mi hija.

De nuevo, me encontraba obsesionada con el número 68, donde suponía que Laura y Herwald seguían viviendo. El departamento siempre parecía igual. Las cortinas estaban cerradas, la escalera limpia sin basura ni periódicos; el edificio sin ningún cambio, salvo por el pasar de las estaciones y el juego de luces y sombras sobre la fachada. El daño de la guerra se reparaba de manera gradual.

A veces, lloraba de desesperación cuando pasaba frente al departamento. Otras, reía como loca por la imposibilidad de volver a ver a mi hija y nieto. En algunas visitas, mi dedo permanecía sobre el timbre, pero luego lo apartaba aterrada. Herwald podía estar en casa y desatar el poder de la Stasi en mi contra. No dudaba que, si lo presionaba, me enviaría a la cárcel en algún lugar lejos de Berlín.

Una nueva década había empezado cuando vi a mi hija un sábado.

El día era cálido y el sol del otoño llenaba el cielo azul con un brillo enceguecedor. Las familias amaban días como éste en Berlín, un recuerdo de que el verano se seguía aferrando a su vida breve y que el invierno había sido aplazado. Había deambulado lejos de mi caminata en Tiergarten, atraída como un fantasma por la melancólica posibilidad de ver a Laura.

Ella no era la mujer que yo recordaba.

Por casualidad abrió la puerta y miró hacia los escalones como si esperara una entrega de algún tipo. Las cerdas ásperas de la escoba sobresalían de su lugar en el pasillo detrás de ella. Estaba más regordeta, su piel más distendida; los ángulos afilados de su juventud se habían borrado conforme se acercaba a los veintinueve años. Sin embargo, la característica que claramente había cambiado era su postura. La espalda de Laura estaba encorvada y su mirada se dirigía hacia abajo, como si asumiera los rasgos de una mujer jorobada por los años. Su cabello pendía a un lado de la cara, lo que sólo me permitió echar un vistazo rápido a sus ojos tristes.

La llamé y se sobresaltó, como si alguien hubiera saltado sobre ella desde un escondite.

Me miró fijamente, con los ojos desorbitados, y vi moretones en su rostro y la palidez de su piel.

Corrí hacia ella y alzó las manos en un impulso, como si quisiera evitarme.

—¿Qué pasó? —le pregunté alarmada—. ¿Él te hizo esto?

No podía hablar, sólo balbuceó antes de estallar en sollozos.

—¿Está aquí? —pregunté.

Ella negó con la cabeza.

—Entremos —agregué.

Laura se tambaleó hacia la puerta y la ayudé a entrar al departamento sombrío. No había cambiado mucho desde mi última visita. Sin embargo, Joseph no estaba.

—Está en la escuela —dijo Laura, secándose los ojos con un trapo de cocina.

Se sentó en la silla junto a la ventana, donde alguna vez amamantó a su hijo.

Miré sobre mi hombro, esperando ver a Herwald entrar en tromba a la sala, pero todo estaba tranquilo. Cerré la puerta.

—¿Cuándo regresará?

—Dentro de muchas horas —respondió en un murmullo apenas audible—. Nunca está en casa... y cuando está...

Se agachó hacia adelante y empezó a llorar de nuevo.

Le levanté la barbilla con el dedo y estudié su rostro amoratado. Las marcas púrpuras cubrían un cuarto de la cara, extendiéndose desde las mejillas hasta los ojos y alrededor de los labios.

—¿Él te hizo esto?

Asintió, secándose las lágrimas con la manga de su blusa.

—Debes venir conmigo a Rixdorf y traer a Joseph.

Exhaló con furia y azotó su espalda contra el respaldo de la silla.

—No puedo. Vigila a Joseph, me vigila a mí... Tiene amigos en la Stasi que nos espían. No me puedo ir. Nos atraparía de inmediato. Tú y tu madre no estarían seguras. Incluso sabe dónde viven Egon y Lotti con su hija. —Sacudió la cabeza; sus ojos estaban apagados, atormentados—. ¡No hay salida!

—Yo encontraré la manera —afirmé con menos confianza que la que sentía—. ¿Por qué te golpea?

—Empezó hace dos años, cuando lo confronté sobre la Stasi y los rumores que había escuchado sobre los asesinatos y la tortura. Me dijo que no me metiera en su trabajo y le respondí que no era mejor que los nazis. Explotó de ira, sus ojos echaban chispas, y me golpeó tan fuerte que me tiró al piso. Joseph tenía entonces cinco años. Su rostro expresaba pavor. Corrió a su cama gritando y se tapó con las cobijas hasta la cabeza. Se quedó ahí, llorando hasta que se quedó dormido. Herwald me dijo que me encontraría si alguna vez lo abandonaba y que no quedaría nada de mi familia. Ésa era su manera de decirme que él y la Stasi me matarían... y me hizo preguntarme qué le haría a Joseph.

Tomé sus manos y la miré a los ojos.

—Los sacaré de aquí, a ti y a Joseph. Lo prometo. —Si en ese momento hubiera tenido una pistola, hubiera matado a Herwald de haber entrado. Después de lo que había vivido, una muerte más no habría importado—. Entonces, ¿los golpes no han cesado?

—Le dije que odiaba la Stasi y lo que él hacía. Le dije que nunca volvería a tener otro hijo con él. La mayoría de las noches me deja tranquila y busca a otras mujeres, pero a veces regresa enfurecido y me golpea por cualquier razón que pueda encontrar. Quiero irme, pero no puedo poner a Joseph en peligro.

—¿Hay algo que yo pueda hacer? ¿Alguien a quien se lo pueda decir?

Negó con la cabeza.

—No... si le dices a alguien él lo sabrá. La Stasi tiene miles de oídos y cada uno de ellos está escuchando. Pero hagas lo que hagas, no le digas nada a tu amigo oficial del Ejército Rojo.

Laura me había leído la mente, puesto que pensé en comunicarme con Viktor Volkov. Sin embargo, tenía razón. Si le revelara todo a Viktor, sería un desastre.

—Debes irte —dijo—. Si te encuentra aquí, si sospecha siquiera que estuviste aquí...

—¿Cómo puedo comunicarme contigo?

Laura pensó un momento. Sus ojos brillaron brevemente.

—Hay una grieta en los cimientos de la fachada oeste de la casa, detrás del arbusto de lilas; quizá lo provocaron los bombardeos. Lo vi cuando estaba buscando flores en la primavera. No creo que Herwald sepa que está ahí. Podrías meter una nota ahí.

Asentí.

—Sí. No la pondré a tu nombre pero sabrás que es de mi parte.

—Madre, vete por favor —insistió Laura.

La besé en la frente y salí de inmediato de la casa, al día resplandeciente. Busqué el escondite que mencionó y lo encontré oculto detrás de las hojas aún verdes del arbusto de lilas.

Caminé a casa, con la tristeza que me inundaba. A pesar del día hermoso, no podía borrar el odio que me carcomía las entrañas.

Una vez traté de comunicarme con Viktor Volkov, no para reportar a Herwald y lo que le estaba haciendo a mi hija, Laura y yo acordamos que sería peligroso, sino para saber si había recibido información sobre Emil. No sabía dónde había acabado Volkov y la RDA mantenía su ubicación en absoluto secreto. No sabía si aún estaba en Alemania o si lo habían transferido de vuelta a la Unión Soviética.

Sin tener otra dirección, envié una carta al campo especial en Hohenschönhausen, donde Rickard había sido prisionero. La

Stasi había convertido el campo en su propio centro de detención brutal. Mi carta nunca fue respondida. Conforme pasaron los años, Emil empezó a parecer más un sueño que la persona a la que había amado y tocado. Mi amor por él no había disminuido, pero la guerra nos había dejado, a mí y a muchos otros, con tan poca esperanza de encontrar a nuestros seres queridos o siquiera saber qué les había pasado. Nuestro único consuelo eran los recuerdos que quedaban en nuestro corazón y mente. Emil, su tío Levi y nuestro amigo cantinero, Rudi, estaban entre los millones que habían desaparecido.

En el escondite, dejé algunas notas de amor para Laura; aunque temía por mi vida, a veces dejaba una nota en una noche oscura de invierno, con cuidado de cubrir las huellas que hubiera podido dejar en el piso congelado. Nunca obtuve respuesta, pero Lotti me dijo que una vez vio a Laura que caminaba con un niño en Unter den Linden. Mi amiga vio a mi hija desde lejos, pero no se acercó a ella ese día de primavera. Los velos del secretismo, el castigo y la tortura habían creado una cultura de desconfianza tan generalizada que cualquier encuentro era peligroso.

A principios de agosto de 1961, Lotti me llamó y nos vimos en casa de mi madre un día, después del trabajo.

—Egon ha escuchado cosas —me dijo. Mi madre escuchaba con atención y Lotti no tuvo objeción—. Si sucede, nos afectará a todos.

Sus palabras me dejaron helada porque sabía que Lotti nunca exageraba una situación; si algo hacía, era restarle importancia.

—No sabemos si los rumores son verdad porque no podemos creer que algo así pueda salir de la boca de un oficial, alemán del este o Stasi. Hace dos meses, el primer secretario, Walter Ulbricht, le dijo a un reportero que «nadie tiene la intención de construir un muro». —Respiró profundo y volteó a verme—. Conoces a Egon, siempre tiene los oídos abiertos, desde que estaba en la Wehrmacht...

Calló y supe por qué. Estaba segura de que Lotti no tenía problema en exponer frente a mi madre la repulsión que Egon sentía por los nacionalsocialistas, pero no quería mencionar cómo su esposo me había llevado a Buchenwald o cómo incendiamos el centro de reclutamiento nazi.

Lotti sacudió la cabeza antes de continuar.

—Todo es tan poco creible..., pero Egon cree que la RDA va a construir un muro alrededor de Berlín Oriental, quizá alrededor de toda Alemania Oriental, que nos aislará del resto del mundo. Ha huido tanta gente que quieren evitar que nos vayamos. Nos convertiremos en prisioneros.

El asombro de mi madre se convirtió en carcajada.

—Es imposible. Nunca podrían construir un muro así.

Cerré los ojos y pensé un momento.

—Debiste mudarte aquí hace mucho tiempo, cuando te lo pedí.

—Nuestras familias, nuestra hija, nuestro hogar… —respondió Lotti con tristeza en la voz, y la entendía.

—Además, no tenemos suficiente dinero para desarraigarnos —continuó—. Me siento como los judíos en Alemania que no huyeron, para luego darse cuenta de que era demasiado tarde. Algunos incluso pensaron que Hitler era una broma, que no había que tomarlo en serio.

—Emil sabía —dijo—. Él me salvó.

Los rayos del sol caían sesgados en la sala, bañándonos de una luz rosada. Me hizo pensar los veranos que había pasado de niña en esta casa. Los recuerdos me inundaron, desde la época en que me fui de aquí hasta que me encontré en el sofá de la casa de mi madre con los cojines bordados, escuchando a Lotti decirme que quizá construirían un muro. Me pellizqué debajo de la rodilla para asegurarme de que no estaba soñando.

Lotti se aclaró la garganta.

—Niki, tienes que entender lo que esto significa..., si sucede.

No estaba segura de qué hablaba y negué con la cabeza.

Me escrutó con la mirada.

—Quizá nunca vuelvas a ver a Laura... en tanto el muro esté en pie. ¿Y si el gobierno no permite visitas? ¿Y si hacen imposible escapar?

Me hundí en el sofá, luchando contra el frío que amenazaba con envolverme. Había estado tan centrada en Lotti, Egon y el muro que olvidé a Laura. No sabía qué decir. Miré a mi madre con la cabeza llena de preguntas.

—Debes ir a Berlín Oriental —dijo mi madre antes de que yo pudiera responderle a Lotti—. Debes salvar a Laura y a su hijo.

Su respuesta inmediata me tomó por sorpresa.

—Eso es precisamente lo que yo pensaba —intervino Lotti—. Ya has dormido antes en mi sofá. Empaca algunas cosas y ven conmigo.

Quería echarme a llorar, pero reprimí las lágrimas que inundaron mis ojos. La lucha por la supervivencia había sido tan larga y difícil que no sabía cuánto tiempo más podría resistir.

Mi madre puso una mano en mi hombro.

—Hazlo por tu hija. Sácala de Berlín Oriental tan pronto como puedas. Siempre tendrán un hogar aquí.

Enjugué las lágrimas en mis mejillas y me levanté. Fui a mi recámara al frente de la casa y miré la cama en la que había dormido durante tantos años en diferentes épocas de mi vida. Pasé las manos sobre las cobijas y ahuequé la almohada, sabiendo que lo que me esperaba era la tarea más peligrosa que jamás había enfrentado. Rescatar a mi hija y nieto de manos de la Stasi no sería fácil.

Hice mi maleta, me despedí de mi madre con un beso y me subí a un taxi con Lotti. Muy pronto llegamos a su departamento en el sector oriental. Egon estaba leyendo un periódico y Kathi ya estaba acostada.

Tan pronto como entré en mi nuevo entorno, sentí que el mundo se cerraba a mi alrededor.

Capítulo 33

Durante varios días intenté, sin resultado, dejarle a Laura una nota en el escondite. Una tarde vi a Herwald que caminaba a varias calles de distancia. Al principio no lo identifiqué porque estaba vestido de traje oscuro. Sin embargo, conforme se acercó, lo reconocí y de inmediato di media vuelta y me apresuré a tomar una calle lateral. No me vio porque estaba absorto con un documento dentro de una carpeta negra que llevaba en las manos, el trabajo de la Stasi nunca se terminaba. Caminaba sin casi mirar al frente, como si conociera de memoria la ruta frente a él.

Como no sabía cuándo regresaría al sector estadounidense, llamé a mi trabajo para renunciar. Sabía que mi empleador no tendría ningún problema en encontrar un reemplazo. Estaba un poco perplejo, pero cuando le dije que me mudaba a Berlín Oriental, entendió mi preocupación y se despidió de mí. En el curso de los años, le había mencionado a mi hija y a mi nieto muchas veces. Comprendía el clima político en Berlín tan bien como cualquiera.

Cuando despertamos la mañana del 13 de agosto de 1961, Berlín, Alemania y el mundo fueron testigos de un cambio trascendental. En el curso de dos noches, la RDA había dividido a Berlín con un muro de ciento cincuenta y tres kilómetros de largo.

Egon fue el primero en volver a casa mientras Lotti se preparaba para ir al trabajo. Yo cuidaría a Kathi ese día.

—Lo hicieron —anunció con las mejillas encendidas por haber corrido para traernos la noticia—. No podemos irnos. ¡Y no tenemos trabajo! —Lotti y Egon eran dos de los miles de berlineses orientales cuyo empleo se encontraba en el sector occidental—. No es un muro, sólo una valla y alambre de púas, pero las calles están cerradas y patrulladas, y establecieron puestos de control en las pocas que dejaron abiertas. Es un caos. No podía pasar. La gente se pregunta qué pasará después. Estoy seguro de que esto no es el final.

Dado que ya no tenía que quedarme con Kathi, dejé los platos del desayuno en el lavadero y me dirigí a la Puerta de Brandeburgo. A través de sus clásicas columnas, el alambre de púas brillaba en círculos agresivos al otro lado del perímetro de la reja. Postes de metal encastrados en cubos de concreto, como pirámides cortadas a la mitad, mantenían fijas las barreras de cada sección. En la entrada principal, debajo de la cuadriga, transportes blindados de personal parecidos a tanques montaban guardia y evitaban que cualquiera se atreviera cruzar al oeste.

Entre la multitud, advertí a un joven que llevaba un portafolio, parecía desconcertado por la repentina aparición de la barda. Vestía zapatos negros brillantes, pantalones de tubo y saco, parecía que lo habían detenido en su camino al trabajo. Me paré a su lado y le pregunté si había calles abiertas.

—Catorce —respondió—, pero con puestos de control. Los guardias no dejan pasar a nadie. Debes tener un permiso especial. Trabajar en los sectores occidentales no es suficiente.

—¿Sabes qué pasó? —pregunté al joven, pues estaba sorprendida de que Egon, con su olfato para los rumores, no nos hubiera alertado a Lotti y a mí de ninguna noticia relacionada con el muro.

—Yo no lo vi —respondió—, pero un vecino me dijo que las últimas dos noches, a la una de la mañana, las luces se apagaban en la Puerta de Brandemburgo. La policía fronteriza y las unidades de combate trabajaron rápido, levantaron la barda y pusieron el alambre de púas. Escuché que el gobierno lo está llamando el «Muro de Protección Antifascista».

Cuando Lotti nos dijo a mi madre y a mí que era posible que llevaran a cabo ese plan, yo estaba tan escéptica como Frieda. Es imposible, pensé, haciendo eco a sus palabras.

—Mi esposa y yo nos mudamos a un nuevo departamento hace dos días —continuó.

Bajó la mirada y se subió los lentes de armazón negro sobre la nariz.

—¿Quiere decir...?

—Sí, está en el oeste. Esta noche iba a ser nuestra primera noche juntos en nuestra nueva casa. Tengo familia aquí, pero no pretendo vivir con ellos el resto de mi vida. Espero que la brigada fronteriza y la policía tengan la amabilidad de dejarme pasar...

Yo no tenía tanta confianza de que le otorgaran el permiso.

Nos separamos y caminé de vuelta al departamento. Lotti había terminado de lavar los platos y Egon estaba sentado en el sofá junto a Kathi. A sus casi ocho años, estaba leyendo un libro. Él levantó un cigarro que yo había dejado en la mesa y jugueteó con él entre los dedos como lo haría un mago que hace prestidigitación. Egon no fumaba, así que supe que algo más ocupaba su mente. Fruncía el ceño cuando me senté frente a él, su expresión era triste y perpleja. Egon había madurado desde que nos conocimos. Ya no era el chico perfecto de póster de las desmanteladas Juventudes Hitlerianas. Su cuerpo estaba más relleno y su cabello rubio había empezado a adelgazarse. Aunque seguía en buena condición física, ya no parecía un hombre que pudiera escalar cercas después de incendiar un centro de reclutamiento nazi.

—¿No sabías? —pregunté, esperando que no tomara mi pregunta como una crítica.

—No. Todo lo que escuché fueron rumores, pero no es eso lo que me preocupa. —Miró a su hija para asegurarse de que estaba leyendo y volteó hacia Lotti, quien estaba en la pequeña cocina—. Ellas tienen que irse mientras todavía es tiempo. La barda es débil en algunos puntos, fue lo que me dijeron algunos esta mañana. Necesito encontrar dónde. Lotti y Kathi tienen que irse... a casa de tu mamá.

—¿De qué hablas, padre? —preguntó Kathi.

Al parecer Lotti no escuchaba nuestra conversación y seguía guardando los platos del desayuno.

—Vuelve a tu lectura —dijo Egon, dándole unas palmaditas en la mano a su hija—. No es nada de lo que tengas que preocuparte.

—Es difícil ahora —comenté, no quería usar la palabra «peligroso».

Asintió.

—Pero las condiciones serán peores con el tiempo. Lo sé. Tu yerno también lo sabe, pero está decidido a... encontrar gente como nosotros. —Miró a su hija—. Lotti, por favor, ven un momento.

Ella se secó las manos con un trapo y entró a la sala. La brillante luz del sol, como intentando desmentir la miseria de Berlín Oriental, iluminaba el mundo más allá de la ventana. Miré al exterior y todo parecía normal: los árboles frondosos, los vehículos estacionados, los arbustos con hojas verdes, el rocío de la mañana que brillaba aún en el pasto del verano.

Egon se alejó de su hija y dejó que Lotti se sentara entre ellos. Lo miró ansiosa, mientras él aventaba el cigarro sobre la mesa.

Juntó las palmas de las manos y se inclinó hacia adelante.

—¿Te gustaría ir con Kathi a visitar a la mamá de Niki en Rixdorf?

Lotti entreabrió los labios y respiró profundo. Era difícil saber si su rostro mostraba una expresión de asombro o de disgusto.

—Kathi, toma tu libro y ve a tu cuarto —le dijo Lotti a su hija.

—¿Tengo que hacerlo? —preguntó Kathi—. Quiero estar con ustedes. ¿Cuánto se tardarán? Ya soy grande para escuchar. No diré una palabra.

Lotti señaló el pasillo.

—No. Tu padre, Niki y yo tenemos algo importante qué discutir.

Kathi lanzó un bufido, cerró el libro y se fue a su recámara. La puerta azotó unos segundos después.

—No necesita saber lo que está pasando —explicó Lotti—. Se lo diré esta tarde, cuando tengamos oportunidad de platicar.

—La valla es imperfecta —dijo Egon—. Aún no hay muro. Podemos cortar el alambre de púas si encontramos la ubicación correcta. Quizá ya lo hicieron. No tienen las unidades suficientes para asegurarse de que nadie se escape.

Lotti se recargó en el respaldo del sofá.

—Me sorprendes, Egon; tú también, Niki, por siquiera pensar que estaría de acuerdo con ese plan.

—Yo no estuve de acuerdo —protesté—. Dije que era peligroso, pero si hay un momento para escapar...

—No iré a ningún lado —exclamó Lotti con firmeza—. No me importa si tengo que prometer lealtad a la RDA y la Stasi, no voy a poner a mi hija en peligro y no voy a abandonar a mi esposo y a mi mejor amiga. —Las lágrimas brillaban en sus ojos—. Nos las arreglaremos hasta que todos podamos escapar o hasta que haya terminado todo este horror.

—¿Y si...?

Lotti puso un dedo sobre los labios de Egon.

—No me importa cuánto me lo ruegues. No te voy a dejar.

Tras esas palabras, Lotti estalló en sollozos.

Egon la tomó en sus brazos y la besó; observé cómo se consolaban uno a otro con abrazos y miradas de amor. Pensé en Emil y deseé que estuviera a mi lado.

Lotti estaba decidida y en cuestión de minutos terminó la discusión. Kathi volvió al sofá, Lotti caminaba en la cocina tratando de decidir qué preparar para la comida y Egon permaneció sentado, pensativo al lado de su hija. Por el sutil cambio en su mirada supe lo que estaba considerando: encontrar una solución a un problema que no desaparecería pronto.

Aún tenía que ponerme en contacto con mi hija y esperar que me siguiera a Berlín Occidental.

Cualquier persona en la calle era una posible amenaza.

Después de que levantaron el muro, la Stasi reclutó a sus espías y operativos, siempre en busca de berlineses del oeste solidarios con su misión: disuadir a todos los enemigos y traidores, y poner fin a la deserción de la RDA. Las represalias eran expeditas y brutales, incluidos arrestos, encarcelamiento y tortura. Como en la Alemania bajo el régimen de Hitler, la gente desaparecía. Parecía que el objetivo del gobierno era encarcelar a todos sus ciudadanos o catalogarlos como criminales.

Egon encontró trabajo como gestor de envíos de una compañía ferroviaria; era relativamente fácil encontrar un empleo porque mucha gente había huido de Berlín Oriental. Lotti encontró un empleo como asistente de un hombre de negocios rico que tenía contactos con la Unión Soviética. Ambos se alegraron de encontrar una ocupación que los hacía parecer simpatizantes del gobierno. Mis tareas, a cambio de un sofá por la noche y alimento, consistían en preparar a Kathi para la escuela, llevarla a clases en la mañana y recogerla en la tarde. Además, ayudaba con la cocina, las compras y la limpieza. La mayor parte del día tenía tiempo libre.

Las horas que pasaba sola eran una bendición y una maldición. Muchas veces me acurrucaba en el sofá, hecha un mar de lágrimas, con pensamientos desesperados. ¿Alguna vez acabarían mis problemas? Laura nunca llamó y, cada día, conforme el verano escapó y el otoño trajo sus vientos fríos a Berlín, perdía las esperanzas de volver a verla. Pensé lo mismo de Emil. Mi misión personal de encontrarlos y rescatarlos del horror había fracasado.

Otros días, mis emociones bordeaban el límite de la manía. Estaba convencida de que podía acabar yo sola con la Stasi, que todo lo que necesitaba era ir al departamento de Laura y rescatarla a ella y a Joseph. Pero ¿a dónde iríamos? Parecía que todo era inútil frente a una RDA que aplastaba a la gente con su puño de hierro.

En otoño, antes de que la nieve cubriera la ciudad, supe que debía comunicarme con mi hija.

Una noche, decidí arriesgarme y dejé un mensaje en código en el escondite. No podía poner mi nombre, ni el de Lotti o Egon, pero esperaba que Laura lo descifrara. Si lo hubiera escrito como quería, hubiera dicho: «Estoy en Berlín Oriental con Egon y Lotti, y estoy trabajando para llevarte a ti y a Joseph al oeste. Tan pronto como tenga un plan, me pondré en contacto. Sabes dónde encontrarme».

En su lugar, mi mensaje cifrado decía: «Estoy aquí con amigos. Estamos planeando una fiesta. Nos vemos pronto».

Elegí esa noche de octubre por el clima. Llovía, en ocasiones como una delgada neblina y en otras a chorros como balazos. El viento arrasaba las calles. La gente sensata estaría en sus casas en una noche tan terrible.

Cuando llegué a casa de Laura, me inundó un sentimiento inquietante de que nada y todo había cambiado. Imaginé a una Laura golpeada y derrotada sentada en la mecedora, quizá tratando de leer un libro que no le interesaba; Joseph estaría estudiando bajo la exigua luz de un foco que colgaba sobre la pequeña mesa de la cocina; Herwald estaría fuera, acechando el vecindario o, más probablemente, buscando en el perímetro del muro a desertores y traidores, con la pistola lista en caso de que tuviera que disparar.

El escenario de la película de vampiros para la que Rickard me había contratado hacía tantos años me pareció anodino comparado con la noche que me esperaba. Al agacharme detrás del arbusto de lilas, que ofrecía muy poca cobertura, mi abrigo ondeó con el viento. De inmediato metí la nota en la hendidura y me marché, presionando el abrigo contra mi cuerpo. Miré sobre mi hombro con frecuencia en el camino de regreso a Unter den Linden.

Cuando entré al departamento, Egon estaba vestido sólo en ropa interior, con un montón de ropa sucia a sus pies. Me miró fijamente, yo estaba empapada hasta los huesos y parecía un gato desaliñado que había sido sorprendido por un chaparrón. Su aspecto también me asombró. Lotti y Kathi estaban en la cocina.

—Trabajé hasta tarde esta noche —dijo, señalando la ropa manchada de lodo—. Me ensucié.

—En tu trabajo no te ensucias. Manejas a gente que clasifica y carga paquetes.

Sonrió.

—Muy pronto, en cuestión de meses, menos de un año, estaremos en Berlín Occidental.

Me quité el abrigo mojado y lo colgué en el perchero que estaba junto a la puerta.

—¿Cómo?

—Ya verás. —Se limpió algo que parecía arena de los brazos y cayó sobre la ropa—. Tal vez puedas ayudar.

La emoción me inundó.

—Dime, por favor.

—Un túnel... que conecta oriente y occidente. Todo lo que tenemos que hacer es asegurarnos que la Stasi no lo descubra.

—Un túnel, por supuesto.

La RDA había empezado a reforzar el muro y a agregar capas adicionales y protecciones en tierra de nadie, pero aún había secciones de menos de cien metros de ancho que separaban a Berlín del Este y Berlín del Oeste.

—Podrán derrumbar tantos edificios limítrofes como quieran, tapiar todas las ventanas, cerrar las entradas de los departamentos que bordean el muro y sacar a la gente de sus casas en el primer y segundo piso, para que te arriesgues a morir si quieres escapar... pero no podrán detenernos.

—Entonces, ¿trabajas hasta tarde en otro empleo?

—Sí, y ahí duermo cuando es seguro.

Miré hacia la cocina. Lotti levantó las manos con las palmas hacia arriba; ella no podía hacer nada.

—Debimos irnos, pero no creí que esto fuera a pasar —dijo mi amiga.

—Tú también tienes un trabajo —afirmó Egon mirándome—. Debes contarle a Laura sobre nuestro plan y espero que no le revele nada a su esposo. Los espías de la Stasi están en todas partes.

Esa noche hice mi cama en el sofá y, después de apagar las luces, abrí las cortinas para poder mirar la calle. El viento aullaba entre los árboles y la lluvia había empeorado; no deseaba nada más que quedarme dormida y soñar con la libertad para mí, para mi hija y para mi nieto.

Capítulo 34

Escuchamos las explosiones.

A veces, el departamento temblaba y los platos tintineaban mientras la RDA destruía los edificios desalojados que colindaban con el muro. Para noviembre de 1961, la «franja de la muerte», una tierra de nadie, se había ensanchado en muchas zonas e instalaron barreras antitanques y redes de camuflaje como medidas defensivas.

Después de dejar a Kathi en la escuela, a veces caminaba por las calles y observaba las posiciones estratégicas de la patrulla fronteriza y el constante refuerzo del muro con bloques de concreto y alambre de púas. La Stasi estaba decidida a triunfar en su misión.

Al principio, las personas podían hablar sobre las vallas que llegaban a la altura del pecho, siempre bajo la vigilancia de los guardias fronterizos, o saludaban con gestos a miembros de su familia que se encontraban del otro lado. Lanzaban alimentos y comida desde las banquetas de Berlín Occidental a los vecinos que vivían en los departamento a lo largo de la frontera con Berlín Oriental. La Stasi, una organización que no se conmovía con sentimentalismos, tomó nota. Poco a poco, los muros provisionales se reemplazaron con estructuras más altas y sólidas. Desalojaron a las familias que vivían en la frontera, cubrieron las ventanas de los primeros pisos de las construcciones restantes con alambre de púas y cerraron las entradas principales; la gente tenía que entrar por la parte trasera del edificio.

Vi la rapidez con la que trabajaba la RDA para lograr su objetivo de total represión y restricción de movimiento, pero nosotros no podíamos acelerar el plan. Teníamos que realizarlo de manera metódica y con un cuidado meticuloso.

Una noche, bajo el cobijo de la oscuridad, Egon me llevó a la excavación para mostrarme lo minuciosa que se había vuelto la tarea.

—Habrá dos hombres trabajando ahí, además de los que están en el otro lado, en el lado occidental —me explicó cuando salimos del departamento—. En cierto momento nos reuniremos y luego podremos escapar. En los pisos superiores vive gente, pero saben de nuestro trabajo y quieren venir con nosotros cuando esté terminado.

—¿Confías en ellos?

Asintió.

—Sí, son jóvenes y no quieren vivir su vida en Berlín Oriental.

Permanecimos en silencio el resto del camino. Avanzamos hacia el sur alrededor de un kilómetro desde Unter den Linden hasta que llegamos a un edificio desolado de ladrillo en Zimmerstrasse, a la vista del muro de concreto. La parte superior estaba cubierta por alambre de púas sostenido por soportes de metal en forma de Y. En el camino pasamos frente a algunos policías, pero conforme nos acercamos al muro, comenzamos a agacharnos para ocultarnos de los guardias fronterizos que patrullaban la zona. La noche era fría y ventosa, y los pocos hombres que vimos estaban acurrucados fumando cigarros para soportar el frío.

Cruzamos un lote baldío en el que había metal retorcido y desechos. Egon abrió una puerta endeble de madera y se llevó el índice a los labios. Me había dicho que una vez que entráramos al sitio, estaba prohibido hablar. La Stasi había colocado micrófonos y detectores de movimiento en los túneles en los que sospechaban que se podría escapar. Una escalera de madera llevaba a un sótano. Nos quitamos los zapatos, los sostuvimos en una mano y bajamos con cuidado los tablones de madera tratando de no hacer ruido.

Al fondo nos encontramos con otra puerta, ésta era más sólida y estaba reforzada con un borde metálico. Egon tocó la puerta con tanta suavidad que apenas pude escuchar el sonido. Ésta se abrió despacio hacia afuera. Nos pusimos los zapatos y entramos a un mundo por completo distinto a lo que jamás hubiera esperado. Lo primero que advertí fue que el piso estaba elevado; subimos al piso cada vez más alto del sótano. Tres de las paredes estaban repletas de estantes de madera que contenían objetos que podrían encontrarse en cualquier sótano de ciudad: herramientas oxidadas para jardín que no habían sido utilizadas en veinte años, productos de limpieza, cubetas, palas, veneno para ratas, equipaje desgastado y viejos marcos de ventanas. Los estantes, casi escondidos detrás de los objetos de la excavación, contenían todos los residuos recolectados en setenta años.

El aire era frío, húmedo, y olía a humo y cera quemada. Así iluminaban el lugar. Una vela ardía cerca de cada uno de los estantes y al fondo, más parpadeaban en la oscuridad. En la pared sur habían sacado otra serie de repisas, diseñadas más como un librero con fondo sólido. Una lona negra cubría un estrecho agujero apenas lo suficientemente ancho como para que un hombre gateara en él. Sobre grandes montículos de material excavado había cubetas de tierra y arena.

Un joven de unos veintitantos años, el que nos abrió la puerta, estaba sentado en el piso, descansando. Estaba cubierto de tierra, pero no parecía importarle. Comía un pedazo de pan y jamón, quizá cubierto de arenilla. Otro hombre, más viejo, salió arrastrándose del agujero.

Egon tenía que tomar su lugar en este turno. En silencio, pude leer sus labios, estaba tan cerca de mi rostro que sentí su aliento cálido en las mejillas: «Observa. No espero que trabajes. Estamos progresando».

Rodeé las velas y levanté la lona. Un punto de luz amarilla brillaba al fondo del túnel. El equipo no excavaba debajo del agua, por encima de su cabeza sólo había tierra y el muro. Calculé que a menos de setenta y cinco metros de distancia ambos grupos se encontrarían y que el túnel se abriría en toda su longitud.

Me agaché y entré gateando al agujero; la tierra formaba un ligero arco sobre mí. Uno podría preocuparse de que el túnel colapsara y te enterrara vivo, pero lo único que podía pensar a medida que avanzaba era en llevar a mi familia a la libertad. Habían tendido vigas pesadas en lugares equidistantes para darle un poco de solidez a la obra.

La tierra era una mezcla de la arcilla, guijarros y arena, húmeda en algunos lugares y seca en otros. A veinte metros al frente, vi una luz; una lámpara de aceite rodeada de cubos de metal y cubetas recargadas contra una imponente barrera de tierra semioscura. Me pregunté si estaría debajo del muro o en Berlín Occidental. Hubiera querido ser un topo para poder cavar una salida.

Me ovillé y giré en el túnel, avanzando con cuidado de regreso a la lona. Al salir, Egon asintió y señaló el asiento de una silla rota que había colocado frente a una de las paredes. Me senté ahí. Egon entró al túnel primero, seguido por el joven; el hombre mayor permaneció junto a la entrada. Formaron una cadena y trabajaron así en silencio. Egon llenaba los cubos al final del túnel y luego, de manera intermitente, llevaba su pesada carga al joven, quien a su vez se la pasaba al hombre mayor que estaba en la entrada. Éste último vaciaba el contenido en montones cada vez más grandes. La tierra se extendía casi hasta los estantes superiores de las paredes.

Cuando acabaron el trabajo de esa noche, los tres hombres, sucios y mugrientos, salieron del túnel y aseguraron la lona frente a la entrada. Luego jalaron el librero frente a ella. Del otro lado, sobre la tierra, se extendía una red opaca que acortaba la longitud del sótano. Egon sonrió, feliz con la labor que habían realizado esa noche.

El joven se fue primero, luego el otro hombre quince minutos después. Nosotros también esperamos. Egon apagó todas las velas y sacó una pequeña linterna eléctrica del bolsillo de su abrigo. Nos dirigimos hacia la puerta, que él cerró despacio. De nuevo, nos quitamos los zapatos y subimos la escalera hasta que regresamos a la casa de Zimmerstrasse. Había llovido durante el tiempo que estuvimos en el sótano, y la neblina se había instalado en la ciudad.

Cuando llegamos a casa, Lotti estaba sentada en el sofá; ya había acostado a Kathi. Observé que mi amiga tenía un sobre blanco en la mano. Yo estaba emocionada y hablaba con Egon sobre el túnel y su progreso, pero Lotti me dio el papel.

—Llegó esto para ti cuando estaba con Kathi en su recámara. No escuché que tocaran ni vi a nadie. No me hubiera dado cuenta, de no ser porque el borde sobresalía por debajo de la puerta.

Lotti lo había abierto porque no tenía destinatario. El corazón me latió con fuerza. Esperaba que fuera una nota de Laura. Abrí el sobre y saqué una hoja doblada de papel.

Decía:

Herwald trabaja varias horas ahora que la Stasi está decidida a llevar a los traidores ante la justicia. Es parte de una unidad para infiltrarse y espiar a sus propios guardias fronterizos. Recibí tus mensajes. Se ha vuelto difícil responder las notas porque todos se han convertido en espías. Sin embargo, él trabaja esta noche, así que me arriesgué.

Estoy dispuesta a irme. No aguanto más. Espero que mi hijo venga conmigo, pero no quiero obligarlo. Tiene la edad suficiente para entender y también sabe lo que su padre me ha hecho. A pesar de los esfuerzos de Herwald para hacerlo una especie de animal brutal, me parece que se resiste; aún tiene esa bondad que no ha desaparecido, a pesar de la insistencia de su padre. Escapar es la única manera de evitar que Herwald lo convierta en un asesino. He visto demasiada muer-

te, he presenciado demasiada venganza. Así como tú te opusiste a tu esposo, yo haré lo mismo.

Puedo salir de la casa cuando Herwald está trabajando y Joseph está en la escuela, pero aún temo que me estén vigilando. Debemos cambiar la forma de comunicarnos, usar el parque en Hemholtzplatz. Hay un sendero de piedra plana que lleva hasta él. Las piedras se pueden levantar. La décima a partir de la entrada forma una curva que se aleja del pasto. Deja tus mensajes debajo de esa piedra el día quince de cada mes. Es más seguro dejarlos en la noche.

Esto es todo lo que puedo escribir. Espero que podamos vivir y hablar un día en libertad.

Tu hija.

Me senté en el sofá junto a Lotti sin saber lo que sentía. Conocía el parque, estaba cerca del departamento donde Rickard y Laura vivieron. Cada acción en contra de la RDA era un riesgo en Berlín Oriental, pero si todos actuábamos de acuerdo al plan, mi hija y su hijo al fin serían libres.

—¿Estás bien? —preguntó Lotti.

Asentí.

—Sí, pero estoy muerta de miedo.

—Estamos lejos de haber terminado —intervino Egon, al tiempo que se dirigía al baño a quitarse la ropa sucia.

—¿Cuánto tiempo falta? —pregunté a su espalda.

—Finales de la primavera, principios del verano, creo. Sabemos lo rápido que estamos trabajando, pero los informes del otro lado son incompletos.

—Le escribiré a Laura para decirle que recibí su nota —le dije a Lotti—. Le diré que estamos planeando escapar.

Lotti me dio las buenas noches y me dejó sola. De nuevo, abrí las cortinas en la oscuridad para mirar la noche húmeda. La única farola en la cuadra lanzaba una luz vaga contra los árboles, haciendo que las sombras negras como cuchillos entraran por la fuerza en la habitación. Hice mi cama en el sofá y cerré los ojos. Semidormida, me imaginé a mí y a los otros gateando por el túnel, mientras unos hombres, tan vagos como la niebla al exterior, se apresuraban para atraparnos. Parpadeé y me incorporé, convencida de que había tenido una pesadilla.

Durante el invierno y la primavera, Egon y los otros hombres siguieron trabajando en el sitio. Rezábamos por que estuvieran seguros y que la Stasi nunca descubriera el túnel. Nuestra suerte continuó, a pesar de los guardias fronterizos de Zimmerstrasse que cuestionaban a Egon y a los otros de vez en cuando. Muy pronto prevaleció esta familiaridad entre ellos y la amenaza disminuyó. Egon y los hombres habían inventado coartadas y hasta se habían hecho amigos de algunos, les daban palmaditas en la espalda, cigarros y chocolate que compraban con su sueldo.

Una vez al mes, el día quince, Laura y yo nos dejábamos mensajes en código. Me dijo que Herwald había sido ascendido en la Stasi y que ahora supervisaba a un grupo de guardias.

Una noche, a principios de 1962, Egon regresó a casa con el ceño adusto.

—Siéntense —nos ordenó a Lotti y a mí, al tiempo que se sentaba en la silla opuesta al sofá.

Por su expresión y tono de voz, esperaba malas noticias. Quizá el túnel había colapsado o todos se habían dado por vencidos o la Stasi lo había descubierto.

Su expresión hosca se convirtió en una sonrisa.

—Los oímos, a los del otro lado. Estamos como a tres o cuatro metros de terminar. Queríamos gritar pero no podíamos. Escuchamos unos rasguños y eso fue todo.

Tomé la mano de Lotti, la noticia era muy emocionante.

—Entonces, ¿podemos irnos después del quince?

—Es probable. No lo sabremos hasta que esté abierto, pero necesitamos estar listos para partir de un momento a otro. No podemos caminar por la calle con equipaje, así que tendremos que llevar sólo lo que podamos ocultar en la ropa. Empezaremos de nuevo en Berlín Occidental.

Lotti suspiró y pudo esbozar una leve sonrisa.

—Cuando la guerra terminó, no teníamos nada. Podemos hacerlo otra vez. No fue tan difícil. Estamos vivos y tenemos a nuestra Kathi.

—Sí —dijo Egon—. Ella y Joseph merecen vivir libres.

Esa noche, escribí una nota para Laura en la que le informaba nuestro «plan de fiesta», la fecha y la hora estaban por determinar. Salí del departamento y caminé al parque, asegurándome de que nadie me seguía. Cuando llegué, di una vuelta antes de tomar el sendero. Las luces estaban encendidas en las ventanas de los edificios vecinos. Satisfecha de que todo estaba seguro, dejé la nota debajo de la piedra y me marché. La tierra estaba húmeda por las lluvias de primavera y esperaba que la tinta no se embadurnara.

De regreso a casa, las pisadas de un hombre sonaron detrás de mí. No me atreví a mirar sobre mi hombro, por miedo a que pensara que estaba asustada y tenía algo que ocultar. Aceleré un poco y sólo cuando llegué a la puerta del departamento miré hacia atrás. Los pasos se habían apagado y la calle, hasta donde podía ver, estaba vacía.

Entré y me desplomé contra la puerta. El corazón me latía fuerte. Todos estaban dormidos y las habitaciones, a oscuras.

Esperaba que los años de huir de regímenes brutales y de desesperación estuvieran a punto de terminar. Me enjugué una lágrima de la mejilla, me senté en el sofá y juré llevar a mi hija y a su hijo a Berlín Occidental.

Capítulo 35

La tarde del 27 de junio de 1962, el túnel en el que Egon había estado trabajando se abrió entre el este y el oeste.

Él y los otros dos hombres que habían trabajado tan duro se estrecharon la mano con los tres hombres del lado occidental, que habían terminado su labor tan difícil y concienzuda. Tras un breve intercambio de buenos deseos mudos, todos volvieron a su respectivo lado.

Su rostro resplandecía cuando nos dio la noticia.

—Nos vamos mañana a mediodía y tenemos que estar preparados, aunque tengamos que quedarnos despiertos toda la noche.

Abrazó a Lotti y luego a mí.

Kathi entró a la sala.

—Papá, ¿nos vamos?

—Sí, mañana. No podrás ver a tus amigos durante mucho tiempo, pero harás nuevos.

Pensó un momento y luego dijo:

—No me quiero ir. Esta es nuestra casa.

Egon se acuclilló frente a ella y tomó sus manitas con suyas.

—Esto es difícil, pero no puedes imaginar cómo será el otro lado. Podrás viajar, leer cualquier libro que quieras. No tendrás que preocuparte por comida o que te den un dulce. Seremos libres.

Kathi asintió a regañadientes. Egon la tomó en sus brazos.

—Pero cuando nos vayamos debes quedarte callada y hacer todo lo que tu madre y yo te digamos. Iremos con otras personas. ¿Entiendes?

Kathi asintió otra vez, ahora con más convicción.

—Tu madre te ayudará con las cosas que puedes llevarte.

Lotti se llevó a su hija a la recámara. Sentí un nudo en la garganta.

—¿Qué debo hacer, Egon? Es posible que Laura no vea la nota.

Bajó la mirada, se frotó la barba incipiente y agitó la cabeza.

—Seis personas del edificio, más los hombres que me ayudaron y sus familias pasarán esta noche. Les dije que nosotros iríamos después porque tenías que comunicarte con tu hija y nieto. Si atrapan a alguno de ellos o si hablan, nos quedaremos atrapados en Berlín Oriental, quizá para siempre. —Hizo una pausa—. Yo podría ir a buscarla, ver si tengo suerte de que Herwald no esté en casa. Pero ella y Joseph deben venir al departamento mañana a las once, porque una vez que pasemos el túnel, es posible que sellen la entrada del oeste.

—¿Y si mañana Herwald no trabaja?

Egon se encogió de hombros.

—Entonces Laura tendrá que encontrar una manera de venir.

—Iré a las nueve, cuando se ponga el sol —dije—. Quizá no esté ahí.

—Lotti y yo rezaremos por ti. Eres una mujer valiente y has sufrido mucho. Ésta es la prueba final.

Escribí una nota, sólo por si acaso. Todo lo que decía era: «Debes venir al departamento mañana, a las once de la mañana. Está terminado».

El mensaje era tan directo y claro como pude hacerlo. También era peligrosamente detallado para los ojos incorrectos. Tendría que arriesgarme.

Cuando se acercó la hora, salí de la casa. La tarde era cálida, el aire húmedo se pegaba a la cara y los brazos. En occidente, donde esperaba llegar pronto, el sol del crepúsculo manchaba las nubes que se extendían sobre el horizonte cerúleo.

Bordeando el parque, me tomé mi tiempo para ir al departamento de Laura. Cuando estuve cerca, saqué la nota de mi bolso y la enrollé en mi mano. El edificio tenía el mismo aspecto que había tenido durante años: cortinas cerradas en el piso de los Angermann, los escalones limpios y sin basura. Había dos macetas con geranios rojos a ambos costados del pie de la escalera. Subí, tratando de tranquilizarme con cada paso que daba.

Toqué el timbre y esperé.

Unos momentos después, Herwald Angermann abrió la puerta.

Yo temblaba un poco, pero pude conservar la compostura.

—Tengo que ver a mi hija —dije con el mayor énfasis que pude.

—No puede venir aquí con exigencias —respondió con desprecio.

—No me iré hasta que no la vea —insistí.

—Haré que la arresten. No me obligue.

Hacía años que lo había visto. Tenía el aspecto de un muerto, la piel tensa y áspera. El tiempo lo había endurecido y no percibí ninguna compasión ni alegría en su alma.

A su espalda, Laura apareció.

—Métete —le ordenó.

Laura tenía la mirada apagada, su expresión era vacía.

—No, quiero ver a mi madre... veré a mi madre.

Herwald hizo una mueca de desdén, pero dejó que Laura se acercara. Yo sabía que pagaría muy caro haberlo desafiado. Ella pasó a su lado.

La abracé y hablé de manera que Herwald pudiera oír. Joseph se asomó por la puerta, observaba otro enfrentamiento entre sus padres.

—Quería que supieras que estoy bien y que vivo en Berlín Oriental —dije.

—Sé dónde vive —interrumpió Herwald, siseando como serpiente—. ¿Cree que la Stasi no sabe dónde vive, todo sobre usted y esos dos inadaptados a los que llama amigos? Usted está en nuestra lista.

¿Exageraba para asustarme? Por supuesto que no sabía del túnel, de lo contrario ya hubiera arrestado a Egon y a los otros.

Laura se volteó hacia él.

—Deja en paz a mi madre. No ha hecho nada malo. Todo lo que ha hecho es cuidarme.

Herwald escupió en el piso del vestíbulo.

Tomé la mano de Laura en la mía, presionando la nota contra su palma, y cerré sus dedos hasta formar un puño y así ocultarla de su esposo. Eso era todo lo que podía hacer. No podía quedarme más tiempo, despertaría las sospechas de Herwald. Esperaba que Laura se llevara la nota, la leyera y la destruyera.

Me despedí, di media vuelta y avancé a grandes zancadas, esperando que mi hija y su hijo llegaran a la casa de Lotti a las once de la mañana siguiente.

Cuando tocaron la puerta el corazón me saltó a la garganta. Fue un sonido suave, como el de una mujer, no el golpe brutal de la Stasi o la ya disuelta Gestapo.

Estábamos sentados esperando, Egon miraba su reloj cada dos minutos. Lotti había escondido dinero y unas cuantas joyas en un abrigo ligero que se llevaría a Zimmerstrasse, muy similar a lo que yo había hecho años antes cuando me llevé el brazalete de esmeraldas a Ámsterdam. Egon confeccionó una bolsa delgada que colgaba de su cuello, escondida bajo una camisa enorme. Llevaba papeles importantes, relojes y anillos. En una funda de hombro llevaba la única pistola que poseía. Kathi eligió la muñeca a la que no renunciaría. ¿Quién interrogaría a una niña con una muñeca? Yo sólo tenía la ropa que llevaba puesta y dejé el resto en mi vieja maleta; en casa de mi madre en Rixdorf aún tenía algunas cosas.

Me levanté del sofá de un saltó y abrí la puerta.

Ahí estaban Laura y Joseph, ambos tenían un aspecto ansioso y confundido. Quise preguntarles cómo habían escapado, pero no había tiempo.

Egon los hizo pasar.

—¡Rápido! Adentro.

Cerré la puerta y los abracé. Laura y Joseph respondieron a mi gesto, pero no de la forma que hubiera esperado. Ambos se estremecieron un poco, como si las muestras de amor les fueran ajenas. Laura avanzó hacia la luz, las cortinas estaban cerradas, y se quitó la pañoleta de la cabeza. Vi lo que Herwald le había hecho anoche. Su ojo izquierdo estaba hinchado y amoratado; en el lado derecho de la cara, una mancha roja corría desde el nacimiento del cabello hasta la barbilla. Él le había hecho pagar mi visita.

—Debemos irnos, ahora —dijo Egon—. No hay tiempo para lágrimas. Podemos llorar cuando lleguemos al oeste.

Se hizo cargo de la situación, nos dijo que él, Lotti y Kathi partirían primero a Zimmerstrasse. Laura y Joseph los seguirían por la calle y yo iría al último. Cuando llegáramos al túnel, Lotti entraría primero, seguida de Kathi; luego Joseph y Laura. Egon y yo seríamos lo últimos en partir.

—Cuando nos acerquemos al muro, giren a la derecha en Zimmerstrasse —agregó para dar su última orden—. Me quedaré en la puerta hasta que todos estemos seguros en el sótano. Si los detienen, no muestren miedo. Salieron a pasear un día de verano. Bajen en silencio la escalera del sótano y no digan nada una vez que estén adentro.

Egon y Lotti echaron un último vistazo a lo que dejaban atrás: muebles, utensilios de cocina y algunos objetos que habían logrado reunir. Todo acabaría como donación a la Stasi agradecida o al siguiente inquilino. Cerró la puerta con llave y salimos al sol.

Obedecimos sus órdenes. Contuve el aliento todo el camino conforme avanzamos hacia el sur. Yo llevaba una bolsa de compras con algunas verduras para fingir que había ido al mercado, en caso de que los guardias fronterizos me detuvieran.

En las calles había otros berlineses orientales. Esas personas me hicieron sentir mejor, ya que la policía y los guardias fronterizos tendrían más gente a la que mirar que sólo nosotros. Si aparentábamos normalidad, en nada sospechosos, nuestra posibilidad de llegar al túnel era buena.

Conforme nos acercamos a Zimmerstrasse, Egon se separó de Lotti y Kathi, y se acercó a un guardia. Advertí que era alguien a quien ya había conocido, porque el hombre le sonrió. Le estrechó la mano al guardia y le ofreció un pedazo de chocolate; luego, para mi sorpresa le presentó a Lotti y a Kathi. Kathi estrechó la mano del guardia y él se inclinó para ver su muñeca.

Miré a Laura, quien me observó a su turno. Yo quería que ella y Joseph se detuvieran un segundo. Ella lo hizo y se envolvió la cabeza con la pañoleta para ocultar los moretones en su rostro.

Pronto, Egon retomó el camino hacia el edificio en el que se encontraba el túnel. Yo me mantuve del mismo lado de la calle. Laura y Joseph se alejaron del guardia, quien sólo los vio de reojo sin dejar de comer el chocolate. Al fin, todos llegamos a la puerta trasera.

Cuando bajamos la escalera al sótano, apreté la mano de Egon. Lo había planeado a la perfección, incluido su encuentro con el guardia fronterizo.

Reconoció mi agradecimiento, asintiendo con la cabeza, y luego dirigió a todos al fondo de la pared. El techo parecía más bajo, las repisas estaban escondidas detrás de tierra.

Lotti sacó dos pequeñas linternas eléctricas del bolsillo de su abrigo; se quedó una y la otra se la dio a Egon. Movimos el librero que cubría la lona. Egon levantó la cubierta y le indicó a su esposa e hija que entraran al túnel.

Lotti besó a Egon e iluminó la estrecha abertura. Metió a Kathi y a su muñeca y luego las siguió. Joseph y Laura entraron después, siguiendo el rayo de luz que iluminaba el hueco.

El aire del sótano era húmedo y fresco. Podía escuchar el sonido de la tierra y la arena que raspaba sus cuerpos conforme se abrían paso por el túnel.

Egon me hizo una seña con la luz de la linterna. Eché una última mirada a mi lúgubre entorno, un desorden oscuro de objetos y desechos inútiles en Berlín Oriental, y puse las manos sobre la tierra que me llevaría a la luz y la libertad.

Egon entró detrás de mí, el haz de luz de su linterna rebotaba a mi alrededor y sobre mi cabeza. Distinguí los contornos oscuros de quienes iban más adelante.

Estábamos como a ocho metros al interior del túnel cuando alguien gritó detrás de nosotros.

—*Du! Halt!*

Repitieron la orden varias veces de forma rápida, alterada. No podía estar segura, pero me pareció que era la voz de Herwald.

Egon apagó la linterna y le gritó a los demás que siguieran. Avancé unos metros y luego miré hacia atrás, no quería dejarlo.

Habían arrancado la lona de la pared. Cerca de la entrada del túnel, en los contornos vagos del sótano, brillaban algunas luces y había hombres en la entrada.

Con dificultad, Egon se volteó hacia la entrada y metió una mano a su camisa para sacar la pistola. El hombre que acababa de entrar gateando detrás de nosotros también blandía un arma.

Egon disparó y el balazo estalló en el túnel como una onda expansiva. Del techo cayeron pedazos de tierra. Dando patadas contra el suelo que lanzaban tierra y arena, Egon retrocedió.

Cuando la polvareda cedió, el hombre que nos seguía se incorporó sobre las rodillas. Se escuchó la explosión de un disparo que provenía de la entrada y el hombre cayó, bloqueando el camino a quienes venían atrás.

—¡Adelante! ¡Vamos! —gritó Egon en la penumbra.

Me apuré en el la oscuridad, que me pareció eterna, hasta que un rayo de luz iluminó la tierra frente a mí. Había una escalera contra la pared. Cuando llegué a ella, miré hacia arriba y vi los rostros de Laura, Joseph, Kathi y Lotti.

Esperé al pie de la escalera hasta que Egon llegó cojeando hasta mí. El lado izquierdo de su camisa estaba cubierto de sangre.

—Mi hombro —dijo—. No nos seguirán. Anda.

Negué con la cabeza.

—No, tú primero.

Me hice a un lado. Tomó la escalera con la mano derecha y subió despacio los travesaños.

Nadie nos seguía. El túnel estaba en silencio.

Otros seis berlineses nos esperaban en un gran cobertizo de metal que ocultaba la salida del túnel. Nos recibieron con besos, flores y champaña.

Lotti rasgó la camisa de Egon y se ocupó de su herida. Lo habían herido en el hombro izquierdo, justo arriba de la axila. Enseguida entraron soldados estadounidenses y la policía de Berlín Occidental; todos nos dieron la bienvenida y nos preguntaron cómo lo habíamos logrado. Yo estaba demasiado alterada como para hablar.

Dos soldados llevaron a Egon, Lotti y Kathi hasta un coche militar que estaba afuera. Les dije que fueran a casa de mi madre cuando pudieran. Ahí serían bienvenidos.

Laura cayó en mis brazos, tenía el rostro cubierto de lágrimas. Joseph la tomó de la mano y lloré con ambos.

Cuando salimos a la luz del día, el sol y el aire me calentaron. Estábamos en el sector estadounidense y, de nuevo, era libre. A la derecha del cobertizo se abría el paisaje. Al otro lado del muro, en Berlín Occidental, los guardias fronterizos cargaban un cadáver por la salida posterior del edificio de Zimmerstrasse. Lo bajaron con cuidado a la banqueta, frente el lote baldío lleno de basura.

Laura volteó a ver, pero le dije que no lo hiciera.

Más tarde le diría que su esposo, el padre de Joseph, estaba muerto.

Capítulo 36

La policía de Alemania Occidental y algunos oficiales estadounidenses nos entrevistaron durante unas horas. Inspeccionaron el túnel y dejaron la escalera en su lugar. Sabían que los alemanes del Este bloquearían la entrada; probablemente lo derrumbarían para que nadie pudiera pasar.

Finalmente nos dejaron ir en la tarde. Tenía un poco de dinero, así que pagué el taxi a casa de mi madre para nosotros tres. Joseph no había dicho nada desde que llegó a casa de Lotti, pero empezó a hablar en el trayecto. No sabía qué esperar de un niño de nueve años cuyo mundo había cambiado de manera tan drástica. Había visto mucha violencia en su vida, una gran parte de ella en su hogar, y estaba segura de que había escuchado historias de las atrocidades de la Stasi que le contó su padre.

Joseph miraba al frente por el parabrisas durante el camino a Rixdorf.

—Él lo sabía —dijo el niño.

—¿Sabía qué? —pregunté.

—Mi padre sabía que íbamos a escapar.

Laura lo miró, con los ojos como platos ante esa afirmación.

—¿Cómo? —preguntó—. ¿Cómo supo?

—Me lo dijo anoche. Escucharon algo por los micrófonos que habían colocado en unas cuantas casas.

Laura contuvo el aliento.

—Lo sabía... ¿y no nos detuvo?

Joseph juntó las palmas y las puso sobre su regazo.

—Quería que yo me quedara cuando arrestaran a todos los demás para que pudiéramos estar juntos. Dijo que madre era una traidora, pero que quería atrapar a más enemigos, como si estuviera de caza, recolectando trofeos para la Stasi. Quería arrestar a todos lo que trataran de escapar y meterlos a la cárcel hasta que se murieran. No creo que ame a nadie, ni siquiera a mí.

Laura se inclinó hacia él tratando de tranquilizar a su hijo.

—Estoy segura de que te ama.

Su voz era débil, nada convincente. Joseph volteó a verla, sus ojos castaños brillaban.

—¿Me ama? O sólo ama a la Stasi.

Laura no respondió. Pasó un brazo sobre sus hombros.

—Ya no importa ahora. Viniste conmigo y con tu abuela. Estamos seguros y somos libres.

—Me dijo que alguien podría morir —continuó Joseph—. Que alguien a quien amaba podría morir, quizá incluso él porque estaba haciendo algo muy peligroso. Escuché su voz en el túnel, luego los disparos.

Miré a Laura. El estupor y el remordimiento se apoderaron de ella y tensaron su rostro.

—¿Quieres regresar? —le preguntó a Joseph—. ¿Estás triste de haberte ido?

Él negó con la cabeza.

—No. Golpeaba a mi madre. Nunca me pego a mí porque yo lo escuchaba. Me obligaba a escuchar. Ahora, ya no tengo que escucharlo.

Laura volteó hacia la ventana para evitar mostrar sus lágrimas.

Cuando llegamos le pagué al chofer. Joseph caminó frente a nosotros por el sendero. Tomé a Laura por el brazo y la detuve un momento.

—Herwald está muerto. Estoy segura.

No le dije que fue Egon quien le disparó.

Se tambaleó un poco y respiró profundo.

—Joseph, espera antes de llamar a la puerta. —Se aferró a mi brazo—. Se lo diré a Joseph. Dios mío, ¿qué ha está pasando? ¿Por qué toda esta tristeza?

—Tu abuela te dirá la razón. Lleva diciéndomelo durante años. —Señalé la puerta—. Toca, Joseph. Frieda estará muy feliz de conocerte.

Lo hizo. Mi madre, en su vestido de casa que acostumbraba llevar, abrió la puerta un momento después. Al vernos a los tres, su expresión cambió del asombro a una enorme sonrisa.

Tres días después, Egon, Lotti y Kathi se reunieron con nosotros en la pequeña casa. Ahora éramos siete apretados en ella, pero nos adaptamos. Hacía años que no era tan feliz, aunque estuviéramos tan apretados. Nos resignamos a sacar el mayor provecho de esto porque sabíamos que no duraría.

Egon había recibido un disparo en el hombro izquierdo. La bala atravesó la piel, entre una arteria y el hueso. Los médicos cosieron las heridas de entrada y salida, le vendaron el hombro y le pusieron un cabestrillo. Esperaban que sanara en dos meses.

De nuevo tuve que dormir en el sofá hasta que encontráramos dónde vivir y un empleo. Frieda cedió su recámara a Lotti, Egon y Kathi porque era la que tenía la cama más grande. Laura y Joseph se instalaron en mi antigua habitación. Una vecina tuvo la amabilidad de hospedar a mi madre por las noches para que durmiera en la recámara de invitados. Durante el día, cocinábamos, reíamos y disfrutábamos nuestra libertad. Sin embargo, lo que había pasado en Alemania los últimos cuarenta años nunca se apartaba de nuestra mente.

Laura le dijo a Joseph que su padre estaba muerto. Su hijo derramó pocas lágrimas y pronunció muchas menos palabras; eso preocupó a Laura. Le inquietaba que el abuso que Joseph presenció lo hubiera afectado y siguiera obsesionándolo. Era algo que teníamos que atender.

Una noche, cuando estábamos reunidos en la sala después de cenar, Egon nos platicó lo que había pasado en el túnel y lo que quizá debíamos hacer.

—Herwald está muerto —dijo dirigiendo sus palabras a Laura y Joseph—, pero quiero que sepan que no fui yo quien le disparó. Disparé hacia el techo del túnel, esperando que parte de éste se derrumbara y eso lo detuviera. Él se levantó para ver entre los escombros, pero los guardias o la Stasi devolvieron el disparo. Los estadounidenses piensan que fueron ellos quienes mataron a Herwald cuando él trató de matarme a mí, pero nunca lo sabremos. La Stasi lo hará un mártir. El nombre de Herwald Angermann pasará a la historia y la RDA tratará de extraditarme por asesinato.

Laura se llevó la mano a la boca. Joseph bajó la cabeza.

—Yo no lo maté. Espero que me crean.

Joseph alzó la vista.

—Te creo. La Stasi haría cualquier cosa por proteger su nombre.

Egon extendió la mano libre hacia Joseph y le dio unas palmaditas en la rodilla.

—Gracias. Lamento que esto haya pasado.

—¿Estás en problemas? —preguntó.

—Es posible que, por nuestra propia seguridad, nos transfieran de Berlín del Oeste a Alemania Occidental, donde tendremos que empezar de nuevo. Los estadounidenses no me entregarán.

—Miró a Lotti y a Kathi, que estaba sentada en el suelo frente a su madre—. Estamos acostumbrados a volver a empezar.

La velada terminó, todos estábamos agradecidos de estar vivos. Quizá Kathi y Joseph no eran tan conscientes de lo que habían ganado porque perdieron su casa, sus amigos y a un padre. Lo olvidarían con el tiempo, pero por ahora, les dolía.

Yo también sufría por una pérdida, por el hombre al que no podía olvidar. Más que nunca, quería averiguar qué le había sucedido a Emil Belmon y también a su tío Levi.

Zehlendorf, una localidad con bosques y lagos, se encontraba como a diecisiete kilómetros al suroeste de casa de mi madre, no lejos de Wannsee, donde los nazis idearon la «solución final» a la «cuestión judía» en 1942.

Cuando la visité, los alrededores, las calles adoquinadas y los árboles y edificios que habían sobrevivido, me dieron la sensación del «viejo Berlín». La mayor parte de la zona tenía el mismo aspecto que tuvo durante la República de Weimar, pero estábamos en 1962, casi veinte años después de terminada la guerra.

Zehlendorf también era el domicilio de la sede del Ejército de los Estados Unidos en Berlín, también conocido como Comando de Berlín. Consistía en un gran grupo de edificios que tenían un aspecto amenazador. Me había llevado semanas concertar una cita con el comandante comunitario, tras muchas llamadas telefónicas y discusiones con oficiales de menor rango. Durante años, había tratado de tener una reunión con alguien del ejército estadounidense que pudiera saber qué sucedió en los campos de concentración liberados, pero en el caos de la posguerra, mis solicitudes fueron rechazadas o ignoradas. Las excusas iban desde «no tenemos esa información» hasta «esos archivos no están disponibles al público».

Finalmente llegó el día de mi cita, a finales de verano, en un día claro en el que aire olía a pino. La reja estaba custodiada y fue una larga caminata hasta el edificio principal. Un guardia confirmó mi visita y no tuve problema para entrar al complejo. Conforme me acercaba a mi destino, me di cuenta por qué me sentía tan extraña. Estos antiguos edificios militares nazis, construidos en el estilo monumental que Hitler tanto favorecía, me devolvían a los días del Tercer Reich. Las hileras de banderas estadounidenses que bordeaban la avenida hacían poco para aliviar mi molestia.

Adentro, me recibieron funcionarios que, de nuevo, confirmaron mi cita. Tras una espera de veinte minutos en el vestíbulo, me llevaron a una oficina al fondo del edificio. Era muy similar a la de Viktor Volkov cuando el Ejército Rojo tomó Berlín: un escritorio sencillo de roble, una ventana estrecha vertical detrás del escritorio por la que entraba luz natural, mapas de Berlín y Alemania pegados a una pared y la bandera estadounidense colgada en otra.

Sin embargo, el hombre que estaba detrás del escritorio no tenía ningún parecido a Volkov. Era joven, apuesto, con una sonrisa deslumbrante y modales agradables. Se puso de pie cuando entré y me invitó a sentarme en la silla de piel que estaba frente a él. Sus ojos azules acentuaban el color saludable de su tez, pero contrastaban de manera drástica con el cabello negro engomado.

—Señora Länger —dijo—. Un placer conocerla. Escuché que ha tenido problemas para obtener una respuesta a su pregunta.

Su alemán era perfecto.

Me asombró la forma en la que se dirigió a mí. Nadie me había llamado por mi apellido de casada en muchos años, aunque siguiera siendo la esposa de Rickard. Se presentó como el capitán Fields, pero parecía relajado sobre cómo debía dirigirme a él.

Por un momento miré sobre su hombro, hacia los árboles que temblaban detrás de la ventana.

—Me gustaría tener información sobre alguien que desapareció durante la guerra, arrestado por los nazis en Ámsterdam y transferido a Buchenwald. —Me detuve porque las palabras se atragantaron en mi garganta—. Escuché que habían llevado a esos prisioneros judíos a Mauthausen. El ejército de Estados Unidos liberó ese campo, ¿cierto?

Asintió, abrió un archivo sobre su escritorio y estudió una página antes de responder.

—Esto es lo que sé: sólo dos de los prisioneros judíos que llevaron a Mauthausen desde Ámsterdam sobrevivieron. Usted pregunta por Emil Belmon. En la lista no aparece ese nombre, muerto o vivo. —Me miró con compasión en los ojos—. Sin embargo, investigué más a fondo y encontré algo sorprendente. Revisé los registros del campo que recuperamos de los nazis, puesto que tenían archivos muy meticulosos, y busqué a todos los hombres cuyo nombre fuera Emil.

Asentí, esperando que continuara.

—Esto va a ser difícil de escuchar —continuó—. Para mí es igualmente difícil decírselo. ¿Es usted judía?

—No.

Pasó un dedo sobre otra página.

—Encontré a un Emil Länger, el mismo apellido que el suyo. Les dijo a los nazis que estaba casado con una mujer llamada Marie, quien murió durante la invasión neerlandesa.

—Ése debe ser Emil —dije, tratando de darle sentido a lo que el capitán me decía—. Mi nombre es Marie Rittenhaus; tiene que ser Emil.

—También les dijo que tenía familiares en Ámsterdam, pero no dio nombres. Es probable que usara Länger para alejar a los nazis de cualquier persona que estuviera relacionada con él. El registro indica que cuando llegó al campo, era más fuerte que la mayoría y que era buen trabajador, por eso no lo ejecutaron. —Hizo una pausa—. Por desgracia, Emil Länger murió de tifus en 1944. Así lo indica el registro.

Bajé la cabeza; lo que había sospechado durante años se confirmaba.

—Lamento su muerte —dijo el capitán—. Fueron tantos. Estoy seguro de que fue un hombre valiente.

—Sí, lo fue.

El dolor subió de mi pecho hasta mis ojos.

—Quisiera tener mejores noticias para darle. Si hay cualquier otra cosa que pueda hacer, por favor llámeme.

—Gracias. —Ambos nos levantamos y le estreché la mano—. Ha sido de gran ayuda.

Sentía las piernas débiles y adormecidas cuando caminé frente a las oficinas, crucé la puerta y salí a la luz del sol, al aire cálido, al aroma de los lagos y bosques cercanos. Emil estaba muerto, como sospechaba. Otro triste capítulo de mi vida que había sido escrito y estaba terminado. Ahora tenía que seguir adelante. Tenía que sobrevivir.

Emil estaba muerto, pero Laura y Joseph vivían. Egon, Lotti y su hija eran mis amigos más queridos. Mi madre se había vuelto un cimiento rocoso pero firme. La vida continuaría.

Al salir del complejo llamé a un taxi. De regreso a casa de mi madre, me pregunté si alguna vez volvería a escribir otra novela.

Epílogo

Tras la muerte de mi madre en el invierno de 1965, hice mi vida en un pueblo no lejos de Berlín. El nombre no es importante.

Mi madre había tenido razón: la sacaron de su casa en un ataúd. La enterramos bajo la nieve suave que no había dejado de caer durante dos días en Rixdorf. Laura se volvió a casar, con un hombre amable y amoroso, y Joseph, ahora ya casi con trece años, parecía adaptarse bien a su padrastro, a sus nuevos amigos de la escuela y a la vida en Berlín. Yo estaba feliz por ellos y no podía hacer nada más que desearles buena suerte. Nos visitábamos a menudo y yo me quedaba en su casa en Berlín en las vacaciones y en ocasiones especiales.

Le escribí a Toos, en Ámsterdam, pero las cartas fueron devueltas sin abrir. No tenía idea dónde vivían Karin y Derk; lo mismo pasó con Ruud. El velo de secrecía del club nocturno de los miércoles me dificultaba averiguar qué había pasado con sus miembros, si es que quedaba alguno. Aunque dudaba tener éxito, también envié unas cuantas cartas al tío Levi, esperando obtener respuesta. Ésas también quedaron sin contestar. Sospechaba que Levi había tenido el mismo destino que Emil en alguno de los muchos campos que construyeron los nazis.

A Egon, Lotti y Kathi los reubicaron en Alemania Occidental, y aunque mantuvimos el contacto, éste se debilitó con los años. Nuestro amigo cantinero, Rudi, desapareció en África y nunca más se volvió a escuchar de él. Lotti trató de informarse sobre lo que le había sucedido, pero la investigación de su paradero dejó la pregunta sin respuesta.

Vendí la casa de mi madre en Rixdorf y me mudé a un pueblo al oeste de Berlín, donde pudiera vivir mi vida en paz. Adopté a gatos y perros callejeros que me hacían compañía en mi pequeña casa y ayudaba a cultivar un jardín para nuestra comunidad.

Una vez recibí una carta de algún editor que me pedía los derechos para reimprimir mis novelas, *La mujer de Berlín* y *Confesiones de la esposa de un vampiro*. Después de mucho pensarlo, decidí rechazarlo. Otro me pidió que escribiera mi autobiografía. Me negué. No quería llamar la atención. Estaba cómoda con el dinero que tenía y temía entrar de nuevo al negocio. Nunca terminé *El último hombre*, pero por puro placer revisé el final de *Einsamkeit, soledad*, que habían publicado años antes.

En lugar de que mi heroína se preguntara cómo podía encontrar la felicidad que había desperdiciado, maldiciendo la «vida del solitario», escribí sobre supervivencia y los distintos tipos de amor, de rosa a rojo, de blanco a negro, las características de base que me habían guiado en la vida.

Observo el negro profundo y me maravillo con las estrellas, la mayoría blancas, aunque algunas son amarillas y rojas; los colores del cielo que se extiende hasta el infinito.

Pienso en los muertos que se han ido antes que yo, pero también en los vivos a los que, en ocasiones, he negado como Pedro negó a Cristo.

Sin embargo, busco en el cielo, observo las galaxias que se extienden más allá de nuestra concepción humana de tiempo y me pregunto por qué sobreviví y otros murieron. No se me ocurre ninguna respuesta, salvo mi naturaleza y la voluntad de que puedo sobrevivir y hacer el bien.

Estoy feliz en mi pequeño mundo, la sensación del suave pelaje de un gato entre mis dedos, la lengüetada amistosa y cálida de un perro en mi pierna, el perfume embriagador de una rosa en verano, el aroma a tierra de las hojas de otoño en descomposición, el frío, el aire polar que azota mi rostro en invierno.

Estas pequeñas cosas de la vida viven ahora en mí, junto con pequeños obsequios de amor.

Necesito a otras personas para hacer que mi vida sea completa como antes hice.

Ahora soy feliz, pero necesito su amor y comprensión.

Eso es suficiente.

Nota del autor

Como se afirma en la contraportada de este libro, *La novelista de Berlín* está basado libremente en la vida de Irmgard Keun, una escritora que se vio obligada a exiliarse porque sus novelas desafiaban las normas aceptadas por los nacionalsocialistas en su ascenso al poder. Yo, por supuesto, he creado a mi heroína y embellecido su vida en aras de la ficción; sin embargo, la novela recurre a varias de las experiencias más importantes de la vida de Keun.

Al escribir para el *Smithsonian* a principios de 2021, Arvind Dilawar afirmó: «El mayor engaño que Irmgard Keun jamás realizó fue convencer al mundo de que no existía... Terminó con su vida..., pero la historia era falsa. Keun lo usó como excusa para regresar a Alemania a ver a sus padres».

Elegí explorar la vida de Keun por varias razones que me interesaban y espero que al lector también le parezcan interesantes.

En primer lugar, gran parte de su biografía sigue siendo un misterio; la cronología y los eventos de su vida varían de acuerdo con relatos que discrepan. Su historia es relativamente clara durante su época como novelista durante el ascenso al poder de los nazis, y existe alguna evidencia biográfica relacionada con su vida como expatriada cuando huyó de Alemania a mediados de la década de 1930. Los libros que la hicieron rica y famosa habían sido prohibidos por los nazis. De pronto, se vio en peligro político y sin ingresos. Demandó a la Gestapo por sus pérdidas, pero perdió en un tribunal regido por el gobierno.

Durante un tiempo estuvo en Países Bajos, donde se unió a otros escritores en exilio, incluido Thomas Mann y Joseph Roth, con quien tuvo una relación. Después de fingir su suicidio y regresar a Alemania, no quiso tener nada que ver con política, muy similar a la madre de mi heroína, Frieda. La invitaron a escribir sus memorias, pero rechazó esta propuesta. Su última novela, publicada en 1950, describe a un hombre, Ferdinand, que lo único que quiere es que lo dejen tranquilo, que desea vivir una vida «normal». A pesar de los esfuerzos de Keun para adaptarse, para vivir su vida en anonimato, sus libros volvieron a imprimirse en alemán en la década de 1970 y, desde entonces, ha sido redescubierta a nivel internacional por su punto de vista único sobre las mujeres alemanas y la sociedad en la época de la entreguerra.

La segunda razón para explorar la vida de Keun fue su valor. Llevó a los nazis a juicio sabiendo que se estaba poniendo en peligro, al tiempo que enfrentaba el fin de su carrera como escritora. Los críticos del tiempo despedazaron sus libros al etiquetarlos como un ataque en contra de la mujer alemana, y también por su «incompatibilidad» con los ideales nazis. Se requieren agallas para enfrentar a los fascistas y ella lo hizo. Infundí en mi heroína, Niki, algunas de las características que descubrí en mi investigación sobre Keun.

En tercer lugar, y quizá lo más importante desde un punto de vista artístico, Keun retrató a la mujer alemana bajo una luz nunca antes explorada. Dilawar, una crítica contemporánea del *New York Times,* llamó a una de sus novelas más famosas «un encantador contraste con los libros escritos por hombres». Keun ha sido descrita como la autora más importante del último periodo de la Weimar y una defensora de *die Neue Schlichkeit*, la Nueva objetividad, un movimiento de rechazo al expresionismo alemán y el ideal romántico. Al leer sus libros, encontré un realismo que incluso algunos lectores de ahora podrían considerar perturbador y quizá incompatible con sus propias ideas de lo que debería ser una heroína. La nueva mujer alemana de las novelas de Keun fumaba, bebía, iba de un hombre a otro, de novio en novio, para poder sobrevivir. Sus mujeres buscaban amor y en ocasiones lo encontraban; otras, lo rechazaban. La supervivencia era el tema clave en sus obras. Malestar, hastío, la sensación de sólo sobrevivir rezuma en sus escritos. Los finales felices casi siempre son inexistentes y, en el contexto de sus novelas, no tendrían sentido si los hubiera escrito. Los académicos están redescubriendo su trabajo. En los próximos años se publicarán más detalles de su vida y sus escritos.

Keun, una mujer llamativa de labios sensuales y ojos de gacela sobre su rostro ovalado, no era prolífica como lo son algunos novelistas modernos, pero debemos considerar la época y el lugar de su publicación. Leí la mayoría de las obras más importantes de Keun como investigación para *La novelista de Berlín*. La lista y fechas de sus novelas son las siguientes:

Gilgi, una de nosotras (1931)
La chica de seda artificial (1932)
Después de medianoche (1937)
Niña de todos los países (1938)
Ferdinand, the Man with the Kind Heart (1950)

Otros libros que me parecieron útiles al escribir la novela fueron *El refugio secreto*, de Corrie ten Boom; *Berlín Alexanderplatz*, de Alfred Döblin; y *El pasajero*, de Ulrich Alexander Boschwitz.

Por desgracia, Keun nunca pudo volver a alcanzar su éxito previo como novelista, y quizá le parecía que era innecesario. Permaneció en la clandestinidad hasta el final de la guerra y en la década de 1960 sufrió de falta de vivienda y recibió tratamiento por alcoholismo. Durante seis años, permaneció en el pabellón psiquiátrico de un hospital alemán. Murió de cáncer de pulmón en 1982.

Gran parte de la vida de Keun sigue oculta en las sombras. En una entrevista, su hija dijo que su madre sentía que los nazis «se habían llevado sus mejores años». Es mi deseo que esta novela le haga justicia a ese respecto: el ascenso de un gobierno fascista que le robó años a tanta gente y terminó con la vida de millones.

Para la creación de este libro, debo dar mi más sincero agradecimiento, una vez más, a Bob Pinsky, el lector beta de todas mis novelas, quien también asumió tareas editoriales durante un plazo muy estricto. Es una maravilla.

Como siempre, gracias a John Scognamiglio, mi editor en Kensington, y Evan S. Marshall, mi fiel agente. Mi sincero agradecimiento a los lectores que me han apoyado a lo largo de siete libros; ustedes han permitido que V. S. Alexander prospere.